KB044016

Winter
again

겨울,
또
다시

최수현 쓰다

겨울,
또
다시

가하

겨울, 또다시

지은이 최수현
펴낸이 이형기
펴낸곳 도서출판 가하

초판인쇄 2017년 1월 10일
1판 2쇄 2018년 1월 17일
출판등록 2008년 10월 15일 제 318-2008-00100호

주소 서울 영등포구 양평로 67, 1209 (당산동5가, 한강포스빌)
전화 02-2631-2846 **팩스** 02-2631-1846

www.ixbook.co.kr

ISBN 979-11-300-1299-5 03810

값 11,000원

| 본문에서 " "는 한국어, 『 』는 독일어 대화입니다.

Prologue

부탁이 있어

누군가의 묘비 앞에 선다는 것은 잠시나마 현실을 잊게 만들었다. 그것도 나와 꼭 닮은, 사람들이 종종 나와 착각하던 동생의 묘비 앞에 선다는 것은.

"계속 포근하더니 어떻게 딱 맞춰 이렇게 춥니. 보면 귀신 없다고도 못 한다니까."

"엄만 그게 사랑하는 딸내미 무덤 앞에서 할 소리야?"

"……딸내미 앞이니까 하지. 내가 그러니까 속에 이 말 저 말 다 하는 거지."

엄마는 춥다 춥다 말만 그러고는 손에 입김을 분다든가, 목도리를 꽉 조인다든가 하는 다른 행동은 하지 않았다. 가만히 보면 엄마가 움직이는 건 입술 하나가 다였다. 태연하게 할 말을 다 하는 듯 보였지만 처연한 시선은 동생의 이름이 예쁘게 새겨진 묘비에만 붙어 있었다.

"……얘가 아무래도 우리 오는 줄 알았나 보다. 추우니까 오지 말라고."

"시아가? 아닐걸."

"그래. 얘가 그렇게 남 생각을 할 리 없지."

엄마가 물끄러미 보며 웃자 내 입꼬리도 같이 올라갔다.

소리까지 내며 웃을 일은 아니지만 동생을 누구보다 잘 알았으니 그럴 만도 했다. 내 쌍둥이 동생 시아는 사람들의 관심을 좋아했고, 남에게 관심을 주는 것도 좋아했다. 정말이지 사람을 좋아하는 밝은 애였다.

『엄마? 엄마야?』

『그래, 아인이 네 엄마야.』

이제 막 말을 배우기 시작한 아인이가 제 아빠의 품속에서 갸웃거렸다. 조카인 아인이는 아직 엄마의 죽음을 받아들일 나이는 아니었다. 반들거리긴 하지만 이름뿐인 돌덩이를 보는 것보다 겨울날 소풍이 더 신이 나는지 이쪽저쪽 눈 마주치는 사람마다 손을 벌려댔다.

"아이구, 내 새끼, 내 강아지. 할머니한테 올 거야?"

"우리 아인이 이제 엄마 소리 잘하네."

외할머니 품으로 넘어온 아인이가 앙증맞은 보조개를 만들어내며 웃었다. 묘비에만 고정되어 있던 엄마의 시선이 처음으로 품을 파고드는 어린 외손녀에게 넘어갔다. 그저 즐겁게 손녀를 어르는 엄마의 모습은 전혀 먼저 떠난 자식 앞에 선 사람 같지가 않았다. 그래서 더 서글프고, 한편으로는 다행이었다. 엄마가 얼마나 그렇게 보이고 싶어 하는지 알기 때문에 더더욱.

『장모님은 여전하시네.』

『너야말로.』

아인이의 아빠, 그러니까 나의 제부인 클라인은 독일 사람이다. 그래도 영 낯설게 노란 머리 파란 눈은 아닌, 검은

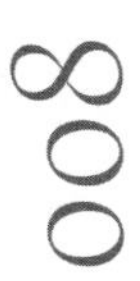

머리 검은 눈. 그러니까 두 살 무렵 독일로 입양이 된, 절반은 한국인인 셈이었다. 그래서 엄마는 처음 클라인이 인사를 왔을 때 억지로 외운 독일어 인사를 잊어버리고 한국말로 인사를 하다가, 이게 또 아니구나 입을 다물다가, 굉장히 어수선하게 굴었다.

「아유, 복잡해서 뭐라 인사도 못 하겠네.」

이도저도 아니라고, 뭐 저렇게 애매한 사람을 사귀냐 했지만 뒤에선 자랑을 많이 했다. 멀리 독일까지 이민을 와 제 부모 곤란하지 않게 떡하니 한국인 찾아 결혼을 했으니 우리 시아만 한 효녀가 있겠냐 큰소리를 땅땅 쳤다.

그 소리는 결국 나에게 불효녀라고 하는 것과 다름없었다. 이렇게 남자가 많은 나라로 데려왔으면 누구 하나 잡아올 일이지, 인물도 독일 남자가 더 낫지 않느냐 하는 다소 이중적인 태도를 취했다. 그러려니 하면서도 귀가 따가운 말은 최근 들어 더욱 심해졌다.

『하아, 우리 시아, 이렇게 하얀 눈 속에 있으니 더 예쁘네.』

키가 큰 클라인이 무릎을 꿇고 묘비 주변을 팔로 쓱 닦아냈다. 매끈해진 대리석이 그새를 못 참고 다시 흰 눈에 젖어들었지만 그럴 때마다 그의 팔도 쉬지 않았다. 차마 보고 있기가 힘들어 고개를 돌리니 엄마는 여전히 아인이에게만 혀를 굴리며 웃음을 이끌었다.

"아이구, 우리 아인이! 우리 공주 언제 이런 재롱을 다 배웠대?"

"……엄마. 함머니."

"아유, 내 새끼. 잘하네. 옳지, 우리 강아지."

바로 옆에서 사위가 딸의 얼굴 같은 비석을 매만지는데도 눈길조차 주지 않는 모습은 어색하기 그지없었다. 일부러 그러는 거겠지만 아인이를 끌어안은 엄마의 손에 힘이 들어가는 것이 여러 번 보였다. 이제 정말 갈 때가 됐다고, 여기 있는 사람 모두 웃으며 떠들 수 있는 각자의 한계에 서 있는지도 몰랐다.

시아야, 우리 갈게. 또 올게.

아인이 보이니? 네 딸 이제 많이 커서 엄마 소리도 곧잘 해.

너도 닮고 나도 닮고, 그래서 정말 예뻐. 더 예뻐질 거야.

엄마와 클라인이 차마 못 하는 말을 내가 했다. 자식 잃은 엄마나 부인 잃은 남편에 어찌 비하겠냐만, 나도 슬프기는 못지않았다. 시아는 내 쌍둥이 동생이었고 남들 말마따나 영혼의 반쪽이었다. 여기 있는 세 명의 어른들 중 정작 내가 가장 시아와 많은 시간을 보냈으니 엉엉 운다고 해도 누구도 뭐라고 할 순 없었다.

"자, 가요. 가자."

그래도 웃어야 했다. 나는 시아가 바라는 것을 누구보다 잘 알고 있다. 그 애 성격에 자신의 묘비라고 찾아와 눈물을 찍어내고 곡소리를 내는 것은 질색을 할 터였다. 울음을 들이켜는 구질구질한 일은 몇 번이나 미리 사양하고 떠났다. 오면 그냥 웃어달라고, 또 귀찮을 것 같으니 너무 자주 오지 말라는 말을 자주 했다. 우리는 그 약속을 지키는 척하느라 서로 연기를 하는 중일지도 몰랐다.

이렇게 다 같이 오면 횟수는 적어도 서로 웃었고, 혼자 오면 빈번히 드나들면서도 눈물이 뚝뚝 떨어졌다.

"엄마, 아인이 감기 걸리겠다. 기침하면 어떡해."

"아, 가야지. 우리 강아지 감기 걸리면 어째. 저기…… 가자고 해라, 이제."

엄마가 고갯짓으로 주저앉은 사위를 가리켰다. 어쨌든 오늘은 시아가 떠난 지 2주년이 되는 날이고 다 같이 있으니 웃어야 되는 날이었다. 규칙은 이렇게 간단한 것이다.

"아인아, 엄마 안녕 하자!"

내가 건강한 아인이를 팔아 앞장을 서니 그 뒤로 두 사람의 발소리가 소복한 눈 위에서 사락거렸다. 얼마나 힘들게 떨어지는 발걸음인지, 사람 걷는 소리에서도 미련이 배어 나올 수 있다는 걸 오늘 또 하나 배웠다.

"우리끼리 올 걸 잘못했다."

"잘 다녀와놓고 지금 와서 왜."

지친 아인이가 잠든 차 안은 적막했다. 간간이 신호에 걸렸다 출발할 때 차가 내는 부르릉 소리가 다였다.

"아휴, 무정하지. 2년이 이렇게 또 간다."

"그러네."

"아인이 이 겨울에 땀나는 거 봐라. 애들은 다 그런가?"

"내가 어떻게 알아. 애도 없는데."

"자랑이다."

엄마가 새근새근 잠든 아인이의 뺨에서 젖은 머리 한 올을 떼어냈다. 혹여 귀한 손녀 잠이라도 깨울라 손동작이 조심스럽기 그지없었다.

"에휴, 우리가 키우면 좀 좋아?"

"자주 데려오잖아. 아인이 친할머니가 그렇게 예뻐하는데."

"……그래도 핏줄은 또 다른 건데."

엄마가 이렇게 이 말 저 말 머뭇대는 건 다른 목적이 있기 때문이다. 한국어를 못하는 사위를 흘끔거리면서도 룸미러를 통해 눈이 마주치자 재빨리 시선을 돌려버렸다.

"저기 있잖아, 시은아."

"응."

"아인이 아빠, 회사에서 누구 없냐?"

떠보듯 말했지만 얼마나 힘들게 꺼낸 말일지 짐작해보았다. 나는 엄마가 그랬듯 가벼운 태연을 가장했다.

"몰라. 없을걸?"

"왜 없어? 이렇게 인물 훤히 잘났겠다, 돈 넘치게 많은 사장이겠다, 대체 뭐가 부족해? 뭐, 저기, 애가 있다고 그러나?"

"직접 물어봐요, 궁금하면."

"기집애. 야박하게 아주. 내가 그런 거 물어볼 재간이나 있니?"

저건 거짓말이다. 엄마가 독일어를 못하는 건 사실이지

만 그 때문에 할 말을 못 물어보는 건 말이 되질 않았다. 그러니 괜히 나를 끼워 넣어 빙빙 돌리는 거겠지.

"알았어. 내가 지금 물어볼게. 물어보면 되잖아. 저기, 클라인! 보스!"

"아서라! 얘가 정말. 운전하는 사람한테 못 하는 소리가 없어."

내가 제부를 부르자마자 엄마가 손을 내저으며 내 탓을 했다. 이미 힐끔 돌아본 클라인이 영문을 모르고 웃어 보이자 엄마도 억지로 웃으며 고개를 끄덕거렸다. 운전이나 하라 떠미는 손짓이 강력했다.

『시은, 장모님이 뭐라셔? 나 또 새장가 가라고?』

『음흉하게 왜 그래. 내가 죄인도 아니고 할 말 있으면 직접 좀 하지.』

이번엔 클라인이 독일어로 말을 걸었다. 우리 둘이 무슨 얘길 하나, 창밖을 보는 엄마의 귀가 번쩍 열렸다.

『꼭 좀 전해드려. 나 시아밖에 없다고. 딴생각 마시라고, 좀.』

"뭐래냐, 뭐 누구 있대? 진짜 사람이 있어 그래?"

"한 명씩 이야기해. 헷갈려."

"넌 독일말 한국말 다 하는 애가 헷갈릴 게 뭐 있어. 그러니까 뭐라는 건데?"

엄마의 채근에 한숨이 다 나올 지경이었다. 비겁한 클라인은 운전을 한다는 핑계로 모든 것을 떠밀었으니 옆자리의 엄마는 내가 모두 감당해야 했다.

"그러겠대. 좋은 사람 생기면 제일 먼저 말하겠대."

"어, 그래?"

"그런데 지금은 시아뿐이래. 언제 아니게 될진 아직 모르겠대."

"……미련하기는."

죽은 애를 잡고. 사람이 물러 못쓰겠네.

그러니 죽을 걸 알고도 그 난리에 결혼을 했겠지. 바보같이.

엄마가 중얼거림 끝에 결국 목이 잠겼다. 두 사람 모두 만족할 말을 전한 나도 이제 웃을 힘이 없어 눈을 감았다. 때마침 아인이가 깨어나고 집에 거의 도착을 한 것은 정말 다행이었다.

우리 아인이가 이렇게 예쁜 짓을 잘한다.

『흐응, 엄마아.』

『아인이 일어났네. 이모한테 와. 잘 잤어요?』

"우리 강아지 왜 벌써 일어났어? 응? 할아부지 보러 갈까?"

아인이는 눈만 뜨고 웅얼거렸을 뿐인데 차에 탄 어른들은 모두 한마디씩 거들었다. 그만큼 귀한 아이이고 우리 모두를 이어주는 가장 단단한 구심점이었다.

시아는 알았을까? 제가 목숨 걸고 낳은 딸이 이렇게 사랑받는 아이가 될 거란 걸.

아마도 몰랐겠지만 지금이라도 알았으면 했다. 아까 그 말을 해줄걸. 해주고 올걸.

생각하니 아까 주절거린 말보다 이게 더 중요한 것 같아 뒤늦게 후회가 밀려왔다. 시집도 못 간 나는 또 이렇게 바보 같다.

"저기, 자고 갈 거냐 물어봐."

"그 정도는 엄마가 물어보면 되잖아. 독일 산 지 얼만데 그 정도 말도 못 해?"

"……싹퉁머리 없이. 그러니까 시집을 못 가지."

"네에, 엄마. 감사합니다."

사람이 이렇게 떠밀리다 보면 없는 너스레도 저절로 나왔다. 아인이를 꽁꽁 싸매 안은 엄마는 말부터 다급했다. 먼저 떠난 자식을 보고 오는 날에 꼭 닮은 손녀마저 가버릴까 겁에 질린 사람 같기도 했다.

『저 자고 갑니다, 장모님. 자고 가요.』

"……뭐래?"

"뭐긴 뭐래? 다 들어놓고."

설마 저 정도를 모를까. 뭐라고 하냐 물어볼 때부터 이미 입이 벌어져놓고 엄마는 시치미에 약했다. 사실 아침부터 엄마는 클라인이 좋아하는 음식을 한 가득 차려놓고 나선 참이었다.

"아인이 오늘 할머니랑 자면 되겠네. 할아버지 기다리시겠다. 들어가자."

"엄마, 우리는 요 앞에서 한잔만 하고 갈게."

"어, 어. 그래. 천천히 와."

누가 뺏어가는 것도 아닌데 엄마는 아인이를 집 안으로

데려가는 데 바빴다. 시집도 못 간 딸이 이제는 남이나 다름없는 제부와 단둘이 술집엘 간다는데, 그런 것 따윈 모조리 귓등으로 흘려버렸다.

시아가 보았다면 얼마나 배를 잡고 우스워했을까.

『장모님은 내가 아직도 마음에 안 드시나? 난 장모님 좋은데.』

『고백은 엄마한테 직접 하세요, 사장님.』

집 근처 비어가르텐에 들어가 맥주 두 잔을 받아 왔다. 클라인은 제부이자 친구이면서 나의 사장님이기도 했으니 이런 잡다한 일은 내가 하는 게 편했다.

『잘 마실게, 시은. 나 여기 맥주 좋더라.』

『……근데 오늘 가야 한다고 했잖아. 자고 가도 돼?』

『별거 아니야. 너한테 할 말도 있고.』

별거 아닌 게 아닐걸.

같이 일을 하다 보니 내일 있을 회의가 얼마나 중요한지 모를 리 없다. 클라인은 회사에서는 능력 있고 거침없는 보스였지만 최소한 엄마한테는 착하고 물렁물렁한 사위였다.

『하아, 오늘 춥긴 춥더라.』

『응. 그래도 다행이지, 시아는 추위 안 타서. 걔 어릴 때에도 그랬어.』

『그러니까. 그런 것까지 다 예쁘지.』

뭔들 안 예쁠까.

클라인은 아직도 콩깍지가 벗겨지지 않았다. 시아가 떠난 지 2년이 됐는데도 시아 이야기만 나오면 결국은 예쁘고 예쁘다로 돌아왔다.

그건 처음 만나는 순간부터 씐 콩깍지다. 얼마나 단단히 들러붙었는지 누가 마음먹고 긁어내려도 그럴 수가 없었다.

「시은……이 아니네요.」

클라인이 나를 찾으러 왔다가 시아를 처음 만났을 때, 그때 시아는 가발을 쓰고 있었고 날씬한 수준보다 말라 있었다. 그런데도 그저 예쁘고 눈이 부신다고 했었다.

「뭘 봐요?」

내가 이 여자 아니면 안 된다는 걸 그 샐쭉한 말 한마디에 깨달았다고 했다. 이러니 엄마가 멀쩡해 보이는 남자가 어딘가 단단히 홀렸다고 흉을 보는 것도 영 없는 말은 아니었다.

『클라인, 아까 말이야, 시아 앞에서 속으로 무슨 이야길 그렇게 했어?』

『음…… 비밀.』

뭐 그다지 궁금하지도 않고.

나는 미련 없이 맥주잔을 높이 들어 목을 축였다. 이 겨울에 차가운 맥주라니, 그런데도 뭐든 들어가야 이 헛헛한 속을 채울 수 있었다. 낮부터 울지 못한 뜨거움이 가슴속을 막고 있을지도 몰랐다.
『별거 있나. 둘이서 아인이랑 네 이야기 좀 했어.』
『응?』
인내는 진리. 어차피 이렇게 가만히 있어도 나올 이야기였다. 빙긋 웃은 클라인이 이번엔 사장님 체면 버리고 다음 잔을 사왔다.
『우리 아인이가 네 얼굴 보고 자라서 좋대. 엄마 얼굴 사진 안 봐도 되니 자기는 행운아래. 거기 묻혀 있는 사람들 중에서 자기가 제일 운이 좋대.』
『……그럴 만도 하지. 걘 진짜 그런 말 했을 거야.』
클라인의 입을 통해 들었는데도 벌써 귓가에 그 쨍한 동생의 목소리가 맴돌았다. 걔한텐 세상 모든 게 다 웃을 거리고 행운이며 의리였다. 내가 알기에 그중 의리를 제일로 쳤는데 막상 본인은 그걸 깨트렸다며 꽤 오래 자책했었다.
「언니, 내가 말이지, 클라인이랑 결혼을 안 하는 건 의리라구.」
연애는 해도 결혼은 안 한다 우겼었다. 내가 본 프러포즈만 열 번은 넘었으니 안 본 건 수도 없이 많았을 텐데.
본인 말대로라면 시아는 어차피 없어질 몸 연애로 불태우고 죽겠다 했었다. 에미 앞에서 그딴 것도 농담이냐고 엄마한테서 등짝을 맞으면서도 거침없는 표현을 썼다.
「언니도 알잖아. 난 의리 빼면 시체야. 절대 결혼 안 해.」
「네 덕에 회사에서 나만 죽어나가. 넌 나한텐 의리 없어?」

「알 게 뭐야. 난 나만 중요해. 내가 제일 중요하니까 날 욕해.」

말을 그렇게 했으면 행동이라도 얍체처럼 하든가.

그래놓고는 클라인에게 혹여 상처를 줄까, 흠이 될까 그것만 머릿속에 있는 애였다. 밤낮으로 클라인과 붙어 지내면서도 결혼만은 단단히 선을 그었다. 남들이 저게 뭐냐 손가락질할 때에도 어디 자기만 한 사람이 있는 줄 아느냐 큰소리를 쳤었다.

「아, 난 의리를 잘 지켜서 죽어도 천국에 갈 거야. 신이 있으면 그래야지, 암.」

그런 애가 혼전 임신이라는 대형 사고를 쳤다. 세상 일이 이렇게 뒤통수를 칠 수도 있었다.

「……언니, 나 돌았나 봐. 한국 욕이 잘 생각이 안 나.」

아직도 화장실에서 입이 벌어져 큰 눈을 껌뻑거리던 시아의 표정을 기억한다. 시아는 자신의 시한부 인생에 힘겨운 고난이 더해진 것보단 의리를 지키지 못하는 것을 더 슬퍼했다. 자신이 의리 없는 년이 되었다고 눈물을 쏟는 시아 앞에서 엄마는 정신 나간 년이라고 눈물을 쏟아냈다.

「나 이제 망했어, 언니. 웬 망신이야. 나 걔한테 죽어도 결혼은 안 된다고 했었는데.」

벌써 임신은 해놓고 무슨 말이 그렇게나 많았는지.

「그런데 나 지금 너무 좋아. 나 진짜 나쁜 앤가 봐.」

그럴 리 없다는 걸 부모님도, 나도, 클라인도 모두 알았다. 시아는 언제나 밝고 활달했다. 눈물을 흘리는 적은 손에 꼽을 정도였는데 결혼식 전날 나한테 미안하다며 울었다.

「뭐가 미안한데? 너 울면 나만 사장님한테 혼나, 예비 사모님.」

「그러니까…… 흐윽. 나만 좋은 데 시집가서 미안해. 나 사실 걔 처음 봤을 때 뭐 저렇게 잘생기고 잘난 사람이 있나 했거든. 진짜 언니랑 잘됐으면 했는데 어쩌다가 내가…….」

내가, 그러니까 장본인인 나 윤시은이 네 남자에게 눈곱만큼도 감정이 없다고 말할 새도 없었다. 제 눈에 얼마나 잘나고 멋있었으면, 그런 부정이 통할 애도 아니었다. 시아는 스스로를 세상 가장 멋진 남자를 앗아간 죄인으로 여겨서 쓸데없이 사과를 남발하고 다녀 욕을 먹었다.

그건 클라인도 마찬가지였고, 그래서 둘은 천생연분이었다. 시아가 찡그리듯 웃으며 세상을 떠날 때까지 변함이 없었다.

『이제 와서 말인데, 나 하나 궁금한 게 있어서.』

『응. 뭔데?』

『너도 아인이처럼 나 보면서 시아 생각을 해?』

사심 없는 질문이다. 그래도 그는 나와 시아를 완전히 구분해서 생각하는 몇 안 되는 사람이었으니 꼭 물어보고 싶었다.

『나 시아랑 똑같이 생겼잖아. 아인이 낳고 많이 아프기 전까진 엄마도 헷갈릴 만큼 닮았는데. 나 보면 시아가 떠오르진 않아?』

『전혀.』

그는 무정하리만큼 단언했다.

『어떻게 둘이 닮았다고 하는지. 너넨 얼굴 말고 아무것도 안 닮았어. 그리고 우리 시아는 너보다 훨씬 생기가 넘쳤어. 걸음걸이부터가 달라서 눈 감고도 누가 오는지 알았는데, 난.』

욕인지 칭찬인지.

답을 모르는 내가 결국 웃음을 터트렸다. 아주 웃기고들 있네, 그렇게 흘겨대며 웃었다.

『그래서 아까 하던 이야기 계속하자면…… 시아가 아직도 너 혼자 왔냐고 그러더라.』

『아직도라니?』

『너 생각하면 한심하대. 그 나이 먹도록 혼자서 그게 뭐냐고 욕하더라.』

왜 내 동생 입을 빌려서 네가 하고 싶은 말을 하는 건데, 차마 그렇게 묻지 못했다. 이건 진짜다. 시아라면 분명히 '언니가 걱정이야.'라기보다는 '언니 어디 모자라니? 한심하게 아직도 솔로야?' 했을 것이다.

『그래. 내가 생기도 없고 애인도 없어서 죄송하게 됐네. 이게 다 악덕 사장 만나서 그런 건데 변명 좀 해주지.』

『후회할걸?』

클라인이 의미심장하게 눈을 휘었다. 그리고 곧 가방 안에서 봉투를 하나 꺼내 내려놓았다.

『응? 이게 뭔데?』

『사장으로선 보너스. 처형한테는 휴가.』

『도대체 이게 뭐길래 그렇게 거창하게…….』

『그리고 아인이 아빠로서는 뇌물.』

얼른 열어보라는 턱짓에 나도 떨떠름하게 봉투를 집어 들었다. 비행기 표 몇 장에 카드 한 장. 보아도 다시 물어봐야 할 영문 모를 선물이었다.

『오늘 보니 장모님도 많이 지쳐 보이시더라. 장인어른이야 집에 가봐야 알겠지만 아마도.』

멋쩍은 웃음이 흘렀다. 아빠는 우리 가족 중에서 가장 쿨하지 못한 어른이었고 아직도 시아를 놓지 못했다. 다 같이 가는 오늘 같은 날조차 빠졌으니 아빠는 괜찮을 거라 빈말조차 안 나왔다. 하다 못해 아빠는 보물 같은 아인이를 보아도 안고 어르질 못했다. 어떻게 저 예쁜 애를 안 안아보나 싶어 흘겨보면 물끄러미 아이를 바라보고 있는 게 표현의 전부였다.

『아버님이야 일 때문에 힘드시겠지만 장모님이랑 넌 시간도 되니까. 우리 아인이까지 3대가 한국에 다녀오라고.』

『……누가 나 시간 된대?』

『잘나신 사장님이.』

그의 시답잖은 농담에 내가 머리를 쓸어넘겼다. 한국이라니, 나고 자란 곳인데도 어느새 가물거렸다. 그런데도 이상하게 가슴이 뛰는 게 주책맞았다.

『나도 가면 좋은데 난 여기서 할 일이 많잖아. 다음 주부터 뮌헨에 가 있어야 하고.』

『어, 그건 알지.』

원래는 나도 가기로 했던 일이니 모를 리가 있나.

『사실은 우리 어머니한테도 휴가가 필요하고. 여러모로 좋은 아들이랑 사위 노릇 하고 싶어서 그래.』

아인이는 지금 클라인의 양부모님 손에서 자라고 있었다. 우리 엄마가 아무리 욕심을 내봤자 멀쩡한 아빠가 있는 이상 어쩔 수 없는 일이었다. 아무리 잘해줘도 친할머니도 아닌데 얼마나 잘해주겠냐 주절대던 엄마도 사돈어르신께서 다녀가실 때면 세상에 저런 분이 다 있냐 말을 바꿨다. 그러고 보면 엄마는 사위는 어려워하면서도 사돈어르신은 버선발로 달려가 반기곤 했다.

해 저문 오후, 머리색이 다른 두 아줌마가 아기 하나 놓고서 턱을 괴고 있으면 말이나 국경이 중요한 게 아니었다.

『그래…… 아인이 할머니도 쉬긴 하셔야지.』

『사실 우리 아인이도 그래. 시아는 한국에서 크기라도 했지. 아인이도 한국인이나 다름없는데 구경도 못 해봤잖아.』

『네가 핏줄 따지는 애였어?』

『그래도 제 엄마가 어디서 나고 자랐는지는 봐두는 게 좋을 것 같아서.』

벌써 지낼 곳까지 다 알아봤다고 하니 꽤 오래전부터 준비한 모양이었다. 당황스러운 제안에 몇 번을 망설이다 결국 표를 받아 넣었다.

『사장님 분부라는데.』

나는 치사하게 남 핑계를 댔다. 의리도 뭣도 없는 짓이지만 정말 생각도 못 한 일이었으니 그렇게 해서라도 납득을 해야 했다. 이왕이면 가슴도 진정시키고 싶었고.

『친구한테 주는 선물이야.』

『너 시아랑 좀 살았다고 말만 늘었어. 뻔뻔한 거 알지?』

『서경고등학교.』

『……뭐?』

웃음이 저절로 멈췄다. 한국까지는 그러려니 했는데 익숙했던 학교 이름이 나오자 나도 더 이상은 태연하기 힘들었다.

『지금 너, 뭐라고?』

『내가 아니라 시아가.』

클라인의 한쪽 눈썹 끝이 흔들렸다. 오랜 친구로서, 또 부하직원으로서 저 버릇을 모를 리 없다. 경험상 이제 가장 중요한 말이 나올 순서였다.

『시아가 언니이자 세상에서 제일 친한 친구인 윤시은에게 꼭 부탁이 있대.』

"딸 낳으면 그 덕에 비행기 탄다더니. 내가 무슨 복이 넘쳐 죽은 딸 덕을 다 본다."

"……그런 이야긴 뭐하러 해."

"허이구 참. 내가 이래도 되나 몰라."

커다란 짐가방을 펼쳐놓은 엄마는 기가 차는지 옷은 하나도 안 넣고 넋두리만 넣어두었다. 싫다 소리 안 하기에 조금은 들떴나 했는데 지금 보니 엄마는 그냥 어려운 사위 말을 거절 못 하는 거였다.

"그럼 안 간다고 해?"

"어떻게 그래. 부쳐놓은 짐도 있고 집도 봐놨다며."

"그러니까 엄마, 우리 조용히 좀 가요."

앞에서 보는 엄마는 잔소리가 많아 사람이 부풀어 보일 지경이었는데 뒤에서 보는 엄마는 이렇게나 작다. 쪼그라든 풍선 같은 엄마의 등에 가만히 뺨을 기대보았다.

"……넌 또 왜 안 하던 짓을 해?"

"해도 난리야."

"그런 거 말고. 효도를 하려면 시집을 좀 가. 네 나이 몇인 줄 알아?"

"엄마, 우리 때랑 엄마 때랑은 달라. 나 아직 제대로 즐길 나이라고."

"아주 에미 앞에서 못 하는 소리가 없다."

내가 뭐랬다고 멋대로 상상한 엄마는 혀를 내둘렀다.

"차라리 뭘 좀 즐기기라도 하든가."

"어이구!"

뜻밖의 공격에 웃음이 삐죽 나왔다. 엄마 말대로 이곳에서의 내 삶은 단조로웠다. 공부를 꽤 열심히 해서 무사히 대학에 진학해 회계사가 되었다. 그 후로 직장과 집만 왕복하며 대부분의 일상을 보냈다. 굳이 핑계를 대자면 졸업을 하자마자 조금의 쉴 틈도 없이 일을 시키는 악독한 회사에 다니기도 했고, 그때에는 시아가 내 곁에 있었다.

그래서 나는 집에 있어도 굳이 밖에 나갈 필요를 느끼지 못했다. 그만큼 재미있었다. 시아는 TV 하나만 틀고도 깔깔대며 몇 시간을 웃었고 지나가는 사람 하나로도 쉴 새 없이 수다를 떨었다. 나는 동생처럼 말이 많은 편은 아니라 주로 듣는 경우가 많았지만 추임새를 넣거나 받아치는 재주만큼은 어딜 가도 빠지지 않았다. 시아 말에 따르자면, 나는 말을 하는 사람이 흥이 나게 해주는 기이한 재주가 있다고 했다.

"얘, 그래도 네 아빠 앞에서 너무 좋은 티 내지 마. 그 양반 며칠을 삐쳐 있다."

"아빠도 같이 가면 좋은데."

"일해야지 어딜 가냐, 가장이?"

"에이, 엄마. 나보고는 제발 좀 쉬라고 해놓고."

"자식이랑 남편이 같니? 안 그래?"

엄마는 우리 둘이 있을 땐 고상한 사모님 가면을 벗어던졌다. 이기적이거나 앞뒤가 안 맞는 말도 일단 던져놓고 나에게 은근한 동조를 구했다. 시아나 엄마나 하나같이 공범을 만드는 것을 즐겼다.

"엄마. 엄마."

『아인아, 언제 왔어? 다 잔 거야?』

문이 열리더니 아인이가 눈을 비비며 다가와 내게 안겼다. 엄마가 좀 친해지라 자는 애를 안방에 넣어놓았더니 아빠는 신문만 보고 있더라 욕을 했었다. 지금도 아빠는 말도 없이 애만 데려다 놓으면서도 문틈으로 내게 안긴 손녀를 보고 있다.

"아빠, 들어오세요."

"그러게. 당신도 들어와요."

"됐다. 자기들끼리 좋다고 놀러 가는데."

쿵 하고 문이 닫혔다. 아마도 아빠는 엄마와 내가 화들짝 놀라며 말도 없이 왜 왔냐, 좀 나가 있으라 했으면 무조건 들어왔을 것이다. 청개구리 심보인지 아빠는 반대로 행동하길 즐겨 하는 사람이고, 나는 그래서 아빠가 아인이에게 무뚝뚝한 것에도 엄마처럼 큰 걱정은 하지 않았다. 사람은 누구나 슬퍼하고 기뻐하는 방식이 다르니까.

"엄마, 엄마, 아인이 엄마."

"응, 왜, 아인아?"

"어이구, 아인아. 엄마 하면 안 돼. 이모라고 해야지."

내 목에 매달리는 아인이를 두고 엄마가 보기 드물게 정색을 했다. 아인이라면 간이나 쓸개나 다 빼줄 것처럼 굴던 엄마가 애한테 안 된다는 소리를 하는 건 딱 하나 이 문제뿐이었다.

"왜 그래. 사돈어른 말로는 맨날 시아 사진 보고 엄마라고 가르쳤더니 헷갈리나 봐. 우리 머리랑 다 비슷할 때 찍은 사진들이라 그런가?"

"그래도 안 되는 건 안 되지."

"……나 혼삿길 막힐까 봐?"

엄마는 대답 없이 옷을 뭉텅뭉텅 집어 아무렇게나 가방을 채웠다. 죽은 딸도, 산 딸도, 손녀까지 전부 챙겨야 하니 마음이 복잡도 할 것이다. 할 일도 넘치지. 이래서 내가 시집을 안 가는 거다.

"엄마, 그러지 마요. 때 되면 알 텐데."

"……."

"엄마는 한국 가면 뭐 하고 싶은 거 없어? 오랜만이잖아. 먹고 싶은 건?"

일부러 화제를 돌렸다. 옷을 뒤적이던 손길도 멈추고 멍하게 있는 엄마는 바보처럼 보였다.

"넌? 넌 뭐 없어?"

"나는 뭐……."

이젠 모녀가 나란히 바보같이 보일 것이다. 억지로 쥐어짜 내려 해도 생각나는 것이 없었다. 오랜 시간이 지나 연락하고 지내는 친구도 없었고 한국 소식이라곤 모르니 요새 뭐가 유명한지도 몰랐다.

단 하나, 내가 클라인에게서 부여받은 임무가 있었지만 그건 엄마에게 말을 옮길 수 없는 문제였다. 뭐 특별한 일이라서가 아니다.

말할 게 있어야 하지, 너무 별거 아니라 말하기도 좀.

"엄마, 우리 한국 가면 재밌는 거 많이 보고 맛있는 것만 먹고 좋은 생각만 하다 오자."

그 별거 아닌 일이 시아의 일이 되면 엄마에겐 태산처럼 커졌다. 나는 오랜만에 가는 한국에서 엄마가 걱정이나 시름을 잊기를 바랐다. 그렇게 이번 여행의 공동목표가 생겼다.

"아빠 빼고 여자끼리만. 응?"

공범자를 만들기 좋아하는 엄마이니 분명 끌릴 수밖에.

"그래. 그거 뭐 별거니. 가서 돈도 진탕 쓰고 오지."

엄마가 오랜만에 가진 돈을 풀겠다 선언했다. 필요하면 가서 사면 되지, 뭘 여기서 구질구질하게 구느냐며 짐가방도 덮어버렸다.

"우아, 사모님, 엄마 멋지다!"

"그리고 시은이 너는 거기서 하나 더 해야지. 그것만 약속하면 나도 오케이야."

"뭔데?"

내가 뭔들 못 들어줄까. 혼자 몸으로 숨 쉬고 살면서 산 딸, 죽은 딸, 손녀까지 다 짊어진 우리 엄마 소원은 무조건 들어줘야만 했다.

"네 말대로 몸이건 마음이건 가서 내놓고 즐겨봐, 이 헛똑똑아."

~

"언니! 이게 누구야! 시은아! 세상에, 얘는 또 누구야! 아인이구나! 시아 딸! 네가 아인이야! 어머나. 어째."

공항에 마중을 나온 이모는 한마디 안에 우리 모두를 반겼다. 거기까진 좋았는데 주책맞게 아인이를 보자마자 눈물을 흘려댔다.

처음부터 이러면 곤란한데.

역시나 쳐다보니 엄마는 눈시울이 붉어져 애먼 곳을 바라보고 있었다. 그러다 덥석 이모가 엄마를 부둥켜안자 이 사람 많은 공항에서 둘이 그러고 한참을 울었다.

"아, 엄마 왜 그래. 이모는 또 왜 그래요."

나이 든 어른 둘이 그러고 있는 게 생소하면서도 생각해보면 엄마와 이모는 자매다. 나와 시아 같은 그런 자매. 그 생각을 하니 설령 둘이 공항 바닥을 구르며 운다 해도 말릴 도리가 없었다. 내가 아인이를 받아 안아서 뒤로 빠지자 재작년 장례식에 독일까지 왔던 사촌오빠가 어깨를 치며 웃었다.

"오느라 힘들었지? 아인이 그새 많이 컸네! 우리 엄마는 아인이 첨 봐서 저러나 봐."

"오빠, 일하다 나온 거 아냐?"

"아냐. 이모까지 오셨다는데 당연히 와야지. 아, 우리 엄마 왜 저러냐."

이런 말을 하는 정규 오빠도 시아의 장례식에서 이모만큼이나 별나게 울었다. 이모는 미리 울다 지쳐 비행기도 못 탔으니 저 집은 모자가 우는 방면으로 닮은 모양이었다.

"자, 일단 나가요. 밥도 먹고 아인이도 좀 재우고."

"어, 그래. 아인아, 이모할머니 해봐."

"이모, 아인이 한국말은 잘 몰라요. 엄마 할머니 소리나 겨우 하지."

"배우면 되지. 제 엄마 닮았으면 얼마나 영특할 거야. 어이구, 나 또 왜 이래."

이모는 그 말을 하다 또 눈물을 찍어냈다. 부끄러운 걸 떠나 한국에서 살았을 때에도 딸이 없는 이모는 우리를 딸처럼 예뻐했다. 특히 아픈 시아에게 더 마음이 간 건 어쩔 수가 없었다. 나라도 그랬을 테니까.

"언니는 왜 집을 따로 얻었어? 그냥 우리 집에 있으면 되지. 정규 아빠도 서운해해."

"아냐. 사위가…… 저기, 아인이 아빠가 집 얻어놨어. 미리 물었으면 그러지 말라 했을 텐데."

"바로 옆 동네에 이게 다 뭐유. 같은 집에서 지내야 잠도 같이 자고 하는데."

"오래 있으면 민폐지 뭘. 두 달이나 있는데. 나야 너 매일 보면 되지 별거야."

"주소 보니까 옛날 언니 살던 그 집 부근이더라. 그 집 새로 지어놓고도 한참 비어 있더니."

"그래요?"

주소 표기가 바뀐지라 생각도 못 했던 부분이다. 대충 살던 곳 근방이겠구나 했는데 클라인은 제부지만 여러모로 능력이 있는 남자였다. 내 동생 결혼 한번 잘했다.

"그럼 집부터 들러야 하나? 거기에 짐을 놔두고 다니는 게 더 편할 거 같아요."

"그래, 언니. 정규 차 타자."

엄마는 오랜 시간 비행기를 탄 아인이가 불편한 건 없는지 다시 살폈다. 공항을 나서자 찬바람이 살을 엘 듯 온몸을 감쌌다. 숨을 크게 들이마시면 얼 것 같은 매서움은 독일이나 한국이나 마찬가지다. 그래도 미묘하게 다른 것들이 있었다.

"언니, 그래서 말이지, 울산에 당숙네가……."

"그래? 그 집도 난리구나. 한번 가봐야 하는데."

"천천히 다 가봐야지. 내가 언니 오는 거 쫙 소문 다 내놨어."

"너도 참 호들갑은. 그래. 가자, 가!"

다른 무엇보다 나는 더 이상 엄마의 통역을 할 필요가 없어졌다. 독일에서는 귀찮도록 묻고 또 묻던 엄마가 멀찌감치 떨어져 이모와 재잘대는 느낌이 뭔가 쓸쓸했다. 말은 안 했지만 내심 우쭐거리다가 뒷방 늙은이가 된 기분이었다.

"근데 언니, 미리 말했던 거, 시은이 재, 저기, 내가 다."
"쉬잇, 나중에."
지금이건 나중이건 아줌마들 수다 소리는 너무 잘 들려 문제다. 대충 감이 오지만 못 들은 척하고 뒤를 따랐다. 나이 든 자매의 비밀이 뭔지는 세대 차이를 떠나 모른 척해주는 것도 예의였다.
「엄마! 거기서 뭐 해! 아, 뭐야!」
「저기, 난 아무것도 못 들었어. 너네 하던 이야기 해.」
엄마도 한 번씩 시아와 내가 침대에서 속닥거리면 웃으며 문을 닫아주곤 했었다. 그 은혜를 이렇게 갚아주다니. 역시나 나는 시아의 언니답게 의리가 있었다.
"……시은아, 왜 웃어? 재밌는 거 있어?"
"아니. 가자, 오빠."
의아해하는 정규 오빠를 피해 나는 매서운 공기 중에 웃음을 뱉어냈다. 그러고 나니 처음처럼 춥지 않았다. 단순하고 또 단순했지만, 그래서 어쩐지 기대가 됐다.
한국에서의 겨울은 웃으면 참을 만해진다는 걸 깨달아서였을까.

"시은아, 나가자. 자도 밥은 먹고 자야지."
"아니, 아니에요, 이모. 저는 좀 자고 싶어요."
"왜애, 나가지! 이모부가 여기 예약 다 해놨는데. 좋은 데야!"

"저녁이나 내일 가서 인사드릴게요. 짐도 좀 풀고 정리도 하고."

집에 도착하자마자 나는 뻗어버렸다. 긴 비행 시간도 견딜 만하다 했는데 막상 바닥에 엉덩이를 붙이고 앉으니 다시 일어나기가 힘들었다. 엄마 앞에서 할 소리는 아닌데, 나이라는 게 마음으론 안 먹는다 해도 몸은 차곡차곡 잊지 않고 먹었다.

"아우, 힘들어."

"애 좀 봐. 아인이도 이렇게 멀쩡한데 넌 뭐야, 젊은 애가."

"아인이니까 멀쩡하지. 나도 아인이처럼 어렸으면 안 그래."

이모와 정규 오빠가 모자간에 눈을 마주치고 웃었다. 농담이 아니었는데도 웃는 사람들 때문에 그 말은 바로 농담이 되어버렸다. 진짜 농담이면 더 좋았을 텐데.

"그래, 그러면 넌 좀 쉬고. 엄만 몇 시에 올지 모르겠네. 영지야, 몇 시쯤 오겠니?"

"언니도 뭘 그런 걸 신경 써. 늦으면 그냥 우리 집에서 자지."

"시은이 저거 저녁 때문에 그러지."

"얼른들 가세요. 엄마, 나 나이 많잖아. 저녁은 알아서 먹을게."

훠어이, 새를 쫓듯 다들 쫓아버렸다. 시끄러운 사람들

이 한 번에 빠지고 나자 나도 그제야 이 집에 눈에 들어왔다. 겉모양도 그렇지만 안은 모든 것이 바뀌었다. 우리 집이 있던 곳이라던데, 그대로인 건 이 집터뿐인가 보다. 완전히 부수고 새로 지었다니 당연한 일이지만 어쩐지 서운해졌다.

네 식구 여기 살 때에는 좋다 생각도 안 했는데. 대신 다른 고민들이 가득했었다.

"……."

억지로 이 집에서 그대로인 것을 찾는 청승을 떨어보다가 기어이 하나를 찾아냈다. 2층 커다란 창가에 무거운 엉덩이를 붙이고 앉자 거기서 보이는 동네 풍경이 그때와 같았다.

"하아, 진짜 왔네."

야호 소리라도 질러야 할까. 나는 천천히 끝에서 끝으로 고개를 돌렸다. 오른편 가장 끝에 보이는 저 빌딩은 당시엔 최신식 고층 건물이라 칭찬이 자자했는데 지금 보니 역시 촌스럽다. 기억 속 드문드문하던 간판이 대부분 바뀌었고 일정하던 건물 높낮이도 들쭉날쭉 제멋대로다. 저기 교회는 그사이 별관이란 게 생긴 듯했고 왼쪽 끝에 저기 학교는…….

"진짜 그대로네."

괜히 눈을 깜빡였다. 깜빡여서 짠 하고 변하면 좋은데 몇 번을 그렇게 봐도 여전히 그 학교였다.

피로나 잠은 애저녁에 달아났다. 대신 나는 남의 학교 앞을 서성였다. 정작 내가 다녔던 고등학교는 이모가 사는 옆 동네에 있었다.

'서경고등학교.'

외국인인 클라인의 입으로 들을 때에는 그렇게 생소하더니 눈으로 명판을 보고서야 좀 그럴듯했다. 학교 예산이 모자란가, 벽돌 정문의 명판은 가장자리 녹슨 모양까지 변한 게 없었다.

"아아……."

'서' 자의 모서리에 이끼같이 어두운 자국을 더듬어보았다. 숨은 그림 찾기라도 한 것처럼 웃음이 났다. 우리 학교 정문은 어디에 뭐가 붙었나 기억도 못 하는 주제에 남의 학교 앞에서 잘하는 짓이다.

그래도 나만큼 이 학교 앞을 잘 아는 사람도 드물었다. 난 이 학교가 생긴 이래로 교문 앞을 서성인 사람 중에서 가장 집요한 여자였다. 오후 5시면 늘 여기서 시아가 마치는 것을 기다렸고, 한 번씩은 4시에 오기도 했다.

그때에는 다른 사람을 기다렸지만.

"……여기 볼일 있어요? 누구 기다려요?"

"아뇨. 그건 아닌데."

"학교에 그렇게 막 들어가면 안 되는데."

정신을 팔고 있느라 수위아저씨가 다가온 것도 몰랐다.

여자이다 보니 아주 크게 경계하는 건 아니지만 무슨 일인가 떠보는 눈에 움찔해버렸다. 죄지은 것도 아니고 볼일이 있다 둘러대면 되는데 나는 그럴 만한 센스도 없었다. 어어, 하고 어벙하게 구는 사이에 볼일이 있다 거짓말할 기회가 모두 달아났다. 사람은 타이밍을 잘 맞춰야 하는 법이거늘.

"……그럼 학교 들어가려면 어떻게 해야 해요?"

"뭐 그런 걸 물어요?"

딴에 최대한 솔직하게 이야기한 건데 아저씨 눈에 의심이 더욱 짙어졌다.

"학교에 오려면 학부모나 학생이나 선생이나 그래야지. 볼일이 있거나."

"아……."

전부 아니다. 교문도 열려 있으니 그냥 좀 들어가면 될 것 같은데 입구부터 야박했다. 나는 아빠를 닮아서인지 하지 말라면 더 하고 싶은 충동이 들었다.

그래도 저렇게 두 눈 시퍼렇게 뜨고 지킨다는데. 어쩔 도리가 없이 미적대다가 벨소리 요란한 휴대전화를 꺼냈다. 엄마였다.

"응, 엄마."

– 너 어디야. 밖이야?

영상통화 버튼을 누르자 목소리는 엄마인데 화면은 예쁜 아인이로 가득 찼다. 심심하니 전화를 걸어달라고 고집을 부린 모양이었다. 내가 전화할 만한 멀쩡한 가족도 있다는 게 확인되자 수위아저씨는 괜히 철제 정문을 매만지고 있었다.

"아인아, 외할머니랑 뭐 해?"

– 엄마, 엄마야?

"응. 우리 아인이 밥 먹었어? 할머니들이랑 노니까 재미가 없어?"

– 엄마아.

아인이는 내가 보고 싶다고 웅얼거리다 훌쩍였다. 독일에선 독일말 못하는 외할머니만 아쉬웠는데 아인이도 한국 오고 처지가 바뀐 게 서러운가 보다.

"아인아, 아인이 데리러 갈까?"

– 됐어. 뭘 또 와. 너도 너무 다니지 말고 밥 먹어.

엄마가 흐느끼는 아인이를 달래는 모습이 보였다. 이내 전화기를 내팽개쳤는지 화면엔 어느 식당 천장만 가득했지만 차마 그대로 끊을 수는 없었다.

"아인아? 왜 울어?"

– 엄마아. 히이잉.

입을 내민 아인이가 전화기를 꼭 부여잡았다. 사랑하는 조카의 울먹임에 화면 속 작은 네모 안 내 얼굴도 같이 울상이 되었다. 거울을 보는 것과는 또 다른 기분이다. 이만 전화를 끊으려는데 어느 무도한 남자가 그 작은 네모를 비집고 들어왔다.

"……네 딸이야?"

"엄마야! 하아."

사람이 이렇게 놀랄 수도 있다니.

안 그래도 오랜 피로 누적으로 지쳐버린 내가 가슴에 손을 얹고 놀란 숨을 헐떡였다. 눈앞의 무례하고 뜬금없는 남자를 노려볼 힘도 없어 눈부터 질끈 감았다.

"잘못 봤나 했어."

"……."

할 말을 잊었다. 나는 이 뻔뻔한 남자를 두고 이번에도 어벙하게 굴었다. 반가운 척해본다거나, 도대체 네가 누구냐며 모른 척할 모든 기회를 놓쳤다.

"아, 서 선생님 친구분이셨어? 그럼 말을 하시지."

"네. 괜찮으니 이만 가보세요. 제 친구거든요."

수위아저씨가 이 남자의 한마디에 반색하며 태도가 달라졌다. 왜 진작 말을 안 했냐는 타박 아닌 타박을 길게 하다 바로 자리를 떴다. 아까까지는 제발 좀 가줬으면 싶던 사람이 막상 떠나자 바짓가랑이라도 붙들어놓고 싶었다. 나와 이 남자 단둘이 있는 것보단 나을 테니까.

"한국 온 거야?"

"어."

"아주?"

"아니."

"그랬구나."

뭔가 바로 이어 말을 할 듯했던 그가 입을 꾹 다물었다. 그렇게 한참을 더 있다가 목덜미를 쓸며 웃었다.

"나 서이준인데."

단답형의 성의 없는 대답을 깨트리고는 그의 이름이 나왔다. 내가 그를 모른 척할 수 있는 마지막 기회가 찾아왔다. 난 이제 자연스레 '맞다, 너 서이준이었지.' 하며 마치 긴가민가했다는 말투로 웃어주면 그만이었다.

간단하다. 쉽다. 내가 다루는 꼬부랑 숫자들에 비하면 자존심이 상할 만큼.

"나 윤시은. 시아 아니고."

나는 왜 이럴까. 답을 알면서도 기어이 내가 하고 싶은 말을 했다. 멍청하고 미련한 것과는 달랐다. 나는 이 남자를 모른 척할 만큼 뻔뻔하지 못했고 그럴 연기력도 부족했다.

"……그 소리 정말 오랜만에 듣네."

서른이 갓 넘은 남자의 미소는 더 이상 상큼하진 않지만 그윽해졌다. 열여덟, 프랑크푸르트의 첫 겨울쯤에 상상했던 모습 그대로다.

널 어떻게 모를까. 어떻게 하면 널 모를 수 있을까.

시아의 표현대로라면 이놈은 '착하고 순진한 우리 두 자매를 농락하고 뻔뻔하기 이를 데 없으며 얼굴값만 오지게 하는 천하의 나쁜 놈'이다. 그리고 내 표현대로라면 더없이 간단한.

"……."

그러니까 '첫사랑'. 그 이상도 그 이하도 아니었다.

part 02

뻔뻔한 놈

"커피 한잔할 시간 되지?"

"그래."

이제 와서 절대 안 된다고 둘러대는 건 더 우스웠다. 내가 한국에 오면서 이놈을 다시 만날 거라고 생각이나 했겠냐만 이왕 만나버렸으니 그럴듯한 게 좋았다. 언젠가 돌이켜봤을 때 '나 너무 찌질하게 정색했잖아.' 하는 것은 싫었다. 물론 미련이 있어 보이는 건 더 싫다.

"나 여기 되게 괜찮은 카페 알거든. 거기 갈래?"

"응."

앞장선 이준이 몇 걸음 성큼 걷다가 나를 돌아보았다. 내가 제대로 오는지 아닌지 감시라도 하는 것처럼 보였다. 예전에 저놈이 저렇게 날 돌아볼 때에는 옆자리에 시아가 있었다.

「왜 안 와? 빨리 오지.」

시아가 내게 손짓을 하면 이놈은 고개를 끄덕이듯 살짝 턱을 당기곤 했다. 그래도 난 역시 뒤에 서는 편이 좋았다. 나는 알았다 대답만 해놓고 느릿한 속도 그대로인데 결국은 거리가 줄어들다 세 사람이 한데 뭉쳤다. 나는 그때에도 답답한 사람이 먼저 오게 되어 있다는 진리를 알았던 것 같다.

"멀어? 어디까지 가?"

"바빠?"

"그런 건 아닌데 생각보다 좀 가는 거 같아서."

"거의 다 왔어. 이제 여기만 돌면 돼."

이준이 손을 들어 대로변 끝을 가리켰다. 자그마치 13년 만에 만났는데 우리는 꼭 어제 만나고 헤어진 사람처럼 이야기했다. 누가 본다면 한적하게 좋은 카페나 찾아다니는 연인들 같아 보일지도 모르겠다. 그 생각이 번쩍 들자 나는 이준을 불러 세웠다.

"그냥 아무 데나 가자. 여기도 좋아 보이는데 왜."

"거긴 좀 그런데."

내가 바로 앞 프랜차이즈 카페 하나를 대충 손짓하자 이준이 팔자 눈썹을 하고 고개를 저었다. 그냥 가자면 가지, 안 본 새 커피에 대한 조예가 깊어졌나 보다.

"봐. 다 왔잖아. 여기가 이 동네서 제일 괜찮아."

"그래?"

말을 하면서 걸었으니 이준이 말한 커피숍도 금방이었다. 하기야 이 동네가 넓어봤자다.

"어때? 괜찮지?"

"어, 그러네."

사실 내 기준에는 조금 휑하고 산만한 분위기의 카페였다. 정말 좋은 건물에 디자인이며 정원이며 고루 신경을 쓴 것도 알겠는데 뭔가 어색했다. 아까 집에서 보았던 빌딩처럼 이런 건물은 10년쯤 후에 다시 보면 굉장히 촌스러워 보일지도 몰랐다. 뭐든 미래를 생각하자면 무난하고 클래식한 게 최선이다.

"어서 오세요."

"아, 내가 계산할게. 너 뭐 마실래?"

"아니, 괜찮아. 내가 주문하면 되는데."

"다음에."

이준이 북적거리는 1층에 들어서자마자 나를 계단 위로 떠밀었다. '다음.' 그 한마디에 나는 더는 사양 못 하고 위로 올랐다. 이렇게 태연하게 다음을 입에 담으니 저놈이 뻔뻔한 건지 내가 앙큼한 건지 헷갈렸다. 적당한 자리의 의자를 빼 앉으면서도 지금 이게 이렇게 흘러가도 되는 건가 새로운 고민에 빠졌다.

"그 자리 편하지?"

"어? 응."

"제일 좋은 자린데. 나도 거기만 앉아. 너 안목이 좋네."

얼마 지나지 않아 올라온 이준이 손을 들고 다가왔다. 뭔들 어떠랴, 나는 어차피 두 달 후면 떠날 사람인 데다 아직도 시차적응을 못 해 몽롱하고 눈이 뻐근했다. 핑곗거리가 이렇게 넘쳐나는 판에 지금 좀 헷갈린다고 굳이 파고들 필요가 없었다. 저놈이 저렇게 태연하게 쿨한 어른 흉내를 내면 나라고 못 할 것도 없다.

"근데 나야 편해서 좋지만 여기 주인도 세상물정을 잘 모르나 봐."

예전만치야 못하겠지만 난 그냥 하던 대로 굴기로 마음 먹었다. 나는 이놈이 무슨 말을 하든 곧이곧대로 맞장구를 쳐준 적이 드물었다. 그렇다고 일부러 불만을 찾아내는 편은 아니었고 그냥 얘가 저 단정한 외모에 비해 대책 없이 밀어붙이는 걸 잘했다는 게 옳았다.

"주인이 왜? 난 여기 다 좋던데."

"돈이 넘치나 봐. 이거 의자 되게 비싼데 이런 걸 왜 카페에서 써. 사람들이 한번 앉으면 편해서 안 갈걸."

"좋아서 안 가는 건데 그럴 수도 있지."

"장사는 그렇게 하는 거 아니야."

이준이 하얀 이를 드러내며 웃었다. 너는 꼭 해봤냐는 뜻 같아 나는 바로 근거를 찾았다.

"나 건물 보는 거 좋아하거든. 독일이 또 건축으로 유명하잖아."

"그랬어?"

"응. 인테리어도 좀 산만하고. 딱히 센스 있는 편은 아닌 거 같아. 옆에 누가 있으면 좀 말리지."

"아아."

몰랐다는 얼굴로 이준의 고개가 양쪽으로 한 번씩 돌아갔다. 내가 보기에 진짜 이해를 해서 수긍한다기보다는 여자가 그렇다니 그게 또 그런 건가 싶은 전형적인 남자의 얼굴이다.

"진짜야. 커피라도 맛있어야 할 텐데."

“하하.”

사준 사람 앞에 두고 답답한 나머지 나는 별소리를 다 했다.

“본전은 뽑아야지. 얼마나 들어갔는지 모르겠지만 여기 주인 남는 것도 없을 거 같아.”

“난 그렇게는 생각 안 해봤는데 역시 넌 다르다.”

별로 우쭐할 건 아닌데 나는 턱을 돌려 이 정도 칭찬엔 능숙하다는 연기를 계속 했다. 이것도 계속 하다 보니 할 만했다.

“시은이 네 말 들으니까 커피도 너무 늦게 나오는 거 같지?”

“난 괜찮아. 아직 종업원들 체계가 안 잡혔나 봐. 언제 되나 그냥 한번 내려가봐야…….”

“사장님, 여기 계셨네요.”

“…….”

“아까 아는 척도 안 하고 올라가시더니. 윤주가 그러지 말라는데 그냥 제가 가져왔어요. 사장님한테서 확인 받을 것도 있고. 그런데 이분은…….”

“그거 주고 일단 내려가 있어.”

아아, 결국 내가 한 손을 들어 이마를 받쳤다. 아니, 가렸다. 쿨한 척 태연한 척하고 있던 내 철벽이 종업원의 등장으로 모조리 박살이 났다. 벌건 얼굴이 보일까 이마 위에서 손가락을 넓게 펼치는 게 내가 할 만한 전부였다.

“……커피 마셔봐. 커피는 진짜 괜찮아. 이건 진짜 내가 해서 그런 게 아니라 정말 신경 쓴 거야. 다들 맛있대."

이준의 말 사이사이에 웃음이 녹아 있었다. 이놈 진짜 나쁜 놈이다.

"윤시은."

"어."

"그냥 웃어. 나도 좀 웃게."

"음…… 아, 몰라."

나는 한 손을 마저 들어 눈을 가리고 웃었다. 아무리 좋게 이야기해도 나는 13년 만에 만난 첫사랑을 두고 어제 만난 듯 구는 쿨한 여자는 못 된다. 애써 자연스러운 척, 그 안에 숨어 있던 팽팽한 긴장감이 이준의 웃음으로 끊어졌다.

"이제 좀 진짜 같네."

"나쁜 놈."

이제 우리는 진짜 13년 만에 만난, 나름대로 사연 있는 어색한 남녀로 돌아왔다. 정말로 자연스럽다는 건 이런 걸 말하는지도 몰랐다.

part 03

갔다 온 놈

"나 너 선생님 하는 줄 알았어. 아까 서고 교문에서 아저씨가 너더러……."

"아, 김씨 아저씨?"

싱긋 웃는 이준은 마치 제가 그렇게 말하면 내가 누구인지 바로 아는 줄 아나 보다. 나한테 그분은 학교에 들어오려는 이상한 여자를 쫓아낸 다소 야박하고 직업정신 투철한 아저씨일 뿐이다.

"진짜 선생님은 아니고. 부탁으로 특강 같은 거 몇 번 했어. 예전에 2학년 때 우리 반 박진성이라고, 걔가 진짜 선생님 됐거든. 국사 가르쳐."

"박진성?"

"어, 약간 통통한데 서글서글하고 볼에 점 있는 애. 걔랑 시아랑 학기 초에 짝도 하고 그랬는데."

이준의 입으로 시아의 이름을 듣자 기분이 묘해졌다. 볼이 홀쭉해져라 빨대로 커피를 들이마시며 테이블 위 그의 손을 바라보았다. 길쭉하고 단단해 보이는 맨손이 잘나가는 기업가마냥 가지런히 깍지를 끼고 있었다.

"난 잘 모르겠어."

"보면 알 거야. 목소리도 특이해서는……."

박진성이라는 관심도 없는 남자애를 설명하려는 이준의 노력은 계속되었다. 아니, 이제 애도 아니겠지만 나한테는 이래도 좋고 저래도 좋은 어른이었다. 그러면서도 사람의 이미지를 떠올리듯 끊어 말하는 그의 말투에 문득 다른 것이 궁금해졌다.

저 녀석의 기억 속에서 나는 어떤 애였을까.

13년 만에 우연히 아는 애를 만나 나를 설명한다면 너는 어떤 말을 할까.

"……."

고민할 것도 없었다. 간단히 시아 언니라든가, 시아랑 쌍둥이라서 꼭 닮은. 시아, 또 시아.

"……어, 하여튼 그래. 윤시은 너 뭐 해?"

"아. 응."

"너 딴생각했지?"

"아닌데."

"너 거짓말 진짜 못한다."

저놈이 나한테 친한 척을 한다. 웃긴 놈. 난 아무 말 하지 않고 밖을 내다보았다. 갑자기 교복 입은 학생들이 우르르 많아지는 걸 보니 하교 시각이 지난 모양이었다. 저 중에서 혼자 다른 교복 입고 다니는 애가 나였는데. 갑자기 마음 한 군데가 찌릿해졌다.

"……혹시 딸 생각 중?"

"응?"

"아까 너랑 통화하던 애기."

어어, 타이밍을 잘못 맞춘 침묵이 또 길어졌다. 충격까진 아니지만 뭐라 적당한 말을 찾지 못했다. 실제로 독일에서도 내가 아인이를 안고 다니면 딸이라 생각하는 사람이 열에 아홉이다. 그런데 같은 말을 이준에게서 듣자 입이 말라버렸다.

"너랑 되게 닮았더라. 하하, 당연한 건가?"

"어."

일란성 쌍둥이 중에서도 유별나게 닮은 동생의 딸이다. 나를 안 닮으면 그게 더 이상한 거지, 나는 속으로 삐죽했다.

"잠깐 보니까 울어도 예쁘던데."

"그러니까……."

그 와중에 마음은 갈팡질팡했다. 내 딸이 아니라 시아의 딸이라고, 그 말을 해줘야 하는데 마음이 괜히 울렁거리고 있었다. 저놈이 시아는 어찌 지내냐고 하면 난 또 뭐라고 하지?

"윤시은 너 잘 살고 있었구나."

"……그게."

어쩐지 쓸쓸하게 말하는 이준은 어른스럽기도 하고 저 길가에 다니는 학생 같기도 했다. 그 시절 저놈이 시아를 보고 웃을 때 나는 저놈을 보고 웃음을 참았다.

이준은 눈치 없고 나쁜 놈이지만 첫사랑은 누구에게나 소중한 법이다. 내게도 그런 것처럼.

"어, 잠깐만. 우리 아인이 예쁘지? 볼래?"

내가 휴대전화 배경 화면에 있는 아인이 사진을 내밀었다. 찝찝하긴 했지만 사나이의 첫사랑을 지켜주는 것도 나쁘지 않았다. 나는 이렇게 쓸데없이 의리가 있었다. 딱 윤시아 언니답다.

"진짜 예쁘다. 이렇게 보니까 너 더 닮았네."

"응."

"남편은 별로 안 닮았나 봐. 서운해하겠다."

"……음, 남편은 없는데."

"어?"

"결혼은 안 했거든."

입매를 늘이고 있던 이준이 깜짝 놀라 당황한 얼굴로 나를 보았다. 아무리 의도치 않은 거라곤 하지만 너무 큰 거짓말은 버텨낼 자신이 없다. 꼬치꼬치 캐물으면 그건 어쩔 수 없다 생각했는데 이놈은 멋대로 고개를 끄덕이다가 입술을 꾹 붙였다.

"아아, 그렇구나."

"응."

"하기야 요새 그런 집 이래저래 많더라."

그래, 독일이니까 뭐, 그럴 수도 있지. 이준이 나를 따라 창밖으로 눈을 돌리며 몇 번 더 추임새를 넣었다. 쿨한 척하기는, 그러면서 나도 턱을 괴고 웃음을 참았다. 한 번씩 거짓말을 재미로 하는 사람이 있다는데 그 기분이 이럴까 싶다.

"아, 이제 가봐야겠다. 집에 엄마 오실 때도 돼서. 오늘 막 도착한 거거든."

"벌써?"

너무 감상에 빠져 있었다. 내가 자리에서 일어서자 이준도 쓰윽 커다란 몸을 들었다.

"아니, 앉지. 난 그냥 가면 돼."

"어디서 지내는데?"

"근처."

"그럼 같이 가자. 데려다줄게."

"아니, 진짜 괜찮아."

손을 내저으며 가방을 챙겨 들었다. 나는 당황하면 서두르는 버릇이 있는데 지금도 뭐라뭐라 불확실한 거절을 해가며 계단을 먼저 내려왔다. 하지만 이놈은 그런 버릇 없이도 다리가 길어 금방 나를 따라잡았다. 세상 불공평하다.

"데려다줄게, 시은아."

"괜찮다니까."

1층의 유리 정문 앞이었다. 아까 커피를 가져다주었던 남자와 곁에 선 종업원들이 우리를 흘끔거리는 것이 보였다.

"너 일해야지. 사장이 자리에 있는 거랑 없는 거랑 또 다르대."

"어차피 잘되지도 않아. 네 말대로 체계가 없어 그런가 봐."

"……."

"농담이야."

나쁜 놈이라 그런지 농담도 질 나쁘게 했다. 웃음을 참은 내가 먼저 유리문에 손을 올리자 힘을 싣기도 전에 문이 활짝 열렸다. 아까는 몰랐는데 등 뒤로 올려다본 이준은 키가 한 뼘은 더 큰 것 같았다.

"그냥 같이 가. 처음도 아닌데 왜 그래."

"……어."

맞다. 이놈은 최소한 137번은 나를 데려다준 전력이 있다. 내가 회계사라서나 똑똑해서 외우는 건 아니지만 정확했다.

딱 137번까지 세다가 이 병신 같은 짓 좀 그만두자 하고 거기서 멈췄으니까.

우리는 138번째로 밤거리를 같이 걸었다. 그사이 꽤 많은 밤들이 더 있었겠지만 난 원래 내가 센 것만 친다. 그사이 밤들을 다 포함하자면 내가 진짜 병신 같다는 자책감에 빠질 것 같았다.

"시은아, 너 춥지 않아?"

"겨울이니까."

"겨울이라도 좀 덜 추운 날이 있잖아."

"그래봐야 겨울이지."

"난 그래도 덜 추운 날이 있더라. 그런 날은 다녀도 겨울인지 잘 모르겠고."

이놈은 그새 시인이 된 건지 알쏭달쏭한 말을 했다. 나는 보는 것만 믿자는 주의라 남들 춥다 안 춥다 상대적인 말은 흘려듣는 편이다.

그래도 내가 무안을 주지 않고 '아, 그래?' 하고 듣는 척하는 건, 이놈은 내 첫사랑이기 때문이다. 그래, 그 정도 특권은 줄 만했다.

"얼마나 있는 거야?"

"응?"

"한국에 얼마나 있는 거냐고."

이준이 또 내 말 안 들었지 하는 얼굴을 했다. 나도 특권을 주니 마니 생색을 낼 게 아니라 묻는 말에나 똑바로 대답을 해야 했다.

"두 달."

"무슨 일이 있어서 온 거야?"

"아, 그냥저냥. 아인이도 아직 한국 한 번도 못 와봤고 엄마도 오랜만이고 나도 좀."

"그럼 특별한 목적이 있는 건 아니네?"

내가 망설이다 고개를 끄덕였다. 다른 사람도 아니고 시아 부탁인데, 도움을 청하려면 이놈만큼 적임자가 없을 것이다. 그래도 다시 동생의 이야기를 꺼낼 자신이 없어 숨을 크게 들이마셨다.

"하아."

웃지도 않았는데 겨울이 차지 않은 걸 보면 진짜 이준의 말대로 오늘은 덜 추운 날이 맞나 보다. 내가 탁 털어내듯 숨을 내뱉자 이준은 고개를 숙이고 웃었다. 예전 그가 나를 데려다주는 횟수를 셀 때보다 더 병신 같던 시절엔, 그가 하루에 몇 번을 웃는지 헤아릴 때도 있었다.

"아, 여기. 다 왔네. 들어가볼게."

"이 집이구나."

"어. 부수고 새로 지었나 봐. 같은 게 하나도 없어."

현관에서 비밀번호를 누르자 철컹 소리가 났다. 예전에는 열쇠를 썼는데 그새 세상이 많이 간편해졌다. 이별도 이렇게 간편하면 좋은데 우리는 말없이 제자리에서 더 서성였다.

"너 먼저 가. 데려다줘서 고마워."

"……딸은?"

"아, 아인이."

오늘 새로 생긴 딸내미 이야기에 멋쩍게 웃어버렸다. 하지만 이번엔 그는 웃지 않고 제법 진지한 얼굴로 나를 보았다. 하기야 첫사랑네 언니가 과부인지 싱글맘인지 모를 신세로 돌아왔다는데 웃으면서 물어보면 그건 진짜 나쁜 놈이다. 내가 얘를 좀 아는데 나쁘긴 해도 그 정도로 나쁜 놈은 아니다.

"우리 엄마랑 같이 나갔어. 걘 나보다 외할머니 더 좋아해."

"아, 그러네."

"뭐가 그러네야?"

놀리듯 흘겨보자 이준은 입이 마르는지 구두 끝을 툭 쳤다. 돌아가려나, 한 발 아래로 내려가던 그의 구두가 다시 나를 향해 돌아섰다.

"윤시은, 내가 갑자기 이런 말 하는 거 좀 그런데."

"어?"

"나도 좀 그래."

"뭐가?"

"나도 한 번 갔다 왔어."

쉽사리 이해가 안 가 이준을 내려다보자 그는 휙 고개를 돌렸다. 목이 마른 얼굴로 약지의 끝에서 끝까지 입술을 길게 쓸었다. 이준의 목소리는 겨울 가장 차가운 공기에 묻혀 바닥에 낮게 깔렸다.

"이혼했다고, 나."

"……어쩌다가."

카페에서 난데없이 싱글맘이 될 때보다 지금 더 당황해 버렸다. 사실이든 아니든 딱히 내가 할 말은 아닌데 정말 어쩌다 그랬나 마음이 쿵 내려앉았다.

"하려고 한 건 아니고, 그렇게 되더라."

다시금 생각하는데 이준에게 시아의 이야기를 안 꺼낸 것이 다행이었다. 추억에 묻은 사람은 동화처럼 잘 먹고 잘 살았다 내버려두는 게 심적으로 좋았다.

이렇게 가슴이 욱신거릴 줄이야.

"내일 보자, 윤시은. 이번엔 내가 하는 데 말고 진짜 유명한 데 있어."

"……."

"춥다. 들어가."

돌아서는 이준의 뒷모습이 낯익었다. 하지만 지금처럼 대놓고 지켜본 적은 거의 없고 주로 2층 창문에서 내려다본 것이 다다. 위에서 내려다본 것과 다른 점이라면 그의 널따란 등이 더 크게 보이는 것 정도.

아, 우리가 또 만나봐야 뭐가 좋겠냐는 말을 해줘야 했는데 나는 아직도 그의 폭탄 고백에 휩싸여 있었다.

"……미쳤지."

서른하나인 지금, 138번째라는 숫자를 새기는 그 천하의 모자란 짓거리를 또 하고야 말았다.

"왜 이렇게 늦었어? 애까지 데리고."

"아우, 몰라. 네 이모가 보내줘야 말이지. 안 그래도 내일부터 또 다닐 데가 천지야."

엄마는 11시가 넘어 들어왔다. 고개를 축 내리고 잠이 든 아인이를 받아들자 새삼 감회가 새로웠다. 예쁜 내 새끼. 오늘 나는 우리 아인이의 엄마가 되어버렸다. 아주 좋다.

"넌 아까 전화할 때에도 밖이드만. 잠도 안 자고 혼자 또 뭐 해? 방에나 들어가 있든가."

"엄마 기다렸어. 이불 깔아놨으니까 빨리 자."

오늘따라 거짓말이 술술 나왔다. 엄마는 온몸이 결린다며 미리 봐놓은 안방 이부자리에 몸을 뉘었다. 그 옆에 아인이까지 눕혀놓고 나는 문득 나가려던 몸을 다시 앉혔다. 무릎을 감싸고 앉아 오른손으로 가만히 아인이의 머리를 쓸어주었다.

"아, 우리 아인이 진짜 예쁘다. 어떻게 이렇게 예쁘지?"

"……너도 결혼해서 네 자식 낳아야지. 조카 백날 예뻐봐야 조카지."

나만 거짓말을 하는 게 아니라 엄마도 마음에 없는 소릴

했다. 나는 똑똑하니 그런 걸 제때제때 알아 화 대신 웃음으로 화답했다.

"엄마, 나 시집 못 보내 답답한 건 알겠는데 왜 우리 아인이랑 이간질을 해."

"내가 아인이 자는데 할 말은 아니다만 시아 걔는 아인이 아빠 만나기 전에도 이놈저놈 잘만 만나고 다니더니."

"에이, 금쪽같은 손녀 듣고 충격받는다."

"말 돌리지 마. 너는 왜 하나도 제대로 못 만나니? 엄마니까 솔직히 좀 말해봐. 뭐, 남자가 싫고 그러냐?"

그럴 리가. 나는 13년 전에 남자 때문에 하던 머저리 짓을 한국 온 지 하루 만에 또 한 여자였다.

"아, 말도 안 되는 소리 좀 하지 마."

"뭘 말이 안 돼."

엄마가 버럭거렸지만 웃음만 났다. 우리 엄마는 세상 엄마들이 하는 가장 큰 착각대로 딸의 남자관계를 모두 알고 있다는 착각을 하고 있었다. 안타깝게도 나는 엄마가 생각하는 것처럼 '처녀로 늙어 죽을 몸'은 애저녁에 자격을 상실했다. 첫사랑도 그렇겠지만 세상엔 엄마가 몰라서 더 좋은 사실이 몇 있다.

"어휴, 엄마. 평생을 같이 살 사람인데 어떻게 나이에 떠밀려 결혼을 하냐?"

"해라, 좀. 차라리 하고 아니다 싶음 다시 와라. 가봐야 좋은지 나쁜지 알고 다음에 또 가고 싶지."

결혼이 무슨 여행도 아니고. 하루 저녁에 갔다 왔다는 소

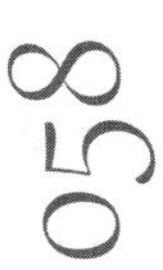

리를 두 번이나 들으니 머리에 과부하가 걸렸다. 특히 성질도 급해 이미 갔다 왔다는 남자가 떠오르자 마음이 따끔거렸다.

"나 나갈게. 잘 자."

이런 마음으로 우리 아인이를 쓰다듬는 건 죄책감이 일었다. 거실로 나온 나는 따뜻한 차 한 잔을 들고 의자를 끌었다. 불 꺼진 거실에서 내가 보는 건 바깥 풍경이 아닌 현관문이다. 방금 전 엄마가 들어왔을 때에도 지레 놀라 딴청을 부렸었다.

"후우."

찻잔을 입술 가까이 후 불어놓고도 마시진 않았다. 사실 이건 그냥 구색을 갖추는 거다. 엄마가 언제 나와도 그냥 잠이 안 와 잠깐 이러는 거라 둘러댈 핑계가 필요했다. 내 방에서는 현관이 보이질 않으니 어쩔 수가 없다.

"……."

시차의 피로가 머리로 모두 몰려와 생각을 뒤섞었다. 왜 나는 현관문을 열고 들어올 사람이 엄마가 아닌 다른 사람일 거라 생각했을까.

"야, 윤시아. 너 이거 가져가랬는데 말도 없이 그냥 가면 어떡해."

"……."

"이거 우리 조도 기한 맞춰 내야 하잖아. 너 아까 학교에서 네 부분 집에 놔두고 왔다며. 그거라도 좀 주라."

나는 우리 집 현관 앞에서 주절거리는 이놈이 누구인지 알고 있었다. 서이준이다. 시아가 몇 번이나 했던 말과 근접한 외모를 가지고 있었다. 시아는 남자 외모에 굉장히 엄격한 기준이 있었음에도 이놈 하나만 극찬을 했는데 그건 정말 과장이 아니었다.

"너 혹시 안 했어? 안 했는데 그냥 했다고 그런 거야?"

"……."

이놈은 딱 봐도 여자 집에 와본 적이 드물다. 안 그러면 이렇게 오자마자 저 할 말만 하면서 정작 내 얼굴 한번 제대로 안 쳐다볼 수가 있나. 사실 보았더라도 얘가 걔겠거니 했겠지만 이왕이면 정면도 궁금했다. 나는 가만히 팔짱을 끼고 짝꿍을 닦달하러 온 잘생긴 남학생을 감상했다.

"그럴 수도 있지. 뭐, 그건 괜찮아."

"……."

내가 대답이 없자 이놈은 알아서 수긍을 하고 폭넓은 이해심을 보였다. '내가 여길 왜 와선. 하기야 얘는 아프다는데 뭘 바랄까.' 이런 생각이 반듯한 이마에 훤히 적혀 있었다. 이제 받아 갈 것이 없다는 걸 알았으니 그대로 발길을 돌려 돌아가겠지.

"야, 그런데 나 여기까지 왔는데 물 한 잔만 마시자. 목 말라서."

그런데 이놈이 내 예상을 빗나갔다. 얼굴도 안 보고 혼자

기승전결을 다 찍길래 저 대단한 얼굴에도 숫기가 없나 했는데 의외로 뻔뻔했다. 나는 얼른 부엌으로 가 얼음물 한 잔을 가져다주었다.

"여기."

"어, 그래. 고마워."

물컵을 받을 때에도 괜히 우산꽂이 쪽으로 서 있던 이준은 진짜 목이 말랐는지 단번에 벌컥벌컥 잔을 비웠다. 눈을 살짝 내리고 고개를 든 옆모습은 여느 또래 남학생과 비교도 할 수 없을 만큼 성숙하고 고상했다. 적어도 보기에는 그랬다.

"언니이! 왜 안 올라와! 짜장면 온 거 아냐? 이거 언제까지 멈춰놔. 어어, 뭐야뭐야!"

"……."

쿵쿵거리며 리모컨을 들고 계단을 내려온 시아가 고개를 빼꼼 내밀다가 비명을 질렀다. 그러고 보니 나는 2층에서 시아와 영화를 보던 중이었다. 잠옷을 입고 있던 시아는 후다닥 도망쳤고, 나는 뚱하게 기대어 있었고, 이준은 사레가 들렸는지 쿨럭대다가 유리컵을 깨트렸다.

"아, 미안. 좀 놀라서."

"괜찮아."

"시안 줄 알고. 나 시아 짝이거든."

"어."

시아가 자신이 쌍둥이라는 말은 안 했나 보다. 이 정도로 놀랄 것까지야. 그러면서도 나는 웃음을 꾹 참고 있었다.

"아아, 윤시아가 두 명이라니."

뭔가 감당이 안 된단 말투였다. 사실 나는 이런 게 싫어 일부러 다른 학교를 지원했었다. 오랜만에 보는 반응에 나도 모르게 목소리가 뾰족해졌다.

"난 윤시은. 시아 아니고."

"……."

이준이 처음으로 나를 똑바로 올려다보았다. 눈을 내리고 있을 때 어색해하는 모습이 귀엽다는 생각을 했는데 이렇게 마주하니 웃음이 싹 달아났다. 보는 사람의 얼굴이 붉어질 만큼 잘생긴 외모였다. 단순히 잘생겼다고 하기에는 모자란, 수려하면서도 맑은 느낌. 특히나 깊고 기다란 눈매가 고요하면서도 청량한 바람이 일 것같이 시원했다.

"야아, 서이준. 너 뭐야. 갑자기 그렇게 오면 어떡해."

"아…… 내가 4교시 마치고 기다리라고 말했었는데. 과제 이야기랑 줄 거 있다고."

"아, 맞다! 미안!"

옷을 갈아입고 내려온 시아가 호들갑을 떨며 웃었다. 난 어쩐지 웃음이 나오질 않아 한 발 물러섰다. 아니, 물러서려고 할 때 그에게 손목을 잡혔다.

"아니, 거기 유리 조각이 있어서. 너 그냥 가만히 있는 게 좋을 거 같아."

"……."

"어, 컵 깨졌네? 어쩌지? 거기 기다려봐!"

시아가 부엌 뒤 창고로 달려가자 내 손목을 꽉 쥐고 있던 그가 바로 힘을 풀었다. 어색하게 굳어 있는 사이에 다시 시아가 왔고 이준은 우리를 모두 뒤로 물렸다.

"내가 치울게. 내가 깼으니까."

"그래도 미안. 나 때문에 여기까지 와선."

"괜찮아."

이준이 쓰레받기로 조심조심 유리 조각을 모았다. 내가 멍하니 그 모습을 보는 사이 시아가 팔꿈치로 나를 쿡 찔렀다. '잘생겼지?' 싱글벙글한 입 모양이 아슬아슬했다. 혹여 저놈이 알아챌까 봐 나는 모르는 척 고개를 돌려버렸다.

"대충은 치웠는데 제대로 봐야 할 거 같아."

"어. 알았어."

"그럼 이제 갈게. 이거 보면 너 할 부분 나와 있어. 저기…… 그리고 미안해."

시아와 몇 마디 하던 그가 내게로 눈을 향했다. 미안할 것까지야. 나도 오랜만에 남학생 구경 잘했으니 손해 본 것도 없었다. 그래도 괜찮다는 대답이 그렇게 쉽사리 나오질 않았다.

"……그래."

난 여고를 다녀 저놈만큼이나 이성을 대하는 데 서툴렀다. 부끄러운 것과는 또 달라 머리가 아픈 것 같기도 하고 속이 울렁거리기도 했다. 그렇게 머뭇대는 사이 끼이익 하는 오토바이 소리가 끼어들었다.

"어, 짜장면 이제 왔나 봐. 언니 돈."

"어? 응, 여기."

생긋 잘 웃는 시아가 밖으로 나가려 하자 이준이 옆으로 비켜주었다. 쟤도 얼마나 민망할까. 딴엔 좋은 일 해보겠다 왔을 텐데. 눈이 마주치자 내가 어색함을 접고 대충 웃었다.

난 괜찮고, 너도 미안할 거 없고, 그러니 이만 가보라.

이런 의미를 모두 담아 진짜 대충 웃었다. 저놈이 가야 나도 영화를 보든 짜장면을 먹든, 그게 아니면 울렁이는 속이라도 좀 가라앉을 것 같았다.

"아, 이준아. 너 이거 같이 먹고 갈래?"

"어?"

"손님 올 줄 모르고 두 개만 시켰는데. 언니랑 나랑 먹으려고. 넌 남자애니까 좀 모자랄까?"

쟤는 또 왜 저래. 내가 이를 꽉 물고 시아를 쳐다봤지만 이준이 먼저 눈을 들었다. 조금 전 느낌대로 고요한 깊은 눈에 이제야 당황이 사라진 듯했다.

"난 괜찮아."

예상했던 당연한 대답. 나는 시아더러 이제 좀 보내주라 옷을 끌어당겼다.

"어, 그래. 그러면 내일 보고 이거 고맙게……."

"모자라도 괜찮다고. 난 조금만 먹을게, 그럼."

그렇게 놈은 두 번째 예상을 깼다.

"뭐 특별히 먹고 싶은 거 있어?"

이준의 질문에 내가 멈춰 있던 걸음을 재촉했다. 오늘 또 보자더니 정말로 나를 데리러 왔다. 지나가는 말이 아닐까 했었는데 어쩐지 엄마가 나가자고 할 때 집에 있고 싶더라니.

"한국 와서 먹고 싶은 거 없었어?"

"다 좋아."

"그래도 여자들 다 좋다는 소린 곧이곧대로 들으면 안 된다던데."

누가 하고 물을 뻔했다. 갑자기 여자 마음을 다 아는 체 구는 저놈이 마음에 들지 않았다. 그런 놈이 잘 좀 맞춰 살지 왜 이혼을 했는지도 모를 일이다.

"그럼 짜장면 빼고는 다 괜찮아."

이준이 가볍게 쥔 손을 세워 웃음을 가렸다. 고개를 몇 번 끄덕하면서 다른 길로 앞장을 섰다.

"맞다. 너 짜장면 잘 안 먹지. 예전에 너네 집에 처음 갔을 때에도 너 거의 안 먹었잖아."

저렇게 여자 마음을 모른다. 하기야 그때 나는 정말로 몇 젓가락 먹는 둥 마는 둥 하다가 시큼할 것 같은 단무지만 오독거렸다. 막상 조금만 먹는다는 이준은 한 몫을 단단히 채우고 갔었다.

"난 너 처음에 짜장면 먹는 거 보고 저런 거 처음 먹나 했었는데. 왜 그랬어?"

"하하."

"한 이틀은 굶었나 했지."

이놈 반응을 보니 내가 욕을 해도 웃을 놈이다. 어른이 된 이준은 웃을 때 곱게 눈가가 접혔다. 남자더러 곱다는 말을 하기 웃기지만 예전에도 그는 눈매가 꼭 그림 속 선비 같았다.

"아, 그래도 뭘 먹긴 먹어야 하는데."

"너 어제 좋은 데 있다며. 네가 하는 데 말고."

"아, 맞다, 참."

그때에는 그렇게 똘똘하던 애가 왜 갑자기 정신이 빠졌을까. 세월을 탓하기에는 내 나이도 마찬가지라 그러지도 못하겠다.

"그런데 거기 생각해보니까 오늘 쉬는 날이더라."

"뭐야. 그럼 그냥 간단하게 햄버거 먹을까?"

이준이 저 끝에 있는 햄버거 체인점을 돌아보다가 난색을 표했다. 혹시 저것도 음흉하게 한 골목 너머에서 어중간한 햄버거 가게를 하고 있는 건 아닐까 하는 생각이 스쳤다.

"맛있는 거 사주려고 했는데. 시은이 너 오랜만에 왔으니까."

"오랜만이라기엔 좀 많이 길지."

"알긴 알아?"

그가 무심하게 내 머리로 손바닥을 툭 울리다가 흠칫 굳었다. 연이어 웃더니 그새 편해진 건지 예전 하던 버릇이 나와버린 모양이었다.

「내가 하지 말랬지?」

「어, 네가 하지 말랬어.」

열여덟 살의 나는 동갑내기 이준이 큰 손으로 내 어깨나 머리를 툭툭 스칠 때마다 눈을 찡그렸었다. 웃기는. 그래 놓곤 잠자리에서 뒤척이며 얘가 그 손으로 내 잠까지 다 훔쳐가는 건가 심란해했다. 하지만 이제 그렇게 흘겨보고 말기에는 저나 나나 상황이 많이 달라졌다.

"……야, 나 애 엄마야."

"어, 알아."

또다시 저런 눈. 웃지 않고 서늘한 저 눈.

손을 내린 그가 더는 군소리 없이 패스트푸드점으로 향했다. 양옆으론 교복 입은 학생들의 깔깔거리는 웃음소리가 넘쳐나는데도 우리 테이블은 유독 고요했다. 최신 유행 음악도 우리만 비켜갔다.

"너 정말 13년 만에 왔는데 가고 싶은 데는 없어?"

"응?"

무슨 말이라도 해주었으면, 딱 그 생각을 하던 중이라 내 눈이 커다래졌다.

"아, 있지, 그럼."

"어디?"

나도 무슨 말이라도 해야 하는 상황이라, 내뱉은 말이었다. 부드럽게 웃으며 쳐다보는 이준을 피해 햄버거를 한입 가득 베어 물었다. 최대한 천천히 씹어가며 생각할 시간을 벌었다.

지금 나는 어색한 걸까, 불안한 걸까.

어제는 반가움으로 넘겼다지만 오늘부터는 언제든 시아의 이야기가 나올지 몰랐다. 한 번의 거짓말이야 웃으며 넘어가줄 놈이지만 두 번째부터는 장담할 수도 없다. 나 역시 거짓말에는 소질이 없는 데다 다른 사람도 아니고 우리 시아를 두고는 생각 하나도 조심스러웠다.

"왜 말을 안 해줘?"

"어? 그런데 넌 뭘 그렇게 궁금해하는데? 같이 갈 것도 아니고."

"나 같이 갈 건데?"

햄버거를 내려놓자 이준은 뭐가 문제냐는, 아무것도 모른다는 예의 그 웃음으로 나를 대했다. 아직도 저러고 다니다니. 저놈은 예전에도 저렇게 고요한 눈으로 낄 데 안 낄 데를 모르고 잘도 따라다녔다.

「야, 너 또 우리 집 왜 왔어?」

「시아가 보여줄 거 있다고 해서.」

「오늘은 또 왜 왔는데?」

「시아가 뭐 좀 도와달라고 해서.」

처음 우리 집에 와서 짜장면을 축내고 간 이후로 이준은 굉장히 자주 들렀다. 이유는 다양했지만 대부분은 시아였다. 2층 작은 응접실에서 별 쓰잘데기 없는 걸 둘이 들여다보기도 했고, 시아가 못 하겠다며 내던진 숙제를 잡고 말없이 샤프로 쓱쓱 체크하기도 했다.

무슨 저런 호구가 다 있나.

시아는 내 동생이지만 얌체 같았다. 그게 그렇게까지 크게 부각된 적은 없었는데 저는 TV를 보며 깔깔거리고 이준은 뭐든 잡고 열심인 걸 보면 그렇게 얄미울 수가 없었다. 내가 시아 언니였기에 망정이지 이준의 누나였다면 당장 귀를 잡고 끌어내 '야, 이 멍청아!' 호통을 쳤을 것이다.

그러면서도 하굣길 현관에 그의 신발이 있는 날엔 입이 말랐다. 잰걸음으로 거실을 가로지르며 앞머리를 쓱 매만졌고 계단을 하나씩 오르면서 인사말을 고르고 또 골랐다.

안녕. 왔네. 어, 너구나. 언제 왔어? 뭐 해?

마지막 계단을 내딛던 그 순간을 기억한다. 매번 같으면서도 다른, 꼭 옛날 비디오를 천천히 돌려 보는 기분이었다. 소파 가장자리에서 책을 읽던 그가 고개를 돌려 꼭 이런 눈빛으로 바라볼 때면 나의 인사는…….

"……."

"윤시은. 나 너 지금 무슨 생각 하는지 알 것 같아."

"내가 뭘?"

이준이 뜯지 않은 빨대로 내 손등을 툭 두드렸다. 시치미 뗄 거리가 없어 임시방편으로 다시 햄버거를 들었다.

"너 또 그러네. 그거 맞지?"

"뭐야."

"너, 내가 너네 집 가 있으면 꼭 보자마자 '또 너야?' 그랬잖아. 그때랑 나 보는 얼굴이 똑같아서."

정곡을 찔렸지만 가슴이 아프다기보다는 화끈거렸다. 나는 그렇게 입 마른 고민을 해놓고도 내뱉은 말은 늘 같았다. 잔잔하고 출렁이는 그의 정적인 눈동자 앞에서 어떻게든 빠져나가볼까, 그렇게 톡 쏘아댔다. 언니 말투가 원래 그렇다고 이해하라며 웃는 시아의 옆에서 이준은 씨익 미소를 지었다.

저놈은 그런 식으로 내 마음을 꼬셨다. 많이, 자주 그렇게 꼬셨다.

"윤시은, 나 지금이니까 하는 말인데, 그때 네가 그렇게 말해도 하나도 안 무섭더라."

"까분다."

"하하."

어느 순간부터는 그 미소가 '너도 이리 와봐.' 하는 손짓으로 바뀌었고 나 역시 시아의 호구 짓에 말려들었다. 조용히 좀 하라고, 나도 할 거 많다고 문을 벌컥 열면 둘 다 미안해하기는커녕 뻔뻔하게 옆자리를 두드렸다.

「할 거 많아? 도와줄게, 그럼.」

「그래, 언니. 얘가 다 해줄 거야. 얘 공부 되게 잘해. 언니보다 잘할걸?」

시아는 여전히 TV를 보거나 만화를 보고 깔깔거렸고, 나는 이준과 문제집, 혹은 시아의 숙제를 집어 들었다. 훤히 덫인 줄 알면서도 속는 게 나였다. 내 발목에 피를 낼 것을 알아도 치즈가 오직 거기에만 있으면 덫을 밟을 수밖에 없다.

"……야, 서이준. 너 아직도 그러고 다니니?"

"맞아. 그 말도 많이 했었지, 너."

"농담 아니거든?"

"아, 이거 더 먹어."

이준이 아직 손을 대지 않은 너겟 몇 조각을 밀었다. 이런 식으로 모르는 척 입막음하는 데도 선수다. 다른 남자애들처럼 버럭하거나 눈을 부라리면 그대로 끝날 관계가 꽤 오랜 시간 이어졌던 것은 전적으로 이놈의 성격 탓이었다.

"그런데 우리 어디 가는 거야?"

"……얘 또 이러네."

"왜. 혹시 내가 가면 안 되는 데야?"

안 된다고 해도 따라올 놈이다. 억지를 쓰거나 힘으로 밀어붙이는 게 아니라 침착하면서도 고요해 있는지 없는지도 모르게 잘 붙어 있다. 이렇게 존재감이 큰 놈이 그럴 수 있다는 건 대단한 능력이다.

"아니. 그런 건 아니고."

그래, 네놈이 그렇다면 나도 한 번쯤은 멋대로 해봐야지, 그런 충동이 일어났다.

"너 말고 내가 가면 안 되는 데야."

"아, 이러면 안 되는 거 같은데."

"돼. 나 선생님이잖아."

"진짜 선생도 아니라며."

"애들이 나 보면 선생님이라고 불러. 그러면 선생님인 거지."

재가 저 정도로 뻔뻔했나, 내가 눈을 가늘게 뜨자 저놈은 눈동자가 보이지 않을 만큼 더 가늘였다. 어두운 곳에서 웃는 그는 정말 어른 남자처럼 근사했다. 다만 내가 속지 않을 뿐이다.

"손잡아, 얼른."

"……."

"정문으로 못 들어가. 아무리 나라도 너까지 데리고 이 시간은 좀 그래."

저도 가짜 선생인 주제에 이준은 자신이 마치 대단한 권력자라도 된 것처럼 굴었다. 기다란 다리로 난간에 훌쩍 뛰어올라 내게 손을 내밀었다. 그가 발을 디딘 곳은 학교 뒤편 후미진 골목일 뿐인데 한순간 모든 배경을 흐릿하게 만들었다.

"그럼 신세 좀 질게."

"신세는."

손끝이 닿자마자 이내 전체를 잡혔다. 그는 커다란 고리처럼 나를 강하게 끌어당겼다. 이대로 손가락이 엉키면 얼마나 더 뜨거울까, 목마른 생각을 깨트리려 내가 먼저 풀쩍 뛰어내렸다.

"조심해. 다쳐."

"이 정도로 뭘."

잠시 주저앉았다 일어난 바닥에서는 운동장 특유의 젖

은 흙냄새가 났다. 젊어지는 약처럼 냄새만 맡고도 어려지는 기분이다.

"……."

늦은 밤 학교는 적막했다. 누가 볼세라 몸을 움츠리자 이준이 곧 곁에 섰다.

"우리 학교에는 왜 와보고 싶었어?"

"……그냥."

클라인은 시아가 이곳에 무언가를 놓아두었다고 했다. 자세히 좀 설명해달라고 해도 자신도 아는 게 그것뿐이라 했다.

「시아가 몇 번이나 같은 이야길 했어. 언니가 직접 찾아줬으면 한다고.」

「그게 언제야. 놔두고 온 게 있대도 지금까지 있을 리가 없잖아.」

「아니. 시은이 넌 찾을 수 있대. 너만.」

얘는 아프다는 애가 뭘 그렇게 남편한테 짐을 떠안겼나 모르겠다. 내가 시아를 좀 아는데 장난기는 있어도 쓸데없는 짓을 할 애는 아니다. 더군다나 떠날 때가 다가오며 그 애가 오로지 누구의 생각만 했는지 그걸 알아 나는 이렇게 한국에 왔다.

뭘 찾을 거라는 기대는 없지만 찾는 시늉 정도는 해주고 싶었다. 나는 별다른 능력이 없어 시아에게 해줄 수 있는 게 이것뿐이다. 알면서도 속는 건 어른이 되어도 마찬가지다.

"서이준, 혹시 말이야, 너네 학교에 무슨 타임캡슐 그런 거 있었어?"

"아니."

"그럴 거 같았어."

시아는 학교에서 일어난 모든 일을 너무 세세하게 전해 문제였다. 그런 애가 타임캡슐처럼 십 대 여학생의 가슴을 설레게 할 중대한 행사가 있었다면 말하지 않았을 리가 없다.

「언니, 있잖아. 오늘 말이야. 학교에서…….」

난 시아가 하는 이야기 대부분을 걸러 들으며 때로는 귀찮아했다. 시아가 내게 비밀로 하는 건 딱 한 번, 내가 듣고 싶지 않다고 했던 그때뿐이다.

"하아, 공기 좋다."

"……너 여기까지는 처음 와본 거야?"

"응. 남의 학굔데 뭐."

서경고 앞이 어떻게 생겼는지는 그릴 수 있을 만큼 선명한데도 안에는 발을 들인 적이 거의 없었다. 나는 교문 밖과 안을 서로 다른 세상으로 구분 지었다. 안에서 나오면 맞아줄 수는 있어도 내가 안으로 들어갈 용기는 없었다.

그저 교문 바로 앞에서 시아가 마치길 기다렸다가 손을 들었고 어쩌다 운이 좋은 날엔 이준과 먼저 마주쳤다. 저 교문 안에 수많은 학생들이 있었지만 이준을 놓치는 일은 없었다. 무심하게 걸어가다 날 발견하면 '왔네?' 하고 웃어주었다. 나는 얘한테 '또 너니?' 소리밖에 못 하는 주제에 그가 나를 볼 때에는 더 크게 웃어주기를 바랐었다.

"너네 학교 크긴 크네. 안이 이렇게 큰지는 몰랐어."

"그런가? 나도 가는 데만 가서."

"어, 여긴 뭐지? 연못도 있네."

"그러네."

"저건 또 뭐지?"

"그러게. 뭐지?"

"야, 여기 너네 학교거든?"

서경고는 대학 재단이라 부지가 넓은 걸로 유명했다. 이준은 가는 데만 갔다는데 우리 시아는 얼마나 발발거리고 다녔는지 어쩌면 저놈보다 내가 이 학교를 잘 알지도 모르겠다. 뒤뜰에 웅덩이 크기를 갓 벗어난 연못이 보이자 나는 입을 꾹 다물었다.

「언니, 연못이 있다니까? 진짜야. 아, 정말이라고. 하여튼 거기 모양이 조롱박처럼 생겼거든? 조롱박 알지? 거기 중간에 손가락만 한 틈인데 그쪽으로 금붕어가 왔다 갔다 해. 되게 작아서 통로를 못 찾을 거 같잖아? 그런데 아니야. 어떻게든 그 틈을 찾아다니더라. 언니도 봤으면 좋았을 텐데. 아쉽다.」

내가 달빛에 손바닥을 펼쳐보았다. 이 계집애 허풍은. 내 이럴 줄 알았다. 실제로 본 조롱박의 통로는 손바닥보다도 컸다. 그런데 그 사이로 고기가 다니는 건 맞아서 나는 마음이 뭉클해졌다. 이준에게 여기는 어디냐 저기는 뭐냐 물어봤지만 사실 그럴 필요가 없었다. 시아의 말을 기억하는 게 빨랐다.

"너 왜 그래?"

"아니야. 저쪽으로 가볼래."

가는 곳마다 걸음이 멎었다. 그냥 혼자 올걸. 저놈이 먼저 시아 이야기를 꺼내면 어쩌나 고민했는데 문제는 나였다. 나 혼자만 걸음 닿는 모든 곳에서 귀가 간질거렸다. 바람결에 속삭이는 것처럼 마음이 아렸다.

"……저기는 나도 아는 데다."

"아."

"저기 저 나무."

이준이 손끝을 따라가야만 보이는 가장자리 나무 하나를 가리켰다. 지금은 앙상해 특별할 것도 없고 그 말 많은 시아가 단 한 마디도 한 적이 없는 곳이다. 어깨를 으쓱하고 먼저 등을 돌렸다.

"오늘은 갈래. 엄마하고 다 집에 왔을 것 같아."

"……딸도?"

"어."

아인이의 이야기가 나오자 그 작은 애가 너무나 그리워졌다. 아침에 넘치도록 온 뺨과 손발에 뽀뽀를 퍼붓고 왔는데도 부족한 느낌이다. 시아의 흔적이 너무 많은 곳에 왔으니 더 그럴지도 몰랐다.

"……."

나는 문득 지금의 내 얼굴이 이준에게 어떻게 비칠지 겁이 났다. 가라앉는 눈을 어둠 속에 숨기고 다시 담을 넘었다. 이준이 낄 데 안 낄 데를 못 가리긴 해도 최소한의 눈치가 남아 있는 건 다행이었다. 어둠이라고 해서 잠긴 목소리까지 감춰주는 건 아니니까.

"윤시은, 내일은 네가 밥 살 거지?"

"뭐?"

집 앞까지 보폭만 맞춰 걷던 그가 대문 앞에 선 내 옷깃을 잡았다. 여기 오기까지 시아 생각을 반 정도 하다가, 나머지 반은 옆에서 걷던 이놈 생각을 했었다. 난 그 시절 이준을 좋아했듯이 지금도 그렇다. 그때처럼 가슴을 부여잡고 시아의 병이 옮은 건가 고민하던 것과는 의미가 다르겠지만 이놈은 지금도 꽤 괜찮았다. 13년 만에 만난 첫사랑네 언니에게 커피를 대접하고 손을 내밀어줄 줄 아는 남자는 드물 터.

단언컨대 내가 아는 나쁜 놈 중에서 제일 좋은 놈이다.

"왜 대답 안 해?"

밥 한 끼가 대수냐 캐묻는 그에게 이번엔 내가 곤란한 웃음을 지었다. 어제도 그랬지만 이준은 내게 너무 많은 생각을 하게 했다. 그것도 지금은 없는 동생의 생각을.

"……."

이런 건 아직은 힘들었다. 이준이 내일을 약속하려 들면 우리는 오늘까지가 딱 좋다고 센스 있는 이별을 준비했는데 이놈은 빚쟁이처럼 돌변했다.

"야, 넌 그걸 꼭 똑같이 얻어먹어야겠니?"

"어. 너 알다시피 나 가게도 잘 안 되는데. 본전도 못 찾고 체계도 없어서.”

저런 말을 얼굴색 하나 변하지 않고 하는 걸 보면 셋 중 하나일 것이다. 내가 아무렇지도 않거나, 아직 물어봐야 할 것을 묻지 못했거나, 진짜로 돈이 없거나.

“알았어, 그럼.”

“좋아. 내일은 진짜 좋은 데 가자.”

이준의 단호하던 표정에 드디어 웃음이 어렸다. 따라 웃지 못하는 나는 한숨을 들이켰다.

부디 첫 번째나 두 번째 이유는 아니기를. 정말로 저놈이 땡전 한 푼 없기를.

돈은 나한테도 많지만 비참한 마음을 털어낼 용기는 여전히 부족하니까.

part 05

여우 같은 놈

\

"그러길래 처음부터 같은 학교 갔으면 좀 좋아? 번거롭게 뭐야, 이게."

나는 투덜대는 엄마 말에 대답도 없이 리본을 고쳐 맸다. 교복 벗을 새도 없이 다시 나가는 것도 귀찮은 판에, 저런 잔소리는 지겨웠다.

"그래도 네가 좀 챙겨. 알잖아, 응? 엄마가 데리러 가면 좋은데 엄마도 약속이 있어서 그래."

"……알았어."

이번에는 대답을 했다. 엄마가 무슨 뜻으로 저런 말을 하는지 입가만 보아도 알 수 있었다. 아쉬운 듯 미안한 표정. 엄마는 최근 들어 자주 저런 얼굴로 나를 대했다.

"시아가 어디 가자 해도 네가 말려! 너 걔 성격 알잖아. 제 몸 생각도 안 하고 뭔 바람이 들어서 매번 나돌아다니고. 응?"

"알았다고."

뒤도 안 돌아보고 소리를 높여놓고 큰길로 접어들었다. 서로 학교 가는 길은 반대지만 이 길도 그만큼 잘 알았다. 이래선 구태여 다른 학교로 진학한 보람이 없었다.

쌍둥이 동생인 시아는 나와 15분 차이로 태어났다. 하지만 같은 날 같은 얼굴로 태어난 우리는 같은 날 퇴원을 하지는 못했다. 선천성 심장병, 익숙하면서도 멀리하고픈 병명이 우리 시아와 붙어 있었다. 그래도 시아는 활달하고 명랑하며 밝았다. 그래서 우리 둘 중에 누가 아프다면 사람들은 당연히 그게 나일 거라 생각했다.

'아아……. 아니, 난 잘 웃지도 않고 그래서.'

내가 안 웃는 건 안 웃겨서다. 내가 웃는 걸 보고 싶으면 웃게 해주든가.

지금보다 더 어릴 때, 그래봤자 고작 2, 3년 전 중학교 때였지만 나는 시아가 조금 부담스러웠다. 나는 그냥 윤시은일 뿐인데 나를 보는 친구들의 시선은 전부 비슷했다.

말 잘하고 명랑한 윤시아네 언니.

아픈데도 이거저거 다 하고 다니는 윤시아네 언니.

아프지도 않으면서 혼자 도도한 척 공부만 하는 윤시아네 언니.

그 모든 딱지가 지긋지긋했다. 그렇다고 여느 드라마에 나오는 것처럼 특별한 차별 대우를 받고 크지는 않았다. 아빠는 아픈 건 아픈 거고 언니는 언니라고 나를 과하게 추켜세웠다. 그것도 가족들 다 모일 때마다 찬송가처럼 저런 말을 하고 나서 밥을 먹었으니 왜 그러는지도 알 만했다. 나는 잠시 으쓱하다가 결국은 언니 노릇을 더 잘하게 되었다. 엄마는 아빠가 보기보다 똑똑한 사람이라고 했는데 나도 찝찝하니 그 이유를 알 것 같았다.

「난 언니 말에 찬성이야. 그것도 좋은 생각 같아.」

중3 겨울, 내가 기어이 옆 동네 학교로 가겠다고 했을 때 시아는 긍정적인 얼굴로 박수를 쳤다. 그러면서 흘깃 나를 살폈지만 나는 모른 척 물만 마셨다.

「시아도 좋다잖아. 나는 여고 갈 거야. 여고 가서 공부만 할 거라고. 그러니까 아무 소리 마.」

아빠나 엄마가 약간은 불안해하는 걸 알면서도 나는 이제 시아와 멀어지고 싶었다. 어차피 집에서 질리도록 붙어 있는데 학교에서만큼은 '윤시아 언니' 말고 '윤시은'이 되고 싶었다. 교복도 달리 입고 시아를 모르는 사람들과 만나보고 싶었다. 누군가 나를 처음 보았을 때 '네가 혹시?' 하며 망설이거나 머뭇거리는 모습은 사양이었다. 결과는 아주 만족스러웠고, 나는 이제 조금씩 '모범생 윤시은'으로 2년차 홀로서기를 하고 있었다.

"어, 왔어?"

그러던 차에 이준을 만나버렸다.

전래 동화처럼 99일 동안 치성을 드리다가 100일째 되는 날 요사스러운 여우를 만난 기분이었다. 다 망했다.

"시아 데리러 왔지? 그런데 시아 늦게 마치는데. 오늘부터 동아리 뭐 하느라 5시는 돼야 나올 거야."

학교 저 안쪽에서 손을 들고 나온 이준이 내 쪽으로 걸어왔다. 그가 멋져 보이는 건 비단 나 혼자가 아니었다. 아무렴, 눈이 있는데. 이준이 나를 향해 걸어오며 스치는 모든 여학생들이 그를 보고 또 나를 보았다. 난 밥상머리도 아닌데 꼭 아빠의 '역시 언니는 언니.'라는 칭송을 듣는 기분이었다.

우쭐하면서도 부끄럽고, 그런고로 말은 짧아지는.

"……걔 그런 말 없었는데."

"아, 오늘 신청했거든. 2교시 마치고 조사했는데 갑자기 손들고 하겠대. 재밌을 거 같다고."

"아, 뭐야."

애는 고등학생이 되어도 제멋대로였다. 하기야 그러니 이런 애를 아무렇지 않게 집에 들이고 나를 시험에 들게 만들었을 것이다. 다른 여자애들의 질투 따위는 '내가 뭘? 난 아무것도 몰라.' 하는 천진한 웃음으로 받아쳤을 것이다.

"윤시아, 진짜."

"그럼 너 어떡할 거야? 계속 시아 기다릴 거야? 아직 4시라서 오래 걸릴 텐데."

이준이 걱정스레 고개를 갸웃거렸다. 자상한 놈.

나는 서이준을 만나고 나서야 이 나이대의 남자애들이 전부 '아, 존나'라는 접두사로 말을 시작하는 건 아니라는 것을 알았다. 여자애를 정면으로 보지 않고 한쪽 눈으로 부라리듯 훑어보지 않는 애도 있다는 걸, 없는 침을 기어이 모아다 내뱉지 않는 애도 있다는 걸 알았다. 그 모든 걸 죄다 안 하면서도 또래 여학생의 가방까지 들어줄 수 있는 남자가 서이준이었다.

또래 남자애들의 전형적인 모습에 질려 여고로 도피해 있던 나에게 그는 문화적 충격이었다.

"뭐 갔다 왔다 할 시간도 안 되고. 그냥 기다릴래."

"아, 그럴래?"

"응. 넌 가봐."

"나도 있지 뭐. 할 것도 없고."

"……."

"원래 시아 따라 또 너네 집 가려고 그랬었거든."

이준이 가방 끈을 툭 당기며 옆에 섰다. 동시에 그를 보던 여학생들의 눈도 같이 모로 쏠렸다. 이런 거 좀 피곤한데.

"……그냥 가라고."

"왜?"

"애들이 쳐다보잖아."

"아, 그거, 너 혼자 다른 교복 입어서 그런가 보다. 너네 여고 교복이라서."

"서이준, 너 바보니?"

응? 하고 되묻는 저놈에게서 고개를 확 돌렸다. 그런데 이놈이 어느새 반대 방향에서 나를 마주해왔다.

"그럼 다른 데서 기다리자. 여기 싫으면."

이번에는 얼굴을 조금 숙여서, 그러니까 내 코앞에서.

"……다른 데 어디?"

한 번씩 알고 이러나 의심을 했다. 내가 거절을 못 하게 하는 방법을 대체 몇 가지나 알고 있는지 궁금할 때도 있었다.

"어디 가고 싶은데?"

"그냥 좀 조용한 데."

"아, 나 좋은 데 알아. 가자."

그때에도 저놈은 온 동네 좋은 데 맛있는 데를 남발하고 다녔다. 나야 뭐든 좋았다. 안 좋아도 좋은 데였고 맛없어도 있는 데였다. 더군다나 셋이 아니라 둘이라니. 시아 없이 이준과 둘이서 걷는 길은 미로처럼 어지럽고 꼬부랑거렸다.

"좋지? 여기 조용하지?"

"……."

하지만 아무리 그래도 독서실 휴게실로 데려올 줄은 몰랐다. 뭘 바랄까. 이놈도 시아에게 얽혀 그렇지 모범생 중의 모범생이다.

"여기선 말도 하면 안 되는 거 아니야?"

"아냐. 여기는 말해도 되는 데야. 그래서 여기 다니거든."

사고방식이 특이했다. 조용한 곳 찾아서 독서실에 가놓고 말할 데가 있어 좋단다.

"그래도 여긴 좀 그래."

"왜?"

주위에 아무도 없는데도 목소리가 속삭이듯 낮아졌다. 그 소리를 들으려 가까이 다가오는 이준 때문에 더 숨이 가빠졌다.

"하여튼 좀 그래. 난 여기 다니는 애도 아니고 이렇게 막 들어오면."

"뭐 어때. 다니면 되지. 시아가 너 전에 독서실 다닐 거라던데."

"응?"

"여기 다니면 되잖아. 봐, 좋지? 말도 할 수 있고. 다 가 봤는데 다른 덴 이런 데 없더라."

이준이 황량한 독서실 테이블을 툭 건드려보았다. 재 좀 봐, 그러면서 나는 벌써 여기가 좋아 보이기 시작했다. 여길 다니려면 엄마 아빠한테 또 무슨 무지막지한 공약을 걸어야 될는지 머리를 굴리고 셈을 했다.

이놈은 부동산을 하면 갯벌도 팔 놈이었다.

"……뭐 괜찮네."

"그치?"

"어차피 난 혼자 하는 편이라서 학원보다는 독서실 체질이기도 하고. 한번 생각해봐야겠다."

그리고 쌀쌀맞은 나는 그 갯벌 위에 농사도 짓고 빌딩도 세울 여자였다. 그러다 빌딩이 다 무너지고 벼가 말라 죽으면 그때 가서야 내가 얼마나 미련했는지 진흙탕에서 목 놓아 울지도 몰랐다.

"잘됐네. 아, 혹시 너무 늦으면 내가 데려다줄게. 가는 길이기도 하니까."

"그러든가."

그 말이 마지막 남은 내 경계심을 끊어냈다. 심드렁한 척 턱을 괴면서 머릿속으로 '첫 번째 밤'을 생각했다. 사방이 어두운 골목에 내 머릿속만 밝았다. 내가 이준과 걷고, 시아가 없는 길은 상상만으로도 근사했다.

애초에 이준이 기어이 같이 기다리겠다는 사람이 누군지도 싹 잊힐 만큼.

십 대의 첫사랑이라는 게 이래서 무모했다. 그때 내가 실패해 잃을 거라고는 한 달에 8만 원 하던 부모 돈이 전부다. 다시 하라면 못 하겠지. 그러기에 지금의 나는 잃을 것도 많고 앞뒤 조심성이 많아져버렸다.

서른한 살의 나는 진짜 좋은 델 가도 좋은 걸 찾아내지도 못하고 눈앞의 술잔만 보고 있다.

"왜 안 마셔?"

"마실 거야."

이준이 챙그렁, 자신의 술잔을 가져다 댔다. 몸이 들썩거릴 만큼 흥겨운 음악이 흐르는 이곳에선 실제로 몇몇 청춘들이 일어나 몸을 흔들고 있었다. 그 구석자리 바에서 이준은 능숙하게 칵테일 두 잔을 시켰다.

이런 좋은 데는 언제 알았을까.

넌 어떤 여자한테 '좋은 데.' 달콤한 소리를 해가며 여우 같은 눈웃음을 지었을까.

"너랑 이런 데 오니까 정말 우리가 크긴 컸구나 싶네."

"독서실 아니라서?"

"응."

둘 다 각자의 술잔을 앞에 둔 채 피식거렸다. 칵테일 색은 이렇게 물들 만큼 고운데 나는 세상 때가 많이 탔다. 타지에서 마음고생도 많이 했고 아픈 소리도 많이 들었다.

“독일에서 오느라 힘들었지? 비행기 오래 탔을 텐데.”

“응. 꼬박 하루라서. 지구 반대편이니까.”

“얼마나 걸리는데?”

“열한 시간 반.”

“……진짜 멀긴 멀구나.”

이준의 중얼거림에 고개를 끄덕였다. 일등석을 타고도 머리나 다리가 결리던 느낌이 아직 몸에 남아 있다. 이십 대에는 어딜 가든 시차적응만 하면 그만이었는데 지금은 몸도 적응을 마쳐야 했다. 나이가 먹으니 성가신 일만 늘어난다.

“아. 어쨌든 그때 생각하면 공부 열심히 하지 말 걸 그랬어. 난 어차피 독일 가서 다시 시작이었는데.”

“난 그럴 줄 알고 별로 안 했어.”

여기가 시끄러워 좋은 게 내가 크게 웃어도 표가 안 났다. 입가에 대던 술잔에만 잔잔한 파도가 일 정도라 나는 기분 좋게 한 모금을 들이켰다.

“넌 좀 아깝겠다. 공부 되게 잘했잖아.”

“별로.”

“커서 뭘 하게 될지 미리 알면 좋았을 거 같아. 딱 그거 하나만 파게.”

“그 시간이 아까워?”

"아깝다기보다는……."

적당한 말을 찾지 못했다. 시간이 아깝다는 건 무의미하고 지루하다는 뜻인데 나는 그러지 않았다. 신선놀음에 도끼자루 썩는 줄 모른다는 나무꾼처럼 한동안 이준과 집으로 걸어가는 길만 생각했다. 공부는 어디서 뭘 했는지 기억도 안 난다. 난 그나마 독일에라도 갔으니 제 밥벌이 하고 사는 걸지도 몰랐다.

"아니. 안 아까워. 그때 나름 좋았어."

"……뭐?"

"그때 좋았다고."

뭐라도 대답이 있을 줄 알았다. 옆으로 나란히 앉아 얼굴을 보지는 못하고 그의 어깨가 뻣뻣해지는 것만 보았다.

"윤시은, 너."

"어머, 선배! 여기서 뭐 해요?"

"……."

내가 먼저 화들짝 놀라 고개를 돌리자 웬 아가씨 두 명이 이준을 향해 활짝 웃고 있었다. 그가 어떤 눈으로 그 여자들을 보는지까지는 확인하지 못했지만 그 여자들은 확실히 날 보고 웃음을 멈췄다.

"이분이 혹시."

"아냐."

"아…… 어쨌든 선배 여기 진짜 오랜만이네요. 이런 데 잘 안 다니시는 줄 알았는데."

"다녀."

나는 어색한 웃음을 거두고 슬쩍 고개를 돌렸다. 혹시 나를 그의 전 부인이라 생각한 걸까?

그 생각에 방금 전까지도 투명하게 보이던 칵테일 색이 탁해졌다.

"다음에 보자. 나 일행 있어서."

"다음에 언제요? 전에도 그래놓고 연락도 없으시더니."

"이번에도 그럴 거야."

뭐든 농담처럼 들렸다. 한참의 실랑이가 더 오가다 여자들이 사라졌지만 아직도 뒤통수가 따가웠다. 술잔만 바라보고 있던 나는 한 모금 크게 칵테일을 머금었다.

"시은아, 왜 갑자기 그렇게 마셔?"

"아니. 그냥."

"미안. 대학 후배들이야. 여기 모교 근처라서."

"괜찮아."

"아……."

이준이 머뭇거리는 게 그 손끝에서도 느껴졌다. 다시 한 잔 칵테일을 주문한 그가 툭 하면 부러질 것 같은 잔 아래를 문지르다 내게 건넸다.

"너는 독일에서 대학 다녔겠네?"

"응."

"뭐 하는지 물어봐도 돼?"

"나…… 그냥 회계사."

객관적으로 어디 가서 빠지는 직업은 아닌데 웃으면서 말이 나오진 않았다. 공부 적당히 한 애가 가질 법한 고리타분한 직업. 나는 불필요하게 스스로를 비하했다. 나도 방금 저 여자들처럼 좀 꾸미고 나올걸. 지금 나한테 제일 그럴듯한 직업은 이런 데서 안 빠지게 예뻐 보이는 그런 직업이었다. 그런데 그게 어떤 거냐면 막상 떠오르는 건 없어 한 모금을 더 마셨다.

"좋네. 음, 돈도 잘 벌겠다."

"어, 나 돈 잘 벌어. 너 여기 있는 거 다 마셔도 돼."

무턱대고 나온 허세에 이준은 빙그레 미소 지었다. 술기운이 올라 그런지 이놈이 이렇게 웃어도 내 마음 한 평씩 떼어주던 그때와 달리 꼬집어주고 싶어졌다.

"서이준 너는 뭐 했어? 카페 하기 전에 뭐 해봤을 거 아냐."

"아아, 나."

다 마셔도 된다 했더니 이놈은 정말 비싼 술을 시켰다. 한 손으로 얼음을 집어 들고 유리병을 들어 따르는 손동작이 말 그대로 시크했다. 독일에서 가까이 지낸 친구 하나가 '남자사람'이 남자 같아 보일 때가 눈 한번 안 돌리고 무심하게 담배를 물 때라는고 했는데, 이준은 지금이 그랬다.

"나 이거저거 많이 해봤어."

"무슨 말이 그래? 인생 풍파 다 겪은 아저씨처럼."

"그 정도는 아니지만."

"뭐뭐 해봤는데?"

이준이 유리잔에 입술을 대고 그림처럼 멈췄다. 저렇게

곰곰이 생각할 만큼 많은 일을 거쳤을까. 어쩐지 술을 한 병 더 시켜줘야 할 것 같았다.

저 멀쩡하던 애가 어쩌다가.

그날 보니 그 카페도 넉넉잡고 1년 후쯤 만나면 접고 또 다른 걸 하고 있을 분위기였다.

"일단 졸업하고는 연수원 들어갔다가 검사도 하고."

"그래, 힘들었……, 뭐? 검사?"

같이 고심해주다 한순간 코웃음이 나왔다.

"야, 이 술 그냥 네가 사."

"어."

싫다 소리도 안 하고 물끄러미 보던 눈으로 끄덕거렸다. 역시 웃긴 놈. 공무원이 최고라는데 왜 이러고 있는지 답답해졌다. 만약 그런 일로 이혼을 했다면 이놈 전 부인한테 뭐라고 할 일이 아니었다.

"그냥 검사 하지. 힘들게 들어가서."

"별로 힘들진 않았어."

"너 지금……."

"되게 재수 없지?"

알아, 그래놓고 옆으로 살짝 눈웃음이 흔들렸다. 그렇고 그런 다른 남자들이 말했으면 저것도 농담이다 웃었을 텐데 이준이라 그러지도 못했다.

"적성에 안 맞더라. 내 시간 다 포기할 만큼 정의롭지도 않고."

"그래도 그냥 하던 거 하는 게 나아. 이거저거 다 해봐도 처음 게 최고라잖아."

"그래서 넌 다음에도 회계사 할 거야?"

"절대."

큭큭거리는 웃음소리에 나도 같이 웃었다. 시간이 지날수록 음악도 높아져 마음 놓고 웃기 딱 좋았다. 서로 직업 한 번씩 주고받았다고 뭔가 또 하나가 허물어진 기분이었다. 춤을 못 춰 그렇지 마음은 이미 넘실대고 있었다.

"그럼 넌 다음에 뭐 하고 싶은 건 있어?"

"잘 모르겠어. 그런데……."

바 너머로 자연스레 춤을 추는 여자들이 보였다. 아까 그 여자들이다. 똑같이 돈 주고 술 마시면서, 심지어 내가 더 비싼 걸 먹는데 저 여자들이 더 재미있게 놀고 있다. 누가 그러란 것도 아닌데 부럽기도 하고 약이 올랐다. 여자인 내가 봐도 그런데 남자인 이준의 눈에는 어떻게 비칠까.

"나도 남 신경 안 쓰고 하고 싶은 거 다 해보고 싶어."

"진짜?"

얘가 날 건드네. 후우, 길게 내뱉는 숨결에 알코올의 향이 다시 스몄다.

"정말이거든. 너 지금 안 믿지?"

"아니, 그런 건 아니고."

"아니긴 뭘 아냐."

음악이 다시 커졌다. 내가 살짝 고개를 가까이 하자 그도 그만큼 가까이 기울였다.

"너 내가 무슨 생각으로 한국 왔는지 알면 놀랄걸? 오죽

하면 엄마랑 약속까지 했어."

"무슨 약속?"

"놀 거야. 온갖 거 다 해보고 놀아야지."

술기운에 대담해졌다. 내가 회계사를 하고 있댔을 때 별 동요 없이 '그렇구나.' 하고 말던 이준을 놀래주고 싶었다.

"미안, 잘 안 들려서 한 번만 더."

"후우, 놀 거라고!"

"뭐라구?"

짧은 머리칼을 잡아 끌 수도 없었다. 내가 그의 셔츠 깃을 끌자 이준은 필요 이상으로 귀를 붙이며 눈썹을 찡그렸다. 이 정도 음악이면 뭐든 감출 수 있을 것 같아 나도 최대한 목청을 올렸다.

"몸이건 마음이건 내놓고 즐길 거라고!"

"……아아."

술이 모조리 깼다. 한 칸 건너 앉은 남자들까지 나를 보는 걸 보니 어쩌면 노랫소리가 그다지 큰 건 아닐 거라는, 사실에 가까운 추측이 들었다.

"좋은 생각이네."

"……."

"굉장히 좋은 생각처럼 들린다, 그거."

남자의 목젖이 출렁이는 소리. 내가 고개도 못 들고 있을 동안 이준은 이곳에 오고 처음으로 원샷을 했다. 여유로우면서도 낮은 목소리가 술과 담배 전부를 능숙하게 한대도 이보다 더 남자 같을 순 없었다. 딱 한 가지 실수만 없었다면 그는 그야말로 철두철미하고 매력적인 전직 검사로 보였을 것이다.

"……야, 그거 내 술이야."

"어, 미안."

쿡, 결국 내가 얼굴을 파묻고 웃었다. 우리의 첫 번째 술자리였다.

묘한 긴장감이 우리 사이에서 지직거렸다. 술집에서 나올 때부터 이러더니 집에 오는 동안 더 심해졌다. 이삼일간 곁에서 걷던 그는 오늘만은 두어 발짝 거리를 두었다.

"그냥 가. 다 왔는데 뭘."

"다 왔으니까."

내 뒤에서 누군가가 걷고 있다는 게 이렇게 신경이 쓰일 줄은 몰랐다. 오히려 학교 다닐 땐 이놈이 워낙 뻔뻔하게 구니 오른편에 서건 왼편에 서건 그러려니 했다. 내가 구태여 좀 떨어지라 말하는 것조차 그를 의식하는 것 같아 속으로 헛기침만 했었다.

"내가 불편해서 그래. 이제 가."

"……왜 불편한데?"

그걸 몰라 그럴까.

술집에서 호기롭게 했던 말이 나조차도 진심인지 아닌지 어질거렸다. 내가 세상에서 속마음을 가장 감추고 싶었던 상대가 그 말을 들었으니 밤바람 쐬고도 얼굴은 여전히 화끈거렸다. 해서 즐거울 말이 있고 민망한 말이 있는데 나는 둘 다 해놓고 어딘가로 숨고 싶었다.

이러면 안 되는 거 아닌가.

여기 온 지 얼마나 됐다고 자꾸 그에게 여지를 주고 있었다. 내가 여기에 왜 왔는지 생각을 하면 과거의 첫사랑과 어른놀이를 할 때가 아니었다.

"내가 너 처음 데려다주는 것도 아니잖아."

"그땐 그때고 지금은 또 다르니까."

"뭐가 달라?"

"……."

"아니, 달라야 해?"

웃으며 묻지 않았다. 그게 당혹스러워 내가 먼저 한 걸음 거리를 더 벌렸다. 이제 곧 집 앞이고 잘만 하면 내 걸음으로도 이 간격을 지킬 수 있을지도 모른다.

"윤시은, 왜 꼭 달라져야 하는데?"

"그걸 몰라서 물어?"

"응. 난 정말 모르겠다."

안 돌아보기가 더 어색해지는 그런 순간이 왔다. 내가 조금만 더 어른스러웠다면 깔깔대는 웃음소리로 집에 오는 길을 채웠을 텐데. 어색할 사이도 없이 배를 잡고 웃으면서 내가 한 모든 말을 재미있는 농담으로 만들었을 텐데.

그런데 지금은 늦었다.

"그냥 민망해서 그래. 됐니?"

"……그게 다야?"

다일 리가. 그래도 꿋꿋이 모른 척 걸음을 재게 놀렸다. 만약에 저놈이 날 잡고 캐묻는다면 정말 길가에 주저앉아 버릴지도 몰랐다.

"넌 남자니까 모르겠지. 됐어."

"윤시은, 난 더 그래. 난 더 많아."

"……."

"난 남자니까."

저놈도 어딘가 답답한 듯했다. 하도 세상사 초연한 듯 빙긋한 얼굴이라 생전 저런 표정 못 볼 줄 알았는데 내가 더 가슴이 쑥 내려앉았다.

"시은아! 너 뭐 해!"

"아, 엄마."

"전화는 왜 안 받아? 늦게 오면 늦게 온다고 말을 하든가. 걱정했잖아."

무작정 내딛은 걸음 덕에 벌써 집 앞이었다. 이미 열린 문이 이상하다고 생각도 하기 전에 벌컥 엄마가 얼굴을 내밀었다.

"아인이가 너 얼마나 기다렸는데."

엄마의 뒤쪽에서는 아인이가 작은 얼굴을 쏙 내밀고 있었다. 정말로 날 기다렸는지 보자마자 손을 뻗고 방실방실 웃었다.

"엄마, 엄마."

"애 또 이런다. 어, 그런데…… 너 혹시."

"안녕하세요, 어머니."

"가만 있자, 이게 누구야!"

"오랜만에 뵙습니다. 저 이준이에요."

나는 애꿎은 아인이의 손가락만 매만졌다. 어차피 한동네 있으면 오다가다 부딪칠 수도 있는 일이고 둘은 서로 반가워할 사이가 맞다. 잠시 시아 생각이 반짝 났지만 엄마는 절대 자신의 입으로 먼저 시아가 떠난 것을 말하지 않는 사람이다.

"이준이 맞지? 맨날 우리 집에 출근하더니! 어머, 둘이 어쩐 일이야!"

"저 아직 이 동네 있다 보니까요. 잘 지내셨죠?"

"그럼그럼. 이게 몇 년 만이야. 난 너네 셋이 하도 친하게 지내길래 가서도 연락 좀 하나 했더니 그대로 끊겼어. 서운하더라, 얘."

"죄송합니다."

이제 그는 더 이상 답답하거나 당황한 기색이 없다. 나를 처음 만날 때만큼이나 자연스럽고 태연하게 엄마를 반겼다. 나는 아직도 가슴이 벌겋게 달아올라 내뱉는 말도 전부 거기서 거긴데 이놈은 달랐다.

"어우, 이게 웬일이니? 넌 더 멋있어졌다, 얘. 어릴 때랑 또 달라."

"어머니두요."

"그래서 둘이 만나서 지금까지 있다 온 거야? 하기야 얼마나 친했는데. 반갑겠네. 시은이 넌 이준이 봤음 말이라도 좀 해주지 그랬어."

"나도 얼마 안 됐어."

"이야, 너 너무 멋지다. 길 가면 다 돌아보고 그러겠어."

세상 모든 미혼 남자를 일단 내 짝으로 가져다 붙이고 보는 엄마가 이 시간에 술까지 마셨다는데 아무런 의심을 하지 않았다. 그건 엄마도 우리가, 그러니까 시아까지 셋이 어땠는지 기억한다는 뜻이다. 독일에서 시아가 이준을 나쁜 놈이라 욕할 때에도 엄마나 아빠는 고개를 내저었다.

「너네도 좀 그만해. 그래도 걔만 한 애 없더라. 차분하고 깔끔하고. 이모네 정민이만 해도 걔랑 동갑인데 어떠니? 까불고 살살거리고.」

「그래. 애가 아주 괜찮아 보이던데. 걔는 남자애가 집에 자주 와도 불안하지도 않드만. 안 그러냐, 시은아?」

「…….」

칭찬이든 욕이든 그 대상이 서이준이라면 나는 스치듯 하는 말까지도 담아두었다. 차차 다른 사람의 입에서 그의 이름이 나오는 횟수가 줄어들었을 때, 한마디도 먼저 않던 나는 늦은 밤 이불 속에서 그의 이야기를 펼쳐보곤 했다.

이제 엄마나 시아는 말도 않는데, 너는 나한테 참 오래도 간다. 어찌 이 먼 데까지 따라와 내 침대에 파고드니, 원망을 했다.

"늦어서 들어오란 소리도 못 하겠고, 어쩌지?"

"저 여기 근처에서 카페 해요, 어머니. 다음번에 제가 한번 초대할게요."

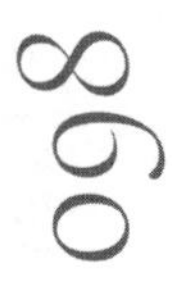

"어머, 정말? 정말 카페 해? 근사하다, 얘."

"별로 대단한 덴 아니에요."

웃음 끝에 이준이 나를 돌아보았다. 그 특유의 미소로 싱그럽게 웃다가 이내 목에 꼭 매달린 아인이의 뒷모습에 입매를 가다듬었다. 뭘 어떻게 해야 할지 모르는 것처럼 보였다. 나처럼.

"이준이 너 우리 손녀도 처음 보겠네? 아인아, 안녕하세요, 삼촌 해봐."

"……으으응."

"얘가 좀 부끄럼이 많아. 여기 와서도 통 나한테만 매달려 다니고. 난 좋은데 지가 심심하지 뭐. 올 때 장난감이라도 좀 챙겨 올 걸 그랬다. 어쩔 거야, 우리 공주."

엄마가 웃으며 아인이의 볼을 톡톡 두드렸지만 그럴수록 아인이는 내 품만 파고들었다. 낯을 가리는 데다 제 아빠를 제외하곤 남자 어른을 볼 일이 거의 없으니 진짜 부끄러운 모양이었다. 부끄럽다고 해서 이렇게 대놓고 고개를 파묻고 부끄러워해도 되는 아인이가 처음으로 부러웠다.

"아, 참. 나 너 만났다고 가서 너네 이모한테 전화 좀 해줘야겠다. 연락 안 된다고 했더니 정규까지 찾아본다 걱정했는데."

"어, 그래요, 엄마."

"그럼 이준아, 꼭 초대해줘야 해? 시은이 너도 추우니까 얼른 들어와."

고개를 꾸벅 숙인 이준은 엄마가 사라질 때까지 그 방향으로 멈춰 있었다. 문이 완전히 닫히고 나서도 그러더니 아인이가 내 가방 끈을 당기며 찡찡거리고서야 우리를 돌아보았다.

"……."

한 발짝 그가 다가섰지만 물러날 수가 없었다. 이준은 내가 아닌 아인이를 향해 다가왔으니까.

"……안녕."

그의 다정한 목소리는 세 살짜리 아이에게도 그리 들리는 듯했다. 절대 이마를 안 뗄 것같이 굴던 아인이가 슬쩍 이마를 돌리다가 다시 화들짝 내게 안겼다. 그 과정을 세 번쯤 반복하다가 어딘가 포인트가 있었는지 입이 커다래졌다.

"잘 웃는다."

"어."

"엄마 별로 안 닮았네."

이준의 손이 올라와 허공에서 머뭇거렸다. 아이가 작아 어디다 손을 대어봐도 되는지 깊은 눈에 고민이 어렸다. 결국 그가 택한 곳은 아인이의 조그만 발이었다.

"으응. 엄마. 흐응."

"아, 싫어하려나? 잡지 말란 거야?"

"아니, 좋아서 이래. 얘는 좋으면 꼭 이래."

"아, 다행이다."

무슨 말이 오가긴 하는데 나중에 기억해내려면 뿌옇게 흐릴 것 같았다. 무릎을 살짝 굽힌 이준은 아인이의 발을 놓지 못하고 꾹 힘을 주고 풀기를 반복했다. 아인이는 그게 재밌는지 깔깔 웃었지만 나는 그러지 못하고 눈을 내렸다.

그건 저놈도 마찬가지다.

"……서이준."

"응?"

어색한 기운이 남자의 손끝에서도 뚝뚝 떨어져 내리는데 이준은 아무렇지 않은 척했다. 애를 몇이나 키운 사람처럼 능숙하게 굴려는 것이 우습고 슬펐다. 얘가 누구 딸인지 알아도 그럴 수 있으려나, 눈이 시렸다.

"아까 나한테…… 그게 다냐고 물었지?"

그가 드디어 아인이의 발을 놓고 무릎을 곧게 폈다. 시선이 어긋난다. 내 위로도 한참 큰 키를 큰 줄도 모르고 있었는데. 급작스레 멀어 보였다.

"이제 왜 그게 다가 아닌지 알겠지?"

"……."

언제나 싱긋 받아치던 그가 선뜻 그러지 못했다. 아인이 발에서 손을 떼어놓고도 꼭 무언가를 잡고 있는 것처럼 손끝을 문질렀다. 별달리 슬픈 동작도 아닌데, 이날은 내가 먼저 돌아섰다.

"……엄마, 엄마."

"……응. 우리 아인이."

쿵, 현관문이 닫히자마자 나는 무언가를 확인하듯 아인이의 발을 만지작거렸다. 꽤 오랫동안.

"이준이 걔는 진짜 달라진 게 없더라. 의젓하니 정말."

"서른 넘었는데 당연한 거지."

"너도 넘었어, 너도."

더 들어봐야 불리할 거 같아 나는 못 들은 척 비닐봉투를 풀었다.

독일서 마땅히 가져온 게 없어 며칠을 버티다 드디어 장을 봤다. 살 게 얼마나 많은지 그렇게 속속들이 담았는데도 막상 집에 오니 허전했다.

"그러고 보니까 시아가 처음에 이준이 얘기 했을 때 얼마나 호들갑을 떨었니? 밥 먹다가도 몇 번 그래서 지 아빠한테 혼났지, 아마."

"응."

"시아 걔는 어릴 때부터 잘생긴 남자라면 사족을 못 쓰고, 아주. 내 딸이지만 쟤를 어쩌나 그랬는데."

그 어쩌고 싶은 딸은 이미 떠났다. 다른 사람들 앞에서는 잘 참고 버티며 이겨낸 듯 구는 엄마가 내 앞에서는 그러지 않아 다행이다. 예전처럼 하고 싶은 말을 다 하며 흉을 보다가 기가 찬다며 웃기도 했다.

“하여튼 이준이 걔 생긴 건 도련님같이 가리게 생겼는데 집에 와서 밥도 잘 먹었잖아.”

“그랬지.”

“가란 소리 안 하면 저녁까지 먹고 가고. 아우, 야. 나 처음에 걔 엄마 안 계신가 했었어. 그때 생각난다.”

나도. 속으로만 그렇게 중얼거렸다. 그놈은 소리 없이 많이 먹었다. 엄마 말대로 가란 소리 안 하면 알아서 시간 맞춰 1층에 내려가 엄마 옆에서 수저를 놓고 물도 따랐다. 우리 식구들은 달리 이상하다 생각도 안 했다. 너무 그럴 듯하게 제 자리를 찾아 앉는 놈이라 같은 남자인 아빠만이 한 번씩 그 묘한 기류에 갸우뚱했다. 하지만 그때마저 이 놈은 물 흐르듯 넘겼다.

「얼큰하니 해장하기 딱 좋네. 시은이 넌 밥도 좀 푹푹 떠먹고, 시아 넌 왜 밥상머리에서 그렇게 시끄러워? 그리고 이준이 너는……, 어.」

「아저씨, 아까 신문 찾으시던 거 제가 테이블에 올려놨어요.」

「아, 그래?」

「어제 1면에 났던 지티 그룹 비자금이요. 그거 결국 특검까지 한다는데 아무래도 눈속임 같죠?」

분명히 ‘아직 여기 있었냐?’로 이어졌을 아빠의 말이 ‘어어, 그렇지.’로 끝난 것이 한두 번이 아니었다. 시아가 숟가락을 물고 킥킥거리면 나는 아빠 말대로 밥을 푹 퍼서 먹었다.

안 웃으려고, 안 보려고, 입에 뭐라도 물고 있으면 그렇게 될 줄 알고.

"카페 한다니까 또 궁금하네. 나도 한번 가봐야 하는데."

"엄마가 그게 왜 궁금해?"

"멋지잖아. 키도 어쩜 더 컸더라. 그런 애가 왜 아직 혼자지? 여자들 눈이 삐었나?"

"……."

"참 요새 여자들 사람 볼 줄 모른다니깐. 이준이 걔가 순진한 거지."

계속되는 엄마의 칭찬이 어쩐지 못마땅했다. 왜 여자들은 서이준 잘난 면만 보는지 별게 다 울컥했다. 나는 이제껏 엄마가 무슨 말을 하든 맞장구를 쳐주었는데 엄마는 그놈 잘난 것만 줄줄이 읊어 나를 심란하게 했다. 고작 딸기잼 하나를 손에 들고 몇 분간 내려놓지도 못할 만큼 마음이 울렁거렸다.

"걔 한 번 갔다 왔어, 엄마."

"뭐?"

"걔 그렇게 순진한 애 아니야. 할 거 다 하고 살았다고."

불쑥 내뱉는 말은 대책이 없다. 그래도 아닌 척 쏟아내고 나자 잼도 좀 내려놓고 가득 찬 비닐도 정리가 되어갔다.

우리 아인이 먹을 과자는 여기, 마실 것도, 아, 장난감을 또 안 샀구나, 바보같이.

과하게 중얼대면서도 내 귀는 엄마에게 열려 있었다. 엄마가 뭐라고 할지 내 일처럼 가슴이 쿵쾅거렸다.

"아아, 세월이 지나긴 지났네. 그 이준이가 이혼도 했다니. 어이구."

"……그게 세월이랑 무슨 상관이야."

"어쩐지. 그래서 애가 표정이 좀 그랬나? 수심 있는 그런 거 말이야. 예전에는 그림처럼 그랬잖아."

"아까는 밝다면서."

"아니, 말이 그렇단 거지. 밝은 와중에 좀 어두운 거. 그런 기운 몰라?"

전혀 모르겠다. 아니, 안 그랬으면 좋겠다.

엄마가 그놈의 칭찬을 하든 욕을 하든 내 마음을 짓누르는 돌덩이는 조금도 가벼워지지 않았다. 비닐을 모조리 정리하고도 나는 두리번대다 씻어놓은 컵을 하나씩 닦아나갔다. 부스럭대나 달그락대나 똑같이 속이 시끄러울 뿐이다.

"사람 사는 일이 뭐 마음대로 되나. 가서 지지고 볶고 살바에 아니다 싶음 와서 저 할 거 하면 되지."

"언제부터 마음이 그렇게 넓어지셨대?"

"말하는 거 하곤."

"엄마 예전에 TV 보면서 남자 주인공 이혼하거나 재혼하고 그러면 욕하고 했잖아."

"그때는 우리 시아 있을 때고."

나도 모르게 컵 손잡이를 잡은 손에 힘이 풀리다가 행주를 들었다. 뽀득 소리가 날 정도로 강하게 문질렀다.

"……."

"시아야 뭐 이제 없는 사람이고. 그래도 남은 아인이랑 아인이 아빠는 어째. 사람 일 어찌 될지 모르는 건데."

우리는 시아가 없다고 말은 하면서도 막상 없다는 걸 인정하는 게 힘들었다. 내가 이럴진대 엄마는 얼마나 더할까.

"뭐 드라마 그런 거대로 다 욕하고 다니기도 무섭더라. 우리 아인이 나중에 새엄마 만나고 하면 보란 듯이 사랑받고 커야지. 내가 욕하고 다니던 그런 계모 만나면 나 못산다. 진짜 좋은 사람 만나면 혹시 알아? 나도 간간이 보여주고 그렇게 해줄지."

"……."

"다들 사정이 있는 거야. 자기 일 안 돼보면 모르는 거고."

나도 알아. 아는데도 이래, 엄마.

몇 개 안 되는 컵은 전부 반짝반짝 닦아두었다. 이제 더는 할 게 없어 부엌을 벗어나 곤히 잠든 아인이의 등을 두드렸다. 지금 이렇게 자면 밤에 잠이 안 오니 하면서도 당장 내가 숨이 막히는 것만 생각했다.

"아유, 근데 이준이 이야기 하다가 그랬네. 이준이 걔도 좋은 사람 또 만나겠지. 그래도 너보단 능력 있다, 얘."

"알아."

"그런데 얘는 그날 초대를 한대놓고 며칠째 한 번을 안 오네. 한 사흘 지났지?"

"……."

"너 며칠 집에만 있었잖아. 소식 없었지? 많이 바쁜가?"

요만한 애 하나를 토닥이는 중에도 몇 번씩 손이 멈췄다. 사실 내가 심란하게 벨소리 하나에도 가슴이 들썩이는 건 오늘 엄마가 이준의 욕을 해서도, 칭찬을 해서도 아니었다. 딱 그날 저녁부터 그랬다.

"바쁘긴 뭘 바빠. 개 안 바빠."

"……그래?"

"전에 봤는데 장사 되지도 않아. 망할지도 몰라."

그러니까. 장사라도 잘되든가. 나는 다시 할 일을 찾아 나서고 싶어졌다.

"뉘 집 딸인지 말 참 예쁘게 한다. 하여튼 문단속 잘하고 냉동실에서 국 한 팩씩 데워 먹어. 이번에 내려가면 울산 삼촌네까지 가야 해서 하루 이틀 더 늦을 수도 있어."

엄마가 외투를 챙겨 나왔다. 곧 이모가 온다는 시간인지 거울 앞에서 머리며 입술을 다시 손질했다. 아주 어릴 때 엄마가 저렇게 하고 나가면 그건 늦게 온다는 뜻이라 불안하게 지켜보곤 했다.

"나도 그냥 갈래."

"뭐? 그렇게 가자 해도 싫다더니?"

"간다고. 나도 갈 거야."

며칠을 홀로 견디기에 나는 너무 쓸쓸해졌다. 더는 갑자기 찾아와 대문 앞을 서성일 사람이 없다든가, 태연한 척 다가와 커피 한잔하잘 사람이 없다든가, 그 모든 걸 하지 말랬던 사람이 나라는 걸 인정하는 데 정확히 사흘하고도 여덟 시간이 걸렸다.

한국의 겨울은 속임수가 많았다. 덜 추운 듯해서 나가보면 허파가 쨍할 만큼 차게 굴다가, 집 안으로 숨으면 뺨이 따갑게 햇살이 내리쬐었다. 직접 겪지 않으면 아무도 모르니, 선택은 모두 개인의 몫이다.

"아, 우리 시은이 고생 많았네, 진짜. 어른들 말 많지?"

"어."

서울보다는 저 밑 남쪽 겨울이 더 찼다. 보통은 반대라는데, 우리 집은 나이 많고 말은 더 많은 친척들이 남쪽에 많이 살았다. 한 집씩 차례로 돌다 보니 시달리다 못해 어깨가 으슬으슬했다.

"뭔 결혼하라 이야기를 귀가 닳도록 하냐. 너 그렇게 나이가 많은 것도 아닌데."

"그러니까."

그래도 엄마를 따라 울산으로 내려갔던 건 순전히 내 선택이었다. 가서 무슨 말을 듣든 간에 내 책임이었으니 어른들이 뭐라든 간에 '네, 그럼요.' 하고 단정하게 굴었다. 오히려 내가 군말 없이 웃을 때마다 엄마와 이모가 불안하게 나를 살폈다.

"오빠도 그때 말 좀 해주지. 나 시달릴 때에는 한마디도

안 하다가."
"야, 각자도생이야. 너 시달리기 전에는 나였어. 내가 너 편들다가 뒤집어쓰는 수가 있다고."
운전대를 잡은 정규 오빠가 큭큭거렸다. 뒷좌석을 살피니 엄마나 아인이, 이모는 세상모르게 자고 있었다.
"오빠 운전하느라 피곤하겠다. 중간에 바꾸자니까."
"아냐. 이거라도 해야 잠이 안 와, 난. 넌 안 피곤해?"
"피곤하진 않은데 허리가 좀 아파서."
"그거 나이 들어서 그래. 별수 없다?"
"어, 고마워."
오빠는 정말 잘 웃는 남자였다. 나는 내 퉁명스러운 말에 웃어주는 것이 부담스러워 창가로 고개를 돌렸다. 이제 해가 저물어가는 동네가 보이기 시작하자 고작 며칠 지났다고 또 반가웠다.
"야, 저기 저 건물은 리모델링 좀 해야겠다. 다시 보니 왜 이리 촌스럽냐?"
"어, 오빠도 저기 기억나? 나 고등학교 다닐 때쯤 생겼는데."
"그럼. 저기 사거리 볼링장 하던 데. 처음 봤을 땐 끝내준다 그랬는데 건물도 세월은 못 이긴다."
내가 2층 창문에서 처음 보았던 독특한 모양의 건물이 나오자 정규 오빠는 자기가 주인인 양 혀를 찼다.
"확실히 눈에 띄긴 해, 독일엔 저런 거 없지?"
"어."

"그래도 나는 어쩌다 이 동네 와서 저 건물 보면 안심은 되더라."

"뭐가?"

"길은 안 잃었구나 싶어서. 내가 제대로 여기 왔네, 그런 거 있잖아."

내가 눈을 몇 번 깜빡하는 사이에 다시 그 건물이 멀어졌다. 하지만 잔상이 오래 남아 마지막 신호에서 오빠를 불렀다.

"나 그냥 여기서 내릴게. 오빠가 엄마 좀 데려다줘."

"왜? 추운데?"

"허리도 아프고 걸어야지. 몇 시간 차만 탔더니 바람 좀 쐬고 싶어서."

짜식, 오빠가 익살스러운 손짓을 하더니 차를 세웠다. 내리자마자 나는 또 속임수에 걸렸다.

"하아."

차다. 어른들의 똑같은 레퍼토리에 시달리고 온 남쪽 겨울보다 더 찼다. 나는 추위를 이겨내려 골목으로 접어들었다. 그래도 밤이라고 안전할 것 같은 큰길로만 다니다 보니 내 발걸음은 이상한 데서 멈춰 있었다.

단 한 번밖에 가보지 않았지만, 사거리 볼링장만큼이나 눈에 띄는 그곳.

"어, 안녕하세요? 저 전에 여기서 뵀는데 기억 안 나세요?"

"……."

이준의 카페에서 낑낑대며 쓰레기봉투를 들고 나온 남자 종업원이 멍하니 서 있던 나를 발견했다. 구면의 남자는 부담스럽게 쓰레기봉투까지 들고 내 앞길을 가로막았다.

"아, 네. 안녕하세요?"

"사장님 보러 오신 거 맞죠?"

"아뇨. 그냥 동네 산책하러 나온 거라서……."

"에이, 들어오세요, 추운데. 사장님 금방 오실 거예요."

"……이준이 어디 나갔어요?"

"네. 뭐 좀 확인하고 오신다고."

이준이 없다는 말에 나는 과자로 만든 집을 살피는 꼬마처럼 침을 삼켰다. 까짓 내 돈 내고 차 한 잔 마실 거라면 못 들어갈 것도 없다. 하지만 들어가면 웃기다.

"저희 커피 진짜 맛있어요. 오픈한 지 그렇게 오래된 것도 아닌데 커피 때문에 오시는 분들도 많아요. 지금도 2층은 꽉 차서, 어휴."

"……네."

"손님도 요새 많아서 사장님하고 전부 정신이 없어요. 쓰레기 꽉 찬 것 좀 보세요."

손님이 많다는 말에 내 마음속의 의심이 스멀거렸다. 서이준 그 물렁한 놈이 진짜 안 떼먹히고 본전을 뽑고 있는지 친구로서 걱정이 되었다.

그 좋다는 검사도 안 하고 때려치운 애가 이것마저 안 되면 답이 없다. 잘되는 건 둘째치고 최소한 저 요상한 건물을 리모델링할 돈이라도 벌어놨으면 싶었다. 사실 딱 한 번 본 여자를 잡고 지나치게 말이 많은 이 종업원부터가 수상했다.

"……그럼 몸만 좀 녹이고 갈게요."

과자로 만든 집의 문이 딸랑거리며 열렸다.

"향이 좋죠?"

수상한 종업원은 가게 안에서도 말이 많았다. 적당히 맛있는 커피를 달랬더니 온갖 설명 끝에 커피를 골라주었다. 자기 가게도 아니면서 돈을 안 받겠다 실랑이를 하는 모습이 어쩐지 시작부터 불안했다.

"네, 좋네요."

"저희는 저가 원두 이런 거 안 쓰거든요. 원두도 공정무역 이런 것만 쓰고 케이크 가져오는 것도 사장님이 진짜 유명한 데서 가져오세요."

"그래요?"

"먹는 건 아끼면 안 된다고. 비밀인데 얼마 남지도 않을 거예요."

"……."

어째 들으면 들을수록 가슴이 무거웠다. TV에 나올 만큼 착하고 좋은 카페라는 건 알겠는데 서이준 이놈은 장사를 하겠다는 인간이 기본적인 책 한 권도 안 읽었나 싶다.

장사는 자선이 아니다. 차마 내가 직접 말은 못 하겠고, 이 말 많은 종업원에게 책을 안겨주고 싶어졌다.

"어, 자리 없어요? 다른 데 가야겠네."

"죄송합니다."

"아니, 여기 앉으세요. 여기 자리 커요."

딸랑 종소리와 함께 대규모 손님들이 들이닥쳤다. 눈대중으로 언뜻 봐도 열 명은 넘어 보인다. 운 좋게 큰 테이블 하나를 차지하고 있던 내가 바로 비켜주었다. 저걸로 리모델링은 못 하겠지만 타일 몇 장 값은 벌어다줄 것이다.

"어, 감사합니다. 그런데 어쩌죠? 사장님 손님이신데."

"저야 공짜 커피 마시는데요. 괜찮아요."

"그럼 3층 잠깐 가 계세요. 원래는 거기도 오픈해야 하는데 아직 관리가 어려워서 요새는 사장님 사무실처럼 쓰세요."

간 큰 놈. 관리도 어려운 걸 생각도 없이 3층이나 지어놨다니.

눈으로 본 것만 확인하는 나는 기어이 나선형의 가파른 계단을 올랐다. 다시 보는 인테리어는 예쁜 듯 어수선했다. 비싸고 예쁜 걸 그냥 다 사들인 모양이었다.

"잠시만요. 금방 불 켜드릴게요."

환한 불이 들어오자 순간적으로 눈이 감겼다. 그리고 눈을 떴을 때 3층 휑한 공간에 몇 안 되는 물건들이 하나씩 보이기 시작했다. 그중 가장 중앙에 있는, 카페에 전혀 어울리지 않을 물건으로 걸음이 향했다.

“잘 만드셨죠? 저희 사장님 손재주도 좋으세요.”

“……네.”

아주 어린 아이가 탈 만한 작은 목마다. 완성한 지 얼마 안 됐는지 밑에는 아직 톱밥이 수북했다. 이건 정말 재주가 있는 거라, 나는 반박도 못 하고 무릎을 구부려 앉았다. 니스 칠이 반짝이는 목마는 곱슬거리는 갈기 모양부터 섬세한 세공이 들어가 있었다.

얘 정말 별의별 걸 다 하는구나. 이거 망해도 먹고는 살겠구나.

괜한 걱정이었지만 다행스럽진 않았다. 나는 완만한 등 곡선을 눈으로 쭉 따라가다가 마지막 꼬리 부분에서 한쪽 눈썹을 힘주어 쓸었다.

“어, 정말 왔네? 혹시 오래 기다렸어? 미안, 올 거라 생각을 못 해서.”

“…….”

막 계단을 올라 숨을 헐떡이는 이준을 돌아보지 않았다. 내 눈은 목마 위, 오랜만에 보는 문자에서 떨어질 줄을 몰랐다.

Prinzessin Ein.

아인 공주님. 독일어였다.

“언제 왔어? 음, 여기서 보기 힘들어서.”

"오늘."

"아, 그랬구나. 깜짝 놀랐어."

마주 앉은 이준은 휴대전화를 만지작거렸다. 그냥 전화를 하면 빠르고 간편하다는 걸 몰라서 묻는 건 아니었나 보다.

"너 저런 건 언제 배웠어? 잘하던데."

"여기 카페 차릴 때."

"그럼 여기도 네가 만든 거야?"

"아니. 그냥 설계하고 디자인할 때부터 구경만 했어. 그러다가 목수들 하는 거 신기하기도 해서 한참 따라다니다가 옆에 공방 있다길래 배워봤지."

"……그렇구나. 너 소질 있나 봐."

깜찍한 목마는 아직도 우리 옆자리에 있었다. 정말로 아인 공주님이 탈 것 같은 목마였다.

"아니야. 소질 있는 줄 알았는데 없더라."

"……."

"원래 그제면 다 완성이 될 줄 알았거든. 그런데 마음이 급해서 잘 안 되더라구."

마음이 급한 건 나도 마찬가지였다. 나는 그 급한 마음으로 울산까지 내려가 온갖 지적을 다 당하고 체해서 올라왔다. 공정무역을 하고 향이 좋다는 커피로 속을 겨우 달래는 중이다.

"그러니까 번거롭게 왜 했어. 카페 일도 바쁠 텐데."

"그날 어머니가 아인이 장난감 하나 못 챙겨 왔다 하셔서.”

“…….”

“페달도 만들었는데 아인이 발 그날 보니까 작아서 빠질 거 같아. 한번 볼래?”

“……아니, 나중에.”

나는 두 손으로 커피잔을 크게 감쌌다. 뜨거울 것 같은데 뜨겁지 않다. 이것도 속임수다.

“사장님, 사장님 커피요.”

“어, 고마워.”

“그런데 제가 두 분 오붓한 시간 보내시는데 방해한 거 아니죠?”

말 많은 종업원이 이준의 커피를 날라다주었다. 이준을 보고, 나를 보고. 이 남자의 눈은 입만큼 바빴다.

“저희 그런 거 아니에요.”

“네, 정말요? 저희 밑에서 내기도 했는데, 에이.”

어쩐지 다들 날 보는 시선이 한결같더라니.

실망으로 축 늘어진 종업원의 어깨를 보면 이 남자가 어디에 걸었는지 알 만했다. 나는 시치미를 떼고 입안을 질근거렸다. 상처가 생겨 거기에 뜨거운 커피가 닿으면 정신이 번쩍 들지도 모른다. 공주님은 동화책에 살지만 나는 현실에 사니까, 달콤한 커피향에 취하지 않게 조심해야 했다.

그런데 언제 이렇게 달콤해진 거지.

“…….”

"에이, 잘해보세요. 저희 사장님 진짜 괜찮은 남자예요."
"내려가 있어."
"아니, 답답해서 그러죠. 저희 사장님 같은 남자가 어딨어요? 돈 많겠다, 잘생겼겠다, 성격까지 착하시잖아요."
남자가 제 일처럼 답답한지 가슴 위로 주먹을 불끈 쥐었다. 다른 건 몰라도 이준이 정말 좋은 사장님이긴 한가 보다. 종업원이 사장 입장에서 편을 드는 것도 그렇고, 그만 내려가라는 사장 말을 깡그리 무시하는 것도 그랬다.
"그러니까요. 착해서 안 돼요."
"네?"
"서이준 얘 진짜 착하잖아요. 그래서 안 되겠더라구요."
그가 커피잔을 내려놓는 소리가 컸다. 동요하면 안 되지, 나는 종업원을 향해 최대한 그럴듯하게 웃었다. 술자리에서 충동적으로 던졌던 허세 가득한 말을 지우고서 평범하고 담백한 친구 사이로 돌아가려면 이번이 마지막 기회였다.
"원래 저도 좀 놀아보려고 한국 온 건데, 이게 참 쉽지가 않네요."
이 기회를 놓치면 나는 돌아갈 때까지 이준을 보는 것이 힘들어질 것이다. 한 발짝 물러서 어른의 가면을 쓰더라도 한 번이라도 더 그를 보는 편이 좋았다.
모 아니면 도. 도는 안전했다.
"왜요, 놀면 좋지. 여기 놀 데도 많아요."
"놀아도 나쁜 남자랑 놀아야 재밌지, 착한 남자랑 뭘 하고 놀아요."

"하하하, 그러네요. 맞네! 우리 사장님 바로 탈락이다."

그럴듯했다. 커피잔도 한 손가락으로 잘 감아 올려 중간중간 목을 축였고, 내려놓는 속도도 적당했다. 아쉽게 돌아가는 종업원에게 손을 흔들어줄 만큼 자연스러웠다.

"……아, 재밌는 사람이네. 손님들이 좋아하겠다."

"응."

"잠깐만, 나 전화 좀."

일어서고서야 머리가 잠깐 어질했다. 휴대전화를 꼭 부여잡고는 망설임 없이 계단으로 향했다. 나선형의 계단 중턱에서 입이 마르기 전에 휴대전화를 귀에 붙였다.

– 통화하기 힘드네, 시은.

『……아냐. 아니, 그게 아니라. 내가 지금.』

무슨 말을 하는지 모르겠다. 며칠 만에 통화를 하는 클라인이 장난스레 웃었지만 나는 목소리가 굳었다. 네다섯 계단만 더 내려가면 손님 많은 2층에 섞일 수 있을 텐데 힘없이 그대로 벽에 기대었다. 하나 둘, 마음속으로 편안하게 흐르는 보사노바 음악의 리듬을 세어보았다.

– 괜찮아? 왜 말이 그래? 어디 아파?

『아니. 우리 오늘 서울 올라왔어. 아인이는 집에 있고.』

– 넌 어딘데?

『앞에 좀 나왔어. 이제 갈 거야.』

– 좋은 데 있어? 좋은 데면 좀 더 있다가…….

『어?』

뜨겁다 했더니 귓가가 휑해졌다. 내 휴대전화는 어느새 다가온 이준의 손을 거쳐 저 아래로 내팽개쳐치듯 굴러 떨어졌다.

"애 아빠야?"

"너 뭐 하는 거야?"

동시에 물어놓고 누구도 대답은 없었다. 내가 그를 올려다보자 이준은 눈을 떼지 않고 같은 계단까지 무거운 걸음을 내렸다. 어둡고 습한 눈, 처음 보는 눈, 가슴을 짓누르는 눈.

"나 전화 하던 중이었잖……, 으읍."

숨이 막혔다. 좁은 계단 위에서 이준은 내 뺨을 감싸고 입술을 맞췄다. 달콤한 커피향이 훅 들어차 달아오른 서로의 입안에 퍼져나갔다. 보사노바 음악 속 피아노 음계가 끝도 없이 치닫고 있었다.

"이런 짓 하는 놈이 착해?"

"하아, 하아."

"윤시은, 너 속은 거야."

은밀한 각도로 기울어진 고개, 반쯤 내리깐 눈이 아슬아슬했다. 이제껏 내가 맛본 그 무엇보다 뜨겁다. 도톰한 혀가 입술을 쓸자 어깨가 바로 움츠러들었다. 이준은 벌어진 틈 사이를 샅샅이 파고들어 내 생각을 빨아들였다.

"……너 아직도 내가 착해 보여?"

3층도 있었나 봐. 우리도 한번 올라가볼까?

여자들의 웅얼거리는 소리가 이준의 혀와 손에 흩어졌

다. 네 다리가 얽히는 나선형 계단 한 칸에서 이준은 거친 숨결을 퍼부었다. 다소 난폭한, 그러면서도 명백하게.

"……아니."

나쁜 놈들이 하는 키스다. 모 아니면 도. 모는 아찔했다.

part 07

뼛속까지 나쁜 놈

최고로 나쁜 키스를 했던 이준은 하루 만에 다시 착해졌다. 나는 양팔을 감싸고 '착한 척하는 서이준'을 감상했다. 최대한 냉철하고 삐딱하게 뜯어보려 했지만 세 명의 여자 중 나 하나만 그랬다.

"어머니, 더 손보실 거 없으세요?"

"응. 이제 되니? 내가 뭘 할래도 저런 건 할 수가 있어야지."

이준이 의자에서 내려와 스위치를 켜자 현관 등에 불이 들어왔다. 제 미소만큼 환하게 두 번 세 번 스위치를 딸깍거리며 여자들 전부에게 확인을 시켰다.

"이제 괜찮죠?"

우리 집이 무슨 전쟁 막 끝나고 처음 전기 연결한 집인 줄 아나.

저렇게 싱그럽게 웃는 모습이 썩 마음에 들진 않았다. 그래도 부엌 등에 이은 두 번째 서이준 작품이다. 새집이라더니 비어 있은 지 오래되어 그런지 은근히 손 가는 데가 많았다.

"이준아, 그건 됐고 얼른 와서 이거 좀 먹어."

"네."

"세상에나. 시은아, 너도 여기 와서 이것 좀 봐라."

엄마는 현관 등이 세 번에 한 번꼴로 불이 들어오지 않는다거나, 부엌 등을 켤 때마다 치직 하는 소리가 난다는 건 크게 관심도 없었다. 누가 고쳐주면야 좋은 거지만 이런 건 여자에게 그다지 중요하지 않다.

"이준아, 어떻게 이런 걸 다 만들었어? 대단하다, 얘!"

"별거 아니에요."

"이게 왜 별거 아니야! 너 카페 그것도 한다면서 언제 우리 아인이 걸 다, 어머머, 이건 뭐야. 독일어도 하고 그래?"

"하하, 아니에요. 사전 뒤져봤어요."

여자들은 예쁜 것을 좋아한다. 예쁜 것이 좋은 것이고 중요한 것이다.

여자 중의 여자인 엄마는 이준이 손수 배달해준 목마를 보고 연신 감탄했다. 도무지 자랑을 안 하고는 넘어갈 수 없겠는지 휴대전화를 잡고 사진을 찍어댔다. 주책이다.

"내가 이럴 때가 아니지."

"사진 좀 그만 찍어, 엄마."

"뭐 어때. 아인이 넌 왜 숨어 있어? 이리 와야지. 삼촌이 아인이 장난감 만들어 왔대."

"……."

엄마가 이준에게 사과가 꽂힌 포크를 내밀고는 계단 뒤로 숨은 아인이를 불러댔다. 아인이는 이준이 올 때부터 저기서 얼굴을 절반만 내밀고 있었다. 아무리 제가 작다지만 저러면 가려지는 줄 아는 모양이다. 이 집은 아기도 주책이다.

"진짜 안 올 거야? 또 부끄러워?"

"저 때문에 그런가 봐요. 그래도 한 번 봐서 이제 안 그러려나 했는데."

"아유, 재는 한 사흘만 안 봐도 다 까먹어. 애들이 그렇지 뭐."

이준이 데리러 갈까 싶은지 무릎을 세우자 아인이는 거북이처럼 쏙 몸을 감췄다. 그는 잘못을 저지른 것마냥 머쓱하게 뒷목을 쓸었다.

"그냥 놔둬. 지 궁금하면 나오겠지. 억지로 나오라면 더 안 나와."

"……그래도 좀."

어정쩡하게 아인이와 엄마를 번갈아 보던 이준이 아직도 서 있는 나를 올려다보았다. 어쩌면 좋을지 의견을 구하는 듯했지만 나도 도리가 없긴 마찬가지다. 사실 이준이 저 예쁜 목마를 들고 차에서 내릴 때부터 진짜 계단 뒤로 숨고 싶은 사람은 나였다. 나는 셋 중 제일 주책이다.

"아인이 재는 지 엄마 닮았으면 안 그럴 텐데. 누구 닮았는지."

"엄마, 저기 국 끓어."

내가 얼른 엄마를 가로막았다. 시아 이야기를 먼저 꺼내지야 않겠지만 조심해서 나쁠 건 없다.

"어, 맞다. 아, 내 정신 좀 봐."

"넘친다."

"진작 좀 말하지. 아유, 보자. 낮에 사둔 고기도 핏물 빼놔야 하는데. 언제 다 하니."

이렇게 한 고비는 넘겼다. 엄마는 한번 부엌에 들어가면 눈에 띄는 모든 재료를 손보고 나왔으니 사실상 두 고비 세 고비도 넘겼다. 하지만 거짓말을 한다는 건 여러모로 사람의 기운을 쭉 빼놓았다. 허둥지둥 일어나 안쪽 부엌으로 사라지는 엄마의 모습에 가슴을 쓸다가 이준과 눈이 마주쳤다.

"……."

햇살에 비친 이준의 눈이 푸른빛을 띠자 거짓말을 할 때보다 더 아찔해졌다. 어제 저 눈이 나를 어떻게 보았는지, 내 눈을 어떻게 감겼는지 잊을 리 없다. 그러기엔 아직도 입 안쪽이 화끈거렸다.

"……왜?"

나는 당황하면 말이 짧아지는지라 딱 한 음절 겨우 던져놓고 침을 삼켰다.

"왜 그렇게 보냐고?"

"나 아인이 보는 건데?"

"뭐?"

"너 본 거 아닌데?"

그대로 일어난 이준이 영문을 모르겠단 얼굴로 나를 스쳐갔다. 어, 이건 뭐야. 민망해서 저절로 고개가 휙 돌아갔다. 내가 표정이 다양하지 않다는 건 그야말로 다행이었다. 아니면 온갖 음란한 짓으로 밤을 새우고 다음 날 차인 여자같이 보였을 것이다.

우리가 한 건 고작 키스 한 번일 뿐인데.

아무리 뜨겁고 진해도 키스는 키스일 뿐이다. 연애도 사랑도 아니다. 나는 그렇게 믿고 싶었다.

"아니야아. 으응."

그리고 여기 나만큼이나 혼란스럽게 갈팡질팡하는 여자가 또 있었다. 우리 아인이는 계단 앞까지 마중을 나온 왕자님을 앞에 두고 손가락을 꾹꾹 누르며 몸을 틀었다. 이맘때 애들은 스펀지 같다더니, 이제 짧은 한국어는 곧잘 했다.

"으응, 가아."

"삼촌이 와서 무서워? 나 무서운 사람 아닌데."

"……."

"삼촌 전에 아인이 봤는데. 이렇게 아인이 발도 만져봤는데."

이준이 한쪽 무릎을 꿇고 앉아 아인이의 발을 살짝 두드렸다. 다 알아듣지야 못해도 뭔가 기억이 나는 게 있는지 아인이는 제 발끝을 보다가 혀를 쏙 내밀고 웃었다.

"우와, 아인이 예쁘네. 공주님 같아."

"응?"

아인이와 이준이 동시에 나를 쳐다보았다. 독일에서 엄마가 답답함을 토로하고자 급히 통역을 청할 때 저런 눈이었다.

『여기 삼촌이 아인이가 너무 예뻐서 공주님 같대.』

『아인이가?』

『응. 우리 아인이가.』

어쩔 수 없이 내가 나섰다. 재 좀 봐, 우리 아인이는 새신부처럼 수줍어했다. 몸을 비비 꼬고 배시시 웃는 걸 보니 벌써 마음이 반은 넘어왔다. 내 딸은 아니지만 날 닮아 남자한테 너무 쉽게 마음을 줘버린다.

"시은아, 아인이 이거 무슨 뜻이지?"

"너한테 저기 목마 보러 가는데 손잡고 가도 된다고."

세 살짜리 숙녀가 더 이상 손가락을 비비적대지 않고 이준의 손 근처까지 다가서자 그는 또 내게 도움을 청했다. 이번 건 통역을 할 것도 아니라 꼬마 숙녀의 용기가 사라지기 전에 그를 재촉했다.

"아……, 고마워."

"응."

"정말 고마워, 아인아."

뭐가 그리 고마울까. 키가 크고 자세가 바른 이준은 바로 걷지 못했다. 아인이에게 손가락 하나를 내어주고 세 살짜리 아이만큼이나 허리를 굽혀 걸었다. 한 발 한 발 조심히. 아마 본인이 저렇게 걷는지도 모를 것이다.

"아인이 이거 마음에 들어? 예뻐?"

"응?"

목마 앞으로 아인이를 데리고 오는 데까지 성공했다. 미끼를 물었으니 이제 낚싯대를 어떻게 들어 올리는지는 온전히 저놈의 몫이다. 특히 우리 아인이는 아주 섬세하고 변덕이 심한 물고기였다.

"삼촌이 아인이 태워줄까?"

"이거, 이거."

알아듣지 못하는 아인이는 큰 눈을 또랑또랑 뜨다가 손잡이에 새겨진 하트 문양에 마음을 뺏겼다. 이것 좀 보라고 이준을 탁탁 쳐가며 하트를 가리키자 직접 새긴 장본인도 깜짝 놀란 시늉을 했다.

"와, 예쁘네. 아인이같이 예뻐."

만나는 모든 친척들한테서 예쁘단 이야기를 귀 따갑게 들었으니 아인이는 바로 알아듣고 어깨를 흔들며 좋아했다. 그 누가 말할 때보다도 지금 가장 좋아했다.

윤시아, 거기 있으면 네 딸 좀 봐. 쟤 이제 어쩔 거야.

나는 양쪽으로 움켜잡은 팔에 꾹 힘을 주다 천천히 자리에 앉았다. 서이준이 윤시아 딸과 놀아주고 있다. 정말 아무 일도 아닌데 어쩐지 눈가가 시큰했다.

"재밌어? 잘하네, 아인이."

"응. 응."

"그렇게 빨리 탈 거야? 뭐가 그렇게 급해?"

다정한 그의 물음과 까르르 웃는 웃음소리가 거실에 넘쳐났다. 주뺏대던 게 언제라고 목마를 탄 아인이는 앞뒤로 가차 없이 내달렸다. 혹여 넘어질까 아인이의 배와 등을 잡은 이준이 잘한다며 웃어주다 문득 고개를 들었다. 거기엔 계단 맨 아래에 앉아 무릎을 웅크린 내가 있었다.
"……왜?"
또 퉁명스레 같은 말을 한다. 나는 왜 예쁜 걸 보고도, 예쁜 장면을 보고도 예쁜 말은 한마디도 못 하는지 답답했다. 난 아마 여자가 아닌가 보다.
"그냥. 예뻐서."
"……."
"너 말고 아인이."
"나쁜 놈."
"알아."
두 음절이 내게만 은근하게 들렸다. 이준은 나를 단순한 대화 상대 이상으로 또렷하게 응시했다.
"……."
5초, 아니, 6초. 어젯밤의 망상과 치열하게 싸우던 나는 결국 무표정으로 버텨냈다. 그의 눈웃음은 그럴싸하게 짙어지다가 다시 아인이에게 돌아갔다.
"아, 아인이 잘한다. 삼촌보다 더 잘하네."
"응, 응!"
우리 공주님은 매일 할머니 등에만 업혀 다니다 신세계를 만났다. 삐그덕 삐그덕, 무아지경이 된 아인이가 이것 좀 보라 내게 한 손을 들다가 몸이 휘청하자 이준이 얼른 잡았다.
"조심해야지."
"응."

아인이에겐 그것마저도 놀이였다. 이제 완전히 마음을 넘겼는지 나는 보지도 않고 이준에게만 생글거렸다. 부엌에 한번 들어가면 나올 줄을 모르던 엄마를 불러낼 만큼 대단한 웃음소리였다.

"아유, 아인이 무슨 일 있어? 넘어가네, 아주……."

"……엄만 왜?"

첫사랑에게도 그랬듯 엄마에게도 같은 말을 던졌다. 별일 아니라 손녀의 웃음소리라는 것을 알았는데도 엄마는 돌아가지 않고 그 자리에 서 있었다. 물기가 뚝뚝 흐르는 손을 쓱 앞치마에 닦으며 웃는 아인이에게 우는 표정을 지었다.

모르긴 몰라도 '착한 척하는 서이준'은 오늘 두 여자의 마음을 완전히 앗아갔다. 뼛속까지 나쁜 놈이다, 아주.

"이준이 걔 보면 볼수록 괜찮아. 어휴, 아까워."

"뭐가?"

"그런 아들 하나 있었어야 했는데."

저녁식사 시간에도 단연 화두는 이준이었다. 엄마는 밥을 푸면서도 이준이 머리가 어떻더라, 마른반찬을 덜어내면서도 이준이 웃는 게 어떻더라, 그렇게 아들 없는 한을 풀었다.

"낳지 그랬어."

"능력이 없었지."

"나도 아들 될 능력 없어."

나는 예전 아빠가 이준을 바라볼 때처럼 크게 한 숟갈 떠 입안을 메웠다. 답답하면서도 속이 끓었다. 어젯밤 난 저와 입안이 부르틀 만큼 뜨거운 입맞춤을 나눴는데 그는 오늘 그 입으로 웃기만 했다. 내가 '왜?' 겨우 이 한마디에도 힘겹게 구는데 그놈은 엄마와 아인이에게 제 매력을 뽐내기에 바빴다.

나쁜 놈.

아까 이 말을 더 해줄걸. 한 번 했으니 몸 사릴 거 없이 열 번 백 번 넘치도록 해줄걸.

아인이를 두고 몇 초간 시선이 흐르던 그때, 수도 없이 같은 말을 되뇌며 그의 눈웃음을 상대했다. 이미 내 불퉁한 태도에 눈치를 챘겠지만 말로 충분히 못 해준 건 지금도 분했다.

왜 나만 동요하는 건데. 왜 나만.

막상 어제는 한 글자라도 꺼낼라치면 입술로 막아대던 놈이다. 내 머릿속을 들여다보듯 혀부터 깊이 파고들었다. 입술이며 손끝, 또 혀까지. 모든 동작 하나하나가 음란하게 내 안에서 꿈틀거렸다.

"너도 그러지 마. 걔만 한 애 없어. 생각이 깊잖아."

"아인이 선물 만들어줬다고 그래?"

"아니. 우리한테 시아 얘기 안 꺼내서. 너도 시아 이야기 따로 안 했지?"

"……응."

"잘했어. 하면 뭐해. 우리가 먼저 안 꺼내니 저도 짐작은 했겠지."

입안에 든 밥알이 까슬했다. 그러고 보니 이준은 나와 만나는 동안 단 한 번도 시아의 이야기를 꺼낸 적이 없었다. 처음엔 다행이라고 생각했던 일이고 그 후엔 내 가슴이 두근거리는 소리에 머릿속이 시끄러웠다.

「시아 걔는 학교 오자마자 매일 자더라. 선생님한테 혼나면 혼나고 또 자. 웃기지?」

「아니.」

「난 웃기던데, 걔는 신경도 안 쓰긴 한데 애들이 시아 막 놀려.」

「너도?」

「아니. 난 아냐. 난 안 그래.」

13년 전엔 우리가 셋이 다닐 때나 둘이 다닐 때나 이준은 시아의 이야기를 많이 했다. 시아가 오늘 학교에서 무엇을 했는지로 인사를 대신했고, 독서실에서 집으로 가는 길도 마찬가지였다.

「윤시은, 그러니까, 내가 시아 점심때 이야기 했나?」

「아니.」

나는 이준과의 침묵이라면 그것도 즐길 준비가 되어 있었는데 그놈은 아니었나 보다. 말이 많지도 않으면서 시아의 이야기로 침묵을 깨트렸다. 난 최소한의 대꾸만 해가며 시아의 이야기가 아닌 이준의 목소리만 들었다.

저 고저 없는 차분한 목소리에 웃음이 섞이면 '또 우리 시아가 뭔가 웃기는 짓을 했구나.' 그랬고 어쩌나 사그라지듯 낮아지면 '혹시 애가 몸이 안 좋았나.' 걱정했다.

「참, 그리고 시아가 점심시간에 옆 반에서…….」

「그 얘긴 했어.」

「아, 그랬구나.」

때로는 그의 목소리가 아닌 내용이 들리는 날이 있었다. 그럴 때마다 난 안 들은 얘기도 들었단 거짓말로 이준을 무안하게 했다. 어쩌면 그때부터 거짓말에 소질이 있었는지 모른다는 생각이 들자 더는 식욕이 없어 수저를 내려놓았다.

"와서 이거저거 시키기만 해놓고 밥 한 끼를 못 먹여 보냈네. 밥 먹고 갔으면 좋았을 텐데. 옛날 생각도 나고."

"그러게."

"약속이 급했나? 난 한참 아인이랑 놀고 하길래 시간 있는 줄 알았지."

엄마는 이준이 저녁식사를 못 하고 간 게 못내 서운한 눈치였다. 아인이마저 이준이 현관에서 신발을 신자 울먹거리며 그의 옷깃을 꼭 잡았다. 저렇게 정을 잘 줘서 어쩌나, 냉철한 나는 강제로 아인이의 손을 펴는 데 애를 먹었다.

"반찬도 담아놨는데 갑자기 간다길래 그것도 못 주고."

"내가 가져가라 할게."

"꼭 전해. 혼자 산다며. 누가 챙겨줄 사람도 없을 텐데."

"알았어."

"가도 밥이나 먹고 가지. 한 번 더 얘기해볼 걸 그랬다 얘."

한 번이건 두 번이건 얘기했다고 해서 이준이 여기서 밥을 먹고 갈 일은 없었다. 엄마야 모르겠지만 이준은 내가 쫓아 보냈다. 저녁 준비를 마친 엄마가 이제 밥 먹자고 부엌에서 나오는 순간 내가 이준을 막아섰다.

「엄마, 얘 가야 한대. 약속이 급한데 지금도 늦었나 봐. 그렇지?」

「…….」

착한 척하는 서이준에 대한 유치한 복수였다. 나는 그만한 자선 사업가가 아니다. 혼자 태연해서 사람 복장을 뒤집어놓는 그에게 속없이 저녁까지 줄 수는 없었다. 어떻게 나오나 보자 했는데 이준이 정말로 늦었다며 죄송하다 웃는 순간 내 복수는 더없이 유치해졌다.

「다음에는 꼭 먹고 갈게요. 잘 있어, 아인이. 또 봐…… 너도.」

대답을 하지 못하고 그를 보냈다. 옆에서 엄마가 아인이의 볼에 묻은 고깃국물을 닦아줄 동안 나는 먼저 거실로 나왔다. 아까는 몰랐는데 문 앞에 그의 열쇠가 놓여 있었다. 생긴 걸 보니 집 열쇠는 아닐 테고 카페 열쇠 같았다.

"……멍청이."

아무리 가게 운영에 아는 게 없더라도 사장이란 인간이 이렇게 키를 놔두면 되나. 복잡하게 생긴 열쇠 모양에 내 마음도 같이 꼬였다. 이준이 만약에라도 이것을 찾으러 온다면 나는 저 멀리 내다 버렸다고, 아주 혼자 쿨하게 있는 거 없는 거 다 버리고 다니지 그랬냐고 쏘아붙일 생각이었다.

그때까지는.

2층 방에 올라와 조금 빨리 침대에 누웠다. 그래도 잠을 빨리 이루진 못했다.

"하아아."

이불을 덮으면 꼭 이준의 입안처럼 뜨거웠다. 베개에 양 뺨이 닿기만 해도 그의 손길처럼 폭신하게 파고들었다. 사람이 잠을 자지 못하는 건 중병으로 가는 지름길이다.

"……나 뭐 하는 거야."

TV에서 보면 이럴 때 둘만의 추억이 담긴 물건을 만지작대며 심란함을 가중시키던데, 내 방엔 그럴 것도 없었다. 이 방은 침대와 옷장, 그리고 화장대 하나가 다였고 가져온 짐도 거의 없었다. 침대에서 일어나 서성이던 나는, 이 방에서 단 하나 남은 그의 흔적을 찾았다.

내 입술.

창가로 걸어간 나는 천천히 내 입술에 손을 올렸다. 달밤에 굉장히 부끄러운 짓을 하는 기분이었다. 손가락 몇 개로 표면을 쓸어봤지만 어제처럼 뜨겁진 않았다.

"……누구세요?"

현관 벨이 울렸다. 아직 10시도 안 됐다지만 여자들끼리 사는 집에는 누가 와도 늦은 시간이었다. 1층 안방에서 엄마가 나가려나 했는데 요새는 아인이를 재우다가 같이 잠드는 적이 많았다. 거기다 엄마는 나이가 많고 아인이는 너무 어리니 나가도 젊은 내가 나가는 게 맞다. 혹여 몸으로 치고받는 일이 생기더라도 제대로 한 대 때릴 수 있는 체력을 가진 건 나밖에 없었다.

"누구세요?"

– 나야."

"……."

어두운 1층 거실을 지나 인터폰을 들자 남자의 목소리가 들렸다. 종일 내 귀를 어지럽히던 목소리였다.

"또 너야?"

– 응. 나야.

이준이라는 것을 확인할 때부터 열쇠 생각을 했다. 인터폰 들고 네 열쇠 내다 버렸다 하기엔 너무 무정했다. 버튼을 누르자 오래지 않아 현관문 앞에 그의 기척이 있었다.

"……이 시간에 웬일이야."

"놔두고 간 게 있어서."

늦은 밤 여자들 사는 집 문을 두드린 남자치고 이준은 뻔뻔했다. 나는 닫힌 안방 문을 쳐다보고는 소리 낮춰 입을 열었다.

"아인이 자. 잠시만 기다려."

현관에 그를 세워두고 몸을 돌렸다. 불도 켜지 않았고 커튼 너머 달빛이 고작인데 이준의 눈은 밝았다. 2층 계단을 반이나 오를 때까지 이준의 푸른 눈이 전등처럼 반짝거렸다. 열쇠건 뭐건 잡히는 대로 떠안겨주고 다시는 이 밤엔 오지 말라, 그렇게 말할 작정으로 주먹을 꼭 쥐었다.

"거기 있으랬잖아. 왜 왔어."

"윤시은."

좁은 계단이라서 어제보다 금방 따라잡혔다. 내 주먹을 꼭 감싸 쥔 그가 어제 같은 눈빛으로 나를 내려다보았다. 바로 몇 시간 전까지 이 거실에서 천진난만하게 웃던 모습은 어디에도 없었다.

넌 뭐가 진짜니.

쏘아보듯 응시했지만 따져 물을 순 없었다. 아직까지 저 1층 안방엔 엄마와 아인이가 누워 있었다. 그걸 잘 아는 이준은 내 어깨에 손을 올렸다.

왜 이래, 입만 또렷하게 움직였지만 그는 물러서지 않았다.

"으응…… 시은아, 누구 왔어?"

"어, 아니, 그게."

"어머니, 저 왔어요. 이준이요."

안방에서 엄마가 반쯤 잠든 목소리로 나를 부르자 대뜸 이준이 대답했다. 경악한 내가 어쩔 새도 없는 경쾌한 목소리였다.

"이준이?"

"네, 어머니. 놔두고 간 것도 있고 해서요."

이놈이 일부러 목소리를 키우자 다리에 힘이 쭉 빠졌다. 주저앉지 않으려 허리를 세우자 곧 이준이 몸을 바싹 붙였다.

"엄마, 아까 반찬! 얘한테 반찬 가져가라며?"

"아, 가만있자, 그럼 내가 나가봐야지……."

"됐어, 엄마. 내가 다 싸놨어! 한 김에 오늘 주려고, 그냥."

이준의 양팔에 갇히자 다급한 거짓말이 술술 흘러나왔다. 내가 진땀을 겨우 식힐 동안 이준은 빙긋이 웃고만 있었다. 저 선한 웃음이 사람을 제대로 미치게 했다.

"그러니? 그럼 아인이 자니까 네가 잘 챙겨줘. 냉장고에 다 있어."

"네, 어머니. 잘 먹을게요. 주무세요."

"……."

"윤시은, 너 거짓말 잘한다."

이준의 속삭임이 내 귓가로 내려앉는다. 꿀꺽 침을 삼키자 비밀스러운 웃음소리가 들리는 듯했다.

"아까 욕도 그렇게 잘하더니."

"알긴 했니?"

"아니까 왔지."

"너 진짜 왜 왔어?"

둘 다 목소리를 끝까지 낮추자 등이 주뼛할 만큼 은밀해졌다. 어느새 힘이 풀어진 내 손을 벽으로 밀어붙인 이준에게서 시원한 겨울바람 향이 났다.

“이왕 욕먹은 거, 나쁜 짓이나 좀 하고 가려고.”

그의 엄지손가락이 내 입술을 훑었다. 내 방 창가에서 몰래 만져보던 것과는 확연히 다르다. 더 뜨겁고 강하고 집요했다.

“흐읍.”

두 혀가 맞닿았다. 내 허리를 감싸 안은 이준은 입술을 핥으며 내게 고개를 기울일 것을 종용했다. 얘가 이런 면이 있었나 싶은 건 뻔뻔한 성격 하나가 다는 아니었다.

“……하아, 너 왜 이래.”

빈틈없이 입을 맞춘 이준의 움직임은 꼭 무언가를 말하는 듯 움직였다. 혀가 혀를 쫓고 가까이 오라 부추겼다. 갈 데 없는 내 손이 난간을 짚자 이준의 손이 내 손등을 덮었다. 천천히 숙이는 그의 몸이 벼랑 끝으로 몰고 가는 기분이었다.

“감아.”

난간이 높아 떨어질 리는 없다. 그런데 떨어질 것 같다. 이미 나는 이놈의 손짓 하나, 말 한마디에 수도 없이 추락하고 있었다.

“감으라고.”

그의 주문 같은 속닥거림에 내가 이준의 목을 감자 키스는 더 깊어졌다. 이놈 하나에만 온전히 매달려 그 외에는 아무것도 남지 않았다. 실로 이런 기분은 오랜만이다. 이놈 하나가 세상 전부일 듯한 이 기분을 13년이 지나 다시 느낄 줄은 몰랐다. 그때에는 마냥 달콤할 거라 상상했던

키스가 지금은 필사적이었다. 내가 이놈을 놓으면 저 바닥 아래로 떨어져 산산조각이 나버릴 것만 같다.

"너 미쳤어?"

얼마간의 시간이 지났을까, 간신히 몸을 세우자마자 이준을 몰아댔다. 애초에 문을 열어주었던 속셈은 나쁜 놈과 부닥쳐 때려주려면 내가 제일 적당하기 때문이었다. 정말 이지 있는 힘껏 때려주고 싶었다.

"여기 엄마도 있어. 아인이도 있다고."

"그래서 잘 참고 있잖아."

"……."

"아까처럼."

숨결이 느껴질 만큼 가까이 다가온다. 하지만 이번엔 키스를 하지 않고 코앞에서 한참을 머물렀다. 5초, 이번에도 6초.

"하아."

이윽고 몸을 곧바로 한 그가 뚜벅뚜벅 계단을 내려갔다. 그대로 부엌으로 들어더니 보란 듯 자신이 고쳐놓은 불을 딸깍거렸다. 아무것도 없는 빈 식탁에 기댄 그가 어서 내려오라 턱을 까딱대며 웃었다.

"시은아, 뭘 이렇게 많이 차렸어. 언제 다 먹을지 모르겠다."

"……너 진짜."

"진작 올걸. 그렇지?"

– 참, 전에 그렇게 끊겨서 놀랐잖아. 그때 무슨 일 있었던 거 아니지?

『어……. 그럼. 당연하지.』

독일에서 걸려온 클라인의 전화에 잊고 있었던 부끄러운 기억이 났다. 그날 이준의 카페에서 클라인이 걱정할 만한 일은 없었다. 독일은 개방적인 곳이다. 서른 넘은 여자가 첫사랑을 만나 진한 키스를 한 일은 걱정은커녕 축하를 받아야 할 일이었다.

– 걱정했어. 오랜만에 간 거니까 적응 못 할까 봐. 하기야 시은 넌 원래 한국 사람이구나. 하하.

나에겐 이게 문제였다. 나는 폐쇄적인 한국 사회에서 보다 폐쇄적인 삶을 지향하며 자란 여자였다. 강요가 아니라 자발적이었고, 내 성격이 원래 그랬다.

그런 내가 개방적인 독일에 가서 겨우 적응한 체 살다가 다시 한국에 돌아왔다. 시간이 짧아 아직 한국이 어찌 변했는지는 파악하지 못했다. 하지만 듣도 보도 못하게 개방적으로 돌변한 서이준을 만났으니 내 지금 혼란은 누가 책임질까.

– 시은, 우리 아인이는 뭐 해? 아빠 보고 싶다고 울지 않아?

『그게 말이야.』

만만한 아인이 이야기가 나오자 아래를 흘끗거렸다. 걱정스러우면서도 은근한 기대감이 가득한 목소리를 내는 아이 아빠를 배신하기란 쉬운 일이 아니다. 하지만 아인이는 지금 목마 위에서 세 살 인생을 내달리는 중이다. 재 저러다가 무슨 일 나는 거 아닌가 싶게 목마에 집착했다.

『……별로.』

아무리 잘 말해줘도 이 정도가 최선이었다. 요새 아인이는 아침에 눈만 뜨면 졸린 눈을 비비면서도 목마를 끌어안았다. 조금 더 정신이 들면 그 위에 타고 진지를 가져오라 호령했다. 적혀 있기는 공주님인데 저걸 타면 장군이 된다. 멀쩡하던 애가 저걸 타면 뭐가 달라지는지, 목마가 조금 더 컸으면 나도 한번 타봤을지도 모르겠다.

– 진짜? 아인이가 내 얘기 안 해? 아빠 찾을 거 같아서 어제는 잠도 못 잤어.

『음……. 그냥 푹 자. 푹 자도 될 거 같아.』

안타깝지만 클라인 씨, 당신 딸은 이제 완전히 돌아섰습니다.

어려운 말은 애써 삼켜두었다. 아인이는 지금도 이준이 만들어준 캐스터네츠를 손잡이에 걸고 역시나 이준이 가져다준 수수깡 모자를 쓰고 있었다. 단단히 멋을 낸 채로 문만 열리면 이준이 올까 나보다 더 빨리 돌아보았다.

마음이 저렇게 즉흥적이되 저돌적일 수 있다니, 세 살을 우습게 봐서는 안 된다.

『하여튼 클라인, 아인이 걱정은 할 거 없어. 정말 잘 놀고 잘 자.』

아인이의 흘러내린 머리를 귀 뒤로 넘겨주었다. 그것 때문에 수수깡 모자가 비뚤어지는 게 싫은지 바로 양손으로 꼭 붙들길래 그 틈에 얼른 입을 맞췄다. 제 엄마 닮지 않아 조금은 내성적이다 걱정하던 우리 아인이가, 한국서 남자 하나 잘못 만나 서서히 달라지고 있다.

소리 내어 웃고, 큰소리도 치고, 누구를 먼저 기다릴 줄도 알고.

이러니 윤시아 딸이라 할 법도 하다. 제 엄마가 그러던 것처럼 남자 하나에 모든 것을 걸었다. 우리 아인이야말로 진정한 독일 여자였다.

『그러니까 클라인, 이렇게 굳이 전화 안 해도…….』

– 응, 알아. 두 달이면 오는데 뭘.

『……그렇지. 두 달.』

멈칫했다. 모르는 듯 그렇게 시간을 보내고 있었다. 세기 좋아하는 내가 이곳에서 딱 하나 안 세는 게 날짜였다. 아인이가 먹을 과자 양이 사흘 정도는 버티겠다든지, 엄마 두 알씩 먹는 영양제가 열흘치 남았다든지, 그런 건 다 세면서 유독 날짜는 안 봤다. 그뿐일까, 이른 아침에 TV를 켰다가 오른쪽 상단에 날짜가 뜨는 것을 보고 꺼버린 적도 있었다.

— 아, 그러고 보니 두 달도 안 남았잖아. 한 달인가?

『……한 달 조금 더.』

— 그럼 진짜 금방 오겠다. 너 오면 할 일 쌓여 있을 테니까 놀라진 마. 아니, 욕하지 말라고 해야겠지? 하하.

그래, 욕 안 할게, 적당히 얼버무리며 전화를 끊었다. 일이 많다는 건 겁나지 않다. 경험상 머리가 복잡하면 뭐라도 할 일이 있는 게 좋았다. 예상을 해보건대, 나는 이번에 독일로 돌아가게 되면 생애 최절정으로 머리가 복잡할 예정이었다.

나는 뼛속까지 한국 여자다. 어쩔 수 없다.

"……."

"시은아, 너 할 일 없으면 여기 좀 와봐. 이거 방금 한 건데 이준이 좀 가져다줘."

부엌에서 엄마가 뭘 한 통 가득 담아 들고 나왔다. 할 일이 생긴 건 좋은데 이걸 들고 가서 만날 상대가 내 머리를 휘저을 남자였다. 가라앉는다 싶으면 후우 바람을 불고, 보이지 않는 티스푼으로 밑바닥까지 길게 저었다.

"못 가? 그럼 내가 좀 이따 가봐야지."

"아니, 내가 갈게."

"왜, 가는 김에 카페 구경도 좀 하지. 이준이 잘해놓고 사나."

"볼 것도 없어. 후져."

빼앗을 것처럼 반찬통을 받아들었다. 볼 것 없는 카페에는 내가 가야 했다. 마음에 없는 나쁜 말을 해서라도 내 욕심을 채우고 싶었다. 한 달 조금 덜 지난 시간, 나는 이미 나쁜 놈에게 물들고 있었다.

"재 좀 봐. 친구 가게에 못 하는 말이 없어."

"엄만 아인이나 잘 보고 있어. 엄마 손녀 조만간 일 낼라."

13년간 독일에서 죽어라 노력해도 안 되던 일이었다.

"선생님, 너무 잘생겼어요. 진짜 레알 진심요."

"그래, 고마워. 그런데 나 선생님 아닌데."

"에이, 학교에 자주 오시면 선생님이죠."

"맞아요. 진짜, 학교 바로 앞에 거기가 더 싼데 저희 여기만 와요. 선생님 보려구요."

이준이 로스팅 기계 뒤에서 나오더니 눈이 반짝이는 여고생 세 명을 향해 빙긋이 웃었다. 여학생들이 이준의 미소 하나에도 호들갑을 떨자 그는 앞에 있는 쿠키 하나씩을 나눠주었다. 무슨 올림픽 금메달처럼 먹지도 않고 가슴에 꼭 품은 아이들이 감격을 감추지 못했다.

"우와, 나 이거 안 먹고 학교 가서 자랑해야지."

"진짜 짱! 여기까지 온 보람이 있어요."

"앞으론 그러지 마. 학생이 무슨 돈이 있다고."

내가 보기에 재네들 돈 많은데.

벌써 우리 때 애들이 아니었다. 여고생이라지만 교복만

아니면 나이 대를 가늠할 수가 없다. 꼭 화장을 해서라든가 머리 스타일을 달리 해서라기보다는 전체적인 몸의 느낌이 그랬다. 난 저때 어땠더라 생각하니 머리를 내젓고 싶었다.

난 고리타분했고 고집만 센 여고생이었다.

"선생님, 그런데 또 학교 언제 오세요? 상담 오실 때 됐잖아요."

"아직 몰라. 진성이가, 음, 박진성 선생님이 불러줘야 가는 거야."

"국사요? 아, 국사 존나 고리타분. 그런 거 말 잘 안 해주는데! 아, 짱나."

"그 국사가 내 친구야. 그치?"

이준이 웃는 눈에 힘을 주자 마냥 종알대느라 바쁘던 여학생들이 움찔했다. 동시에 나는 드디어 웃음이 터졌다.

"아니, 음……."

얼른 입을 가리고 감춰보려 했지만 대번에 쏘아보는 여학생들은 앙칼졌다. 몸만 다른 줄 알았더니 요새 여고생들은 경계심도 못지않았다. 이미 옛날에 이준과 다닐 때 한두 번 겪어본 일이 아니었는데 이것도 너무 오랜만이니 당황스럽다.

"근데 누구세요? 저희 선생님이랑 아세요?"

"나?"

"계속 거기 앉아서 저희 선생님 보셨잖아요."

요즘 애들은 눈이 뒤에도 달렸다. 안 보느라 조절한 건데. 나는 최대한 담담하게 아이들을 상대했다. 가뜩이나 동요할 거리가 많은데 이런 아이들 도발에까지 말려들 순 없었다.

"나 이준이 친구야."

"친구요? 그렇게 말하는 사람들 중에 진짜 친구는 없던데?"

"맞아!"

가장 앞에 선 여학생이 그럴싸하게 캐묻자 나머지 애들이 같이 고개를 끄덕였다. 저러고 있으니 무슨 만화에 나오는 애들 같다. 이럴 때 멋있게 나타나 나를 구해줘야 할 이준은 뜬금없이 여고생들 무리에 합류했다. 뒤로 우뚝 서서 나를 오묘하게 보는 눈빛이 남은 셋을 모두 합친 것보다 더 부담스러웠다.

"우린 진짜 친구야. 난 잠깐 다니러 온 거고."

"정말요? 무슨 친군데요?"

"그냥 친구야. 쿨한 친구."

"아, 그런 거 말구요."

"어쩌다 보니 옛날부터 알았어. 그러니까…… 예전에 내 동생 짝이었거든."

갑자기 바빠졌다. 눈은 의심 많은 여고생들을 보면서 말은 뒤쪽의 저놈에게 향해 있었다. 내 입으로 처음 시아의 이야기를 꺼내놓고 이준이 어떤 반응을 보이는지, 뛰는 가슴을 억눌렀다.

"그래서 아는 거야. 별건 아니고."

아주 조금만 고개를 틀면 그의 표정을 볼 텐데 그러지 못했다. 풍성하게 쌓인 카푸치노 거품만 연이어 휘저었다. 금방이라도 넘칠 듯 아슬아슬하다.

"우와, 그럼 고등학교 때 봤어요? 선생님 어땠어요?"

"어?"

"교복 입고 그런 때 다 봤겠네요? 어땠는데요? 완전 장난 아니었죠! 진짜 개부럽다!"

"……너무 오래전 일이라."

"에이, 아깝다. 나 같으면 우리 선생님 같은 애 있었음 단추 개수까지 체크했을 텐데."

거품이 반은 줄었다. 남은 거품이라도 지켜내려 했지만 갑작스러운 질문에 그마저도 신통찮았다. 내 스푼이 말 못 하는 입 대신 빙글빙글 커피잔 안에서만 휘돌다 이준의 목소리를 듣고야 멈췄다.

"윤시은, 너 정말 그때 생각 잘 안 나?"

"야, 그게 언제 적 일이야."

"……그렇구나."

이준이 나를 보던 눈을 아래로 내렸다. 그러고는 뒷목 근처로 손을 올려 앞치마를 풀기 시작했다. 보일 듯 말 듯, 큰 키 바르게 서서 목 뒤로 손가락만 오가는 절제된 모습에 한순간에 여고생들의 입이 다물렸다. 한쪽만 길게 나온 끈이 스르르 풀리는 마지막 순간에 내 뺨이 뜨거워졌다.

"아, 나 이제 가야겠다. 가져다줄 것도 줬고."

"가긴 어딜 가."

내 앞으로 다가선 이준이 채 일어서기도 전에 그물을 던졌다. 방금 전까지 그의 목에 둘러져 있던 갈색 앞치마 끈이 이제 내 목을 간질였다.

"야아, 이게 뭐야."

"친구라며."

"……."

"친구 사이에 이 정도도 못 도와줘?"

힘이 빠져 스툴에 주저앉자 이준이 내 뒤에서 고개를 숙였다. 아직은 거리가 있다지만 당장이라도 그의 앞머리가 비처럼 쏟아질 것만 같다. 내가 숨을 멈추고 있을 동안 이준은 충실하게 손가락을 놀렸다.

싸악, 빳빳한 끈이 실처럼 엉키는 소리가 여고생들의 묵음을 대신했다.

"윤시은, 나는 너네 집에서 이거저거 다 해줬던 것 같은데. 오늘 둘이나 결근이야."

"가, 가야 돼. 아인이도 있고."

"아인이 지금 놀이터 갔어. 아, 너한텐 말 안 한 모양이구나?"

내가 고개를 젖히자 이준이 그대로 나를 내려다보았다. 생각처럼 머리가 닿진 않아도 그 이상으로 당혹스러웠다. 이런 자세에서 보는 서이준은 처음이다. 분명히 눈은 마주보는데 입술은 서로 다른 방향에서 다른 말만 했다.

"우리 너 오기 전까지 통화했거든."

"……."

이 앙큼한 세 살짜리 같으니. 내가 가게에 막 들어섰을 때의 이놈 모습이 기억났다. 할 일을 멈추고 미소가 만면에 가득해 전화를 받으면서 눈으로만 나를 맞았다. 대체 누구랑 통화를 하길래, 계단에서 내 전화기를 집어 던졌던 낯부끄러운 기억과 겹쳐졌었다.

"이제 다 됐다. 예쁘게 묶어놨어."

목에 닿는 느낌으로 탁 하고 강하게 매듭이 조여졌다. 내가 아직 숨을 참는 동안 인내심 없는 여고생들이 탄식을 뱉어냈다.

"뭐야, 둘이 아무 사이 아니라더니!"

"이게 무슨 아무 사이 아니에요!"

"우리가 뭘 했길래?"

"에? 어어……."

이준이 측면으로 여고생들에게 질문을 던지자 가여운 아이들은 다시 혼란에 빠졌다. 실제로 그의 말대로 우리가 무얼 특별히 한 것은 없다. 이놈이 자신의 앞치마를 벗어 내게 걸어준 것이 다다.

제아무리 그의 손길이 느릿느릿 은밀함을 흘렸더라도, 끈을 조이며 실수인 양 내 귓불을 스쳤더라도, 이 아이들에게 굳이 설명할 필요는 없었다. 경험하건대 그 나이 대의 아이들이 제대로 보았다면 잠 못 잘 광경이었다.

"너네도 이제 가야지. 진성이가, 아니 국사가 기다릴라."

"아, 맞다!"

우르르 달려 나가는 모습을 보니 애들은 애들이었다. 나

가면서도 그 틈을 못 이겨 자기들끼리 팔꿈치를 찌르고, 발을 내밀고, 마지막으로 이준을 돌아보았다.

"그리고 넌 일해야지."

뒤에서 버티던 이준이 드디어 앞으로 돌아 나왔다. 심술이 섞인 듯한 목소리는 넘겼지만 당장에 눈이 부신 건 어쩔 수 없다. 앞치마를 걷어낸 그는 빳빳하게 길이 든 셔츠로 내 시야를 가득 채웠다.

"……."

꼭 교복 셔츠처럼, 그렇게 하얗다.

나는 이준이 우리 집 현관 앞으로 올 때마다 그의 얼굴보다는 하얀 셔츠를 먼저 보았다. 남들은 옷을 먼저 보고 친해지면 얼굴을 본다는데 나는 반대였다. 사람을 대하는 데 무덤덤하니 가릴 것 없으니 처음에는 얼굴을 보다가 그게 부끄러워지면 옷으로 내려왔다. 그런 경우는 거의 없어 나조차도 당황스러웠다.

"들어와."

이준의 얼굴보다 옷을 먼저 보기 시작한 건 첫 만남 이후 그리 오래 걸리지 않았다. 참 반듯하게 잘생겼다고 판단했던 그의 얼굴이 점차 내 말을 점차 짧아지게 한 이후로 나는 그의 교복을 먼저 보았다. 미리 잘 다린 교복을 보면서 '얘가 서이준이고 내 앞에 있다.'를 염두에 두면, 최소한 그의 얼굴을 보고도 인사 정도는 자연스레 건넬 수 있었다.

"시아 아직 안 왔는데."

"응, 알아. 동아리 하고 늦는대."

벌써 신발까지 벗어놓고 계단으로 향하며 이준은 자기 집처럼 나를 돌아보았다. 저건 뻔뻔한 거니 얄미워야 정상인데 일단 나부터가 정상이 아니었다. 엄마, 아빠, 거기다 시아까지 없는 집에 이준과 둘이 있다고 생각하자 겁이 나기는커녕 아찔해졌다. 남자와 둘이 있다는 경계심이나 무서움보다는 정숙하지 못한 쪽으로 머리가 반짝거렸다.

"그냥 기다리려다가 시아가 너 집에 있을 거라고 해서. 너네 오늘 개교기념일이라며?"

"응."

"아아, 그래서 교문 앞에 없었구나."

이준이 응접실에서 시아의 책장을 뒤적였다. 여긴 없네, 아까 뭐랬더라, 중얼거리면서 간간이 내게 하는 말에 나는 소파 받침대를 꼭 부여잡았다. 내가 교문 앞에 없었다는 걸 안다는 게 놀라웠다. 비록 지나가는 말이라도 지나치지 못할 때가 있다.

"서이준, 마실 거 줄까?"

"응?"

이번엔 이준이 놀랐다. 시아의 참고서를 반쯤 빼 든 자세 그대로 고개를 돌렸다. 쟤가 웬일이야, 그런 생각이 꿀꺽 목젖을 넘어가는 게 보였다.

"안 마시면 말고."

"아니, 마실 거야. 한 잔만 주라."

"기다려."

부엌에 내려와 찬장을 뒤져 떡이 진 코코아 가루를 찾아냈다. 딱 적당하다. 냉장고 문만 열어도 주스니 콜라니 다 있는데 나는 최대한 시간을 벌고 싶었다.

이 집 안에 둘만 있다는 생각. 즐겁고 못된 생각.

이준의 얼굴을 보고 있자니 내가 이상해지는 것 같았다. 나빠지는 걸지도 몰랐다. 하던 대로 하면 되는데 행동과 생각이 반 박자씩 어긋났다. 탕 탕, 코코아 가루를 내려치며 머릿속을 정돈했다. 걸쭉하게 듬뿍 쏟아낸 코코아를 들고 계단을 오르며 나는 이것만 전해주고 정상인이 될 거라 결심했다. 정상인이 되는 방법은 간단하다. 방으로 들어가 그를 안 보면 끝이다.

"엄마야!"

"어, 괜찮아? 안 다쳤어?"

평소에 눈 감고도 가는 마지막 계단에서 발을 헛디뎠다. 이준이 바로 팔을 내민 덕에 넘어지지는 않았지만 그의 셔츠 소매가 코코아로 짙게 물들어버렸다. 닦을 새도 없이 하얀 셔츠 아래로 고여 뚝뚝 바닥에 떨어져 내렸다.

"안 뜨거워? 어떡해!"

"뜨겁진 않아. 옷만 젖은 거야. 괜찮아."

"……옷은? 옷은 다 젖었잖아."

"아니. 괜찮아."

지금 왜 웃는 건데, 영문 모를 웃음소리에 나는 적반하장으로 그를 흘겨보았다. 이준은 웃으며 팔을 걷었다.
"넌 또 왜 그렇게 놀라?"
"그럼. 놀라는 게 당연하지."
"왜?"
"너 옷 그거 어쩔 건데? 교복이잖아."
그래도 뜨거웠을 텐데, 마구잡이로 저렇게 소매만 걷는 게 수는 아니었다. 여자들이 넘치는 집에 따로 입으라 줄 옷도 없고 정신없이 두리번거리자 이준은 화장실로 향했다.
"나 그럼 여기서 좀 헹굴게."
"……."
"근데 코코아 이거 되게 진하게 탔나 보다. 나 진한 거 좋아하는데."
세면대 물이 시원하게 흘러가는 소리에도 이준의 목소리만 또렷했다.
안 봐야지. 내가 잡아달란 것도 아니었으니까.
"……아직이야?"
느릿느릿, 바닥에 떨어진 자국을 모두 닦고, 없는 얼룩까지 문질러가며 시간을 끌었는데도 이준은 아직 화장실에 있었다. 한 팔로 겨우겨우 옷을 헹구는 게 힘겨운지 팔을 요리조리 비틀어 보다 한숨을 쉬고 있었다. 진짜 한숨은 내가 쉬고 싶었는데.
"비켜봐."
"응?"

"너 언제까지 거기 있을 거야."

어쩔 수 없이 화장실로 끌려갔다. 또다시 놀라는 이준에게 여지를 두지 않고 나는 밑에 있는 비누를 집어 들었다. 최대한 얼룩이 남지 않게, 그러면서도 이준의 살갗에 닿지 않게 공을 들였다.

"움직이지 좀 마."

"아, 미안. 나 혼자 해볼랬는데 잘 안 되네."

"됐어."

별게 다 미안했다. 떡이 진 코코아 가루는 하얀 교복 위에서 끈질기게 뭉쳤다. 이 얼룩이 다 빠지건 말건 이준이 가면 코코아를 내다 버릴 결심으로 위기를 버텨냈다.

무슨 생각이라도 하지 않으면 내 머리에 닿는 그의 숨결이 위험했다. 세면대에 가득 퍼지는 코코아 향이 침이 고일 만큼 달콤했다. 우리 집 화장실 조명이 이렇게 붉어 보이는 것도 그날 처음 알았다.

"아, 하필이면 교복에."

"아냐. 상관없어, 나는."

"……미안해."

결국 얼룩이 길게 남은 그대로 이준은 집을 나섰다. 현관까지 그를 따라 나서자 이준은 팔을 쓱 문지르곤 뒤로 감췄다.

"시은아, 다음부턴 다 있을 때 올게."

"……."

"쉬어."

안 보여주려니 더 잘 보였다. 하얀 교복 소매는 생각 이상으로 빳빳했다. 단추가 몇 개나 달렸는지, 넥타이는 몇 번째 단추까지 내려오는지, 그게 그렇게 기억에 오래 남을 줄 알았다면.

"……."

차라리 내가 손을 데고 말았을 텐데.

"뭐 해? 일 안 하고?"

"……하잖아."

2층에서 마지막 손님이 남겨두고 간 잔을 치우는 중에 이준이 올라왔다. 저 셔츠를 보는 것만으로도 방금 하던 생각이 지레 찔렸다.

"너 내 욕 했지?"

"내가 언제?"

들키기 싫은 생각이었지만 최소한 욕은 아니었다. 내가 당당하게 고개를 들자 이준은 피식 웃어댔다.

"그럼 무슨 생각 했을까?"

물어보면 내가 대답을 할까, 바보 같은 놈.

나는 행주를 들어 테이블로 몸을 숙였다. 장사가 안 되면 어쩌나 했는데 오늘 반나절 있어보니 전혀 걱정할 필요가 없었다. 보아하니 저놈은 영악하게도 얼굴장사를 하고 있었다.

"좀 비켜. 일하잖아. 그리고 넌 뭐 하는데?"

"나도 일했지. 열심히."

코웃음이 나왔다. 이준은 농담을 잘하는 편이 아니다.

"그렇게 너 좋다는 애들한테 쿠키나 나눠 주면서?"

"뭐 어때. 열 개 백 개도 아니고."

"그래. 장사 한번 잘하네."

"넌 왜 장사라고만 생각해?"

"그럼?"

돈도 안 받고 일을 하니 큰소리가 절로 나왔다. 차곡차곡 두 번 행주를 접어 나무 테이블을 닦자 하얀 행주는 금세 커피물이 들었다.

또 이래.

잊을 만하면 상기되는 생각에 입술을 질끈 물었다. 등 뒤로 느껴지는 기척으로 이준이 안 가고 서 있다는 것을 알았다. 볼 테면 보라지. 내 일처럼 열심히 하니 찾을 꼬투리도 없다. 저 멀리 테이블 끝 마지막 얼룩까지 닦아 오는 틈에 불현듯 불길한 기억이 났다.

저놈 저렇게 혼자 세워두면 위험한데.

"서이준!"

방어를 해보기도 전에 뒤에서 잡혔다. 이번엔 보아줄 여고생도 없으니 그의 손은 더욱 대담하게 파고들었다. 자신이 꼭 매놓은 앞치마 안쪽으로 내 허리를 감싸고 목덜미에 얼굴을 묻었다.

"너 쿨하다며. 친구 사이에 이 정도는 인산 줄 알았지."

남자의 낮은 웃음이 흐르는 목덜미가 뜨겁다. 이준은 가만히 입술을 묻고 내 몸을 꼭 끌어안았다. 어둡고도 붉은 조명에 하나가 된 그림자가 거울처럼 벽에 비쳤다.

"시은이 너 그런 말 되게 쉽게 하더라."

"……."

"내가 멍청한 고민 하는 사이에."

입술을 붙이고 말을 하는 통에 그 움직임이 그대로 내 몸에 새겨졌다. 까칠한 접촉은 잠시, 극도로 촉촉한 감촉이 내 목을 간질였다. 내 입안을 몇 번씩 제 것처럼 드나들던 촉감과 일치했다.

"술 한잔할래?"

예의를 갖춰 살짝만 핥던 혀가 이제 대놓고 귓불까지 길게 쓸고 올라왔다. 누가 보지 않아서가 아니라 오히려 누구를 보여주는 듯 대담했다. 내가 몸을 억지로 비틀자 이준은 놓치지 않고 내 턱을 움켜쥐었다. 옆으로 와 닿는 입술은 마주 보는 것보단 부족했지만 대신 애태우는 조급함이 있었다.

"왜 그래? 처음 하는 것도 아니잖아."

"하아……."

"하긴, 이렇게는 처음인가?"

이준이 고개를 더 가까이 들이밀었다. 일부러 뺨부터 스치고 입술을 찾아드는 모양이 앞을 못 보는 사람같이 굴었다. 며칠간 우리는 세 번의 키스를 더 했지만 이렇게는 처음이다. 내가 테이블 위로 힘주어 팔을 세우자 이준의 손이 은근히 가슴을 타고 올랐다.

"너 미쳤니? 밑에 아직 직원들 있다고."

가슴 중앙을 스치는 그의 손이 한숨과 함께 내 셔츠 가장 위 단추에 닿았다. 서서히 몸을 일으킨 이준은 열린 내 셔츠 단추를 만지작거리다 한 손으로 느릿하게 당겨 채웠다.

"이래서 내가 둘만 있는 건 피해보려 했는데."

"……."

"여전히 잘 안 돼."

내 발은 벌써 계단을 내려가고 있었다. 일단 이 계단을 벗어나야 한다는 생각이 급선무였다.

무슨 뜻일까.

혼자 했던 생각이 아련했다면 이제는 갑갑할 뿐. 목에 둘린 앞치마 끈을 잡히는 대로 풀어봤지만 이준의 손길만큼이나 강하게 버텼다.

"하아, 여기요. 저 가볼게요."

내던지듯 벗어내 1층 카운터에 올려놓고 말 많은 직원에게 목례를 했다. 잡히고 싶지 않다. 이준이 내려오기 전까지 이곳을 나가고 싶었다.

"아, 이거 가져가셔야죠."

직원은 발도 빨랐다. 내가 문을 열자마자 따라와 봉투를 내밀었다. 열린 봉투 사이로 과자와 색 고운 마카롱이 가득했다.

"저희 사장님이 챙겨놓으신 거예요. 보세요. 제일 잘 팔리고 맛있는 건데. 그래서 우리 오늘 장사도 제대로 못 했

어요."

내미는 것을 거절할 용기가 없어 무의식적으로 손을 내밀었다. 꽤 무거울 텐데 무거운 거라곤 내 발밖에 없었다. 웃으면 겨울이 견딜 만하다는 걸 알게 됐는데, 나는 고스란히 추위를 싸안고 집으로 돌아갔다.

part 09

불안한 놈

이준의 꿈을 꿨다. 처음 있는 일은 아니지만 꽤 오래간만이었다.

잠깐잠깐 자는 잠에는 그럴 일이 없다. 주로 깊이 잠들 때, 모든 긴장이 풀려 마음의 빗장을 열어놓을 때 그의 꿈을 꾸었다. 처음 독일에 갔을 땐 그 횟수가 꽤 잦았다.

「언니, 표정이 왜 그래? 안 좋은 꿈 꿨어?」

「……아니. 아니야.」

시아가 걱정스레 물으면 나는 누운 그대로 메마른 얼굴을 문질렀다. 생각 안 하고 싶었는데, 꼭 내 스스로에게 진 기분이 들곤 했다. 과거 급제를 바라는 선비처럼 이쪽저쪽 안 보고 독일에서의 내 앞날만 보고 싶었다. 하지만 한번 이준의 꿈을 꾸고 일어나면 그날은 하루가 허무하게 저물었다. 역시 그놈 꿈은 안 꾸는 게 최선이었다.

「윤시은, 이제 가자.」

막상 꿈을 꿔도 그놈이 내게 하는 말은 늘 같았는데 나는 한나절을 곱씹었다. 시간으로나 노력으로나, 이건 완벽한 내 손해였다. 내 머릿속으로 혼자 다 해놓고 내가 너무 손해니까, 앞으로 저놈 생각은 꿈에도 하지 말아야지 결심했다.

"……."

그런데 어제 그놈 꿈을 다시 꿨다. 다르게 또 지독하게.

달라진 꿈속에서 이준은 2층 소파에 앉아 '왔어?' 하고 웃지 않았다. 독서실 밑에서 기다리다가 '이제 갈까?' 돌아보지도 않았다. 완벽한 남자가 된 그는 곧바로 내 목에 입술을 묻고 가슴을 움켜쥐었다. 손가락을 은밀히 놀리다 혀로 내 입을 채우곤 엄지손가락으로 뺨을 쓸었다.

이렇게 중간이 없다니.

A에서 시작해 전부 건너뛰고 S쯤에 향해 있달까. 꿈속의 이준은 웃으며 손을 들던 단정한 소년에서 입술을 맞대느라 눈코입이 흐릿한 남자가 되어 있었다. 이 모든 변화의 시작은 한 가지뿐이다.

내가 한국으로 돌아온 것.

이곳에 돌아와 이준을 다시 만나며 그가 어떤 남자가 되었는지 확인했다. 어색하면서도 설레었다. 아무렇지 않게 맞아주는 것이 다행이다 싶으면서도 아쉬웠다. 그와 마찬가지로 쿨한 여자가 되고 싶은 나는 그의 스킨십을 담담하게 받아들였다. 몸과 마음 모두 즐기기로 했으니 머리 아픈 생각 따위 하고 싶지 않았다.

하지만 제멋대로 꿈에까지 찾아올 줄이야. 난 그런 거 허락한 적이 없는데.

"미쳤어, 진짜."

세운 무릎에 부은 뺨을 대고 문질렀다. 한 번씩 한국에 와볼까 생각했던 순간들이 있었다. 최소한 2, 3년에 한 번이라도 찾아와 우연찮게 이준을 만났다면 어땠을까.

ABCD 순서대로 가지는 않아도 두셋쯤 징검다리 삼아 그를 알아갔다면 내 이 허망한 꿈도 달라졌을지 모른다. 어색한 안부를 묻고, 스치듯 손을 잡다가 떠밀리듯 안기도 하고. 그러다 어느 순간 저돌적으로 파고든다면 지금처럼 혼란스럽지는 않았을 것이다.

"……그래, 맞아."

그러고 보니 혼란스럽다. 혼란스럽다는 말이 제일 적당했다. 하기야 이 시간까지 잤으니 머리가 어지러워서라도 그래야 했다.

"엄마! 엄마아!"

현실감 없는 시간을 확인하고 찡그리다가 문을 두드리는 소리에 바로 일어났다. 문까지 걸어가는 고작 몇 발짝에도 속이 울렁거렸다.

"아인이 계단도 올라왔어? 잘 잤어요?"

"엄마아, 이거! 이거 바!"

얼마나 심심했으면 잠을 깨우러 왔나, 내가 아인이를 높이 들었다. 한 번도 보지 못했던 목걸이가 축 늘어져 내 이마까지 닿았다.

"아인이 이게 뭐야?"

"흐응."

침대에 아인이를 내려놓자 보석 목걸이가 반짝거렸다. 만져보려 했더니 아주 정색하며 입을 내밀었다. 세 살짜리 주제에. 그래도 가만히 두 손 모으고 기다렸더니 금세 아인이가 고사리 같은 손으로 자랑스레 목걸이를 짠! 내밀었다.

"재 좀 봐라. 네 말대로 진짜 일 내겠어. 내가 이 나이에 손녀사위 보게 생겼다."

"응? 엄마 오늘 이모랑 제주도 간다고 안 했어?"

"오후 출발이야. 난 너 이 시간까지 안 일어나서 죽은 줄 알았지."

터벅대며 2층까지 올라온 엄마가 들어오지도 않고 문 앞에 대충 걸터앉았다. 엄마는 독일에서도 서른 넘은 딸 방에 들어오는 건 없는 사위 보기 미안해서 싫다고 했다. 베개 위에 이불만 덮여 있어도 저놈은 누구냐, 장모 왔는데 인사나 하라며 저질의 농담을 던졌다.

"왜 또 그래. 나 어제 이준이네 도와준다고 그런 거야."

"체력 좀 봐. 겨우 그거 했다고 그러면 일은 어떡해?"

"그래서 앉아서 머리 쓰는 일 하잖아."

"몸을 좀 써라, 몸을! 너 나랑 약속한 거 기억 안 나?"

"……."

말을 아꼈다. 요새 나는 나름대로 전력을 다해 몸을 쓰는 중이다. 거기다 어젯밤에는 이 침대를 안 벗어나고도 엄마의 뜻을 착실하게 따랐다. 가만 보면 어젯밤 꿈은 이준의 손길 때문이 아니라 엄마의 염원 때문일지도 몰랐다.

"내가 알아서 해."

"알아서 하기는. 이 시간까지 잠이나 자고. 일찍 일어나는 새가 뭐라도 하나 더 생기지. 우리 아인이 봐라."

"아인이?"

엄마랑 대화를 하느라 우리 공주를 방치했다. 아인이는 여전히 의기양양하게 목걸이를 잡고 어깨를 으쓱으쓱 춤을 추는 중이었다.

"아까 이준이 왔었어. 이준이한테서 저거 받아서 저래. 자랑하려고."

"이준이? 언제?"

"언제긴 언제야? 너 한창 잘 때지."

"……왜 안 깨웠어?"

나는 여느 딸들처럼 아쉬운 걸 모두 엄마 탓으로 돌렸다. 막상 깨웠으면 어느 순간에 깨어났어도 아쉬웠을 알찬 꿈이었다.

"나 마당에서 빨래 걷었지. 그나마 이준이가 안에서 아인이 좀 봐줘서 이불 털고 다 했네."

"걔한테 뭘 자꾸 시켜."

"아인이가 떨어져야 말이지. 어이구, 저렇게 좋을까."

실컷 자랑을 끝낸 아인이가 할머니를 찾아 달려가자 엄마가 뺨을 비비며 웃었다.

"이준이도 말이야, 지 자식 있었으면 이렇게 예뻐했을 텐데. 애를 그렇게 좋아하는 남자도 드물거든."

"……드물면 뭐."

"아까워 그러지. 잘 살면 좋았을걸. 누군진 몰라도 남자 볼 줄 몰랐네."

엄마가 아인이를 업고 일어섰다. 손녀의 엉덩이를 툭툭 두드리며 너도 밥이나 먹으라 한소리를 하고 내려갔다.

"……."

그만큼 잤는데 다시 눕고 싶어졌다. 이번엔 잠이 문제가 아니었다.

잊고 있었구나.

그새 이준이 다녀갔다는 사실도 가물거렸다. 하도 가볍게 이야기를 했으니 엄마 말처럼 정말 힘든 여행 한 번 정도로 생각했다.

나는 그런 거 괜찮던데, 이런 건 또 독일식으로 생각하고 싶었다. 한국 남자인 이준에겐 어땠을지. 그래도 그가 우리 아인이가 아닌 다른 아이를 안고 목걸이를 걸어주는 건 상상이 힘들었다. 하고 싶지 않은 건지도 모른다.

– 윤시은, 일어났어?

"……응. 너 왔었다며?"

수화기를 걸친 나는 꿈속을 벗어나 무덤덤하게 굴었다. A에서 S로, 롤러코스터를 타도 이보다 혼란스럽지는 않을 것이다. 그래도 내가 마지막 Z가 아닌 S 정도로 생각하는 건, 아직은 그 뒤가 있기를 바라기 때문이다. 마지막에 도착해 더 갈 데가 없다면 그때에는 그 어떤 음탕한 꿈을 꾸더라도 감흥이 없을 것이다.

나는 아직 남은 기간처럼, 그와 내가 어떤 관계의 중간 정도에 있기를 바랐다.

우리는 서경고 벤치에 앉아 있었다. 사실 이놈이 좋은 데라 할 때부터 알아봤다. 나는 알고도 속는 데 선수다.

"애한테 뭘 자꾸 사줘. 그러지 마. 버릇 나빠져."

"그래서 넌 12시가 다 돼서 일어나고?"

"네가 일 시켜서 그런 거야. 다시는 안 해. 힘들어."

내가 딱 잘라 이야기했는데도 이준은 턱을 괴고 웃었다. 내 단호함이 무너지는 순간이다.

"농담 아니거든?"

"알아, 너 농담 안 하는 거."

쿨하게 안다는데, 더는 할 말이 없다. 거기다 그런 꿈을 꾸고 나서인지 이준을 마주 보는 것조차 곤욕이었다. 지금 턱을 괴느라 새끼손가락에 닿아 있는 그의 입술이 깊은 밤 내 어디에 닿았나 떠올리자 목이 탔다. 내 몸이 시집을 갈 나이가 넘었다는 걸 이렇게 뼈저리게 느끼기는 처음이었다.

"그런데 너 오늘 나 잘 안 보네."

"아니, 별로."

"한 번도 제대로 안 쳐다보는 거 같아서."

"아니거든."

봐라, 눈싸움이라도 하듯 부릅떴다. 이준이 자세히 좀 보자며 턱 대신 오른쪽 뺨을 받쳐 편히 기대자 나는 바로 코웃음을 쳤다.

"잠을 제대로 못 자서 그래. 고개가 좀 아파서."

"아, 그렇구나."

"넌 왜 그렇게 기분이 좋은데?"

오늘 이준은 유독 휘파람을 흥얼거렸다. 남은 저 때문에 심란한 판에 바로 옆자리에서 저러고 있으니 곱게 보이지 않았다.

"아침부터 아인이 봐서 그런가 보지."

"하!"

저런 말도 뻔뻔하게 잘한다. 자기 딸도 아니면서.

내 딸이 아니긴 마찬가지지만 그래도 아인이는 내게 특별한 아이였다. 나는 내 인생에서 가장 힘들 때 오직 아인이를 보고 버텼다. 핏줄 위에 의리라고, 저놈과는 달리 뻔뻔할 자격이 있다.

"그런데 시은이 너 진짜 같이 안 들어갈래? 마치고 진성이도 좀 보고."

"됐어. 난 누군지도 모르는데 뭘."

"그래도 혹시 질문 받고 하면 오래 걸리니까."

"천천히 해. 너무 오래 걸리면 그냥 알아서 갈게."

"아니, 가지 마. 금방 올 거야. 가깝거든. 여기 1층 바로 옆 교실."

벤치에서 일어선 이준이 웬일로 단호해졌다. 술에 술 탄 듯, 물에 물 탄 듯 하던 놈이라 아직 앉아 있던 나도 눈이 커졌다.

"여기 있어. 학교에 볼 거 많아."

이준이 손을 들어 학교 건물 이곳저곳을 짚었다. 그래봤자 전부 붉은 벽돌 건물인지라 그다지 신빙성이 있어 보이진 않는다.

"여긴 진짜 좋은 데 있거든. 기다려. 너 보면 좋아할 거야."

"괜찮으니까 가봐."

"너 나 때문에 학교 들어온 거잖아. 그러니까 나 없으면 여기 오기 힘들걸?"

"알았다고."

안 내던 생색을 내는 이준은 오늘따라 학생 같았다. 학교에 들어와 있어 그런 건지, 아니면 학생처럼 막무가내로 굴어 그런 건지는 모르겠지만.

"나 잘하고 올게!"

오늘 이준은 진성인지 국산지 하는 친구 부탁으로 작은 강연을 하러 왔다. 미래의 법조인을 위한 논술 동아리라는데 말만 들으면 그럴싸했다. 서이준이 잠시나마 검사였다니, 나는 훤칠한 뒷모습을 보며 웃음을 삼켰다.

말도 잘 못하면서. 하는 말이라고는 순전히 시아 이야기뿐이었으면서.

저 멀리 수위아저씨가 아니라면 제법 높은 웃음이 나왔을지도 모른다. 그래도 오늘은 당당하게 이준과 정문을 통과했으니 나는 어깨를 쭉 폈다.

"하아."

학교는 신기한 곳이다. 이렇게 볕 좋은 대낮에 이곳에만 들어서면 마음이 경건해졌다. 남들 다 공부하는 시간에 혼자 덩그러니 운동장 벤치에 있는 게 묘하게 뿌듯했다. 독일에서 점심시간도 쫓기다 겨우 샌드위치 하나 물고 사무실로 들어갈 때, 노천카페에 앉아 여유롭게 차를 마시는 여자들이 생각났다.

저 팔자 좋은 여자들은 다 누굴까 했는데, 나는 한국에서 팔자가 좋아졌다. 거기다 기다리는 사람이 서이준이니 더 그랬다.

가서 또 말은 제대로 하려나.

교실에 있을 그의 모습이 궁금했다. 교복을 입은 모습은 독서실에서나 우리 집에서나 질리도록 보았는데 교실 안에서의 모습은 본 적이 없다.

"……음."

한번 가볼까.

대화 중 그가 말했던 곳이 떠올라 바로 자리를 털어냈다. 팔자도 좋아본 사람이 계속 좋다고, 여유를 즐기기엔 내가 너무 조급했다.

"자아, 사자성어도 많이 외워놔야지. 아는 만큼만 활용해."

적막한 복도에서 나는 그의 목소리를 나침반처럼 따랐다. 눈을 감고 가래도 갈 수 있었다. 걸을 때마다 작게 삐걱대는 나무 복도가 심장 박동처럼 규칙적으로 울렸다.

"10분 남았어."

나는 어느 교실 앞 신발장 뒤에 몸을 숨기고 유리창 너머의 그를 바라보았다. 열 명 남짓한 학생들 사이에서 거니는 그는 확실히 진짜 선생님과는 달랐다. 어느 고등학생들이 그렇게 선생님에게서 눈을 떼지 않을까.

"시간 안에 써야지. 오늘 나 좀 바쁘거든."

"왜요?"

"안 알려줌."

"아, 뭐예요! 치사해!"

싫지 않은 야유 속에서 그는 밝게 웃었다. 입가를 올리고 비스듬히 기대는 그를 보고 있자니 기분이 남달랐다. 내 지금 표정이 어떤지는, 다른 사람이 나를 부르고서야 알게 되었다.

"윤시아? 너 혹시 시아 아니냐?"

"네?"

"나 예전에 수학 선생님이잖아. 지금 학교에 웬일이냐? 몸은 이제 괜찮고?"

오십 대쯤 됨직한 나이 지긋한 남자 선생님이 나를 보고 이렇게 반가워하는데 그만 입이 얼어붙었다. 예전부터 시아와 나를 헷갈리는 사람들에겐 익숙했지만 이제 시아는 없다. 혹시 저 안에서 이준이 나를 볼까 유리창에서 물러섰지만 태도가 썩 자연스럽진 않았다.

"다행이네. 너 그런데 뭐 보냐? 아아, 이준이? 우리 학교 인물 났지. 저런 놈이 카페가 다 뭐야."

"……그게 아니라."

"허허, 뭘 그래. 넌 아직도 이준이 보고 있냐? 옛날에도 수업 시간에 이준이 보다가 나한테 그렇게 혼나놓고."

큰 잘못이라도 한 양 얼굴이 붉어졌다. 사립이라지만 아직까지 시아를 아는 선생님이 남아 계실 거라고는 상상도 하지 못했다.

"하기야 우리 학교에서 너 하나만 그런 것도 아니고 뭐. 그래도 멀리 갔다더니 건강해져서 다행이네. 그런데 넌 그렇게 종알종알 말도 잘하던 애가 왜 인사도 없이……."

"아, 죄송합니다. 나중에 뵐게요."

화끈거리는 얼굴로 제대로 말도 못 할 거라면, 이상해졌다 소리 좀 듣더라도 이 자리를 벗어나는 게 낫다. 허리 숙여 급하게 인사를 하자마자 밖으로 빠져나왔다.

"하아……."

부끄러웠다. 꼭 시아의 모습으로 그의 옆에 있는 것 같았다. 나는 그런 게 아닌데, 그런 거 원한 적 한 번도 없는데.

내가 애써 유쾌하게만 여겼던 시아의 그림자가 다른 사람 눈에는 어찌 보일지 몰랐다. 오직 이준의 눈과 입만 가리면, 그 어디에서도 나올 일이 없으리라 방심하고 있었을지도 모른다.

"아니야, 난."

입안에서 작게 구르는 혀가 점차 자신감을 잃었다. 정말 한 번도, 단 한 번도 시아가 되고 싶지 않았냐 묻는다면 그건 혼잣말로도 감출 수가 없었다.

머리를 비운다고 비웠는데 갈수록 생각이 들어찼다. 나는 너른 학교 어디에 가든 오래 버티지를 못했다. 최대한 인적이 드문 곳을 찾다 전에 이준과 함께 온 뒤뜰에 다다랐다.

"하아……."

한 바퀴를 천천히 걷다 보니 어느 나무 한 그루만 남았다. 전에 이준이 '아는 나무'라던 그곳이었다. 앙상한 가지라 내 몸 가려줄 이파리 하나 없는데 나는 그곳을 맴돌았다. 손을 대어보자 까슬하게 일어난 껍질이 손끝을 찔렀다. 아프다.

시아야, 나 진짜 모르겠어.

두 번째 오는 학교에서도 답을 찾지 못했다. 처음부터 내게 이 학교는 '서이준' 아니면 '윤시아' 이 둘뿐이었다. 나는 그다지 똑똑하지 않아 둘을 연관 짓지 않고는 아무것도 생각하지 못했다. 거기에 억지로 내 자리를 끼워 넣고는 기쁘기도 슬프기도 했다.

미련스럽다.

시아가 없는 지금은 둘이서 하는 어른놀이에 빠져 내 마음만 이렇게 앞서 있다. 내 입으로 대놓고 즐기겠다 뱉었으니 이준의 마음을 궁금해하지도 않았다. 교복으로만 우리를 구분하던 시절, 사복을 입은 나를 애틋하게 보다가 시아를 보고 뒤늦게 멋쩍어하던 그를 까맣게 잊고 있었다.

– 어디야? 왜 벤치에 없어?

"……그냥 기다리다가 갔어."

이준의 전화를 받으며 서서히 나무에서 멀어졌다. 지금은 그를 어떤 얼굴로 봐야 할지 막막했다. 사방을 둘러봐도 내 비겁한 마음을 감출 곳이 하나도 없다.

– 왜 그냥 갔어? 나 최대한 빨리 나온 건데.

"늦게 마칠 줄 알고."

– 금방 온댔잖아. 좀 기다리지 그랬어.

걸음을 옮겨 중앙게시판 근처에 서자 일직선 저 멀리 교문 근처에 이준이 보였다. 서성이며 주위를 두리번대던 그는 내가 갔다는 소리에 동작을 멈췄다.

– 그럼 너네 집으로 갈까?

"아니아니. 나 좀 쉬게. 쉬고 싶어서."

– 어디 아파?

"그런 거 아냐. 잠을 너무 많이 자서 머리가 아픈가 봐. 그냥 더 잘게."

제 살 깎아먹는 얘기를 주절대놓고 나는 게시판 뒤로 숨었다. 그간 겨우 시아의 이야기를 참고 있었는데 지금 마주치면 무용지물이 될 것 같았다.

너한테 내가 누구니.

그의 대답이 무엇이든 아직은 들을 준비가 되지 않았다. 난 여전히 이기적이라 좋은 곳, 좋은 생각, 좋은 말만 듣고 싶었다. 적어도 서이준에게서는.

나는 빈집에 머무리는 대신 서울 구경을 택했다. 한국에 오고 나서 처음이었다. 이 동네 벗어나면 나는 지도를 볼 줄 아는 미아나 다름없다. 어디로 갈지 몰라 인터넷을 켜 놓고 '서울, 좋은 곳'이라는 어중된 검색을 했다.

그렇게 나는 자발적인 호구가 되었다. 그 어설픈 검색에도 쭈르르 나오는 곳들을 땀나도록 열심히 찾아다녔다. 휴대전화를 한 손에 들고 그 좋다는 곳에 서서 양쪽으로 확인만 해보고 걸음을 돌렸다. 어딜 가든 그랬다.

"어, 안에 안 들어가세요? 여기부터가 시작인데."

마지막 경복궁 앞에서 내게 길을 알려준 아가씨가 문 앞에서 발길을 돌리는 나에게 눈을 동그랗게 떴다. 그 표정은 내가 독일에서 잘 짓던 거라 무슨 생각을 하고 있을지 짐작했다. 나는 유서 깊은 박물관이나 궁전 앞에서 가이드에게 줄 팁만 세고 있는 관광객들을 같은 눈으로 보곤 했다.

나도 내가 안타깝네.

좋다는 곳을 다 가봤는데 머릿속에 남은 건 아무것도 없다. 내게 남은 건 오른손에 든 술병 한 보따리가 다였다. 이게 오늘 내 서울 구경 기념품이고 지금 내게 가장 필요한 것이었다. 돈을 이렇게 알차게 써본 것도 오랜만이다.

노래라도 부르고 싶은데 아는 한국 노래가 없어, 내가 정말 오랜만에 왔다는 것을 다시 한 번 깨달았다.

"……너 왜 이제 와?"

"넌 장사 안 하고 뭐 하는데?"

이준을 보았다고 해서 걸음을 돌리기는 늦었다. 축 늘어뜨린 봉투를 앞뒤로 흔들며 그를 맞았다. 나는 이제 어른이고 그때와는 달랐다. 아니, 같으면 곤란할 나이가 되어버렸다.

"서이준, 한잔할래?"

싱글싱글 잘만 웃고 다니던 이준은 기가 찼는지 허공으로 한숨을 뱉어냈다. 하얗게 서린 김이 그의 얼굴을 가리다 서서히 흩어졌다.

"그래."

"……."

"카페로 갈까, 그럼?"

"아니. 오늘은 밖이 좋아."

"왜?"

"추워서."

술을 안 마셨는데 벌써 취한 것 같았다. 추우면 조금 더 빨리 그와 헤어질 수 있을 것이다. 사람의 사고가 이렇게 단순하다.

"그래. 좋아."

이준도 나랑 다니더니 단순해졌다. 멀리 가지도 않고 공원 한구석 벤치에 자리를 잡자 이준은 천천히 얼굴을 쓸었다. 손바닥에 얼굴을 묻은 것처럼 여러 번 숨을 내쉬고 있었다. 나는 애써 웃으며 그에게 술병을 하나 건넸다.

"예전엔 이렇게 술 마시고 그러면 다 큰 건 줄 알았는데."

"지금은 아냐?"

"글쎄."

한 모금 길게 들이켰다. 나는 오직 지금의 서이준만 바라보고 싶었다. 마음 아릿한 옛 생각 같은 건 심심풀이 안주 정도로나 두고 마음 가는 대로 다 해보고 싶었다. 그런데 그게 잘 안 된다.

"아, 추운데 술 마시니까 더 추워서 좋다."

"윤시은, 너 대체 뭐 하고 다닌 거야?"

생뚱맞은 내 말에 이준이 짙은 눈썹을 일그러트렸다. 얘가 설마 벌써 취한 건 아닐 테고, 정말 무슨 일이 있었는지 궁금한 듯했다. 하지만 나조차도 모르는 복잡한 마음을 설명할 재주가 없다. 아직 그대로인 내 이기심은 어떻게 풀어놓아도 미화가 안 된다.

"나 말이야, 오늘 뭘 했냐면……."

머릿속을 뒤적였다. 별로 네가 없어도 나 혼자 알아서 좋다는 데 모두 보고 왔다고, 그렇게 말하려 했다. 하지만 그건 거짓말이고, 나는 이제라도 솔직하고 싶었다. 더는 남을 흉내 내거나 마음 숨길 곳을 찾아다닐 수 없었다.

"경복궁에 갔어. 입구가 크더라."

"뭐? 어딜 가?"

"명동에도 갔어. 광화문 거기도 가고."

"혼자?"

"그럼 혼자 가지. 야, 나 이제 어른이야."

말해놓고도 그다지 의기양양하진 못했다. 딱 스무 살 되는 날 '나 이제 성인이다.' 선포하는 것처럼 어설프고 쑥스러웠다. 하지만 이준도 제대로 알 필요가 있는 일이다.

"그걸 아니까 내가 이 시간에 널 기다린 거야."

그의 한숨이 이제 내 앞으로 흩어졌다. 숨결도 따듯한 놈이라 거기에 마음이 녹을까 얼른 술병을 들었다. 아직은 차게 두고 싶었다.

"……."

"그래, 들어나 보자. 또 뭐 했는데?"

이준은 나의 일과를 뒤적이려 했다. 검사를 했다더니 거기 어디에 문제가 있었는지 밝혀내려는 얼굴이었다.

"음, 서울 구경 하기 전에? 아침엔 너 만나기 전에 밥 먹고. 아인이랑 놀아주고."

"그런 거 말고 학교에선."

"마당 정리 좀 하고. 샤워하고."

"그런 게 아니잖아. 좀 제대로 된 설명을……."

"참, 꿈도 꿨어."

"뭐?"

체리 향이 나는 보드카를 양껏 입안으로 흘려보냈다. 나는 취하지 않았다. 술병을 꼿꼿이 쥐고 이준을 마주 보며 다시 병을 들었다.

"네 꿈."

내뱉고 보면 어려울 것도 없었다. 아직 다 마시지도 못한 술이 순식간에 그의 손으로 넘어갔다. 허리를 감싸 안은 이준이 고개를 틀어 키스를 했다. 아직 입안에 남은 술을 그대로 그에게 빼앗겼다.

"넌 아직도 그렇게 사람 속을 썩이니."

이준이 무서우리만큼 강하게 등을 당겼다. 소리는 미약하지만 입안에서 혀로 읽히는 짧은 문장에 나는 눈을 감아버렸다. 아프다 소리도 하지 않고 이준의 어깨에 팔을 올렸다. 우리는 나이를 먹을 만큼 먹은 어른이라 그간의 키스 중 단 한 번도 순수하다거나 풋내가 난 적은 없었다. 하지만 내가 먼저 반응을 한 건 처음이라 그가 살짝 고개를 떼어냈다.

"……넌 나한테 물어볼 거 없어?"

"있어야 해?"

"불안하니까."

불안으로 치면 오늘 내 마음이 그랬다. 이래도 되는 건지, 온 서울을 누비고 다녀도 답이 없었다. 그 좋다는 데 다 다닌 것보다 이 좁은 동네 허름한 공원 벤치가 더 멋져 보인다면 이미 강을 건넜다. 끝까지 더 이기적일 수밖에.

"내가 누구게?"

"……안 웃겨. 윤시은."

그거면 됐다. 내가 듣고 싶은 말은 그 하나였다.

즉시 감은 팔을 당겨 그의 부드러운 머리칼 안에서 손가락을 세웠다.

여느 때와는 사뭇 다른 키스였던지라 돌아오는 길도 달랐다. 이준은 우리 집까지 데려다주는 내내 주먹을 쥐었다 풀었다. 겨울이면 당연한 바람 하나에도 끓는 소리로 응답했다. 그는 지금 자신의 맨 살갗을 스치는 거라면 눈발 하나에도 예민한 남자였다.

"아……, 바람이 왜 자꾸 나한테만."

"……."

"바람이 너무 좀……. 하여튼 올라가. 기다리시겠다."

"이준아."

나이를 먹어 손해를 보는 건 이런 때였다. 내가 십 대였다면 저것도 못 본 척 파릇파릇한 미소로 남자 애를 태웠겠지만 서른이 넘어 같은 흉내를 내면 능구렁이 소리를 들었다. 그런 소리 듣기에 나는 또 순진한 편이었다.

"우리 집에 갈래?"

"뭐?"

억울한 게 싫었을 뿐이다. 그런데 이준은 침을 몇 번이나 더 삼키며 양옆 허공으로 하얀 숨을 뱉어냈다. 나한테 그렇게 들이댈 땐 언제고 내 한마디에 당황하는 모습이 우스웠다.

"술 모자란 거 같아서."

"아, 술. 그래."

역시 그러면 그렇지, 짧은 실망감이 비쳤다. 내 마음 내키는 대로 살기로 한 나는 못되게 그걸 보고 비웃었다. 하여튼 바보 같긴.

"근데 아까 다 마신 줄 알았는데. 남았나?"
"아니. 없어."
"그럼 집에 있어?"
"없어."
"소주 이런 것도?"
"없는데."
무표정하게 없다 소리를 할 때마다 고개를 저었다. 그럼 뭘 어쩌자는 걸까, 잠시 고민하던 이준이 긴장이 풀렸는지 어깨를 축 내렸다. 피식 웃음과 함께 내 머리를 살짝 헝클어뜨렸다.
"도대체 있는 건 뭔데? 없는 건 그게 다야?"
"아니. 없는 거 하나 더 있어."
내 목소리는 고저가 없다. 그래서 의도치 않게 쌀쌀맞다 소리를 많이 들었는데 지금은 내가 듣기에도 그래 보였다.
"우리 엄마랑 아인이."
"……."
"올 거야, 말 거야?"

part 10

음흉한 놈

집에 들어서기 무섭게 그는 돌변했다. 바로 코트 안으로 손을 넣어 허리 위 맨살을 길게 쓸었다. 얼음 같은 손이 등에 닿자 그것만으로도 머리가 빙글거렸다. 너무 서두른다 싶어 고개를 떼어내자 이준은 이마를 맞대고 내 열을 식혔다.

"……너 뭐가 그렇게 급해."

"안 이러면 네가 바로 말 바꿀 거 같아서."

가볍게 문지르는 입술은 어느새 데워져 따스하게 열기가 퍼졌다. 굽 있는 구두를 벗어내고 맨바닥에 닿자 내 정신도 평평한 맨바닥에 내려왔다. 헷갈릴 것도 없이 이놈은 내가 좋아했던 서이준, 그놈이 맞다.

"야아!"

이준이 내 몸을 번쩍 들었다. 거칠 것 없이 바로 2층으로 향하는 모습에 그의 가슴에 묻혀 웃음을 흘렸다. 이렇게 여유를 부릴 수 있는 건 지금이 마지막일 테니 농담을 하려 해도 지금뿐이다. 나는 오늘 그에게 아주 담담하게 보이고 싶었다. 최대한 어른스럽게, 그때와는 다르게.

"너 급한 줄 알았는데?"

"급하거든?"

"그럼 저긴 어때?"

이미 지나친 거실 소파를 고갯짓하자 이준이 인상을 썼다. 나보다 이놈이 조금 진지한 것 같아 나는 이게 또 좋았다. 좋고 싫고의 기준은 생각지 못한 곳곳에 널려 있었다.

"거긴 안 돼."

"왜?"

"아인이 노는 데라서."

"……."

이런 식으로 내 입을 다물게 하다니, 약은 놈.

내가 두 사람이 누워도 적당할 푹신한 소파를 보는 사이 이준은 그 앞의 목마와 흐트러진 장난감을 보고 있었다. 이모 자격 상실이다.

"시은이 너 지금 아인이한테 좀 미안하지?"

"웃기지 마."

"그럴 여유라도 있으면 좋겠다."

한 발 한 발 계단을 오를 때마다 숨이 가빠졌다. 그의 품에 안겨 아직 아무것도 한 게 없는데 입술이 바짝 탔다. 계단은 내게 남다른 의미가 있었다. 독서실에 다니기 전까지 그가 2층에 앉아 있다 생각을 하면, 나는 그때부터 손바닥에 땀이 찼다. 그렇게 달아오른 에너지를 이놈 앞에서 냉정한 척하는 데 쏟아부었다.

"무슨 생각 해?"

"아무것도."

지금 고개를 저으면 그의 단단한 가슴이 닿았다. 이 계단을 그의 품에 안겨 오를 거라는 상상은 해본 적이 없다. 아무리 상상이라도 터무니가 없으면 입맛만 써졌다. 열여덟 살 달밤에 그의 입술을 상상하며 내 입술을 깨물어본 적은 있지만 이 계단은 달랐다. 상상에서마저 이곳은 온전히 나만의 공간이었다.

이준이 여기에 무단으로 들어선 순간, 나는 벌써 옷이 모두 벗겨진 기분이었다.

"서이준, 저기."

"……왜?"

"아냐."

2층에서 다시 헤맬까 싶어 선심을 베풀려 내 방을 가리켰지만 그는 이미 발로 내 방문을 미는 중이었다. 뭘까, 이건. 내려놓고도 그게 이상해 고개가 사선으로 돌아갔다. 새로 지은 집이라 예전과는 구조가 달라졌는데 이놈이 아무리 급하다 해도 신통력이 생길 리는 없다.

"윤시은, 나도 너한테 말 못 한 게 하나 있는데."

"응."

"이게 좀 비밀이거든. 웬만하면 말 안 하려던 거라."

남자가 여자를 침대에 앉혀놓고 뜸을 들인다는 게 수상쩍었다. 아무리 열이 올라 한 문장이 채 힘들지언정 물을 건 물어야 했다.

"뭔데?"

"나 여기 와본 적 있어."

"언제?"

"아침에."

말간 얼굴로 순순하게 인정을 하면서도 이미 이준은 착실히 내 옷을 벗기고 있었다. 침대 위에서도 다칠 성싶은지 커다란 손바닥으로 머리를 받쳤다.

"……네가 내 이름 불렀을 때 들킨 줄 알고."

아아, 내가 팔등으로 눈을 가렸다. 오래 자는 사람은 무조건 손해다. 무슨 말을 했다 우긴들 아니라 할 수가 없다.

"낮엔 왜 말 안 했는데?"

"네가 아니라고 할까 봐."

이준이 내 귀를 타고 입술로 질근거렸다. 윗옷을 벗어던진 그가 몸을 내리자 서로의 맨살이 녹아 붙었다. 차갑던 두 몸이 맞닿는 순간 뜨겁게 달아오르는 게 놀라울 뿐이다.

"그런 거 아니었다고, 분명히 잘못 들었다고 할 거니까."

"……."

"너 나한테 항상 그러잖아."

누르고 있던 팔을 걷어냈다. 서로의 눈빛이 보일 정도의 거리에서 이준은 꿈에서처럼 내 뺨을 쓸고 있었다.

"나쁜 놈, 남의 방에 막 들어오고."

나는 부끄러우면 화를 냈다. 알면서 말을 안 했다는 것보다 정곡을 찔린 것에 더 말이 뾰족해졌다. 이놈은 빈틈이 없다. 내 꿈에 멋대로 들이닥친 것도 당황스러울 판에 그날 밤을 못 넘기고 진짜 내 침대로 찾아들었다. 과연 이준이 내 어디까지 파고들 수 있는 건지 궁금해졌다.

"웃지 마. 농담 아니거든?"

"아니까 욕할 거면 지금 미리 다 해."

농담으로 여기기엔 그의 눈이 벌써 흐릿했다.

"이제부터 더 나빠질 거라서."

쪽, 잠깐 입을 맞추고 다시 멈추다 이내 열 오르는 키스가 시작되었다. 서로의 고개가 틀어진 방향에서 혀가 깊이 감겼다.

"하아."

숨을 모조리 그에게 빼앗기는 기분이었다. 아릴 만큼 혀를 못살게 굴던 그가 한순간에 입안에서 사라졌다. 하지만 상실감은 오래가지 않았다. 목을 타고 내려오던 입술이 쇄골 양쪽을 문지르다 가슴에 안착했다.

"아, 이준아."

팔꿈치에 힘이 들어갔다. 가슴 밑을 그러쥔 그가 한껏 가득 입에 물었다. 그의 입안에서 유두가 일그러질 때마다 피가 그쪽으로 쏠렸다. 혀끝으로 꼿꼿하게 솟은 유두를 느꼈는지 마냥 부드럽게 빨아대던 움직임이 달라졌다.

"으으응."

쭉쭉 소리가 날 만큼 강하게 흡입했다. 더없이 음란한 소리에 불을 꼈음에도 질끈 눈을 감았다. 고상한 얼굴에 어울리는 고상한 입매라 여겼던 그의 입술이 지금 내 가슴 위에 있다. 양쪽을 오가며 쉴 새 없이 그 맛을 음미하느라 바빴다.

남자들은 이래서 금기시된 것들에 열광하는 걸까.

"아아."

얼얼하도록 아릿한 자극에 금기시된 생각이 더해지자 벌써 아래가 젖어들었다. 저놈이 아는 건 싫은데, 주르륵 흐르는 이 느낌이 부디 착각이길 바랐다. 아무리 그 이상의 일을 하기 위해 침대 위에서 엉켰다지만 여자는 순간순간 숨기고 싶은 게 많다.

"아니, 그렇게는."

"왜?"

이준은 벌써 내 한쪽 다리를 받쳐 들었다. 분명히 내가 고개를 흔드는 것을 보았으면서도 그는 손을 멈추지 않았다. 가만히 덮는 듯 그곳에 대더니 이내 중지가 움직였다.

"벌써 젖었네."

갈라진 틈새를 오가는 그의 손가락은 혀만큼이나 음란했다. 어디까지 젖은 건지 아래로 쭉 뻗어오다 범위 안의 모든 곳을 샅샅이 문질렀다.

"윤시은, 너도 나처럼 그래? 그런 생각도 해?"

"……뭘?"

"아냐. 말 안 하는 게 낫겠다."

처음처럼 고개를 가까이 내린 그가 귓불을 빨아들였다. 그사이에도 쉬지 않는 손짓에 나는 겨우 신음을 참으며 귀를 열었다.

"말하면 또 아니라고 할 거."

"으응, 간지러워."

"내 멋대로 생각할래. 내 마음이야."

중얼중얼, 누가 누구에게 하는 말인지도 헷갈렸다. 아무러면야. 나는 이미 그러기로 했으니 이놈도 충분히 그럴 수 있다. 허락처럼 고개를 끄덕거리자 이준의 부푼 그곳이 허벅지를 강하게 찔러왔다.

"아, 미치겠다."

이번에는 혼잣말이라기보다는 미미한 경고였다. 조금 서두를 거라는, 그러니 각오하라는.

"미칠 것 같아, 윤시은."

나 때문에 미치겠다는 남자가, 내가 원래 미쳐 있던 남자였다. 그 한마디가 조금 전 금기의 상상보다 더 큰 흥분을 돋웠다. 이제 확실히 착각이 아닐 만큼 아래가 축축했다.

"그러면 되잖아."

어려울 게 뭐 있을까. 가장 어려운 건 우리가 여기까지 오는 데 있었다.

"미쳐봐, 한번."

내 입에서 나왔다 믿기 힘들 만큼 직설적인 말이었지만 부끄럽진 않았다. 오히려 그를 흥분시킬 만큼 젖은 목소리가 뿌듯할 정도다. 얼굴을 붉히는 건 꿈에서 깨고 나서도 충분했다.

"……."

그대로 두 손을 들어 그의 뺨을 감쌌다. 마주 보기 무섭게 그의 눈동자가 깊은 곳에 내려앉았다. 어둠 속에서도 구분할 만큼 짙은 빛깔이었다. 이준이 적당한 자리를 잡을 때까지 우리는 눈을 떼거나 피하지 않았다.

"흐으읍!"

처음이 아닌데도 고통스러울 만큼 강했다. 들어선 그대로 쉴 틈도 없었다. 한 번, 두 번. 자제력 없이 찔러드는 움직임에 이를 악무는 노력은 소용이 없었다.

"아, 아아앗."

"하아."

두 팔을 곧게 뻗어 내 양옆을 짚은 이준이 무거운 신음을 뱉어냈다. 흐트러진 머리칼이 그의 움직임마다 같이 찰랑대자 귀찮은 듯 크게 털어냈다. 그러고도 아직 한 줄기 그의 이마에 붙은 머리칼에 손을 올리자 이준이 알아서 몸을 내렸다. 씨익, 웃는 미소가 허리 아래에서 무엇을 하는지 알 수도 없을 만큼 싱그러웠다.

"으응."

이건 이율배반이다. 몸을 두 동강 낼 듯 치고 들면서 운동장에서 한바탕 뛰고 온 고등학생 그때처럼 사람을 헷갈리게 했다. 하기야 이놈이 날 헷갈리게 한 적이 한두 번일까.

"……시은아."

발가벗은 채로 내 이름을 부르자 미약한 신음보다 더 야하게 들렸다. 그가 고개를 숙이자 코끝이 먼저 닿고 다음에 입술을 빈틈없이 겹쳐왔다. 하지만 키스에만 집중하기엔 아래로 치받는 힘이 온몸을 요동치게 했다. 쿵쿵, 들이닥칠 때마다 시트가 말리며 몸이 조금씩 위로 밀려났다.

더 올라갈 데가 있을까.

머리가 헤드에 닿을지도 모른다고 생각할 즈음에 이준이 내 팔을 꽉 눌러 고정했다. 그 자체의 힘도 대단했지만 몸을 겹쳐 파고드는 그의 허릿짓에 비할 순 없었다. 사지가 결박당한 기분이다. 움직일 수 있는 데라고는 고개뿐이라 나는 견디지 못하고 고개를 뒤로 꺾었다.

"으읏……, 그만."

점점 버틸 수 없을 만큼 몸 안팎으로 한계에 다다르고 있었다. 평소엔 정적인 이준이라 얕보고 있었는지도 모른다. 남자의 본능을 우습게 봤던 벌을 이런 식으로 받을 줄이야.

"왜애. 난 한창 좋은데."

이제 이놈은 날 가지고 놀고 있었다. 문밖에서 바람을 탓하며 서툴게 굴던 모습 같은 건 모두 속임수였다. 겨울 추위에 그만큼 당해보고도 또 속았다.

"너는 안 좋아?"

이준은 배부른 사자처럼 나를 어르며 그럼에도 본능을 충실히 채워갔다. 목소리는 다정했지만 허리를 짓누르는 방향이 은근하게 달라졌다. 조금 더 안으로 깊게, 물러나는 순간에는 긁어내리듯 무릎을 세웠다.

"아아……, 으흐윽."

"나만 좋으면…… 하아, 좀 미안한데."

일부러 귀를 할짝이는 것이 분명했다. 미안하다는 놈의 손이 이렇게 가슴을 움켜쥔다는 게 말이 되나. 거기에 흥분하는 나는 더 말이 안 되고.

"아, 이준아."

그가 손가락 새로 유두를 조여오자 이제 내 몸은 의지를 벗어났다. 저절로 움찔거리며 조여들다가 이준의 남성에 가로막혔다. 다시 튕겨내고 잡아채고, 좁아드는 움직임에 숨이 턱 끝까지 차올랐다.

"후우, 이제 진짜……."

이제 이준의 목소리에도 웃음기는 모두 말라 있었다. 어르듯 굴던 여유로움도 모두 버리고 엉덩이를 받쳐 잡아 강하게 밀어붙였다. 삐걱삐걱, 빠르나마 규칙적이던 박자가 모조리 음계를 벗어나 침대 위에서 뒹굴며 요동치고 있었다.

"흐으읏. 아아……."

감각에 끝이 있다면 거기에 닿는 느낌, 절정에 다다르는 순간 우리는 공평하게 서로의 감각을 공유했다. 내 흐느낌이 이준의 입안에서 흩어지고 나는 그를 마지막까지 온전히 받아들였다. 눈을 찡그리고 애써 숨을 고르는 그의 모습에 나는 처음처럼 눈을 가리고 싶어졌다.

"아……."

나는 늘 감당 못 할 부끄러움이 싫어 누운 채로 팔을 들었는데, 지금은 차라리 부끄러운 게 나았다.

적어도 첫사랑과의 첫 밤에 울컥한 것보다는.

베개에 반쯤 파묻혀 한쪽 눈을 떴을 때 아직 잠들어 있는 이준이 보였다. 일장일단이라고, 삼십 대가 되어 좋은 점이 여기 있었다. 구태여 이불 움켜잡고 수줍은 비명을 지를 필요 없이 평온하게 그를 마주 보았다. 속마음이야 어쨌든, 겉으로는 그래도 된단 뜻이다.

"……."

일어나, 그렇게 말하려 했는데 아직 아침에 적응 못 한 목이 따가웠다. 나는 이참에 이준을 향해 몸을 돌렸다. 늦게 일어난다고 이준의 탓을 할 수는 없다. 지금은 나 혼자 바라본다지만 새벽녘에 둘이 이렇게 눈이 맞을 때면 우리는 다시 시작이었다.

짐승 같은 놈.

사람 겉으로만 보면 모른다더니 이준이 그 말의 표본이었다. 눈이며 코, 입, 어느 하나 점잖지 않은 데가 없는 남자다. 시아나 엄마가 그를 두고 고고한 학 같다고 했던 게 떠올라 헛웃음이 터졌다. 이걸 아니라 알려줄 수도 없는 노릇이라 나는 이러나저러나 억울한 처지였다.

"음…… 왜 웃어?"

이준이 눈이 부신지 찡그리며 손을 들어 가렸다. 예전보다 깊어진 눈을 가리자 그는 한층 더 어려 보였다. 제 나이대 어른 같다면 오히려 덜 부끄러웠을 텐데, 이준이 기억 저 멀리 언젠가로 보이자 갑자기 부끄러움이 밀려왔다. 해서는 안 될 짓을 한 기분이다.

"아니, 그냥."

내가 엎드린 채로 상체를 들었다. 급한 대로 베개를 끌어와 가슴을 가리자 실눈을 뜨던 이준이 따라 웃었다.

"다 봤는데."

"……."

"아니, 노력하는 게 안타까워서."

햇빛에 완전히 적응을 끝냈는지 이제는 투명한 눈 그대로였다. 몇 번 천천히 감았다 뜨더니 내 눈을 보자마자 눈가를 접었다.

"이리 와봐."

양어깨가 닿을 정도로 나란히 누워 있는데 여기서 더 오라는 말은 그 자체로 의미가 깊었다. 친밀하고도 야한, 어젯밤 같은 이율배반이 나를 꼬드겼다.

"자아."

"뭐야아."

기다리던 이준이 결국 내 겨드랑이 아래를 잡고 번쩍 들어 자신의 몸에 얹어두었다. 베개가 푹신하다 만족했는데 반쯤 걸친 이준의 몸 위에선 딱딱한 감촉과 상관없이 편안했다. 팔 위로 턱을 괴자 아래로 바로 이준의 얼굴이 보였다. 내가 보는 게 진짜가 싫어 고개를 더 드니 어깨를 조금 넘는 머리칼이 우수수 양옆으로 발을 내렸다.

"잘 잤어?"

"응."

머리칼 사이로 햇살이 간간이 비쳐 그의 얼굴에 가느다란 선이 여러 줄 생겨났다. 악보 같다. 커튼을 쳐놓은 듯 둘만의 은밀한 공간에서 이준이 한 손으로 내 아랫입술을 쓸었다.

"어머니랑 아인이 언제 와?"

물어놓고도 대답할 시간을 주지 않고 내 뺨을 잡아 입을 맞췄다. 가볍게 쪽 소리가 나다가 다시 길게 혀가 오가다, 그 사이사이 우리의 말이 끼어들었다.

"아침에. 너 빨리 가."

"음, 진짜?"

"응. 좀 가."

"정말?"

"내가 너한테 거짓말을 왜 해. 으음……."

마지막 음성과 함께 그의 혀가 입술에서 떨어졌다. 이준은 아침 댓바람부터 실망을 했는지 토라진 아이마냥 고개가 돌아갔다. 내 성격에 애처롭다 해서 돌아설 것도 아니었지만 일단은 나부터 살고 싶었다. 엄마랑 아인이는 잘은 몰라도 이틀 안에는 올 예정이었다.

"그래도 말도 안 되게 10분 안에 들이닥치고 그런 건 아니겠지?"

그 정도만 아니라면 속아준다는 말투다. 내가 시치미를 떼고 고개를 끄덕이자 그의 입꼬리가 새벽녘처럼 올라갔다.

"다행이네. 아침엔 조금 빨리 할 수 있는데."

"뭐야, 너."

누가 이 시간에 노는 남자 아니랄까 봐 이준은 한량이 되어 크큭거렸다. 정말이지 이놈의 실체를 미리 알아 다행이었다.

"왜, 윤시은."

"……."

"기대가 안 돼?"

기대는 내 이름을 부를 때부터 피어났다. 간밤에 이놈이 어디를 어떻게 했는지, 그 모든 것이 내 이름을 부르며 시작이었다.

"기대하면, 뭐?"

화 안 내고 무덤덤한 척할 수 있는 최대치였다. 이준은 내 몸을 완벽하게 들어 올리자마자 겹친 무릎 하나를 일부러 내 다리 사이에서 세웠다. 딱 봐도 10분은 턱도 없을 텐데. 이놈도 똑같이 거짓말을 했다.

"으응……."

그럼에도 하룻밤 정신이 남은 매 순간, 나의 소감은 간단했다.

서이준이랑 이혼한 여자는 진심으로 정신이 나갔다. 밤마다 얼마나 땅을 치고 후회할까.

그래도 그 여자가 후회했기에 망정이지 내가 후회하는 것보단 나았다. 나는 분야를 가리지 않고 이기적이었다.

이 정도면 천성이다.

part 11

자상한 놈

내가 꽤 긴 시간 격통으로 인한 몸조리를 하는 동안 엄마와 아인이는 제주도에서 반짝반짝한 귤빛 혈색으로 돌아왔다. 없을 때에는 조용하니 사색을 즐기기에 좋다 했는데 막상 외할머니 품에 안겨 고개를 드는 아인이를 보니 가슴이 벅찼다. 겨우 며칠 사이에 포동포동해진 뺨이 세상 다 가진 웃음을 불러왔다.

"엄마아! 아인이 와써."

"우리 아인이 얼굴 좀 봐. 이제 말도 더 잘하네? 응? 우리 공주님."

"애 이제 한국 애 다 됐어. 말 많은 네 이모 따라다녀서 그런가?"

세 살이면 독일말도 떠듬대며 하는 말만 겨우 하는 때다. 하루하루가 다르다더니 간단한 한마디 하는 것도 내 입장에선 남달랐다. 길가는 사람 잡고 여기 우리 아인이 좀 보라고, 애가 얼마나 영특한지 알려주고 싶었다.

물론 가장 알려주고 싶고, 그러면 또 가장 좋아해줄 사람은 지금 카페에 있다. 이준을 다시 만난 지 고작 한 달 좀 넘었으니 다른 건 몰라도 이것만은 확신했다. 그라면 무슨 저런 고슴도치 엄마가 있냐고 수군대는 대신 힘센 팔로 아인이를 하늘 끝까지 들어 올려줄 것이다. 생각만 했는데도 벌써 웃음이 났다.

"넌 다 죽어가는 얼굴로 뭐가 그렇게 웃음이 나?"

"……무슨 소리야, 딸한테."

"내가 뭐랬다고? 그런데 너 나 없다고 설마 밥도 굶었니? 얼굴이 반쪽이야. 하여튼 이것 좀 받아, 얼른."

"싫어. 얼굴 좋은 엄마가 해."

지레 찔려 엄마를 등지고 우리 아인이를 꼭 끌어안았다. 얼굴을 꼭 붙여 서로의 코끝을 문지르자 까르르 웃음이 터졌다. 아기들만 가지는 보드라운 솜털의 감촉은 하루 종일 즐기래도 짧을 듯싶다.

"엄마, 아인이 엄마."

"아인아, 할머니가 그러면 안 된다고 했지?"

"으응?"

엄마는 또 아인이의 '엄마' 소리에 과한 반응을 보였다. 왜 자꾸 저럴까. 아무것도 모르고 동그란 눈을 깜빡이는 아인이를 보니 내 마음이 다 야속했다. 나야 엄마 딸이라지만 시아가 어린 제 딸이 '안 돼.' 소리 듣는 걸 알면 마음이 미어질 텐데.

"엄마, 그건 또 뭐야? 뭘 그렇게 사왔어?"

"어? 가만 보자, 참. 내 정신 좀."

일부러 말을 돌렸지만 마음은 편치 않았다. 엄마는 빵빵한 여행가방을 눕히더니 판도라의 상자를 열었다. 분명 빈

가방으로 갔던 기억임에도 만물상을 차려 왔다. 예전에도 궁금했지만 엄마는 똑같은 가방을 놓고도 내 두 배의 짐을 챙겨 넣는 재주가 있었다.

"뭐야? 뭘 이런 걸 다 샀어? 아니, 초콜릿이랑 한라봉은 그렇다 쳐도 옥돔? 이거 공항에서 안 걸려?"

"걸리긴 뭘. 다들 싸 오는데 왜 나만 잡아. 내가 뭘 잘못했다고."

"……웬 억지야."

엄마는 한국 온 지 한 달 만에 이상한 고집이 늘었다. 독일에서 고상한 사모님인 체하던 것도 가만 보니 독일어를 못한 덕이다. 나이 대비 우아하고 예쁘장한 얼굴로 입 다물고 있으니 의도치 않게 과분한 별명을 다 얻었다.

"초콜릿이나 하나 먹어봐야지. 제주도라서 귤 맛인가?"

"안 돼. 그거 네 아빠 거야."

"응? 그러면 나 이거 유과."

"안 된다고. 그건 아인이 아빠 거야. 한국 보내줬는데 명색이 장모란 사람이 빈손으로 돌아가면 되겠어?"

"……."

이 나이에 엄마가 먹을 걸 두고 손을 쳐내는 건 서로가 민망한 일이었다. 감정표현이나 변화가 잘 없는 내가 무안할 정도로 엄마는 단호하게 내 앞에서 거둬들였다. 맛이나 보려던 거지 별 욕심 없던 사람도 괜한 오기를 부리게 했다. 한 번만 더 손을 쳐내면 엄마 환갑 때 누구 돈으로 지중해에 다녀왔는지를 상기시킬 예정이었다.

"엄마, 그럼 나 이거 귤 말린 거. 이건 되지?"

"안 돼, 이것아. 그건 이준이 거야."

"……응?"

이번엔 엄마가 손을 쳐내기 전에 내가 먼저 떼어냈다.

"이준이 줄 거라고. 이준이가 얼마나 잘했니. 우리 아인이 선물 해준 것만 해도 이 정도론 약소하지."

"……맛있어 보이네. 잘 샀네."

사람 마음이란 게 희한할 만큼 단순했다. 이 기분대로라면 엄마는 칠순 때 내 돈으로 세계 일주를 할지도 몰랐다.

하지만 이러면 곤란한데, 마음이 영 편치는 않다. 나는 이준과 어른스러운 관계를 유지하고 싶었다. 있는 감정 없는 감정 다 내놓고 얼기설기 엮는 건 대미지가 크다.

"참. 우리 아인이가 삼촌 준다고 선물 가져왔잖아. 선물 가져다줘야지."

"정말? 아인이가 이준이 선물 가져왔어?"

"응? 성무?"

"선. 물. 아, Geschenk."

내 것도 아니라는데 내 일처럼 적극적으로 나섰다. 그새 목마에 올라가 있던 아인이가 독일어를 듣자마자 내리깐 눈으로 어깨를 비비 꼬았다.

부끄러워하긴.

"난 이제 좀 씻고 쉬어야겠다. 넌 어쩔래? 아인이 좀 볼래?"

"응. 엄마 좀 쉬세요."

으차차, 무릎을 짚고 요란한 소리로 일어나는 것까지 엄마는 완전히 한국 아줌마에 적응을 마쳤다. 곧 화장실에서 물소리가 들려오자 거실엔 아인이와 나 둘만 남았다.

안아보고 싶으니 이제 그만 내려오래도 아인이는 슬금슬금 웃으며 말을 몰았다. 내가 만만하니 일부러 저러는 거다.

"아인이 진짜 안 내려올 거야?"

"으으응."

보란 듯 더 몸을 더 거칠게 움직이자 삐걱대는 소리가 시끄러웠다. 하지 말라는데 더 매달리는 걸 보면 진짜 제 엄마를 꼭 빼닮았다.

"정말?"

"응."

흥, 이제는 콧방귀까지 뀌어가며 주섬주섬 두고 간 캐스터네츠를 목에 걸었다. 이럴 땐 내가 시아만큼 아인이를 잘 안다는 게 다행이었다. 우리 아인이를 저 목마에서 내려오게 할 방법은 하나뿐이다.

"이모는 이제 이준이 삼촌 보러 혼자 가야겠다."

"……응?"

"아인이 안녕. 그거 타고 잘 있어. 이모 갈게!"

현관으로 나가는 시늉을 하자 문고리에 손이 닿기도 전에 세 살짜리의 낭랑한 울음소리가 울려 퍼졌다. 웃음을 참지 못하고 뒤로 돌아 손을 내미니 바로 폭 안기는 아이의 향이 귤처럼 상큼했다. 안 먹어도 배가 부르다는 게 이런 뜻일 거다. 아마도, 분명히.

"어, 오셨어요?"
"네. 바쁘시죠?"
말 많은 종업원이 물컵을 정리하다가 웃으며 맞아주었다. 아인이는 낯선 곳이 무서운지 내 뒤에 숨어 눈을 돌렸다.
"애기가 왔네. 누구예요? 너무 예쁘다! 조카?"
"네?"
"조카 아니에요?"
조카를 조카라고 했는데 나는 어색함을 감추지 못하고 이마를 쓸었다. 이러려고 거짓말을 한 게 아닌데, 시간이 너무 자연스럽게 흘러버렸다. 그때에는 그냥 이준에게 상처를 주기 싫었던 것이 지금 이리도 마음의 짐이 될 줄이야.
"……어, 아인이 왔어? 진짜 아인이네!"
내가 애매한 얼굴로 아인이의 머리를 쓸어내릴 동안 2층에서 이준이 내려왔다. 나는 이제 그의 발소리를 알고 있다. 차분한 듯 가볍지 않게 걷는 걸음이 계단 중턱쯤에서 빨라지다 마지막 두어 칸은 풀썩 건너뛰었다.
"아인이 안아보자! 아인이 할머니랑 잘 놀았어? 제주도 어땠어? 삼촌 안 보고 싶었어?"

"흐흥."

예상대로 아인이는 이준의 손에서 번쩍 들려 나보다도 키가 커졌다. 그 높은 데서 무섭지도 않은지 입을 헤 벌리고 웃어대다가 무사히 그의 품 안에 내려앉았다.

"엄마, 엄마! 이거!"

아인이가 손가락으로 카운터 앞 쿠키를 가리켰다. 달란 게 아니라 우리 집에도 같은 게 있다는 뜻이었는데 종업원이 먼저 보고 쿠키를 가져왔다.

"자, 이거. 내 건 아니지만."

"아인아, 감사합니다 해야지."

"아니에요. 그런데…… 조카가 아니라 진짜 딸이었구나."

"……네."

키가 큰 이준은 머리 하나 차이가 나니 가슴 언저리만 설핏 보였다. '네.' 한마디도 아침잠을 설친 듯 목이 메었다. 크게 기침이라도 하면 이 답답함이 좀 나아질지 모르겠다.

"그래서 전에 사장님이랑 그런 사이 아니라고 하셨구나!"

"아……, 네."

"애기 엄마신 줄 몰랐는데. 제가 큰 실수 했었네요. 전 혹시 사장님이랑 썸타거나 그런 사이신 줄 알았거든요. 말도 안 되지, 아우 참."

뒷머리를 긁적대는 종업원이 난감한 듯 눈썹을 팔자로 세웠다. 내가 어설프게 따라 웃으면서도 별말 못 하자 이준이 우리 사이를 가로막았다.

"시은아, 아인이 데리고 잠깐 나가 있을래? 나 금방 나갈게."

"응? 어디 가게?"

"아인이 왔는데 바깥 구경 좀 하게."

자리만 피해도 좋겠다 싶은지라 나는 이준의 품에 안긴 아인이를 받아들었다. 그마저도 안 떨어지려 하는 걸 힘주어 당겼지만 마지막까지 놓지 않던 건 아인이가 아닌 이준의 손이었다.

"……그럼 여기 앞에 있을게."

유리문 바깥 덱 앞에서 아인이의 옷매무새를 다듬었다. 아인이는 이준이 저 안에 빤히 보이는데 헤어져 있다는 것에 삐죽한 입술로 불만을 드러냈다. 그건 나도 마찬가지지만 아인이와 똑같이 굴 수는 없다.

"아인아, 이준이 삼촌 금방 나오실 거야."

돌아보니 등을 돌린 이준의 뒷모습과 아직도 그 자리에 마주 선 종업원이 보였다. 도대체 무슨 소리를 듣는지 이번엔 난색이 아닌 사색이 되어 하얗게 질려가는 중이다.

쟤가 저런 애가 아닌데.

사람 좋다는 말은 종류별로 다 듣고 사는 놈이었다. 이준의 뒷모습마저 심각해 보여 나는 아는 체를 않고 아인이를 안심시키려 웃었다. 웃는 건지 마는 건지, 거울을 볼 수 있으면 좋을 텐데.

"자, 이제 가자. 차 타야지. 아인이, 삼촌 손잡고 갈까?"

"아, 정말 어디 가려고?"

"가야지. 아인이 왔는데."

이준은 나오자마자 아인이의 손을 잡고 차 키를 꺼내 들었다. 당연히 말 많은 종업원에게 한마디 할 시간을 벌려는 줄 알았던지라 내게도 의외였다.

"어디?"

"좋은 데."

조막만 한 애 손을 잡고 저렇게 심각하게 이야기를 하니 웃음이 안 날 수가 없다. 그놈의 좋은 데, 매번 좋은 데. 미심쩍게 흘겨보면서도 나는 어느새 옆자리에 앉아 있었다. 생각해보면 늘 그랬다.

"안전띠 맸지?"

"근데 말했잖아. 나 벌써 좋은 데 다 다녀왔다니까."

아인이가 있어 뒷자리에 타자 운전석에 앉은 이준의 하얀 뺨과 목덜미가 보였다. 한때에는 남학생들이 좋아하는 여학생을 훔쳐보듯 몰래 저 빛깔만 비쳐도 얼굴이 붉어질 때가 있었다. 그러나 지금은 그런 감수성이 남아 있다는 자체가 쑥스러운 나이가 되었다. 이미 볼 거 다 본 사이다. 겨우 저런 말간 빛에 동요하기에는 내가 안고 있는 우리 아인이의 무게가 제법이었다.

「너네, 공부만 할 수 있을 때가 좋은 거야. 거짓말 같지?」

「응.」

뜬금없이 지금은 잠들어 있을 우리 엄마의 옛 명언이 생각났다. 엄마가 허리에 손 올리고 엄하게 하는 말을 나는 들은 체 만 체했고 시아는 뒤에서 똑같이 흉내 냈다.

"……."

하지만 이번엔 엄마가 맞았다. 아인이를 안고 이준을 훔쳐보다 보니 할 수 있을 때 하면 좋은 게 공부 하나가 다는 아닌 듯싶다. 사람이 온 마음을 다해 한 사람에게만 맹목적으로 매달릴 수 있는 것 역시 시기가 정해져 있었다.

안타깝게도 이준과 나는 둘 다 주렁주렁 뭐가 많았다. 13년 세월이 그냥 지나간 게 아니다 보니 1년에 한두 개씩은 쇼핑하듯 보이지 않는 짐이 묶였다.

취직에 실연, 결혼, 아이, 돈. 가장 나쁘게는 죽음.

꼭 이준과 내가 아니더라도 세월을 맨손으로 보내는 사람은 없다. 하지만 있다면 얼마나 좋을까. 가볍게 가진 모든 감정을 불태울 수 있다는 건 근사한 일이다.

"좋은 데 어디? 뭐 전에 말한 경복궁 거기?"

"더 많이 갔어. 사람들이 서울서 좋다는 데 다 가봤어."

내 스스로 한껏 노인네 취급을 한 이후라 내 목소리는 어딘지 모르게 초월한 느낌이었다. 그까짓 것에 연연하지 않는다는 말투로 억지로 이준의 목덜미에서 눈을 떼어내려 노력했다.

안 본다. 안 빨개진다. 벌써 아는 몸이다.

"그래도 시은이 넌 안 좋았을 거 아냐."

"……."

"그렇지? 안 좋았지?"

신호가 걸린 차에 이준이 등받이에 한 손을 올리고 몸을 돌렸다. 다 알고 있다는 기대감 가득한 눈빛이 나를 재촉하자 화끈거리는 목덜미를 손등으로 가렸다.

"아인아. 우리 셋이 같이 좋은 건데, 엄마 바보다."

"응. 바보. 엄마 바보."

다시 신호가 바뀌어 차가 출발하자 이준과 아인이는 각기 다른 언어로 대화를 이어갔다.

"음……."

내 목은 여전히 발갛고 어느새 아인이의 무게도 미미해졌다. 때로는 그 모든 삶의 무게를 떨쳐내는 그런 강력한 감정이 네가 틀렸다며 나를 당혹시켰다. 그리고 드물겠지만 그마저도 근사한 날이 있었다.

우리는 그리 멀지 않은 근교의 공원에 나와 있었다. 막상 출발하느라 바빠 정신을 차리고 보니 이준은 차를 세우고 휴대전화를 뒤적이고 있었다.

「자, 진짜 별거 아니야. 아인이 좋은 데 가려고 그러는 거야.」

「……됐어. 집에 가, 그냥.」

「아니. 알아. 다른 데 많이 아는데 안 가는 거야. 시간도 그렇고 추울까 봐.」

이준은 정말 변한 것보다 그대로인 것이 많았다. 그대로 차를 돌릴 분위기는 아니라 대충 근처의 이 공원이 마음에

든다고 했다. 비록 거짓말을 했지만 나는 남자의 자존심을 지켜줄 줄 아는 좋은 여자다. 이준이 나 같은 여자를 미리미리 못 알아본 건 언제쯤 후회를 하게 될까.

"다음번엔 정말 좋은 데 가자. 그때에는 미리 준비할게. 아까 검색해보니까 여기 3월 되면 볼거리 많은가 봐."

"괜찮아."

3월의 이름 모를 공원에는 볼거리는 많겠지만 나는 없을 것이다. 이제 정말 한 달도 남지 않았다는 사실이 몽글거리던 내 마음을 차게 식혔다.

"그리고 넌 레퍼토리 좀 바꿔. 좋은 데 안 가도 되니까."

"그런 건 아닌데."

"나 진짜 여기도 좋아."

진심이었다. 약간은 비릿하다 싶을 만큼 정제되지 않은 풀 향기가 바람마다 넘실거렸다. 오직 달콤하고 화려한 것만 농축해둔 향수 같지 않아 더 좋았다. 서른한 살의 겨울에 이준과 나란히 앉아 있는 이곳을 더 현실감 있게 만들어주는 것이라면, 뭐든.

"윤시은, 그래도 생각해보면 나름대로 우리 좋은 데도 좀 가고 했었잖아."

"좋은 데 어디?"

"잘 생각해봐."

이준이 매번 실없는 사람으로 매도당하는 게 억울한지 이번에도 억지를 부렸다. 이놈에게 좋은 데라고 해봤자 돌부리 없어서 걷기 편한 길이 좋은 길이었다. 그만큼 고지

식한 놈이다.

"……독서실?"

"분식집도 있고."

"아, 맞아. 도서관."

"우체국도 갔었지?"

"응. 그리고 슈퍼."

"맞아."

같은 기억에 집게손가락을 겨누다가 둘 모두 한숨 같은 웃음을 터트렸다. 사실 특별한 장소를 기억해낼 것도 없었다.

"아, 좋다."

"그러네."

사실 이 아담한 호수공원이 우리가 가본 곳 중 가장 먼 곳이었다. 이준과 나, 그리고 시아는 우리 동네를 벗어난 적이 단 한 번도 없었다. 알고 지낸 지 짧지 않은 시간임에도 우리는 그 동네에 붙박이처럼 매여 있었다.

「언니, 나 때문에 좋은 데도 못 가고 미안. 그거 영화 재밌다던데.」

「아냐. 됐어.」

「그래도. 아니면 그냥 둘이 가. 이준아, 너 그냥 우리 언니랑 갔다 와. 언니, 괜찮지?」

「그만 좀 해. 나 안 가. 괜찮으니까 그만해.」

우리는 어찌 보면 시아의 양손을 하나씩 잡은 불안정한 관계였다. 셋이 다니긴 했지만 시아 이야기가 아니면 할 말이 없었고, 둘이 공식적으로 다니는 길은 독서실에서 집에 오는 밤길이 다였다. 엄마는 심장이 아픈 시아가 멀리 나가는 걸 좋아하지 않아 우리 셋만 갈 수 있는 곳은 한계가 있었다.

집 밖으로 나와도 오직 그 동네에서, 길을 잘 걷더라도 다른 동네 이름이 붙은 간판이 보이면 걸음을 돌려야 했다. 하지만 훗날 독일에서 비행기에서만 하루를 보내는 출장을 몇 번이나 다녀오면서, 내게 가장 신기한 것은 어떻게 그 좁은 동네를 벗어나지 못했던가가 아니라 어떻게 그걸 답답하다 느끼지 않았을까, 바로 그것이었다.

그 동네에 없던 다른 곳들은, 그래도 시아가 괜찮아지면, 혹은 우리가 대학생이 되면 언젠가는 갈 곳으로 여겼다. 순진했다, 정말.

"왜 또 말이 없어? 진짜 다른 데 가볼래?"

"아냐. 좋아."

아직도 내 기분을 살피는 이준에게 그런 게 아니라며 숨을 가득 들이켰다. 후우, 몸속에 고여 있던 숨을 천천히 모두 내뱉으면서 내 가장 바보 같던 시절을 긁어냈다. 왜 나는 단 한 번도 이준에게 먼저 둘만의 시간을 청하지 못했을까.

까짓거 시아 좀 좋아하면 어떻다고.

이준이 당황해 손을 내저었대도 부끄럽게 얼굴을 파묻을 필요도 없었다. 아, 그러냐고, 나도 그냥 한번 해본 말이었다고. 그렇게 내 무뚝뚝한 성격을 유일하게 긍정적으로 써먹을 수 있었던 기회를 놓쳤다.

"시은아, 넌 혹시 예전에 다른 데 가고 싶은 데 없었어?"

"응?"

"좋은 데 아니라도. 그냥 우리 같이 갈 수 있는 데."

딱 내가 하고 있던 생각을 이준이 짚어냈다. 속마음을 바로 들여다보는 것 같아 겸연쩍은 나는 코트 앞 단추를 꼭꼭 채웠다.

"……별로."

"그렇구나."

두어 번 입술을 다물고 고개를 끄덕거린 이준이 자고 있는 아인이를 고쳐 안았다. 말은 아인이 좋자고 나온 건데 피곤했는지 이렇게 이준의 품속에서 깊은 잠에 빠졌다. 공원에 토끼가 있을 거랬더니 박수를 치며 좋아하던 손을 잠결에 버릇처럼 쪽쪽 빨았다.

"아인아, 손 빼고 자야지."

잠결에는 찌푸리고 칭얼거리기만 하던 애가 이준의 목소리에 배냇짓처럼 웃었다. 꿈속에 누가 있는지 알 만했다. 아인이에게는 이렇게 그의 품에 안겨 꿈을 꾸는 지금이 가장 행복할 것이다.

"우리 아인이 좋은 꿈 꾸나 보네."

"그러게."

"자는 얼굴만 봐도 알겠다. 아인이는 이렇게 솔직한데."

"지금 나한테 하는 말이야?"

"……나도 별로."

아인이의 머리를 쓸어주던 이준이 조용하게 웃었다. 뒤끝 있는 놈. 나도 찔리는 게 없으면 하던 대로 굴면 되는데 사실 찔리는 게 한두 가지가 아니다. 그때만큼이나 감추고 묻어두고 싶은 게 많다.

"말 나온 김에 시은이 너는 꿈 꿨던 거 없어?"

"왜 자꾸 옛날 이야기야."

나는 지금의 그와 있고 싶다. 예전의 불안하고 초조했던 감정의 끝을 이미 알고 있었다. 그래도 다른 말을 쉬지 않고 이어주는 그에게 고마워 머리를 굴려보았다.

"장래희망 이런 거 말하는 거야?"

"아무거나. 이루고 싶은 거나 꿈이나 뭐나 다."

"그게 왜 궁금한데?"

"내가 윤시은 너를 모르는 게 많아서."

"……."

"난 더 많이 알고 싶어. 안 돼?"

이준은 공손하고 솔직했다. 나도 저만치만 솔직하면 좋았을 텐데 마음이 아렸다. 예전엔 시아에게 걸쳐 있었고 지금은 거짓으로 시작한 재회였다.

"알면 실망할걸."

때마침 추운 바람이 불어 다행이었다. 평소답지 않게 떨리는 말끝이 바람에 적당히 가려졌다.

"넌 모르는 게 나아, 그냥."

어설프게 웃기도 했다. 둘 곳 없는 손을 어쩌지 못해 아인이의 뺨을 감쌌다. 넘어지기 전에 다급하게 무언가를 잡는 기분이다. 나는 고개를 숙이고 부자연스러울 정도로 아인이만 보고 있었다.

"아, 바람 부는데 우리 아인이 뺨 시리겠다."

"그럼 시은이 네 손은 괜찮고?"

"응?"

이준의 두툼한 손이 내 손등 위로 겹쳐졌다. 우리 아인이는 복도 많지. 통통한 뺨 어디에도 바람 하나 스며들 틈이 없다.

"……."

엄마가 없는 며칠 동안 저 손이 내 몸 곳곳 안 닿은 데가 없었는데, 겨우 손등을 덮은 감촉에 눈이 감겼다. 이준의 말에 붉어진 목덜미처럼 이제는 마음이 그랬다.

"이준아, 우리 이제 가야지."

원래도 말하지 않으려 했던 내 꿈을 더 말하지 못하게 되어버렸다. 아인이가 한숨을 폭 내쉬며 찡얼대는 틈을 타 내가 먼저 손을 빼냈다. 더 싸맬 것도 없는데 덮개처럼 씌워놓은 모자를 힘껏 당겨 얼굴을 가려놓았다. 손끝만 보면 야무지기 짝이 없는데 마음이 그걸 못 따라간다. 이준이 나를 한 번만 더 찔러봤다면, 내 꿈이 무엇이었는지 술 없이도 줄줄 불었을 것이다.

"내가 안을게. 이리 줘."

"아냐. 내가 안는 게 더 편해. 아인이도 나 더 좋아하고."

"뭐야. 안 웃겨."

"안 웃긴 게 당연하지. 농담도 아닌걸."

이준이 진지하게 아인이를 고쳐 안았다. 몇 번 안아봤다고 안정된 자세로 어깨에 아인이의 머리를 받쳤다. 떨어지지야 않겠지만 그래도 불안해 바싹 붙어 두 사람을 살폈다.

"어우, 이 집은 아빠가 너무 자상하네. 아우, 자는 것도 예뻐라."

"그러게. 요새 젊은 아빠들이 다르긴 다르네. 우리 신랑은 애 안고 다니면 어떻게 되는 줄 알고 기겁하더니."

"새댁 좋겠다, 남편이 저렇게 잘생기고 자상해서."

"아…… 그게."

저녁시간 운동을 하며 지나가던 아주머니 두 분이 우리를 그냥 지나치지 않았다. 몸동작만큼이나 거침없는 칭찬을 퍼붓더니 좋은 게 좋은 거 아니겠냐는 뜻 깊은 웃음까지 남기고 떠났다.

"아줌마들 진짜 말 많아."

"……."

"아, 정말 왜 저래. 운동하러 왔으면서 운동은 안 하고."

혼잣말처럼 투덜대며 민망함을 감췄다. 카페에서 우리를 '아닐 거다.' 하고 보는 종업원의 시선도 마음이 무거웠지만 이렇게 당연히 하나로 묶는 것도 편하지는 않았다. 이준이 어떻게 생각할지 몰라 일부러 걸음을 늦춰 한 발짝 거리를 벌렸다.

"왜. 시은이 너도 아줌마 되면 말 많을 수도 있잖아."

"아니거든?"

"난 너 말 좀 많아지면 좋겠다."
"말 많아서 뭐해."
"그러면 아까 내 꿈도 한번 물어봐줄 줄 알았지, 난."
이준은 돌아보는 순간에도 아인이의 머리가 떨어질까 한 손으로 조심스레 받쳤다. 저도 민망하니 농담이려니, 그러면서도 궁금했다.
저놈도 나 같은 꿈이 있었을까.
"물어봤으면 할 말이나 있고?"
"글쎄. 아까는 정말 자세하게 설명할 수 있다고 생각했는데."
쉬잇, 그가 선잠에 꿈틀대는 아인이의 머리 위로 살짝 뺨을 내려 등을 토닥였다. 운전석에서처럼 하얀 목덜미가 보일까 했는데 급하게 고개를 돌려버린 그의 목덜미에는 노을빛이 붉게 들었다. 이어지는 담담한 목소리조차 찬 기운에 휩싸이지 않고 오래오래 뜨겁게 남았다.
"……지금은, 따로 말을 할 필요가 없네."

part 12

안 변하는 놈

나는 철이 들기 전부터 우리 시아가 건강해지기만을 간절히 바랐다. 우리의 소원은 통일처럼, 우리 집의 당연한 소원은 그 하나로 정해져 있었다. 부디 우리 시아가 거짓말처럼 건강해져서 대학에 가기를, 저 하고 싶은 꿈을 이루기를, 누가 물으면 녹음이 된 것처럼 말할 수 있었다. 억지도, 강요도 아니었지만 나는 소원이라면 으레 그 하나가 다여야 한다고 믿고 자랐다. 그 외에는 모두 사치였다.

그러다 이준을 만나고 나서 내 세계는 조금 넓어졌다. 모든 감정이 집 밖으로 넘어가 다른 집, 다른 세상은 어떤지 기웃대고 있었다. 소원이라는 게 오직 나만을 위해 쓸 수 있다면 더 멋질 것을 상상했다. 시아가 갑작스레 쓰러져 입원했던 어느 날, 우리는 병실 난간에서 보름달을 향해 턱을 괴었다.

「추워. 이제 자야지. 나도 잘래.」

「보름달에는 소원 빌어야지. 난 다 했어. 언니 소원은 뭔데?」

「너 건강해지는 거.」

「아니아니, 언니 소원 말이야. 윤시은 소원.」

「……나는.」

달리 거창하지도 않았다. 내 소원을 쪼개어 우리 시아가 건강해지고도 아주 조금의 자투리라도 생긴다면, 나는 이준과 나 오직 둘이서 동네를 벗어나보고 싶었다. 혼자나 셋이라면 의미가 없다. 거기에 이준이 시아가 아닌 내 얘기를 한다면, 거기까지 생각하다가 잔뜩 기대하는 시아에게 고개를 흔들었다.

「없어, 그런 거.」

「에이, 말해봐.」

나는 연거푸 캐묻는 시아에게 시끄럽다며 이불을 푹 덮어씌웠다. 어린 죄책감과 부끄러움에서 시아의 눈을 가리고 싶었다. 동생이 이렇게 아파 누워 있는 판에, 나는 어쩌면 이렇게 이기적인지 몰라 달도 피해 다녔다.

"……."

2016년의 달은 우리가 나란히 보던 그때처럼 휘영청 밝다. 엄마와 아인이가 잠든 밤에 나는 창틀 난간에 걸터앉았다. 방금 전까지 이준과 통화를 하면서, 나는 그의 한마디가 끝날 때마다 달을 올려다보았다. 그러니까 단 세 번. 우리는 많은 말을 하지는 않았다.

「시은이 너 뭐 좀 더 먹어야 하는 거 아니야?」

내 빈속을 걱정하는 이준의 목소리에 한 번, 이건 처음 만난 3월쯤에 빌었던 소원.

「난 괜찮아. 참, 시은이 너 씻어야겠다. 피곤할 텐데.」

내 피로를 신경 쓰는 목소리에 두 번, 이건 대충 5월쯤이라 치고.

「잘 자, 시은아. 내일 보자.」

마지막이 가장 좋았다. 잘 자라 인사하는 그와 내일 보자 약속하는 그.

이건 매번 바랐던 거라 언제 적 소원을 제할지 애매했다. 나는 시아처럼 단정하게 엽서에 나오는 예쁜 소녀 같은 기도를 하지도 않았다. 누가 볼까 남 몰래 보름달을 힐끔거리다 시아의 쾌유를 바라고, 고개를 내리며 뭘 하나씩 덧붙였다. 너무 빠르고 두서가 없어 달님도 들었을 것 같진 않았다.

안 들어주면 말고. 안 되면 그만이야. 아쉬울 것도 없어, 난.

나는 대놓고 행패를 부리는 사춘기는 없었지만 이런 식의 소심한 반항을 했다. 그 어리석음에 우울해하던 열여덟 나에게, 지금의 나는 전부 다 모자라고 쓸데없는 짓은 아니었다고 위안을 보냈다. 기다리다 보면 이런 날도 다 있다고, 손가락을 하나씩 접어가면서 아직도 뜨뜻한 휴대전화를 물끄러미 바라보았다.

"이 바보야."

이준이 듣고 있을 것 같다. 공원에서 읊조리던 말에 가슴이 뭉클했다. 변하지 않아 더 좋다 여겼던 그가 소원 하나는 변했다니 칭찬을 해줘야 할지, 우리 이제 어쩔 거냐 의자 하나 끌어와 잡아 앉혀야 할지.

"시아야, 진짜 어쩌지?"

사람이 죽으면 어디로 가는지는 아무도 모른다. 그래도 우리 시아가 나보다 달에 더 가까이 있는 것만은 사실이다. 나는 애먼 달에 우리 시아의 이름을 붙여놓고 숨소리를 죽였다.

"……야, 윤시아."

지금의 내 소원은 변하지 않았다. 내 유일한 소원은 우리 시아가 훨훨 날아 행복해지는 것, 그 하나다. 이 계집애는 떠나고 나서도 욕심만 많아서 내 소원 줄을 틀어잡고 갔다. 동생 부탁을 들어주느라 마지막 순간까지 울지 않고 버텼으니 세상에 나처럼 손해를 많이 보는 언니도 없었다.

"시아 너 진짜, 나중에 나한테 잘해야 해."

밝은 달은 시간이 지날수록 더 밝아졌다. 사방이 어두우니 더 그랬다. 어리석어도 습관이 무섭다고 나는 또 고개를 높이 들었다. 안 봤으면 모를까, 봤으면 빌어야지.

"하아……."

시아가 이곳 걱정 없이 행복해지기를 빌고도 아직 여유가 있다면, 한국에서의 시간이 최대한 천천히 흐르기를. 안 흐르면 더 좋고. 멈추면 행복하고.

"시은아, 너 안 자? 쟤도 나이 드니까 밤잠 없는 것 좀 봐!"

"엄마는 그럼 밤새워야겠다."

"저거 엄마한테 말하는 것 좀 봐."

"알았어요. 들어갈게."

나는 뒤끝이 길어 자나 깨나 자식 걱정밖에 없는 엄마를 위해서는 기도하지 않았다. 멀리서 짙은 구름 한 무리가 다가오는 것까지 보고 커튼을 당겼다.

"아……."

그러면서 한 번도 생각해보지 못했던 것 하나에 커튼 사이 어스름한 달을 눈에 담았다.

「언니 말 좀 해주라. 뭐 빌었는데? 응?」

「저런 거 다 미신이야. 넌 잠이나 빨리 자.」

우리 집 식구들이 수십 년간 한 가지 소원을 바랄 동안, 내가 자투리 소원을 알뜰하게 나눠 쓸 동안, 시아가 상냥하게 웃으며 내 소원을 물어볼 동안, 나는 단 한 번도 우리 시아에게 너는 무얼 빌었는지 물어본 적이 없었다.

시아야, 너는 뭘 빌었어?

과거엔 못 한 그 질문이 지금은 허무할 만큼 쉽게 나와 더 가슴이 아릿했다. 내가 마지막 소원을 쪼개고 쪼개는 동안, 어느새 달은 구름 사이로 이지러졌다.

"시은아, 윤시은."

"왜."

"화났어? 또 일 시켜서?"

이준은 아무리 내 첫사랑으로 미화를 해준대도 눈치는 없는 놈이다. 없는 걸 있다고 할 수는 없다. 아침부터 그럴싸하게 초대를 했으면 차 문이라도 열어놓고 기다릴 줄 알았는데 이 어수선한 카페 문만 열어놓고 나를 반겼다.

"일 안 해도 된다니까. 그냥 놀러 오란 거였는데."

"어떻게 안 해. 이렇게 바쁜데."

모임이 있는 건지 오늘은 들어설 때부터 손님들로 북적였다. 내 가게 둘러보듯 어딘지 모르게 안심이 되면서도 이 허둥지둥하는 종업원들을 보니 팔을 안 걷고는 배길 수가 없었다. 새로 생긴 데 아니랄까 봐 여기도 어설프고 저기는 또 한숨이 나고. 지금에야 생각해보니 이놈은 일부러 날 불렀다. 내가 보기보다 일을 꼼꼼하게 잘하는 걸 알고 불렀음이 분명하다.

"그래도 시은이 넌 바쁜 게 좋다며."

"……."

"바빠야 우리 돈 많이 벌어서 셋이 또 놀러 가지."

저런 걸 위로라고 하는 걸까.

그러면서도 테이블을 닦는 내 손길에 부쩍 힘이 들어갔다. 이곳에서 맞는 봄은, 또 여름은 어떨까. 생각할 필요가 없는 것임에도 자꾸 다음을 넘보고 있었다.

"봐. 기운이 막 나지?"

"좀 비켜줄래?"

이게 다 이놈 때문이다. 독일에서 비행기를 탈 때만 해도 나는 내 견고한 마음이 흐트러질 리 없다 자신했다. 평범한 삶과 적당한 효도를 추구하는 이상 연애도 하고 결혼도 할 수 있다. 하지만 그것이 끝났을 때 모든 삶이 무너져 흔들리는 것은 싫었다.

"서이준, 너 오늘 학교 간다며. 안 늦었어?"
무엇에든 흔들리지 않게 중심을 잡고 싶었다. 내가 정한 범위만큼만 사랑하고 그만큼만 돌려받으면 그만이었다. 그런 내가 이준의 크고 어수선한 카페에서 무급으로 땀을 흘리며 행주질을 하고 있다.
"응. 가긴 가야 돼. 진성이가 두 번이나 전화가 와서. 너도 가서 볼래? 놀랄 텐데."
"내가 걔를 왜 봐. 그건 그렇고…… 내가 진짜 궁금해서 그런데 말이야."
"응? 뭔데? 나한테 궁금한 게 있어? 시은이 네가?"
조급증 같은 건 전혀 없을 남자가 테이블 맞은편에서 몸을 숙였다. 순진한 눈망울로 단순히 내 말을 더 잘 들으러 그런다기엔 마지막에 틀어지는 각도가 교묘했다. 입술이 절묘하게 비켜 간 그곳에서 이준의 기다란 눈매가 깊게 접혔다.
"말해봐. 뭐가 궁금한데?"
"……됐어."
순수하지는 않다지만 이렇게 적극적으로 질문에 대답하려는 남자한테 차마 너 그거 돈이라도 한 푼 받고 하는 거냐, 물어볼 수는 없었다. 우리 시아도 없는 세상에서 또 누군가에게 잡혀 호구 짓을 할까 봐 노심초사 입이 말랐다.
"난 또 기대했잖아."
"무슨 기대를 해?"
"이렇게 사람을 가까이 불렀으니까. 난 남잔데."

이놈이 진짜 남자라는 건 그날 밤 넘칠 만큼 확인했다. 지금도 밑에서 이준을 점잖게 잘생겼다며 수군거리는 여자들에게 얘가 밤에는 얼마나 무례하고 시정잡배같이 구는지 알려줄 수도 있었다. 그러나 내가 너무 유치해지는 게 싫어 이준에게도 조용히 사실을 타일렀다.

"네가 멋대로 온 거잖아."

"네가 나한테 말을 걸었으니까."

입술에 살짝 그의 향기가 묻었다. 향수를 바꿨는지 공원에서처럼 야생의 풀냄새가 났다.

"넌 왜 자꾸 사람 있는 데서 이러는 건데?"

"아, 내가 그랬어?"

이놈 보게. 장난스레 한 번 더 고개를 들이미는 이준을 밀어냈다. 대놓고 보는 사람만 없지 이준에게 넋을 놓은 여자가 한둘이 아니다. 가게도 자리를 못 잡은 판에 얘는 뻔히 얼굴로만 장사하는 애가 눈치가 없어도 너무 없었다.

「언니, 오늘 학교에서 서이준이 1학년 여자애한테서 고백 받았는데 걔 엄청 인기 많은 애거든. 여우 같은데 남자들은 딱 끌리는 청순가련 스타일.」

「……그런데 왜.」

「그놈이 눈치도 없이 초콜릿 주는 걸 자기는 이런 거 안 좋아한다고. 하여튼 바보 아냐? 그걸 냠냠 맛있게 먹으라고 줬겠어? 좀 이따 걔 온댔으니까 놀려줘야지. 멍청이.」

그때에는 이준이 바보고 멍청이라 정말로 다행이라 생각했었다. 여우도 버거운 판에 청순가련이라니, 이건 나도 어떻게 안 되는 거다.

「시은아, 안녕. 또 와서 미안.」

잠시 후 말쑥하게 찾아와 2층 거실에서 조별 과제를 혼자 다 하는 그에게 나는 쓱, 귤 바구니를 내밀었다. TV를 보며 깔깔거리는 시아가 뒤도 안 돌아보고 입으로만 그를 놀려대는데, 아프고 말고 따질 것도 없이 저 몰염치한 계집애의 어깨를 잡아 흔들고 싶었다.

너는 재보고 바보라고 하지만, 저 바보가 네 과제 다 하고 있다고. 저놈이 바보가 아니면 네 몫을 저렇게 열심히 해주겠냐고. 윤시아 넌 그냥 재가 바본 걸 다행으로 여기고, 또…….

"넌 또 무슨 생각을 해?"

"……."

너도 모른 척 바보같이 굴 바엔 그냥 나 달라고.

나라면 이준을 바보로 만들지 않겠다고 화를 내고 싶었다. 시아가 아프지만 않았다면 그건 상상이 아닌 실제가 되었을 것이다.

이제 와 이런 이야기를 어떻게 내 입으로 할까.

"시은아, 말 안 해줄 거야? 나 이제 진짜 나가야 하는데?"

"……너 나가면 3층에 한라봉 그냥 내가 먹는다고."

"뭐? 말도 안 되는 소리 하지 마. 그건 내 거야."

최대한 그와 떨어지고 싶어 3층에 그가 박제해둔 한라봉을 인질로 삼았다. 공원에 다녀오던 날, 우리 아인이가 해어지며 수줍게 건넨 선물이었다.

"안 되는 건 안 되는 거야. 너 여기 있어. 나 금방 갔다 올게."

"……."

"여기 있어야 해. 그리고 절대 먹지 마."

단호하게 굴던 이준이 빠듯한 시간에 못내 한숨을 내쉬며 달려 나갔다. 그러나 빠듯한 시간에 가장 많이 초조하고 힘든 사람은 나다. 이준도 없는데 더는 주인에게 잘 보이려 일할 생각도 없어 행주를 옆으로 던져놓았다. 이준이 없는 카페는 남의 카페다. 그래서 주인은 자리를 비워선 안 된다.

"서이준, 너 진짜 뭘 하고 다니니."

2층 계단 아래에서 세 번째 칸, 우리가 첫 키스를 했던 그 계단에 올랐다. 이제 이준이 나를 누구로 보고 있는지, 그런 어설픈 오해는 하지 않는다. 나는 늘 또래보다 신중했던 그를 기억했다. 남들 마음은 변덕스러운 걸로 치부하면서 이준만은 신중한 거라 억지를 썼다. 서른 넘은 다른 남자가 그렇게 눈웃음을 지으면 저 아저씨 조심하라 하겠지만 이준이 그러면 나부터 목덜미가 간지러웠다.

"……아."

내가 진짜 단단히 미쳤구나.

이 계단에 서고야 이 심각한 사태를 깨달았다. 이걸 어쩌나. 나는 이준이 다시 좋아져버렸다.

유치하게 깊이를 재지는 않더라도 똑같은 수렁에 또 빠

졌다.

이런 바보가 있나. 몸 따로 마음 따로, 나는 갈 사람이고 이준은 남을 사람이라 서로가 처음부터 알고 있던 사실이니 동요 없이 즐기고 싶었다. 불필요한 말 없이 선을 애매하게 흐려놓고서 이 관계를 최대한 오래 지속하고픈 욕심을 부려왔다.

"너 좀 변하지, 제발."

나는 힘든 걸음으로 3층 끝까지 올랐다. 선악과 같은 선명한 한라봉에 이끌리듯 다가가 껍질을 만지작댔다. 처음부터 아인이가 쪼물거려 잔 상처가 많던 표면이 매끈했다. 차에서 내려 이걸 받을 때 이준의 표정이 너무나 선했다.

「……아인아, 삼촌이 아인이 너무 좋아해. 앞으로 더 좋아질 것 같아.」

「응응.」

이준은 고맙다 말도 못 하고 아인이를 숨이 막힐 만큼 꼭 안았다. 그게 꼭 나를 안아주는 기분이라 애 답답하겠다 말리지도 못하고 옆에서 서성였다.

"……."

사실은 그 순간부터 즐거운 일에 마냥 웃지 못했다. 내가 떠날 날까지는 고작 2주 남짓, 시간이 멈출 기미는 전혀 보이지 않는다. 혹여 이준이 돌아올 때 또 아까운 시간을 몇 시간씩 잡아먹고도 싱그럽게 나타날까 봐, 나는 테이블 위로 얼굴을 파묻었다.

「언니, 전에 집에 데려다줬던 그 남자, 왜 계속 안 만나?」

「안 만나게 됐으니까.」

시아는 내가 누구를 만나는지, 만났다면 무엇을 했는지 굉장한 관심을 보였다. 때로는 그게 귀찮아 적당히 둘러댈 때도 있었고, 둘러댈 것조차 없이 간소하게 끝난 경우도 있었다.

「시은, 넌 너무 분명해. 그게 나쁜 건 아니지만…… 뭐랄까, 그럴 거라면 따로 사귀는 의미가 없는 것 같아서.」

「그래. 무슨 말인지 알겠어.」

내가 만난 남자들은 하나같이 매너가 좋고 예의가 발랐다. 여느 연인들처럼 웃을 일에 웃고 슬픈 일에 눈물을 삼켰지만 '우리'로 불릴 만한 사이는 되지 못했다. 그는 그, 나는 나. 내게는 정말 편리한 방식이었다. 그래서 때가 되어 헤어졌을 때, 나는 실연의 아픔으로 슬퍼해본 적이 없었다. 오히려 시아가 탄식을 하며 입술을 내밀 때에야 내가 정말 누군가와의 이별을 뒤늦게 실감했다.

「난 그 사람 괜찮던데. 언니는 별로였어?」

「별로인 사람이랑 어떻게 사귀어?」

「그럼 좋았는데 지금 아무렇지도 않다구? 그게 더 이상해.」

나도 내가 이상했다. 나 좋다고 아무나 사귈 만큼 인생을 막 살지는 않았다. 최소한의 기준으로 나는 키스 정도는 하고 싶은 남자를 만나왔다. 하지만 과정과 결과는 늘 반대로 이어졌다. 은근한 끌림으로 시작은 하면서도 나는 갈수록 모범적이고 건전한 여자가 되었다. 험한 말, 나쁜 소리, 은밀한 뉘앙스 같은 건 들어본 적도, 해본 적도 없었다.

이 얼마나 깔끔한 관계란 말인가.

서로의 합의하에 헤어진 저녁이면 그래도 맥주 한 캔은 예의였다. 엄마가 가꿔놓은 정원에 앉아 한 모금 두 모금 들이켜면서 내가 별다른 상처를 받지 않았음을 감사했다. 이제 정말 적응하고 사는 거라 스스로를 대견해했다. 처음 이곳에 왔을 때처럼 이름 한 번, 기억 하나에 가슴을 졸이는 것은 두 번 다시 경험하고 싶지 않았다.

그건 정말 힘든 거다. 할 짓이 아니다.

그때에는 그나마 젊은 나이발로 이겨냈지만 지금은 자신이 없다. 일해야지, 틈틈이 공부도 해야지, 이제는 남자 생각 하나에 갈피를 못 잡으면 곤란했다. 엄마와 시아의 뜨악한 얼굴을 보면서도 나는 내가 제일 잘하고 있는 거라 코웃음을 쳤다.

「어우, 언니 이럴 줄 알았어. 또 술 마시니?」

「또는 무슨 또야. 안 마신 지 한 달도 넘었어.」

「나도 한잔할까?」

「혼나.」

얇은 잠옷 그대로 나를 찾아온 시아를 흘기다 탁자 아래 바구니에서 담요를 꺼내 둘러주었다. 술 대신 주스 한

잔 들고는 시아는 독한 술을 마시듯 아련한 흉내를 내곤 했다.

「언니 있잖아, 옛날에 이준이 기억나?」

「……안 나.」

「언니는 거짓말 하면 꼭 한 박자 느린 거 알아?」

야밤에 잠도 겁도 잊은 시아는 감히 내 앞에서 첫사랑을 두고 약을 올렸다. 겉으로는 더 이상 흥분하지 않는 내가 한 손으로 턱을 받치고 맥주캔을 달그락댔다.

「그래도 언니, 생각해보면 걔가 좀 괜찮았지 않아?」

「전혀. 걔 나쁜 놈이야.」

내가 여기 처음 와 얼마나 힘든 시간을 보냈는지 생각하면 걔는 그냥 나쁜 놈이었다. 보통 여자들이 누군가를 나쁘다 욕할 때에는 상대방이 더욱 격렬히 편을 들어주기를 원한다는 뜻이다.

「아…… 그건 그래. 걔 진짜 나쁘지. 그러니까 진짜 어휴, 어휴어휴, 어휴, 진짜 정말!」

「없으면 짜내지 마.」

「……아냐, 있어. 그런 애는 다 얼굴값 한다? 걔는 우리 자매를 그 순진한 얼굴로 농락한 거야! 내가 걔 다시 만나면 가만히 안 두려고!」

「넌 네 남자나 만나.」

이상하게 이준의 욕을 들으면 시원하던 맥주가 냉기를 잃었다. 김빠진 탄산을 들이켜는 것처럼 속이 더부룩했다. 일단 욕을 하는 상대부터가 잘못됐다. 윤시아에게 서이준

욕을 시키다니, 병아리에게 계란을 먹으라고 주는 기분이었다. 알고 보면 다 똑같은 것들이다.

「자, 언니. 이쯤에서 우리 짠, 해야지!」

「좋아.」

그래도 나는 시아를 누구보다도 사랑했다. 그렇게 오기 싫던 독일에 와서야 나는 윤시아를 윤시아로 보기 시작했다. 내가 나로 보아주기를 바라는 것처럼, 더는 시아를 아프고 어려운 동생으로 두지 않았다. 그럼에도 미약하게 남은 죄책감은 언젠가 또 시간이 흐르면 떨쳐낼 기회가 있을 거라 마음을 편히 했다.

「그런데 시아 너, 왜 클라인한테 결혼은 안 한다고 하는 거야?」

「에? 클라인이 또 언니한테 뭐라고 해? 절대 그러지 말랬는데?」

「너한텐 애인이지만 나한테는 월급 주는 상사야, 바보야.」

한창 시아가 클라인에게 결혼만은 안 된다 못 박던 시기였다. 나는 이별에 무뎌진 만큼 고작 상사가 괴롭힌다 해서 흔들릴 여자는 아니었다. 그래도 천연덕스러운 동생의 마음이 궁금해 맥주잔을 한 번 더 부딪쳤다.

「의리 이런 말도 안 되는 소리 하지 말고.」

「의리가 맞는데 어떻게 아니라고 해. 나한테는 의리가 사랑이야.」

주스를 홀짝대며 배시시 웃는 시아는 뻔뻔했다.

「클라인은 나한테 원하는 걸 전부 해준 남자야. 그러니까 나도 내가 해줄 수 있는 걸 하는 거라구.」

「의리를 지키는 게?」

「그럼. 나중에…… 아주 나중에 클라인이 다른 여자 만나서 토끼 같은 자식 낳고 살게 되면…… 그때에는 내가 진짜 얼마나 의리 있는 여자인지 알게 되겠지. 쉽게 잊지도 못할 거야. 이 정도로 예쁘고 의리 있는 여자는 찾기가 힘들거든.」

「…….」

「뭘 또 그렇게 봐. 원래 사람은 누구나 다 헤어지는 거니까.」

맥주는 이미 동이 났지만 나는 빈 잔에서 손을 떼지 않고 입술에 대는 척 마음을 감췄다. 내가 긴 시간 내 마음을 방어할 동안, 시아는 스스로 물러날 준비를 하고 있었다.

「쿨한 척하지 마, 윤시아.」

「역시 언니는 안 속네.」

앙큼한 계집애, 그때 잠시나마 시아의 마음에 감동했던 나를 두고두고 후회했고, 시아에게 술이 아닌 주스를 주었던 걸 두고두고 감사했다. 2주나 후에 알았지만 그때가 딱 우리 아인이가 시아의 배 속에서 꼬마 곰 젤리처럼 앙증맞을 때였다.

사람들은 몸을 젊은 한때나 반짝이는 부질없는 것이라 치부했지만, 우리 시아처럼 몸이 마음을 이겨내는 경우도 있었다. 그런 이유로 나는 지금은 얼굴도 가물거리는 남자와 헤어진 달밤에, 몇 마디 안 나온 이준을 떠올리며 식어 버린 빈 캔으로 입술을 눌렀다.

– 시은, 전에 말한 서류에서 빠진 부분이 있는 거 같아. 메일 좀 다시 확인해줄래?

『응. 내가 깜빡했나 봐. 보고서 바로 전화할게.』

– 아냐. 그러고 보니 이제 한 2주 남았나? 급한 거 아니니 직접 보고 처리해도 돼.

쾌활하게 남은 날짜를 세는 전화 속 클라인에게 대답을 못 하고 미적거렸다.

『그런데 보스, 오늘 목소리가 밝네?』

– 그럼. 꿈에서 우리 시아 봤거든. 아무래도 아인이도 빨리 봐야겠어. 어머니도 아주 난리셔.

『……그렇구나.』

나도 같은 시아 꿈을 꿨는데 클라인처럼 목소리가 밝지는 못했다. 억지로 웃어넘기다 전화를 끊고서야 어색한 입 근육을 풀었다.

"아인이 아빠니? 뭐래?"

"응. 아인이 보고 싶다고."

개어놓은 빨래를 들고 올라온 엄마가 자기만 빼놓고 속닥거리던 독일어를 궁금해했다. 들어봤자 하나 좋을 내용도 아닌데, 그래도 시아의 이야기는 뺐다. 우리 엄마 이 얘

기 들으면 잠 못 잔다.

"아인이는 1층에 혼자 있어?"

"아니. 아침에 정규 와서 이모네 갔어. 이모부가 아인이 물고 빨고 예뻐 죽는단다. 딸이 없는 집이라 그런가 봐."

"뭐야, 아인이 몸살 나겠다. 애가 물건도 아닌데 왜 이리저리 자꾸 보내."

"뭐 어때. 이준이네도 한두 번 갔니."

나는 힘들게 시아의 이야기를 삼키고 있는데 엄마는 눈치도 없이 이준의 이름을 담았다. 오늘은 뭔가 엄마랑 안 맞는다. 30년 넘게 엄마 딸로 살면서 한번 아침에 안 맞으면 그날은 쭉 안 맞는 경향이 있었다. 어디든 나가야 했다.

"엄마, 나 좀 나갈게. 기다리지 마."

"어디? 이준이 카페?"

"내가 갈 데가 거기밖에 없는 줄 알아?"

"뭐, 그럼 카페 2층?"

"……."

마땅한 대답을 하는 대신에 발끝에 힘을 주고 운동화를 꿰신었다. 서이준이 아니더라도 나는 갈 데가 많아야 했다. 이 동네 다 누비고 다녔다지만 찾아보면 안 가본 데도 어딘가는 있을 것이다. 맛있는 데가 보이면 한 끼 때우고, 슬프거나 재밌는 걸 보면 부끄럽지 않을 만큼만 슬퍼하고 웃으면 된다.

"시은아, 너 어디 가? 전화도 계속 통화 중이고."

"……."

"그래서 데리러 왔어."

슬프지도, 우습지도, 심지어 맛있어 보이지도 않는 남자가 활짝 웃으며 내 앞에 섰다. 죄다 계획에 없던 경우라 나는 울지도, 웃지도, 식탐을 부리지도 못했다.

"가자, 시은아. 춥겠다."

"어."

난 오늘 할 게 많다는 말이 입안에서 모두 녹았다. 내 마음을 자각하고 난 이후라 마음에 둔 말도 제대로 못 하고 입안을 깨물었다. 열여덟 살 그때처럼 내 몸과 마음은 이준에게 연행되었다. 집 밖으로 나와 다섯 발짝 만이었다.

"치웠어? 이걸 혼자 다 치운 거야?"

"어, 너랑 아인이 오면 마땅히 있을 데가 없잖아. 이참에 청소도 하고."

"……."

"어때? 그래도 이만하면 괜찮지?"

3층에 오르자 단 이틀 새 잡다한 짐이 모두 사라졌다. 가게에서 안 쓰는 공간이 아니라 정말 사람 사는 곳처럼 큰 소파도 가져다 놓고 책상에 책장까지 제법 구색을 갖췄다. 여기서 안 바뀌고 제자리를 지키는 건 덩그러니 책상 위에서 말라가는 한라봉 하나였다.

"앉아서 좀 쉴래?"

"너는?"

"나 밑에 잠깐만 봐주고 올게. 너도 커피 마실 거지?"

이준이 내려가자 나는 천천히 3층을 한 바퀴 돌았다. 처음 왔을 때 아인이의 목마를 깎아내린 톱밥이 걸음마다 버석거렸는데 지금은 두툼한 카펫의 감촉이 묵직했다. 내가 걷는지 아닌지도 모르게 그 위를 거닐다 이준의 책상 앞에 앉았다.

아침까지 무얼 본 건지 여기저기 펼쳐진 책 하나를 들어보았다. 법전이다. 법 없이도 살 놈이 법을 배웠다니, 세상이 이렇게 우습다. 으레 오랜만에 책 한 권을 들어본 사람처럼 주르르 책을 넘기자 오래된 종이향이 피어올랐다. 조용하고 어두운 곳에 책 향기까지 곁들여지자 왜 내게 이곳이 낯설지 않았는지 알게 되었다.

독서실.

우리가 다녔던 독서실이 꼭 이랬다. 책을 든 그대로 창가 블라인드를 살짝 내려보고야 여기가 독서실이 아니라는 것을 실감했다.

"뭐 해?"

"응…… 그냥. 뭐 있나 좀 봤어."

"아, 그거?"

커피를 들고 온 이준이 내가 든 법전을 봤는지 멋쩍은 미소를 지었다. 이리 내놓고 펼쳐두고도 막상 내가 보니 쑥스러운 모양이다. 나도 그런 거 몇 개 있다. 이준이 봐도 어쩔 수 없지만 보면 부끄러운 그런 것들.

"공부하던 건데 그냥 오랜만에 꺼내봤어."

"응."

"보니까 또 재밌더라구."

"이게?"

진심인가 한쪽 눈썹을 치켜세우자 그새 다가온 이준이 커피를 안겨주고 책을 받아 갔다. 내가 들고 있을 때보다 더 그럴싸해 책도 제 주인을 찾은 느낌이었다. 소파에 앉아 커피잔을 만지작거리자 듣기 좋은 이준의 음성이 이어졌다. 속삭이듯 울리는 소리마저 독서실 같아서 커피향을 가까이서 오래 들이켰다.

"예전에 너무 사는 게 재미없어서 이것만 봤어. 남들은 그게 공부라 했는데 나는 또 아니었거든."

"현실도피 같은 거야?"

"그럴 수도 있고. 젊은데 무기력하게 있을 순 없고, 뭐든 하고 싶은데 할 게 없더라."

이준이 책상에 걸터앉아 뭉툭한 책 모서리를 손으로 꾹 눌렀다. 힘들지 않게 검사가 되었다는 말은 한낱 재수 없는 농담이 아닐 수도 있었다. 막 독일에 도착해 독일어 사전 한 권에 파묻혔던 내 모습과 겹쳐졌다.

"……."

"그때에는 이거 보다 보면 시간이 잘 가서 좋았는데 재미는 없었거든. 뻥튀기 과자 같은 그런 느낌?"

이준은 어찌 설명할지 모르겠단 얼굴로 갸웃했지만 언젠가 심심풀이로 사 먹었던 뻥튀기 한 봉지 생각에 나도 무릎을 끌어안고 웃었다. 확실히 양 많고 맛은 없지만 중독성은 강했다.

"그런데 얼마 전부터 다시 꺼내서 보는데…… 재밌더라. 내가 또 다른 걸 할 수도 있다 생각하니까 한 자 한 자 다 재밌더라고."

책 중간을 아무렇게나 펴놓고는 이준의 눈이 문장을 따라 가볍게 움직였다.

"신기하지?"

"그러네."

"책은 그대로 변한 게 없는데 아무래도 내가 많이 변했나 봐."

내 보기엔 그대로인 이준이 자신은 아니라 부정했다. 더 자세히 물어보지도 못하고 벌써부터 가슴만 쿡쿡 아프게 쪼아댔다. 내가 아무 말 없이 푹신한 소파에 등을 파묻자 카펫 위로도 그의 기척은 무겁게 울렸다.

"……안아도 돼?"

한쪽 무릎을 세운 그가 내 어깨를 잡고 길게 입을 맞췄다. 고개를 숙이려는 내게 더 아래에서 밀어 올리듯 날카로운 콧날이 뺨을 스쳤다. 두 번, 세 번, 그렇게 어긋나는 두 고개가 아슬아슬했다.

"……난."

"알아. 여기선 안 되겠지?"

먼저 얼굴을 든 이준이 아쉬운 기색으로 내 허리를 끌어안았다. 가슴 위로 걸쳐진 그의 무게가 하나도 느껴지지 않는다. 벌써 마음이 그를 향했는데 이제 와 몸을 아끼려는 것은 아니다. 하지만 내 마음을 인정하는 것과 별개로 시간은 멈추지 않고 나도 떠나야 했다. 나이는 이렇게 먹었는데 달라진 것이 하나도 없다.

"……너 가서 공부해."

"공부 안 될 거 같은데?"

아직 뭘 모르는 그의 목소리는 은근했다. 똑같이 심각하고 아픈 것보다야 이게 나았다.

"서이준, 난 여기서 너 공부하는 거 보고 싶어."

"넌 뭐 하고?"

"잘래. 피곤해."

"그건 마음에 드네."

한발 물러선 이준이 내가 누울 때까지 기다렸다가 소파 팔걸이에 모로 누운 내 머리를 쓸어넘겼다. 고작 뺨에 입 한 번 맞추는 것도 '이 정도는 괜찮으려나.' 그렇게 나를 살펴 더 마음이 아팠다. 이럴 줄 알았으면 처음 만난 날 자버릴걸, 아니, 그날 그렇게 떠밀지 말고 하고 싶은 대로 전부 다 해볼걸.

"잘 자, 시은아."

전화 속에서도 나를 부끄럽게 했던 음성이 그에게 잡힌 내 손등에 내려앉았다. 책상으로 돌아간 이준이 이름 모를 책들을 펴고, 나는 자는 척 그를 지켜보았다. 이게 바로 아까 말한 그런 거였다. 이준이 보면 어쩔 수 없겠지만 보여주고 싶지 않은 내 모습.

"……."

책을 뒤적이고 때로는 메모를 하고, 눈과 손이 같은 문장을 두고 바쁘게 움직였다. 공부가 즐거워졌다는 그의 말은 사실이었다. 저 재미없어 보이는 책을 짜릿한 잡지를 보듯 여유롭게 대했다. 한 번씩 목을 축이는 커피에선 모락모락 김이 오른다. 이렇게 보니 너무나 확실했다.

이준은 정말, 여기에 속한 사람이다.

지금처럼 이곳에서 하고 싶고 즐거운 일을 찾아 웃으면서 살 남자다.

자기가 호구인지도 모르고 그냥 사람 좋게 웃으면서 또 이혼이나 안 당하면 좋을 남자다.

"아……."

서이준 이 바보.

주책스레 부예지는 눈가에서 나도 모르는 눈물이 흐를까 고개를 바로 세웠다. 이준이 돌아보았지만 나는 하얀 천장을 보며 눈을 깜빡이다가 휴대전화를 받았다.

"……응, 엄마."

– 너 어디야? 나 이준이 카페 왔어.

"응? 카페?"

허겁지겁 자리에서 일어났다. 이준 또한 당황했는지 바로 펜을 내려놓고 계단 아래를 살폈다.

– 밖에서 봤는데 이준이도 안 보이고 너도 안 보여서. 없니?

"위에서 일했어. 거기 잠시만 있어. 내려갈게."

내가 이준에게 손짓해 보이자 그는 내려가면서도 앞단추를 꼭 채웠다. 뒤따르는 나 역시 뭘 했다고 머리와 옷을 매만지며 급히 엄마를 맞았다. 문밖에서 안을 들여다보던 엄마가 우리를 보자마자 손을 흔들며 웃었다.

"어머니, 들어오시죠. 왜 거기 계세요?"

"너 없을까 봐. 그렇잖아, 여기 젊은 사람들 오는 덴 거 같은데."

"어머니도 참, 왜 그런 말을 하세요."

이준이 다정하게 옆으로 서자 엄마 진짜 자식은 서먹한 내가 아니라 이준 같았다. 나는 발끝을 보고 있다가 엄마와 눈이 마주치자 어색하게 고개를 흔들었다.

"너 봐. 내가 여기 갈 줄 알았지. 눈도 오는데 네가 어딜 가?"

"……일했어."

"그러니까. 이준이네 죽어도 안 갈 것처럼 굴더니."

이준이 정말 그랬냐는 커다란 눈으로 나를 놀려댔다. 그마저도 슬픈지라 나는 양팔을 감싸 안고 숨을 늦췄다. 추운지도 모르겠다. 이준과 계속 같이 있다간 내 몸이 얼마나 얼어붙었는지도 모를 것이다.

"집에 가, 엄마."

나중에 따스한 곳에 가서야, 이 몸 어디가 얼마나 꽁꽁 얼어 검어졌는지 뼈저리게 느낄 것이다. 부디 이제라도 마음을 굳게 먹어야 했다.

"그래. 참, 좀 있으면 이모 올 텐데, 이모가 글쎄 네 선자리 알아 왔대.”

“뭐어?”

“정규 친구래. 좋지, 뭘, 이 기집애야. 이모가 어련히 좋은 사람 소개시켜줄까.”

“…….”

나를 보는 이준의 눈동자가 차고 고요했다. 추위는 한순간에 닥쳤다. 그의 눈동자가 변하고 나서야 나는 왜 이제까지 추위를 몰랐는지 깨달았다. 나는 이로써, 태연한 척 이별을 고할 기회마저 모두 놓쳤다. 끝까지 욕심과 미련을 떨다가 이 꼴이 났다.

“왜 그래, 엄마. 갑자기 그게 무슨 말이야.”

“계속 눈치 줬잖아. 그리고 걱정할 것도 없어. 이모 말 들어보니 그 남자가 연구원인데 아예 프랑크푸르트로 발령이 났단다. 이것도 인연이지 않니?”

“…….”

“우리 이제 곧 떠나는데. 네가 정 그러면 돌아가서 거기서 선을 보든가. 응?”

엄마 혼자 신이 났다. 바람도 그렇지만 엄마 말도 내게는 가혹할 만큼 찼다. 맥없이 고개를 떨구지도 못하고 입술을 꾹 맞물고 버텼다.

“얘, 이준아. 우리 시은이한테 말 좀 해줘봐. 둘이 친하잖아. 내 말은 통 안 들어.”

“…….”

“아, 네 이모 벌써 왔나 보다. 나 먼저 갈 테니까 너 가방

들고 바로 와. 이준이도 다음에 보자!"

한바탕 회오리바람 같던 엄마가 떠나자 카페의 어스름한 빛 앞에 이준과 나 둘이 남았다. 시아가 모으던 어느 엽서 속 그림처럼 하얀 눈 위로 그림자가 길게 졌다. 뿌연 눈발이 날리다가 속눈썹에 눈물처럼 맺혔다. 나는 울지 않으니 그거라도 있으면 됐다.

"시은아, 언제 가니?"

"……어, 2주 후에."

이준이 목을 울리는 소리가 선명했다. 나는 그를 똑바로 보지 못하고 우두커니 그의 그림자에 어설픈 웃음을 보냈다. 실제로는 한 뼘 정도 차이 나던 키가 그림자로는 두 뼘이 넘었다. 하나만 거쳐도 우리는 이렇게 한 뼘씩 멀어졌다.

"그렇구나."

"……어."

"가야 되는 거지?"

"……응."

아아, 손을 올려 이마를 짚는 이준의 그림자가 무성영화 어느 장면처럼 슬펐다. 말도 없고 눈, 코, 입도 없는데 그림자가 슬퍼 보이긴 처음이었다.

"선은, 볼 거야?"

"……."

짧게라도, 어떻게라도 대답은 하던 내 입이 한마디 못 내놓을 만큼 얼얼했다. 이마를 짚은 그의 그림자 옆으로 어딘가 불안정한 내 그림자가 손등으로 입술을 덮었다.

"그래, 그렇구나."

누가 먼저 돌아섰는지 모르게 눈발이 거세졌다. 그림자든 뭐든 떼놓고 올 수 있으면 다 뜯어내어 그 자리에 놓아두고 싶었다. 집까지 어찌 왔는지도 모르다가 대문 옆 가로등으로 잊지 않고 따라온 그림자를 확인했다.

왜 이렇게 끈질겨서는. 나는 한 움큼 집은 눈을 던져버렸다.

part 13

급할 때 생각나는 놈

"아인아, 할머니! 할, 머, 니."

"함니."

"어이쿠, 잘하네, 우리 강아지. 누굴 닮아 이렇게 똑똑하지?"

"함니, 함니."

"그래그래, 최고야, 우리 아인이."

낱말 카드를 깔아놓은 엄마는 아인이의 관심을 끌기 위해 최대한 노력했다. 발음은 얼버무리며 고갯짓과 억양만 대충 따라 하는 아인이에게 박수와 칭찬 세례를 아끼지 않았다. 그래도 이것도 공부라고, 떼굴떼굴 누워서 구르기만 하던 애가 꼿꼿하게 앉아 있는 뒷모습이 대견했다.

"자, 그다음. 이모!"

"응?"

"저기 이모 보이지? 이, 모!"

"엄마!"

"이모라니까."

"엄마, 엄마! 아인이 엄마!"

성이 난 아인이가 고집을 부리다가 내게 달려왔다. 밥도 먹는 둥 마는 둥 하던 차라 아인이라도 안겨드니 할 일이 생겨 좋았다. 무릎에 앉혀놓고 뺨을 맞대자 뜨끈했다. 제 딴에 싫다는 걸 강요하는 할머니가 미운지 내 목을 감고 훌쩍거렸다. 제가 이리 서러우니 할머니를 혼내주라는 뜻이다.

"누가 그랬어? 응? 할머니가 잘못했네."

"흐으응."

"내가 혼내줄게. 아인이한테 그러지 말라고 할게."

"응."

안겨 있던 아인이는 금세 다른 것에 관심이 팔려 내 소매 단추를 채우려 했다. 제 옷에 달린 커다란 단추도 손길이 어긋나는 아이라 손톱만 한 단추를 채워낼 리 없다.

"으응. 아니야아."

"다시 해봐. 천천히."

아인이가 잡기 좋기 한 팔을 내밀어놓고 단추를 기가 막히게 잘 채우던 그를 생각했다. 이준이 있었다면 아인이가 제 손으로 단추를 모두 채울 때까지 엄마 못지않은 박수를 쳤을 것이다.

"너 어제도 술 마셨지? 갈 때 얼마나 남았다고 술을 마셔, 자꾸?"

"그냥 집에서 한잔한 거야."

"그러니까 나가서 친구들이랑 마신 것도 아니고 청승맞게 그게 뭐니?"

"잠이 안 와서 그랬어."

"……."

"아인아, 이모랑 같이 해볼까?"

우리 아인이가 있어 다행인 정도가 아니라 감사했다. 퉁퉁 부은 얼굴을 저 눈썰미 좋은 엄마에게 어찌 가리나 했는데, 지금 나는 이렇게 마음이 허할 때 끌어안고 있을 누군가의 체온이 간절했다. 서른 넘은 여자가 엄마를 끌어안으며 우는 것은, 결혼식 날 신혼여행 가는 배웅길 정도가 서로에게 제일 적당했다.

"시은아, 밥은 다 먹었어? 속 안 좋으면 국 줘?"

"아냐, 내가 할게. 그리고 미안해."

"뭐가?"

"……그냥 다."

나처럼 한 남자한테 두 번이나 빠져 어리석게도 제 눈만 가리고 있던 딸은 도의상 그럴 수가 없다. 열병으로 온 마음이 타오르던 첫사랑은 경험이 없어 그랬다 치더라도 두 번째는 곤란했다. 나이를 먹을 만큼 먹은 것까지는 좋았는데 그만큼 자만도 커졌다. 내게 이제 이 정도는 아무것도 아니라고, 마음만 먹으면 웃으면서 돌아설 수 있을 거라 자만했다. 다른 남자들에게 다 가능했으니 서이준 그놈이 뭐 별거라고 예외가 있겠나, 끝까지 뜸을 들였다.

"참. 너 왜 어제 오늘 이준이네 안 가?"

"좀 피곤해서."

"가기 전에 놀아야지. 보자, 이제 열흘 남았나?"

"……내가 애도 아니고 뭘 놀아."

내 목소리가 담담하게 들리기를 바라는 마음으로 숟가락을 요란스레 움직였다. 그래봤자 입으로 들어가는 건 겨우 열 톨쯤, 그마저도 씹어서 삼키는 건 한두 톨이 다다. 먹어도 먹어도 줄지 않는 이 밥이야말로 내게는 뻥튀기 같았다.

"엄마, 이모 언제 온댔지?"

"저녁 먹고 천천히 밤에나 올 거야. 왜? 너도 같이 가게? 그런데 눈이 점점 더 많이 와서 길이 괜찮을지 모르겠네."

"아냐. 그냥 물어본 거야."

가기 전에 마지막으로 엄마는 이모와 속초에 다녀오겠다 했다. 처음 한두 번은 으레 묻더니 어느 순간부터는 당일 통보다. 나는 나대로 열심히 이준을 만나고 다녔으니 그게 아쉬운 적이 없다가 오늘에야 운을 떼어보았다.

"참, 가서 분위기 좀 내게 와인 한 병 사자 했는데 그거나 미리 사와야겠다. 시은이 너 아인이 좀 보고 있어."

"아냐, 엄마. 내가 갈게."

"추운데?"

"됐어. 와인 파는 데 어딘지 알아. 나 봤어."

도망갈 구실이 필요해 두꺼운 원피스 위에 점퍼 하나 걸치고 밖으로 나왔다. 그동안 느끼지 못했던 한국의 겨울이 두 배 세 배로 밀려왔다.

"하아."

그런데 정말 우습게도, 나는 춥기라도 하니 다행이라 감사했다. 굳어버린 생각은 쉽사리 지워지지 않으니 온몸이라도 다른 데 정신이 팔리기를 바랐다. 혹시나 덜 추울까 이틀간 웃지도 않았다.

"어, 사장님 친구분!"

"네?"

"저예요. 어, 얼굴을 봐야 아시겠구나."

버스 정류장 근처를 지나는데 목도리를 친친 감아 눈만 겨우 보이는 남자가 나를 잡았다. 붕대를 풀듯 한 겹 두 겹 벗겨내자 살짝 휘어진 콧부리에 그가 누군지 알아챘다. 이준이네 말 많은 종업원이다.

"아, 퇴근하시나 봐요."

"네. 그런데 요새 왜 안 오세요? 매일 오시더니 왜 안 오시나 했어요."

흰 셔츠에 갈색 앞치마를 두른 모습만 보다가 겨울 점퍼를 입은 게 낯설다 했는데 입을 여니 달라졌다. 빠르고 수다스러운 말이 성가시지 않고 반갑기만 했다. 혹시나 그가 하는 말 중에 이준의 소식이 있을까, 먼저 묻지는 못하고 그 긴 말을 얇은 점퍼 하나로 버텨냈다.

"……아니, 그래서요, 요새 사람이 너무 많아서 3층 좀 쓰는 거 어떠냐 했는데 사장님이 그건 안 된다고. 솔직히 물 들어올 때 노 젓는 게 정상이잖아요."

"네에."

참은 보람이 있어 드디어 이준의 이야기가 시작되려 하고 있었다. 내가 옷깃을 여미며 어깨를 움츠렸지만 이야기는 아직도 물 들어올 때 노 안 젓는 이준에 대한 안타까움만 가득했다.

“요 며칠은 집에도 안 가시고 카페에서 주무시는지, 오늘도 출근했더니 위에서 내려오시더라구요. 원래 그렇게 혼자 술 드시고 하시는 분이 아닌데…….”

“혼자 술을 마셔요?”

겨우 태연한 척하던 것에 한계가 왔다. 나도 모르게 목소리가 높아지다가 억지로 추슬렀다.

“아니라고 하시는데 제가 보기엔 분명히 그렇거든요. 예전에 우리 오픈 때에도 술은 잘 안 드셨는데. 술병이라도 치우려고 올라갈랬더니 또 오지 마라 하시고.”

“지금은요? 혼자 있어요? 퇴근 안 했어요?”

“그럴걸요. 속 안 버리시나 몰라. 오늘도 거의 안 드셨는데. 커피나 두어 잔 드셨나? 아니다, 더 많이 마셨겠다. 아니, 그래놓고 또 술만 마시면…… 어, 버스 왔네요. 다음에 뵐게요!”

말 많은 사람이 자기 말을 먼저 끊어낼 만큼 추운 날이다. 부르릉, 버스가 출발하자 혼이 나간 것처럼 속이 울렁거렸다.

뭐 좋자고 퇴근도 안 하고. 술은 또 왜 마셔. 자기가 지금 그럴 때야?

외출의 원래 목적도 잊어버리고 다시 겨울 동네를 배회했다. 이제는 눈 감고도 그의 카페로 갈 수 있었다. 머무르는 동안 어떻게든 피하려 했던 길에서 나는 수십 번을 망설이다 카페 앞에 섰다.

"……."

평소처럼 단정하고 깔끔하게 나와 네가 여긴 웬일이냐며 싸늘하게 바라보아도 좋았다. 이기지도 못할 술을 끌어안고 그 총명한 눈빛을 잃을 바에야.

"서이준!"

불은 꺼져 있었지만 문도 잠겨 있지 않았다. 3층에서 비치는 어스름한 불빛에 나는 한 번 더 그의 이름을 불렀다.

"이준아! 나야!"

무슨 일이 있는 건 아닌지 걸음마다 가슴이 내려앉았다. 왜 왔냐는 망신이 기다려질 만큼 이준에 대한 나의 상상은 최악으로 치달았다. 한 발짝도 조심스럽던 걸음이 숨이 찬 줄도 모르고 3층까지 단번에 다다랐다.

"야, 너 정말……."

이준을 보는 순간 맥이 탁 풀렸다. 바닥에 술병이 있긴 했지만 지금은 소파에 누워 있는 게 다였다. 천장의 커다란 등을 켜자 한 팔을 올리고 있던 이준이 드디어 얼굴을 드러내 보였다. 눈이 부셔 찡그리고 있다 생각했는데 몸을 일으켜 앉고 나서도 그 표정 그대로였다.

"뭐야, 이게. 너 왜 그러고 있어."

"……왔네."

답답한 마음에 어깨라도 흔들고 싶었다. 네가 왜 이러고 있는 건지, 너도 내가 가는 걸 알고 있었지 않냐, 그런 뻔뻔한 흉내라도 내고 싶었다. 하지만 그의 텅 빈 눈앞에서 떠듬대며 나오는 말은 내 입에서 나오는 것 같지가 않았다.

"나는…… 그냥 사거리, 거기에…… 거기에 뭘 사러 간 건데."

"……."

"엄마 심부름. 아, 그러니까, 엄마 심부름 갔다가…… 근데 정말 우연하게 여기 종민 씨 만나서. 그런데…… 버스가 안 와서…… 잠깐 얘기를 좀 했는데…… 난 그냥……."

내가 지금 이곳에서 무엇을 하는 걸까.

이준이 나를 보는 눈이 너무 시려 무슨 말을 이어서라도 모른 체하려 했다. 지금 저 눈이 나를 향한 게 아니라고, 나는 몰라도 이준이 내게 그럴 리 없다고.

"음, 너 별일 없는 거 같으니까. 나 이만 가볼게."

한 발 물러나 계단을 가리켰다.

"엄마 심부름 나왔던 거거든. 기다려서. 다시 가야 해."

혹시나 달리 볼까 몸을 돌리지도 못하고 뒷걸음으로 물러섰다. 단시간 안에 초조와 안도, 무서움까지 모두 겪고 나니 이 한겨울에 손바닥이 축축했다. 머릿속까지 뜨끈해지는 느낌이었다.

"나 갈게, 이준아. 쉬어."

"윤시은, 넌 매번 간다는 소리밖에 못 하니?"

바로 일어선 이준이 내게 다가왔다. 시린 눈 그대로 나를 꿰뚫어 걸음마저 멈추게 했다.

"그게 다야? 나한테 할 말이 그게 다야? 여기 온 게 그 말하러 온 거야?"

"……이준아."

"어머니 말고, 종민이 말고. 너랑 내 얘긴 없어?"

내 앞을 막은 그의 숨결에서 독한 술기운이 훅 끼쳤다. 말이나 눈빛에 워낙 흔들림이 없어 그게 아니었더라면 술을 마신지도 몰랐을 거다.

"난 우리 이야기가 제일 필요하다 생각했어."

"서이준 너도 알고 있던 거잖아. 나 가는 거…… 처음부터 알았잖아."

"……."

"둘 다 그냥 모르는 척한 거잖아. 왜 나한테만 그래!"

억울한 게 아니었다. 똑같은 잘못을 해놓고 내게만 탓을 하는 거라 여기지도 않았다. 그런데도 이렇게 힘든 상황을 내 스스로도 납득을 못 했을 뿐이다.

우리는 성인이고, 잘못을 한 적도 없고, 설레고 즐거웠던 일만 가득한데. 왜 이렇게 가슴이 아파야 하는 걸까.

"……그래. 네가 처음에 다니러 온 거라고 그랬었지."

"이준아."

"알아. 나도 알고 있었어. 그런데 내가 제일 힘든 건."

어깨를 잡은 이준이 힘든 얼굴로 주먹을 그러쥐었다.

"왜 내 마음을 네 마음대로 짐작하는 거야? 네가 괜찮다고 해서 내가 괜찮은 건 아냐."

"……그만해."

나는 이렇게 겨우 참고 있는데, 이제껏 누구보다 튼튼하다 자부했던 마음의 빗장이 너덜너덜 난리가 났는데, 그걸 다 무너뜨린 장본인이 힘들다 하면 그건 진짜 억울했다.

서이준이 진짜 나쁜 놈이었다면 얼마나 좋을까.

나 돌아갈 날이 언제인지 듣고도 힐끗 시계 보듯 '아, 벌써 그렇게 됐네.' 하고 환하게 손을 흔들었다면 두고두고 욕을 해주기 그만일 텐데. 난 이제 독일에 돌아가면 누구 욕을 하며 긴긴밤을 지새울지 몰라 가슴 한가운데가 텅 비었다. 아프고 쓰린 줄도 모를 만큼 허한 바람이 휑하게 지나갔다.

"……내가 너한테 더 해줄 수 있는 게 없는 것 같아."

"시은아, 왜 말을 그렇게 하니."

더 이상 시릴 것도 없는 가슴에 그의 목소리가 공허하게 울렸다. 메아리처럼 가슴 이곳저곳에 튕겨 나오다 이내 하나로 가득 메워져버렸다.

"넌 그냥 내가 걱정돼서 왔다고, 그렇게 말하면 안 돼?"

"……왜 그래, 정말."

"난 네가 그렇게만 말해도. 정말 그렇게만 말을 했어도 나는 다……."

"그럼 오늘 여기서 자고 갈까?"

일부러 고개를 들었다. 당당한 것과는 거리가 멀겠지만 이준이 그렇게 나를 뻔뻔하게 여겨주길 바랐다. 평생에 말을 많이 해보질 않아 이런 순간에도 할 수 있는 말이 이뿐이었다.

"……."

"자고 갈 수 있어, 나."

뒷일은 생각해보지도 않았다. 네 밑바닥이 고작 거기냐

고, 비웃음과 함께 거칠게 안아도 좋을 것 같다. 이준의 품 안에서 정신을 못 차리던 그 밤처럼, 지금도 그렇게 밤을 새우고 싶었다. 내가 어떤 얼굴인지도 모르는 채 이준의 옷깃을 잡았다. 어설프게 입이라도 맞출 듯 힘주어 잡아당겨 목덜미를 그러쥐었다. 하는 말은 차가운데 몸은 어떻게 이렇게 따뜻한지 모르겠다.

"난 안 돼, 윤시은."

이마가 맞닿았을 때, 이준의 묵직한 음성이 우리 사이를 막았다. 언젠가 같은 자세에서 속삭이듯 간질이던 음성과는 달랐다. 같은 사람이라 믿을 수 없을 만큼 천천히 고개를 드는 이준은 싸늘했다.

"너 보기에 우습게 보일 수도 있는데, 난 마음 없이는 안 자. 그게 안 돼."

"……."

"시은아, 남자라고 그런 걸 당연하게 생각하진 마."

그건 진짜 슬플 것 같다며 그가 몸을 물렸다. 마음이 사라지며 부끄러움마저 사라진 나는 고개를 돌리지도 않고 멍하니 그를 보았다. 보고, 또 보고. 분명 서이준이 맞는데 이름을 잊은 듯 입술만 움찔거렸다. 이제는 간다는 말도 못 하고 도망치듯 계단을 내려섰다.

"윤시은! 넌 뭐가 그렇게 겁나는데! 뭐가 그렇게 무서운데!"

뒤에서 들리는 소리는 또렷하고 선명하게 나를 불러 세웠다. 연극 무대에 있는 것처럼, 음성은 높아도 사납지는 않았다. 이제는 돌아보는 것도 용기가 필요해 떨지 않게 힘을 준 눈썹이 남의 것처럼 부자연스러웠다.

"넌 나한테 더 묻고 싶은 것도 없어? 네 말대로 이게 마지막이라도?"

"……."

내게서 다른 말을 기대하는 그에게 내가 다시 하고픈 말은, 차마 해서는 안 되는 것이었다. 나 여기 남겠다고, 한순간에 이끌려 다시 거짓말을 하기엔 지금도 잃은 것이 많다. 13년간 깎고 쓸고 무덤덤하게 굳어진 마음이 모두 허사가 되고도 나는 여전히 그를 안고, 안기고 싶다. 마음 없이 안 잔다는 그에게, 그래도 나는 너랑 자고 싶다고 매달리고 싶었다. 내 두 번째 사랑은 처음만큼이나 무턱대고 맹목적이다.

"……서이준."

이름을 부르는 것조차 이상할 만큼 목소리가 가라앉았다. 계속 하라는 그의 얼굴 역시 지나치게 고요했다.

"너 그동안 왜 나한테 한 번도 시아 이야기 안 했어?"

그간 마음을 짓누르던 말이 이렇게 흘러나왔다. 진짜 이게 마지막이라면, 더 감추고 물러설 것도 없었다. 이제 더는 그의 품에 안기지 못하니 말은 구차하게 가장 불안한 곳을 건드리고 말았다.

"관심이 없으니까."

"……."

거기까지였다. 딱 거기까지만 기억하고 싶었다. 오늘 나를 거쳐 간 수많은 감정 중에 이것을 마지막으로 두고 싶었다. 그 중간에 이준이 내게 보였던 실망이나 비웃음을 모두 묻어둘 만큼 이 와중에도 그 한마디에 기쁘고 말았다. 나는 정말 더럽게 미쳤다.

오는 길을 잃었다고 했지만 엄마는 믿지 않는 눈치였다. 하지만 더 캐묻지도 않고 꽁꽁 얼어서 들고 온 와인병을 받았다. 나는 씻고 오겠다며 화장실로 도망가 옷도 벗지 않은 채로 샤워기를 틀었다. 아직은 찬 물줄기를 그대로 맞으며 거울 앞에 서자 정말이지 볼품이 없었다.

아마 조금 전, 물에 젖지 않았을 뿐 이준에겐 내가 이리 보였을 것이다.

"……진짜 볼 거 없다."

머리며 옷이 찰싹 달라붙어 나는 반쯤 쪼그라들었다. 남들 보기 좋게 부풀리고 다니던 것이 폭삭 무너져 본모습이 그대로 드러났다. 단추를 풀어 젖은 옷을 벗으려 했지만 그마저도 쉽지 않았다.

"아……."

몸은 겨우 젖은 옷 하나 쉽게 떨쳐내지 못하는데 마음은 말할 것도 없었다. 찬물, 뜨거운 물, 펄펄 끓는 물을 가져온대도 바닥에 눌어버린 내 마음이 씻겨나갈 리 없었다. 벌써 새까맣게 변했을 것 같아 이제는 거울을 볼 엄두도 나지 않았다.

"시은아, 샤워해? 옷 가져다줄까?"

"어? 응."

엄마 들으라고 일부러 소리까지 찰방이며 물방울을 튕겨냈다. 효녀는 아니라지만 이런 일로 엄마를 걱정시킬 순 없다. 얼굴을 수건으로 과하게 문질러가며 문을 열자 엄마는 벌써 나갈 채비를 마친 상태였다.

"아, 이제 나가는 거야? 이모 오셨대?"

"응. 눈이 많이 쌓여서 내가 요 밑에 나간다고 했어."

"짐 있잖아. 들어다 줄까?"

"아냐. 너 이제 씻고 나왔는데. 그나저나 아인이 정말 안 갈 거야? 할머니 혼자 가?"

"으응?"

목마 옆 양탄자에 엎드리고 있던 아인이가 고개를 주뼛 들었다. 그러고는 잠에 취한 건지 다시 고개를 내려놓았다. 쌔근대는 몸을 토닥이려 다가가자 엄마가 손가락을 세워 '쉬잇.' 소리를 냈다.

"놔둬. 자나 봐. 아까 너 나갈 때 엄마엄마 하면서 기다리더니. 버릇이 돼서 고쳐지지도 않고."

"우리 아인이가 그랬구나……."

맞다. 아인이를 생각해서라도 내가 축 처져 마음을 드러낼 때가 아니었다. 잠에서 깰까 봐 안지도 못하고 애꿎은 엄마의 가방만 만지작댔다.

"아니면 데리고 갈까? 나는, 속초에 눈 더 온다는데 괜히 애 데리고 갔다가 감기 걸릴까 봐. 얘가 오늘따라 일찍 자네."

"아냐. 놔두고 가."

"정말 괜찮겠어? 쟤 있으면 너 누구 만나기도 그럴 텐데."

"……만날 사람 없어, 이제."

이제 한국에서 지낼 날은 고작 일주일가량이지만, 내게는 시간이 달리 갔다. 두어 시간 전 이준의 카페에서 나오는 순간에 나는 이미 한국을 떠났다. 그때부터 비행기 안이었고 독일이었다. 만날 사람이 있을 리 만무하다.

"엄마는 날이 이런데 괜찮겠어? 거기까지 도로 괜찮을까?"

"요새 도로가 얼마나 잘돼 있는데. 무슨 일 있으면 전화해."

"안 할 거야. 푹 놀다 오세요."

가방을 끌고 나가던 엄마가 흘기듯 웃자 나도 마지못해 따라 웃었다. 이렇게라도 웃으니 내가 정말 괜찮은지도 몰랐다. 감정표현이 뚜렷한 사람 하나가 내 앞에 서 있다면 나는 그 사람 흉내를 내며 멀쩡한 척할 수 있을 것이다.

"문단속 잘하고. 아, 정 무슨 일 있으면 이준이 좀 부르든가."

"……빨리 가."

철컹, 대문이 닫히자 마음이 순식간에 스산해졌다. 안 괜찮다. 내 그릇에 넘치는 짓을 겁도 없이 저질러놓고 괜찮을 리가 없다. 담은 사람이 서이준이니 언제 자국이 지워질지 몰랐다.

"아아."

문을 닫자마자 현관문에 미끄러지듯 기대앉았다. 그대로 얼굴을 파묻고 이마를 문지르자 뜨끈한 열이 피어올랐다. 소리를 집어삼킨 입안마저 화끈하다. 아파서 나는 열이 아니라 몸이 무언가를 태워내듯 억지로 달아올랐다.

"……아인아."

계단을 지나 2층 내 방으로 갈 엄두가 나질 않았다. 이준에게 안겨 올랐던 계단으로는 눈길 한번 주지 않고 거실을 기어가듯 겨우겨우 아인이의 옆에 가서 쓰러졌다. 뜨끈하다. 잠결에 칭얼대는 작은 아이의 머리를 받쳐 가슴에 꼭 안자 감은 눈까지 열기가 올랐다.

"응. 잘 자네."

아인이를 토닥거리고 폭 끌어안자 아이의 향이 약처럼 흘러들었다. 엄마가 아인이를 두고 간 것이 그렇게 다행스러울 수 없었다. 우리 아인이마저 없었다면 참고 참아온 감정이 언제 터져버릴지도 몰랐다. 지금은 아인이가 내게 기대는 게 아니라 내가 그러고 있다.

"……으응."

"자장, 자장, 우리 아인이."

제발 눈을 뜨면 독일이기를. 빨리 이 멀미가 끝날 수 있기를.

나 하나 때문에 뜰 해가 안 뜨고 시공간이 뒤바뀌는 기적은 없었다. 딱딱한 거실 바닥에서 자고 난 어깨가 결리긴 했지만 여기는 여전히 한국이고 내 마음은 조금의 차도도 없다.

「……난 마음 없이는 안 자. 그게 안 돼.」

새벽별이 모조리 빛을 잃을 때까지 나는 이준의 한마디만 생각했다. 이제는 어찌 생각해도 상관없다며 던진 말이었지만 이준의 눈동자를 보자마자 고스란히 그 상처가 내게로 옮아 왔다. 그런 농담은 우습지 않다며 돌이키기엔 날카로운 상처가 너무 깊었다. 며칠 지나면 알아서 새살이 돋을 상처가 아니다. 당장에 가슴을 누르는 손을 떼면 피가 주르르 흐르며 틈이 벌어졌다.

"……."

내게 이 상처를 소독하고 꿰매어줄 유일한 사람은 서이준이다. 하지만 칼은 내가 들고 있었는데 이제 와 그게 아프니 고쳐달라 할 만큼 뻔뻔하지가 못했다. 그나마 더 깊은 곳까지 베이기 전이라 다행이라며, 나는 누운 자리에서 연신 침을 삼켰다.

"아인이 이제 일어나야지."

아직 잠들어 있는 아인이의 뺨에 입을 맞췄다. 한 번만 맞춰보려 했는데 그게 마음대로 되지 않는다. 두 번 세 번, 말랑한 볼에 입술을 대어보다 손등을 아인이의 얼굴에 붙

여보았다.
뜨거운가?
입이 마른 와중에도 갸웃하며 내 이마를 만져보았다. 확실히 내 이마가 더 뜨거운 걸 보니 열은 아닌 듯해 안심이었다. 주섬주섬 자리에서 일어나 머리를 하나로 묶고 시간을 보니 벌써 10시가 넘은 시각이었다.
"아인아, 밥 먹어야지."
깜빡깜빡 눈을 뜬 아인이가 누운 그대로 손만 쭉 내밀었다. 이런 어리광쟁이를 봤나. 내 마음이 너덜거릴지언정 아인이를 모른 체할 수는 없었다. 안은 채로 밥을 떠먹였지만 아침이라 그런지 두어 숟갈도 뜨지 않고 고개를 픽픽 돌렸다.
"조금 있다가 먹을까?"
"응."
무슨 말인지나 알고 대답은 저리 하는지, 나는 또 아인이를 향해 웃으며 하루치 감정을 소모했다. 모두가 의미 없는 짓이다. 아인이가 밥을 안 먹어 걱정했는데 나는 그마저도 넘기기가 힘이 들었다. 혀끝에 닿는 입안이 눅진하니 온몸이 느슨했다. 아인이가 없었다면 이대로 누워 또 하루를 보냈을 것이다.
"이모 여기 있을게. 그거 가지고 놀아."
그래도 해가 밝은 이상 사람은 움직여야 했고 아이와 함께 있는 시간은 거짓말처럼 잘도 흘렀다. 나는 오후 내도록 계단을 등지고 앉아 아인이가 노는 모습을 지켜보았다.

엄마가 되면 아플 새도 없다더니, 지금의 내가 그랬다. 아인이가 어설프게 블록을 맞추면 박수를 쳐주기도 하고 종이가 마음대로 안 접히면 거기에 붙어 비위를 맞췄다. 이 자리에 여자 윤시은 같은 건 없어 내겐 그편이 더 좋았다.

"우리 공주님, 오늘은 왜 이렇게 기분이 안 좋아?"

아침도 그러더니 점심이나 간식까지 영 먹는 게 시원치 않았다. 원래 새침하게 굴어 그렇지 투정은 드문 아이였다. 볼 줄 아는 것도 없으면서 으레 다른 엄마들이 하듯 이마를 또 짚었다.

"……아인아, 이모 손이 뜨거운가? 잘 모르겠네."

"으응. 아니야."

"콧물도 나네? 코 흥 하자."

"아냐, 아니야!"

만지는 것도 싫단다. 어쩔 수 없어 죽을 좀 쑤어 왔더니 인심을 쓰듯 받아먹어 나는 또 장하다 칭찬을 했다. 누가 내게도 좀 이래주었으면 좋겠다.

"어, 엄마. 재밌어? 속초 좀 어때?"

– 좋아. 그런데 눈이 많이 와서 큰일이야. 하루 더 있어야 할 거 같아.

"있으면 되지. 괜히 눈 오는데 무리해서 오지 마. 사고 날라."

눈으로는 아인이를 살피며 휴대전화를 귀에 걸쳤다. 그때쯤 되니 말을 하는 목구멍 안쪽까지 뜨끈함이 느껴졌다. 멍하게 앉아 있는 그대로 몸이 붕 뜨는 기분이다.

"아, 안 그래도 아인이가 잘 안 먹어서. 열은 아닌 것 같은데 나도 잘 모르겠어."

– 애기는 열 안 나면 됐어. 놀기는 잘 놀지?

"응. 콧물만 약간."

배를 깔고 누운 아인이는 이준이 만들어준 비행기 모형을 흔들고 있었다. 괜히 아이 장난감에 내 슬픈 마음이 옮아 갈까 얼른 눈길을 돌렸다. 설령 장난감 하나일지라도 우리 아인이가 가지고 노는 것들은 오직 건강하고 튼튼한 것들이어야 했다.

"그래도 점심은 다 먹였어. 그런데, 전화하지 말라니까."

– 걱정돼서 전화했지.

"아인이는 내가 잘……."

– 아니, 아인이 말고 너.

"응?"

– 네가 걱정이지, 난. 어제 몸 안 좋아 보이던데. 이럴 줄 알았으면 오지 말걸.

음, 할 말이 없어진 나는 그냥 숨을 크게 들이마셨다. 아인이에게 떠먹이고 남은 죽 그릇을 싹싹 긁어가며 억지로 입술을 맞물었다. 뭐가 걱정이냐 말도 못 하고 뜨거운 입술을 질근거렸다.

– 시은아, 엄마가 내일 가서 맛있는 거 해줄게.

"……어. 엄마…… 빨리 와."

목소리가 완전히 잠기기 전에 꼭 할 말을 짜내었다. 매사에 태연한 체해도 속일 수 있는 대상은 따로 있었다. 엄마의 걱정스러운 목소리 한 번에도 마음이 한 겹 녹아내렸다. 그만큼 전에 없이 약해져 있었다. 나야말로 엄마가 있었다면 아인이가 하듯 손부터 내밀었을 것이다. 자초지종 설명 하나도 없이 무뚝뚝하게, 그렇게 얼굴을 파묻었을지도 모른다.

"……."

걸려올 리 없는 통화 목록을 다시 훑었다. 마지막 이준의 이름이 찍힌 곳에서, 나는 쓸데없이 시간을 계산하고 3층 소파 아래 놓여 있던 술병을 떠올렸다.

이제 그러면 안 되는 건데.

걱정도 자격이 있어야 하는 거였다. 내게는 가장 좋은 대답을 듣고 돌아섰으니 그 순간만 기억해야 하는데 그게 꿈처럼 가물거렸다. 좋은 일을 두고 꿈결 같다는 게 이래서 하는 말이구나, 무의미한 깨달음으로 입가를 올렸다.

"엄마, 엄마!"

"응? 또 안아달라고? 어쩌지, 이모도 힘이 없는데."

"으흐응."

날이 완전히 저물자 아인이의 투정이 심해졌다. 이렇게 조그만 아이도 집에 사람 하나 난 자리가 허전하려나, 동병상련으로 다가가 등을 내밀었다. 쪼그려 앉은 그대로 쓰러질 것 같더니 등에 아이가 폭 매달리자 없는 힘도 생겨났다.

"으차, 우리 아인이 애기 됐네."

"아니야."

“어유, 말도 잘하고. 우리 예쁜 공주님.”

팔을 축 내린 아인이가 뺨을 등에 붙여 비비적댔다. 어디 얼굴 좀 볼까, 커튼을 열어 창가에 붙어 서니 눈으로 뒤덮인 창밖이 대낮처럼 밝다. 하얗게 반사되는 유리창에서 우리 아인이 얼굴을 찾으며 엉덩이를 토닥였다.

“아인아, 저기 눈 오네. 눈 오는 거 보이지?”

“눈?”

“그래, 눈. 그래서 오늘 아인이 못 나간 거야. 정말 하얗지?”

이 몸으로 날이 좋다 해서 나갔겠냐만 나는 괜히 눈 탓으로 핑계를 댔다. 아이들은 잘 속아서 더 귀엽다. 아인이가 고개를 끄덕이는 움직임이 등으로 느껴져 나는 오늘 한 번도 넘치다 싶던 웃음을 두 번이나 지었다.

“아인아, 아인이 엄마도 눈 오는 거 되게 좋아했어.”

“엄마? 엄마아.”

“응. 지금 엄마 말고 아인이 진짜 엄마. 아인이 낳아준 엄마 말이야.”

아직 못 알아들을 때라 이렇게 편히 말할 수 있는 것도 얼마 남지 않았다. 아이가 무럭무럭 크는 건 경사고 기쁨일 텐데 나한테는 꼭 그렇지만도 않았다.

“……아인이 엄마 이름은 윤시아야. 이모 이름이랑 비슷하지?”

이 아까운 시간이 지나면 또 언제 마음껏 시아의 이야기를 해줄 수 있을까.

우리 아인이에게 적당한 시간을 기다리려면 얼마나 훌쩍 시간이 흐른 뒤일지 모르니 지금의 한마디도 소중했다.

"아인아, 네 엄마가 눈을 얼마나 좋아했냐면……."

이준과 함께 있을 때처럼, 나는 아인이에게 한 음절 한 음절 공을 들였다.

「이준이 혼자 저거 다 치우네. 아우, 쟤 왜 저래. 집도 없나? 왜 남의 집에서 저래?」

「네가 데려와놓곤.」

폭설이 쏟아지던 날, 눈 오는 창가에 나와 시아가 이렇게 붙어 있었다. 이름난 호구 서이준이 마당에 쌓인 눈을 치우자며 권유했지만 우리 자매는 냉정하게 사양했다. 그래놓고도 비웃는 척, 둘 다 창가에서 떨어질 줄을 몰랐다. 제 욕을 하는지도 모르는 이준이 창으로 눈을 던지자 나는 정면으로 맞은 것처럼 얼굴이 찼다.

「언니, 언니는 나가봐. 재밌겠다.」

「싫어.」

냉정하게 잘랐지만 나가보고 싶은 게 당연했다. 나가서 서이준이 눈을 한 번 던지면 나는 두 번 세 번 던져주고 그 유치한 싸움에 동참하고 싶었다. 시아도 가고 싶겠지. 말은 이래도 나가고 싶겠지. 이준이 웃을 때마다 입안을 깨물며 버텼다.

"……시아는 지금 아인이처럼 눈 오면 하루 종일 창가에서 살았어. 응? 자네?"

내가 창밖의 눈을 보고 옛 생각에 잠기는 동안 우리 아인이는 기척이 없었다. 이제 눕혀야지 하면서도 나야말로 창가에서 발을 떼지 못했다. 다리가 저린 것도, 팔이 후들거리는 것도 모두 잊고 하얀 눈에 홀려 있다가 순식간에 등이 축축하게 젖어들었다.

"흐으응. 우욱."

"아인아? 아인아!"

가슴이 밑바닥 끝까지 내려앉았다. 바로 아인이를 돌리자 먹은 것을 모두 게워내고도 계속해서 구역질을 해댔다. 그럴 때마다 작은 몸뚱이가 덩달아 들썩거렸다.

"아……, 아인아. 왜 이래! 응? 일어나봐."

손등을 얼굴에 대어보아도 여전히 더 뜨겁게 느껴지는 건 내 손 쪽이었다. 나는 허기진 사람처럼 얼굴을 가져다 대고 이마를 맞대었다. 그런데도 모르겠다. 정말로 눈앞이 하얘졌다.

"아인아! 눈 떠봐. 응? 이모잖아!"

"으응……."

화장실로 달려가 수건에 찬물을 적셔 아인이의 얼굴을 닦아냈다. 한 번 닦고 뺨을 대어보다 두 번 반복하고, 그다음에는 누구 얼굴을 닦는지도 모르게 얼굴을 붙여놓고 숨을 참았다.

"아인아아."

손이 벌벌 떨렸다. 나는 천하의 무능한 사람이 되어버렸다. 충전해둔 휴대전화를 가지고 오는 사이에도 혼자 눕혀놓지 못해 아인이를 안고 달렸다. 이 조그만 아이에게 내 눈이 1초라도 닿지 않으면 아인이보다 내가 더 무서웠다.

"엄마, 엄마. 아냐. 119. 아니. 그게 아니고……."

보기에도 불안정한 손가락이 키패드 어느 한 군데에서도 머물지 못했다. 속초에 있을 엄마에게는 지금 전화해도 할 수 있는 게 없다. 바로 119가 떠올랐지만 그보다 더 먼저 떠오르는 사람에 손 떨림이 완전히 멎었다. 머리가 시키기도 전에 이미 내 손이 먼저 움직여 이준을 불러댔다.

"……이준아. 서이준. 전화 좀 받아."

체면이고 자존심이고 부끄러울 것도 없었다. 지금 벌거벗고 뛰쳐나간대도 그게 대수일까, 힘없이 눈을 뜨려다 마는 아인이를 부둥켜안고 전화에 매달렸다.

– ……시은이니?

"이준아! 난데! 그러니까 지금, 어, 나 어떡해……."

– 너 무슨 일이야?

조금은 음울하게 깔려 있던 이준의 목소리가 대번에 돌변했다. 전화 속으로나마 그의 서두르는 움직임이 다급한 숨소리로 전해졌다. 내게서 나오는 말 역시 침착함 같은 건 전혀 없다.

"아인이가 아파. 이준아, 아인이가 많이 아픈데…… 왜 아픈지 모르겠어. 아인이가……."

– 집이지?

"왜 아픈지, 진짜…… 아픈데 얼마나 아픈 건지……."

– 괜찮아. 나오지 말고 거기 있어.

이제 이준의 목소리 대신 사장님 하며 그를 불러대는 소리와 댕그렁 문이 닫히는 소리만 수화기에서 맴돌았다. 끊긴 건지 아닌지도 모르는 전화를 생명줄처럼 움켜잡고, 나는 아인이의 작은 가슴으로 머리를 숙였다.

part 14

미안해

병원으로 가는 짐을 꾸리는 건 언제나 내 몫이었다. 미리 정해둔 검사가 아니라 갑작스레 병원에 가는 일은 대부분 좋지 못한 일이었다.

「시은아, 엄마랑 아빠 지금 나가니까 좀 있다가 짐 챙겨서…….」

「응. 걱정하지 마.」

같이 달려 나가고 싶은 조급함을 나는 짐을 싸는 것으로 대신했다. 속옷은 아래 칸에, 컵은 종류별로 두 개 정도, 언제 어떻게 나갈지 몰라 엄마는 늘 같은 자리에 시아의 물건을 챙겨두었다. 내 몸뚱이만큼 커다란 검은 가방을 들고 택시를 기다릴 때면, 부디 이대로 열어볼 일 없이 집에 돌아오기를 기도했다.

그러나 대부분은 짐가방을 모두 비워내고도 병원에서 나눠주는 정 안 가는 물품들로 다시 채워 돌아왔다. 나는 원하지도 않는 기념품을 지긋지긋해했지만, 시아는 이번에도 이겨내고 얻은 전리품이라며 침대에다 색색의 알약을 꽃처럼 흩뿌렸다.

"……아인아, 제발."

하지만 이번에는 내 머리나 마음이 제 구실을 못 하고 있었다. 구태여 필요한 물건을 챙기고 싶지도 않았다. 뭘 그렇게 좋은 델 간다고, 우리 아인이 물건은 그 어떤 것이든 병원 문턱에도 가져가고 싶지 않았다. 급한 대로 점퍼만 간신히 입혀놓고 나는 차마 흔들지 못하는 아이 대신 양옆 방바닥을 문질렀다.

"삼촌 오실 거야. 아인이 좋아하는 이준이 삼촌 올 거야. 아인이도 누군지 알지?"

시아를 닮은 귓가에 속삭이며 땀에 전 머리를 걷었다. 내 손을 대고는 뜨거운 줄 몰랐던 이마며 뺨이 이제는 발갛게 익어 있었다. 어쩌면 이걸 못 봤을까. 이 미련한 마음을 어쩌지 못해 나는 떨리는 손을 맞잡았다.

"아, 왔나 봐. 이준이 삼촌 왔어, 아인아!"

커튼 너머로 헤드라이트 불빛이 보였다. 그대로 아인이를 안아 일으키며 나는 한마디라도 더 걸고 싶어 안달이 났다. 이준은 집 안에서 기다리라고 했지만 어불성설이었다.

"이제 됐어, 아인아. 아인이 괜찮아."

귀를 엘 듯한 바람에 차라리 살 것 같았다. 꽁꽁 싸맨 아인이를 안아 들고 대문을 열자 무릎 아래까지 눈에 푹푹 파묻혔다. 저 멀리 세워놓은 이준의 차를 향해 달려가는 험한 길이 끝도 없이 길었다.

"왜 나왔어! 안에 있으랬잖아. 눈 쌓여서 차가 집 앞까지는……."

"이준아, 우리 아인이가…… 아, 나 어떡해."

"……."

"나 전화 안 하려고 했는데……. 내가 정말 어떻게든 너 안 보고 참아보려고 했거든……. 그런데 우리 아인이 어떡해. 응?"

나도 내가 무슨 말을 하는지 몰랐다. 의사도 아닌 이준에게 애 좀 보라며 내미는 손이 사시나무처럼 떨렸다. 이준은 그대로 아인이를 안아 안정된 자세로 받쳐 들었다. 잠시 얼굴을 확인해보더니 기다란 한숨과 함께 눈을 꼭 감고 아이와 뺨을 맞댔다.

"하아, 일단 가자. 차에 타."

"어, 갈 거야. 가야지. 병원에 가려고…… 가려고 나왔어."

"……네 옷은? 옷이 그게 뭐야."

"어?"

이준의 눈을 따라가다 보니 몸이 휑했다. 아인이가 게워놓은 얇은 면 원피스 하나가 벌써 눈의 무게를 이기지 못해 젖어들고 있었다.

"아, 옷 괜찮아. 나는 안 추워. 이 정도는 괜찮아."

"……이러지 좀 마, 제발."

그가 기어이 자신의 점퍼를 벗어냈다. 어깨에 두른 그의 옷도 든든한 겨울옷이라고 할 수는 없었다. 앞뒤 구분 못하는 사람은 나 하나가 아니었을지도 모른다.

"나 옷이 지금 지저분해서……."

"윤시은, 지금 아니라도 나 화낼 시간 충분히 많아."

"……."

"출발하자. 오면서 전화해봤는데 어린이 응급실이 있대. 넌 아인이만 꼭 안고 있어."

나를 떠밀듯 뒷좌석에 밀어넣은 그가 꼭 안고 있던 아인이를 넘겨주었다. 본능처럼 받아놓고도 덜덜 떨리는 손 위로 그때처럼 이준의 손이 덮였다.

"괜찮아. 괜찮을 거야."

"정말? 정말 그렇게 생각해? 네가 보니까 그래?"

"당연하지."

나는 겨우 그 한마디에 안도할 만큼 그에게 매달렸다. 이미 이보다 더 오래전부터 그러고 있었는지도 모른다. 앞좌석으로 돌아간 이준은 몸이 덜컹거릴 만큼 속력을 냈다. 아인이를 보느라 앞을 보지 못했지만 차는 한 번도 멈추지 않았다. 속도가 조금 느려진다 싶을 때에는 급하게 차가 반대 방향으로 돌아섰다.

"눈도 많이 오고 해서 돌아가야 할 거 같아. 그래도 금방 갈 거야."

"……응."

아인이는 자는 듯 눈을 뜨지 않았다. 집에 있을 때만 해도 이름을 부르면 미약하나마 속눈썹이 바르르 떨리더니 지금은 아예 미동도 없다. 어리석은 짓인 줄 알면서도 나는 손목을 붙잡아보고, 가슴에 귀를 대고, 그렇게 최악의 불안함을 달랬다. 남들에게 그 흔하다는 감기도 내게는 한 번도 그냥 감기였던 적 없다. 우리 식구들은 시아의 기침

소리 하나에도 하던 일을 멈추고 가슴을 졸였다.

"아니, 나는…… 그러니까. 나는……."

아인이가 눈을 감고 있으니 내 말은 들어줄 이를 찾다 앞자리로 흘렀다. 이준이 들어주어도 좋고 아니어도 어쩔 수 없다. 말이 많은 것도 아니면서 당장에 말을 하지 않으면 가슴이라도 쳐내고 싶을 만큼 뜨거운 것이 고여 있었다.

"진짜 몰라서…… 몰랐어, 정말."

"시은아."

이준이 돌아본다 싶더니 다시 운전대를 잡았다. 겨우 아이를 붙들고 앉아 있는 게 다라지만 나는 숨이 가빠지고 있었다.

"아까 놀아달라고…… 아아, 놀아달라고 왔는데. 내가 못 그랬어."

"……."

"밥을 안 먹는다고 해서…… 나는 그냥 입맛이 없나 보다고……. 내가 그러니까 아인이도 그냥 그런 줄 알고. 분명히 만져봤는데…… 나는 뜨거운 것도 모르고……."

눈이 잠깐 흐릿했다. 정신을 차리려고 얼굴을 흔들자 지끈거리는 통증이 나를 일깨웠다. 뭐든 정신만 들게 해준다면 아무런 상관이 없었다.

"아인이가 원래 그렇게…… 투정을 부리는 애가 아닌데. 엄마라면 알았을 텐데 나는……."

"시은아, 그만."

"미안해. 운전하는데 나는."

"내가 안 되겠어서 그래."

이준이 숨을 크게 들이켜는 소리가 들렸다. 계속 정면을 보면서도 주먹으로 작게 핸들을 내리쳤다.

"지금은 내가 차를 멈출 수가 없잖아. 너한테 해줄 수 있는 게 없어."

"……."

"시은아, 우리 아인이는 괜찮아."

"으응."

집에서 예상했던 대로 내 상처는 오직 이준에게 달려 있었다. 이준의 따스해진 음성 하나에 나는 가슴을 억누른 무거운 돌덩이 대신 아인이의 손을 얹었다. 내 단추를 만지작대거나 어설프게 핀을 꽂아주려던 아이의 헛손질이 그리워, 나는 도착할 때까지 입을 막았다.

"이리 줘."

차에 태울 때처럼 이준은 뒷문을 열자마자 아인이부터 받아 안았다. 다리를 밖으로 내리자 내팽개친 듯 삐뚜름한 주차선이 내 마음만 같다. 어떻게든 이준을 놓치지 않으려 나는 있는 힘껏 그의 뒤를 쫓았다.

"아……."

"정신 차려, 윤시은."

안 맡은 지 오래된 병원 냄새는 한 모금의 후각에도 강하게 옛 기억을 불러왔다. 입구에서 망설이는 나를 이준의 손이 돌아와 잡아챘다. 한 손으로 아인이를 안고 다른 손으로 나를 끄는 이준은 겪어본 그 어떤 순간보다 남자같이 느껴졌다.

"전화했었는데, 아기가 열이 많이 나서요."

"보자, 여기 눕혀보세요."

하얀 시트 위에 눕자 아인이는 더 창백해 보였다. 그럼에도 달아오른 열기가 선명해 나는 그 앞에 붙어 고개를 저었다.

"어머니, 이러시면 안 돼요. 애기 봐야죠."

"아……, 토하고. 아까 콧물도 났는데……."

"그건 의사 선생님한테 이야기하시구요. 일단 열부터 잴게요."

사무적인 태도의 간호사가 아인이와 내 사이를 벌려놓았다. 손끝이라도 잡고 싶어 다시 다가갔지만 이준에게 어깨를 붙잡혔다. 이를 악물었지만 힘이 얼마 없어 버텨내긴 무리였다.

"으음."

겨우 두 다리로 바닥을 디디고 서 있는 게 신기할 만큼 나는 모든 것이 느려졌다. 머리로 무얼 해야 한다 생각하고도 손이나 말은 엉키고 엉켜 단번에 해내는 것이 없었다. 삑 소리와 함께 간호사가 체온계를 떼어내자 거기에 흠칫 정신줄을 붙잡았다.

"39.6도예요. 열이 높네요."

"네?"
"집에서 열 안 재어보셨어요?"
"아……."
죄인처럼 고개를 떨궜다. 손등을 몇 번 대보긴 했지만 내 손이 하도 뜨거운지라 아이의 열은 착각인 줄 알았다. 사무적인 간호사의 목소리로 열이 높다 하니 당장이라도 어찌 될까 훅 내쉬는 숨이 뜨거워졌다. 어깨를 파고드는 이준의 손가락이 강해지다가 나를 뒤로 밀어놓았다.
"그럼 저희는 이제 어떻게 하면 되나요?"
"일단 접수부터 하셔야죠. 저기 데스크 보이시죠? 저기서 접수부터 하셔야 해요. 그래야 선생님을 불러드릴 수가 있어서."
"하지만 우리 아인이가, 지금 바로 어떻게 좀……."
"그러니까 지금 접수를 하셔야 한다구요."
뒤에서 참지 못해 끼어든 내가 간호사의 제지에 숨을 연거푸 몰아쉬었다. 접수를 하라는데도 나는 그 야속함을 못 견뎌 아인이 얼굴이나 더 보고 싶었다. 이미 데스크로 달려간 이준이 다시 와서 나를 끌었다.
"시은아, 하란 대로 해야 돼, 여기선."
"어, 알아. 아는데…… 모르겠어. 내가 뭘 아는지."
"정신 차려. 아인이가 지금 누굴 믿고 있겠어? 윤시은 너야."
두 눈을 맞추고 흐르는 이준의 목소리는 낮지만 단호해 더 이상은 움직일 것 같지 않은 내 몸을 최면처럼 데스크

앞에 세워놓았다. 걸음걸음마다 다시 맡는 소독약 냄새에 진저리가 났다. 아픈 사람들이 가득한 이곳이 내게는 두 번 다시 오고 싶지 않던 전쟁터나 다름없었다. 저 커튼을 걷으면, 여기서 한 발을 더 내딛으면, 거기서 무엇을 볼지 몰라 심장이 뛰었다.

"아기 이름은요?"

"……아인, 아인이요."

"성까지 말씀을 해주셔야죠."

"아인 클라인. 독일인이에요."

무게감도 없던 이준의 손이 턱하니 어깨에 힘을 실었다. 형식적으로 자판을 치던 간호사가 이제야 얼굴을 들어 갸웃했다. 다시 들어보려는 표정이었다.

"독일이요? 독일은 가만…… 그럼 여기 스펠링하고 제대로 적어주시구요. 어머니 맞으시죠?"

"……."

"저기요, 아이 법적 보호자 맞으시냐구요!"

내가 완전히 넋을 놓았다 생각했는지 목소리가 커졌다. 알아듣지 못했다면 좋았겠지만 나는 입안이 녹아버린 듯 모든 것이 물컹했다. 머리에서 목을 타고 내리는 기다란 땀 한 방울이 이대로 내 몸을 가르는 기분이었다.

"법적으로 보호자가 꼭 있어야 해요! 엄마 아니세요?"

"시은아! 왜 그래?"

"……음."

"빨리 접수하셔야죠!"

"이모예요."

"……."

"제가 아인이 이모예요."

말이 제대로 나왔을까.

이 순간에 단순히 내 거짓말이 부끄러워 그러는 게 아니었다. 이준에 대한 일도 나중이다. 병원에 들어설 때부터 나는 이미 정상이 아니라, 간호사의 채근에 간신히 버티던 다리에도 힘이 풀리고 있었다. 이준은 여전히 내 어깨를 받쳤지만 이명처럼 울리는 귓가에도 그의 숨소리가 달라진 정도는 선명하게 들려왔다.

"아니, 이모는 안 되는데. 아이 엄마나 아빠 없어요? 엄마는요? 전화 안 해보셨어요?"

"엄마가…… 없어요."

"여기 안 계시다구요?"

찐득하게 배어나온 땀이 뱀처럼 이곳저곳을 구불거리며 나를 괴롭히는 거라 생각했다. 눈물을 흘려본 지 하도 오래라 그 느낌을 잊었다.

"아인이 엄마가…… 우리 시아가…… 아아, 이 세상에 없어요."

눈가에 촛농처럼 흐르는 화끈한 감촉도 모두 땀일 거라고, 나는 이준의 손을 떼어냈다. 무슨 말을 할지 모르는 간호사 앞에서 데스크에 매달려 고개를 저었다.

"우리 시아가 있으면…… 흐흑, 정말 좋을 텐데…… 아…… 없어요. 진짜로 멀리 가버렸어요. 흐으윽, 아인이한테 저밖에 없어요. 그러니까…….”

“…….”

“우리 아인이는 살려주세요. 우리 아인이까지 없으면…… 흐윽, 저 진짜 죽어요.”

거기까지 기억했다. 다시 눈을 떴을 땐 정 안 가는 흰색 천장이 여기가 병원임을 알려주었다. 내가 왜 누워 있나, 그러다가 팔을 찌른 바늘의 통증에 다시 누웠다. 기억하는 몸과 지금의 몸이 확실히 다른 걸 보면 내 상태가 얼마나 엉망이었는지 알 만했다.

“…….”

“일어났어?”

문이 열리더니 이준이 들어섰다. 이게 어디까지가 꿈인지 모르던 것도 그의 등장으로 끝이 났다. 번뜩이는 생각에 바로 바늘을 뽑아내려 테이프를 뜯어냈다. 몸을 완전히 일으키자마자 순간적으로 치미는 구역질도 무시했다.

“너 미쳤어? 다시 누워.”

“아인이는? 이준아, 우리 아인이는?”

“…….”

“아인이 어떠냐고?”

말로는 말려질 상황이 아니다 싶었는지 이준이 먼저 와서 내 손목을 눌렀다. 엉성하나마 테이프를 제자리에 붙여

놓고 맞은편 침대의 커튼을 걷었다. 거기에 우리 아인이가 누워 있었다.

"아……."

"아인이 괜찮아. 이제 보이지?"

"어, 음."

이제야 내 세상이 정상으로 돌아왔다. 이준의 말이 아니더라도 아인이는 정말 괜찮았다. 누워 있다지만 그 모습부터가 어제와는 확연히 달랐다. 기운 없이 팔다리를 축 늘어트리지도 않고 저 자던 버릇대로 엎드린 채 입술을 오물거렸다.

"왜 일어나?"

"그래도 한번 보게."

이준이 링거줄을 정리해 내 옆에서 부축했다. 걸을 힘 정도야 충분히 있지만 굳이 뿌리치지도 못했다. 난 아직도 서이준이 좋으니 비겁하지만 어쩔 수가 없다. 이제 모든 것이 끝나 이렇게 이준의 어깨에 기대는 정당한 기회도 마지막이다. 전처럼 다정하지는 않아도 아인이의 앞에 선 이준은 차분했다.

"감기래. 새벽에 열 많이 내려서 오늘은 퇴원해도 된대."

"어…… 그래."

"아이들은 원래 이유 없이도 한 번씩 그렇대. 너 때문이 아니야."

혈색이 돌아온 아인이의 뺨을 쓸었다. 손가락이 입가로 다가가자 오물거리던 입술이 젖이라도 빠는 것처럼 쪽쪽

댔다. 아, 다시 눈이 흐려졌다.

"……."

"일어나셨네. 들어갑니다. 어디 한번 볼까요?"

"아, 네."

노크와 함께 나이 지긋한 의사가 병실에 들어섰다. 빙긋 웃는 모습이 어쩐지 부끄러워 고개를 숙이자 입고 있던 헐렁한 환자복이 눈에 들어왔다. 과연 이건 또 누가 갈아입혔을까. 차라리 의사를 보고 있는 게 나을 것 같다.

"아이 보셨죠? 열은 거의 내렸어요. 당분간 조심해야 하지만 크게 걱정할 것도 없어요."

"정말요? 하지만……."

어디 하나라도 놓치는 데가 있을까 눈으로 샅샅이 훑었다. 링거줄을 따라 바늘이 꽂힌 아인이의 팔목은 사각 테이프 위로도 멍 자국이 번져 있었다. 기껏 내려놓은 마음이 다시 쿵 바닥을 굴렀다.

"얼굴이 너무 핼쑥해서…… 여기서 며칠 더 지켜봐야 하는 거 아닌지."

"안 먹고 토했으니 당연한 거죠. 집에 가서 맛있는 거 먹고 하면 아이들은 금방 토실토실 살 올라요."

"……."

"그래, 더 물어볼 건 없어요?"

놀리는 말투였다. 나를 유난 한번 제대로 떠는 초보 엄마로 대하는 의사의 눈빛이 장난스레 변했다.

"걱정이 너무 많으셔서 안 되겠네. 이제 다 됐죠?"

"……심장은요?"

"에? 감기 가지고 무슨 심장을."

"심장은 괜찮아요? 우리 아인이 심장은…… 괜찮은 거 맞아요?"

말꼬리가 흐려지면서도 의사의 앞에서 물러서지 않았다. 별걸 다 묻는다 생각하는 의사의 얼굴이 영문을 모르는지 간호사를 힐끗 돌아보았다. 억지스레 그 앞에서 버티는 내 대신 이준이 의사를 향해 공손한 재촉을 했다.

"선생님, 괜찮은 거 맞습니까?"

"어, 뭐……. 보자. 자세한 검사는 모르지만 뭐…… 보자. 괜찮네요. 소리가 아주 좋네."

"아……, 다행이다, 진짜. 진짜 너무 다행이라서……."

"아이고, 엄마가 겨우 감기 하나에도 절절매네. 그러면 안 되는데. 아빠가 어제처럼 고생 좀 하셔야지."

"……."

이준에게 힘내라는 듯 고개를 끄덕인 의사가 사라지자 나는 무릎을 꿇다시피 침대 맡으로 주저앉았다.

"아인아."

우리 아인이는 정말 괜찮다. 시아와는 다르다. 청진기를 든 의사의 얼굴을 확실히 새겨두었다. 예전 시아 때처럼 갸웃대거나 어렵사리 말을 꺼내지 않고 자신만만하게 나를 놀려댔다. 얻을 게 뭐 있다고, 의사가 나한테 거짓말을 할 이유가 없다.

"아아."

"윤시은, 너 나한테 할 말 없어?"

이준이 몸을 숙여 나를 일으켰다. 이제야 그가 여기 있다는 당혹스러운 사실을 실감한다. 이미 모든 것을 다 알 텐데도 이준은 꿋꿋하게 그 자리를 지켰다.

"……."

서로가 침묵을 지키다 그의 한숨에 앞머리가 살짝 흩날렸다. 겨울 매서운 바람과는 천지차이다.

"아냐. 일단은 시은이 너 몸부터……."

"이준아……. 우리 시아가 이제 없어. 죽었어."

이제는 눈가에 시큰하고 뜨거운 것이 무엇인지 똑바로 안다. 이준이 곧은 팔로 끌어안자 그의 품 안에서 숨이 막혔다.

"진짜?"

"응……. 진짜. 진짜 갔어. 그만큼 가지 말랬는데 가버렸어. 으흐흑."

기어코 눈물이 터져 나왔다. 시아의 마지막 순간부터 참고 있던 눈물이었다. 담담한 척 어설프게 참아오던 슬픔이 둑이 터진 듯 흘러나왔다. 어디가 끝인지도 모른 채 눈물이 후두둑 그의 옷깃을 적셨다.

"흐윽, 아인이 낳고. 우리 아인이 낳고 많이 보지도 못했는데……."

"……그랬구나."

"그런데 갔어. 나한테 울지 말래놓고. 아아…… 뭐가 좋다고 웃으면서…… 흐윽, 그렇게 가버렸어. 으으음."

목소리는 잠겨 있었지만 등을 토닥이는 손만은 서이준티를 내며 다정했다. 이마에 닿은 단단한 어깨를 옆으로 문지르다 결국은 뜨거운 울음에 모든 움직임을 놓아버렸다. 엉엉 소리가 커질수록 이준은 더 거세게 나를 감쌌다. 아인이가 깰 정도로 시끄러운 소리에도 흔들림이 없던 이준은 문밖의 노크 소리까지 더해지자 잠시 몸을 물렸다.

"……아니. 밖에서 들으니까…… 혹시 무슨 일 있으신 거면."

"아닙니다."

간호사가 무안할 만큼 덜커덩 문을 잠가버리는 소리가 선명했다. 한 걸음에 성큼 돌아온 그가 나를 더 세게 껴안았다.

"마저 울어."

흐으윽, 입술을 깨물고 그의 품을 기다리던 울음이 다시 길고 길게 쏟아져 내렸다.

엄마와 이모는 병원 복도가 다 울릴 만큼 요란하게 달려왔다. 이미 링거도 뽑아내고 아인이의 몸이며 손발을 닦아주던 차였지만 나는 고개를 숙인 채 부은 눈을 감췄다. 일부러 그런 건 아닐 텐데 엄마가 떠날 때나 올 때나 내 퉁퉁 부은 얼굴만은 그대로였다.

"엄마. 이모."

"이게 웬일이야! 괜찮대? 진짜 괜찮은 거 맞아?"

"어, 괜찮대. 열도 이제 다 내렸대."

"아이구, 우리 아인이 보자. 내 새끼. 우리 강아지 얼굴이 반쪽이 됐네."

엄마가 아인이를 안아 올려 열부터 살폈다. 이쪽저쪽 귀 뒤까지 샅샅이 다 살펴보는 걸 보니 내가 할 말은 아니지만 엄마도 유난은 유난이었다.

"한 며칠 입원해야 하는 거 아니래?"

"아니래두. 이제 간호사 한 번만 더 왔다 가면 퇴원한대."

"그래, 다행이다. 참, 정규한테 우리 왔다고 전화해줘야지."

이모가 정규 오빠에게 전화를 걸 동안 엄마는 아인이를 안은 채로 내게 고개를 들이밀었다. 왜 또 이러실까. 몸을 틀어 침대 맡을 정리하는 척했지만 엄마의 고개는 집요하게 내가 가는 방향을 좇았다.

"우리 딸 얼굴 좀 보자. 장한 일 했는데 한번 봐야지."

"하지 마."

"아이구, 아이구, 윤시은 아주 큰일 치렀네."

"……뭐야."

이모까지 전화를 끊고 가세하기 전에 나는 화장실로 냅다 도망쳤다. 찬물로 세수를 하고 앞머리를 흩트리자 부어오른 눈두덩이 조금은 감춰졌다.

"하……."

이준의 품에서 얼마나 울었는지, 몸에 수분이 다 빠져버린 것 같다. 내가 그렇게 큰 소리로 울 수 있다는 것을 서른하나가 되어 처음 알았다. 나 혼자서는 평생을 몰랐을 내 일이 누군가와 같이 있을 때 알게 된다는 것이 아리송하다.

"너 뭐 해? 안 나와? 아인이 일어났는데."

"응. 나갈게."

아직은 머리가 지끈거린다. 어떻게 또 눈썰미 좋고 말 많은 아줌마들을 뿌리칠까 고민했는데 마침 우리 아인이가 일어나줬다. 예쁜 것. 그 힘든 고비를 치르고 나니 이제 아인이만 괜찮으면 평생 업고 살아도 좋을 듯싶다.

"엄마아!"

“응, 우리 아인이 일어났네!”

하지만 알고 있다. 우리 아인이가 제 엄마를 닮았다면 아마 10년이 채 지나기 전에 이성에 눈뜰 것이다. 반에서 제일 잘생긴 남자애를 첫날에 찍어뒀다가 비밀 일기장을 조심스레 열 것이다. 내가 업자며 등을 내밀기도 전에 입술을 삐죽이며 딴청을 부릴지도 모른다.

“아인이 뽀뽀!”

“응!”

그래서 아인이가 먼저 손을 내미는 지금이 내게는 가장 행복하고 소중했다. 엄마나 이모가 수군대는 것을 가볍게 무시하고는 아인이를 꼭 껴안았다.

“시은이 애먹었네.”

“그런 거 아니에요, 이모.”

“네 얼굴이 아인이보다 더 홀쭉해졌어. 밥은 먹었니?”

“네. 그냥 뭐.”

민망해서 등을 돌리고 웃기만 하자 아줌마들은 또 그걸 두고 쑥덕거렸다. 차라리 집에 가고 나서 부를걸. 하여튼 병원에 사람 많이 와서 좋은 꼴을 못 봤다.

“그나저나 이준이는? 이준이 어디 갔어?”

“응?”

“전화로는 여기 있댔는데. 철모르는 애들 데리고 혼자 고생 다 시켰으니 고기라도 사 먹여야지.”

“…….”

이준의 이름만 들었을 뿐인데 이제는 말라버린 눈가가

화끈거렸다. 아인이가 보기에도 이상하다 싶은지 조막만 한 손으로 발간 눈가를 꾹꾹 눌렀다.

"이준이가 누구? 아아, 걔!"

"응. 걔."

"걔가 아직 있었구나. 고생했네!"

"그러니까. 걔가 참 괜찮지."

"안 그래도 언니 걔 얘기 많이 했잖아."

대충 들어보니 이준은 엄마와 이모 사이에서 '걔'로 통하고 있었다. 그 한 음절로 통일을 하기까지 뒤에서 얼마나 많은 정보와 이야기가 오갔을까 생각만 해도 머리가 지끈했다. 부디 이준이 오기 전에 두 사람을 떼어낼 방법이 없나 열심히 머리를 굴렸다. 생각이란 걸 할 수 없을 만큼 많이 울고도 머리는 오히려 쌩쌩 더 잘 돌아가니 이것도 신기하다.

"아인아, 어! 어머니 오셨어요?"

"아유, 이준아!"

엄마가 이준의 두 손을 잡아놓고도 뒤로 다가온 이모에게 팔꿈치로 쿡 찔러댔다. 얘가 바로 걔라는 신호였다.

"나 시은이 이모야. 고생 많았어요! 애들이 신세를 크게 졌네!"

"안녕하세요, 이모님. 처음 뵙겠습니다."

"아유, 인물이 좋네. 카페 크게 한다며?"

"얘는 참, 처음 보는데 그런 소릴 왜 하니? 이준아, 신경 쓰지 마."

"언니가 실컷 다 말해놓고선.

"하하, 전 괜찮은데…… 그게."

이준이 두 아줌마 사이에 끼어 어쩔 줄을 모르는 동안 나는 야무지게 아인이의 머리를 묶어주었다. 나만 해도 눈이 따가운 판에 이준을 도와줄 여력이 없다. 그렇게 쏟아내듯 운 뒤 어느 순간 스르르 사라진 남자라, 다시 보는 지금이 우리가 재회했던 교문 앞 그날보다 더 쑥스러웠다. 입이 안 떨어지는 것도 그 때문이다.

"주나!"

"응?"

"엄마! 이주니!"

이준이 들어서던 순간부터 제 차례를 기다리며 들썩이던 아인이가 손가락을 들며 소리를 질렀다. 모두 이준을 부르는 소리란 걸 알고 웃음을 터트렸지만 나와 이준은 웃는 시늉도 못 하고 입을 다물었다. 내 옆으로 다가와 아인이의 머리를 쓰다듬는 손에서, 그 역시 어색해하는 속마음이 엿보였다. 귀 따가운 아줌마들의 수다가, 있으니 성가시고 없으니 아쉬운 순간이었다.

"아인이 쟤 봐. 이준이 이름 막 부르네, 아주! 그러면 안 되는 거야."

"아니에요. 저는 좋아요. 아인이 삼촌 이름도 알아? 우와아."

"히이."

칭찬에 입이 함지박만 해지는 아인이가 이준에게 대뜸

안겼다. 이모가 서운하다 할 만큼 도도하게 굴던 애라 이번에는 나도 놀랐다. 아인이는 아프고 나서 어딘가 좀 적극적이었다. 저도 여자라고 뭔가 결정적 순간이 지나가니 수줍음을 버리기로 한 모양이다.

"참, 이준이 너 어디 갔다 왔어? 여기 없길래 카페 갔나 했지."

"아, 그게 참……."

이준이 들고 있던 종이가방을 내밀었다. 나는 이준의 존재 자체에 고개를 돌리고 있느라 그런 게 있는 줄도 몰랐다.

"아인이 옷 갈아입고 가야 할 거 같아서요. 어제 너무 급하게 나와서."

"어머머, 정말?"

"요기 앞에서 샀어요. 그렇게 비싼 건 아닌데 저도 여자 옷은 잘 몰라서."

"얘는. 아인이가 무슨 여자야."

엄마와 이모가 별 웃기지도 않은 농담에 서로의 팔을 때리며 웃었다. 그만 좀 하라 눈치를 줄 수도 없어 최대한 아무렇지 않게 엄마를 쳐다보았다.

"엄마, 나 이제 아인이랑 옷 좀 갈아입을게."

"어, 그럴래? 나가서 수납이나 해야겠다. 옷 갈아입고 나와."

엄마와 이모가 들어오던 순간처럼 순식간에 사라지자 마지막에 이준이 뒷머리를 쓸며 문가에서 잠시 버텼다. 나는 환자복 단추를 만지작대며 시야를 벗어난 흐릿한 음영으로만 그의 존재를 느끼고 있었다.

"……."

말을 걸면 어쩌지. 우리는 처음으로 돌아가버렸다. 할 거 볼 거 뒹굴 거 다 해본 사이에도 말 한마디가 떨려 침을 삼키자 어느새 철커덩 문이 닫히는 소리가 났다. 더 어색해지기 전에 다행이라 여기면서도 종이가방을 뒤적이는 내 손은 허전해졌다.

"아, 아인아. 이거 봐!"

핑크색 원피스에 귀달이가 달린 털모자가 그 자체로도 깜찍했다. 얘가 또 호구 짓을 당하고 온 건 아닌가 반쯤 날을 세운 눈에도 흠을 잡을 수 없을 만큼 예뻤다. 목도리까지 세트로 줄줄이 나오는 걸 보니 분명히 어느 마네킹 하나가 이 겨울에 발가벗었을 테지만 우리 아인이는 벌써 입어 보고 싶어 안달이 났다.

"아인이 꺼!"

"알아, 아인이 거야."

"아인이 꺼! 엄마, 이거 아인이 꺼!"

성격도 급하지. 원피스의 지퍼를 내리자 아인이는 제가 먼저 두 발을 동시에 집어넣었다. 언제 아팠냐 싶게 방긋거리는 아이를 보니 내 마음이 다 환해졌다. 퇴원하는 아이가 입기에는 다소 과하다 싶을 정도였지만 내 눈에는 그래서 더 예뻤다. 핏기 없이 오직 두툼한 옷 하나에 파묻혀 가던 우리 시아와 달리 아인이는 이 병원에서 제일 화려하고 생기가 넘쳤다.

"으응. 이거 아인이 꺼."

"그래그래, 여기 목도리도 아인이 거."

언제 다 봤는지 제 건 귀신같이 챙겼다. 눈사람이 그려진 목도리를 둘러 감자 아인이는 정말이지 요정 같았다. 그러고도 뭐 더 없나 가방 안을 넘겨다보기에 내가 먼저 빈 가방을 보여주려다 있는 줄도 몰랐던 손수건 하나가 떨어졌다.

"아……."

"이거 엄마 꺼!"

"응, 그러네."

하얀 눈꽃이 은은하게 수놓인 손수건은 한눈에 보기에도 눈물을 닦기 좋게 생겼다. 욕심쟁이 아인이가 먼저 양보하기도 전에 이건 내 것이었다. 아인이가 얼른 받으라 내미는 손수건을 몇 번이나 주저하다 눈물도 없는 눈가에 가져갔다. 감정이 메마른 사람도 우는 시늉이라도 하고 싶게 만드는, 그런 손수건이었다.

"언니. 걔 너무 괜찮더라. 잘생긴 남자들 싹싹한 건 잘 못 봤는데 어쩌면 그렇게 잘하지? 우리 정규랑도 천지차이야."

"정규 정도면 됐지, 뭘."

"걔는 아직 애야, 언니. 이준이 걔는 딸 있으면 사위 삼고 싶겠다."

"그러니까. 어휴, 아까워."

그 딸이 차마 제 입으로는 말을 못 하고 창가에서 비비적대고 있는데 엄마와 이모의 눈에는 내가 보이질 않았다. 나는 나고 서이준은 서이준, 완전히 별개의 인물이다.

"그런데 한 번 갔다 왔댔나? 어쩌다가?"

"몰라. 여자만 남 좋은 일 했지 뭐."

"그러게. 나중에 얼마나 후회하려고."

그 모자란 여자만큼이나 제대로 후회하는 여자도 나였지만 나는 이번에도 두 사람 눈 밖이었다. 가만히 못 들은 체 목마를 타는 아인이 앞에서 무릎을 끌어안았다. 도대체 왜 저런 걸 마음대로 말하고 다닐까. 엄마가 야속하다. 독일에서 저 멀리 건넛집 개가 새끼를 몇 마리 낳았나 얘기하고 다닐 때에도 그러려니 했는데, 이준의 이야기가 되자 온 신경이 거기 쏠렸다.

"……."

부질없다. 바보가 아니니 이러면 안 된다는 정도는 다시 새길 필요도 없다. 내가 떠날 날은 착실히 다가오고 있고 그전에 우리는 헤어졌다. 그게 가장 힘들면서도 내가 어찌할 수 없는 부분이었다.

"참, 이준이 안 그래도 여기 불렀어. 그제도 시은이 몸 안 좋다고 식사도 변변히 못 하고 헤어져서 너 가져온 게장 좀 주려고."

"그래, 줘. 잘됐네. 안 그래도 언니네 다 못 먹고 가려나 했는데."

이준이 온다는 말에 귀가 번쩍 뜨였다. 나는 이틀간 이준을 피해 다니고 있었다. 거짓말을 그런 식으로 들킨 부끄러움도 그렇거니와 나란 인간은 어차피 그놈을 미워할 수가 없다. 지워낼 수도, 떨쳐낼 수도 없는 사람이 눈앞에 서고 말을 거는 괴로움이라는 건, 본능적인 슬픔을 건드렸다.

시아의 소식이 이준에게는 어땠을지.

나는 속이라곤 하나도 없어 내 코가 석 자인데, 바라보는 건 반듯한 이준의 콧날뿐이다. 내게 가슴 아픈 그 사실도 이준에게만은 어느 평범하고 흐릿한 첫사랑 이야기로 남으면 좋을 텐데.

"엄마! 아인이 바. 아인이 바바."

"……응. 보고 있어."

눈과 머리가 따로 놀았다. 우리가 완전히 끝났다는 걸 하루에 수십 번씩 상기하면서도, 이준에게 최근 가장 힘들고 아픈 일이 윤시아가 아닌 윤시은이길 바랐다. 나는 여전히 이기적이다. 서른하나가 되어도 바뀌지 않으니 아마 이건 평생 갈 성격이었다.

"시은아, 저기 반찬통 있으니까 게장 미리 좀 덜어놔. 넉넉하게."

"안 돼. 나 나가야 해."

"날도 이런데 갑자기 어딜? 너 그런 소리 없었잖아."

엄마야말로 이렇게 갑자기 이준이 온다는 소리는 없었다. 그 말만 해줬더라도 나는 서두르는 기색 없이 쥐도 새도 모르게 이 집을 빠져나갔을 것이다. 어제도 그제도 그런 식으로 이준에게서 멀찌감치 떨어졌다. 이 좁은 동네로 원을 그린다면 우리는 끝과 끝에 있었다.

「어머, 이준아. 시은이 자는데? 재가 왜 저렇게 빨리 자지? 몸 안 좋더니 아직도 그런가?」

「……괜찮아요. 아인이 보러 왔는데요 뭘.」

그제는 용케 도망을 쳤지만 어제는 그럴 시간도 없었다. 이준과 아슬아슬하게 스치기 직전에 2층 방으로 도망쳐 불을 껐다. 귀신이 무서운 아이처럼 이불에 파묻혀 이준의 소리가 사라지기를 기다렸다.

「…….」

우리 집 계단을 저렇게 묵직하게 밟고 오르는 사람은 이준뿐이다. 나는 불빛 하나 없는 방에서 이불을 뒤집어쓰고도, 내 방문 앞의 작은 숨소리에 넋을 잃었다. 내 숨을 죽여 그 소리에 집중할 만큼 또렷하고 나직했다. 두꺼운 문 하나를 사이에 두고도 아슬아슬한 판에 얼굴을 맞댄다면 숨이 막혀버릴 것이다. 이놈도 웃긴 게 며칠 전까지만 해도 엄마한테 신경을 쓰더니 우리가 퇴원하고는 그런 것도 없었다. 빚쟁이처럼 불쑥 찾아와 내 마음을 쪼아댔다.

"이준이 올 때 다 됐는데 보고 가지."

"아냐, 엄마. 이모 놀다 가세요."

그대로 일어나 점퍼를 집었다. 한번 아프고 난 후라 더 신경을 써야 했지만 지금은 몸보다는 마음이 우선이었다. 겨울답지 않게 눅눅한 공기를 밀쳐놓고 내 걸음은 바빠졌다. 내 몸이 가려질 만한 곳에서 몰래 이준을 훔쳐볼까 생각도 해봤지만 그건 너무 덜떨어진 짓이다.

나는 이미 지금도 충분히 바보 같은데, 여기서 더는 곤란했다.

"……가자, 가."

이럴 줄 알았으면 서울 구경도 조금은 아껴놓을 걸 그랬다. 이미 좋다는 데 다 가봤으니 더 볼 것도, 보고 싶은 데도 없다. 그나마 서울에서 내가 아는 가장 괜찮은 곳들은 전부 이 동네에 있다. 그렇게 판단하기에 옆에 꼭 붙어 지대한 공헌을 했던 남자가 지금은 없을 뿐이다.

"어서 오세요."

"음……, 아메리카노 한 잔이요."

가장 무난한 카페에 들어가 제일 무난한 메뉴를 시켰다. 1년 후쯤 모르고 또 들어온다면 와봤던 곳인지도 모를 만큼 무난한 장소다.

서이준도 그냥 이렇게 해놓았다면 좋았을 텐데. 이 정도만 되면 훗날 내가 그놈 가게인 줄도 까먹고 무심코 다시 들러 만날 수도 있었을 텐데.

"아……."

나는 무서운 저주에 걸렸다. 이제 이준을 볼 일도 없는데, 아니, 봐서는 안 되는데 눈앞의 모든 것에 이준을 생각했다. 독일에 돌아가 두꺼운 책 한 권을 넘길 때에도, 초콜릿 쿠키를 한입 베어 물 때에도 이준의 그림자가 따라다닐 것이다.

어쩌면 사무실 자판기 커피 한 잔에도 나는 울먹한 숨을 들이켤지도 모른다. 독일은 진짜 냉철한 곳이다. 내가 아무리 사장 죽은 부인의 언니라도 언제까지 그 자리를 지킬 수 있을지 장담을 못 한다. 아인이가 아플 때에는 눈앞이 하얗더니 지금은 눈앞이 깜깜했다.

– 윤시은, 너 왜 안 와! 이제 곧 비 오겠는데.

"어, 정말?"

– 너 어딘데? 집에나 와.

엄마는 전화를 받자마자 집으로 오라 채근했다. 이틀 집 비운 사이에 딸이고 손녀고 난리가 났으니 홀로 자신의 존재감을 막중해했다.

"저기, 엄마. 그런데."

– 응, 왜?

"어…… 이준이 갔어?"

– 응. 게장 받아서 갔어. 아인이도 너 나가고 바로 잠들어서 보지도 못했어.

아, 그랬구나. 그놈이라고 말 많은 아줌마 둘 사이에서 견디기는 힘들었겠지. 나랑 아인이처럼 젊고 열렬한 여자들이 있어줘야 저도 차라도 한 모금 들이켜며 흐뭇한 인기를 누렸을 것이다.

"근데 말이야, 혹시 이준이가……."

– 응.

"아냐. 나 이제 갈게. 커피 이것만 다 마시고 갈게."

– 비 올 거 같다니까. 우산 들고 나가?

"됐어. 그냥 주무세요. 내가 나올 때 봤는데 비 안 와."

허둥지둥 서둘러 전화를 끊고 무난한 카페를 나섰다. 거기서 몇 초 더 지났으면 나는 분명히 서이준이 내 이야기를 했는지 안 했는지 엄마에게 물어봤을 것이다. 엄마가 아무리 이준과 나를 별개의 인물로 생각한다지만 사람이 사람을 보는 눈은 한순간에도 달라질 수 있었다.

어느 미묘한 눈떨림 한 번에나 말 앞의 짧은 침묵 한 번에도 알아챌 수 있는 것이 사람을 향한 마음이다. 누군가는 그 마음을 사랑이라 한다지만, 나는 그것마저 묻어둬야 했다.

"……."

엄마의 말은 이준과 관련된 것만 제외하고는 전부 들어맞았다. 습한 공기가 예사롭지 않더니만 아직 절반도 못 갔는데 비가 후두둑 쏟아졌다. 보란 듯 점점 거세지는 빗줄기에 질려 나는 급한 대로 남의 가게 앞 처마로 몸을 피했다.

어쩌면 이러지. 이건 좀 너무한 거 아닌지.

하, 헛웃음이 다 나왔다. 그칠 기미는 조금도 없는 빗속에서 나는 좁은 공간을 파고들었다. 가게 앞에 소복이 쌓여 있던 눈이 빗방울에 녹는 걸 보니 내 입안이 다 싸했다. 한국에서 나는 성인 여자가 두 달간 겪을 만한 일을 모두 겪는 중이다. 첫사랑과 재회도 해보았고 그 사람과 다시 헤어졌다.

그래, 그 정도면 됐다.

그 끝이 매끄럽지 않다는 것을 제외하면 어느 소설에나 나올 법한 그런 일이다. 조금 아쉽다 싶은 마지막도 이것이 현실임을 감안해야 했다. 이제 내 남은 마음은 저 하얀 눈덩이처럼 여기서 전부 녹여내고 싶었다.

"윤시은, 왜 여기 있어."

"……."

검은 우산을 들고 온 사람이 내 앞에서 멈추고, 또 그 사람이 내 이름을 부르는 것은 소설 밖의 이야기였다. 이 정도로 단단한 눈은 빗방울이 아무리 거세도 쉽게 녹지 않는다.

"어…… 이준아."

내가 멍하게 입을 벌리는 동안 이준은 천천히 우산을 걷어냈다. 천막에 고여 있던 빗방울이 후두둑 그의 우산을 때리는 소리에 나는 퍼뜩 입을 다물었다.

"음, 여기 어떻게 왔어."

"너 가봤자 이 동네에 있을 테니까."

할 수만 있다면 그의 우산 끄트머리를 당겨 눈을 가려놓고 싶었다. 내가 내 입으로 무슨 말을 하게 될지 두려웠다. 하지만 이준은 내려오라는 말도 없이 계단 한 칸 아래에서 나를 올려다보았다. 하얀 입김을 뿜으며 내뱉는 한숨 소리는 어젯밤 문 앞에서 내쉬던 것과 같았다.

"나 집에 가던 중이었는데. 아, 그냥 다음에 봐도 될걸."

"다음에 언제?"

"……."

"나 피해서 도망 다닐 때? 아니면 자는 척할 때?"

"……내가 언제 자는 척을 했어?"

"나 너랑 자봤어, 윤시은."

내 진짜 모습을 안다는 그는 웃는 건지 화를 내는 건지 애매했다. 이놈은 늘 이렇게 애매하게 굴어 나를 헷갈리게 했다. 세상 쿨한 이혼남처럼 굴다가도 한순간에 나를 사람 마음을 가지고 노는 나쁜 여자로 만들기도 했다. 그래도 나는 후자가 백배는 더 나은지라 거기에 동참해 스스로 죄인인 양 수갑을 찼다.

"미안해, 시아 얘기 하지 못해서."

"……."

"그러려고 했던 게 아니었어. 진작 말했어야 했는데."

"넌 아직도 우리 이야기 할 준비는 안 됐니?"

그의 목소리는 비에 젖어 있었다. 우산을 들고 나를 찾았다지만 이미 엉망진창으로 젖어 있는 한쪽 팔을 보면 우산이 문제는 아니었다. 나는 안다. 사람이 사람을 좇는 구실은 무엇이든 될 수 있다. 예전 서이준이 놓아두고 간 연필 하나, 빈 연습장 한 권, 반쯤 먹은 우유 한 팩에도 나는 무작정 그를 좇은 적이 있었다. 이름도 안 부르고 그를 쫓아가 떡하니 내밀고 돌아설 때에도 아쉬움만 가득했다. 숨이 차오르는 건 그다음 일이다.

"일단 비는 피해야지. 우산 써."

"아……."

나라서 아는 거다. 오늘 그의 우산은 그때 그 연필 한 자루였다. 빈 연습장이며 반쯤 먹은 우유였다. 비가 아닌 눈이 왔다면, 그때에는 그것대로 다른 무언가를 들고 왔을 것이다. 나는 이제 그에게 내 존재가 그 모든 구차한 핑계를 감내할 만한 본질임을 깨달았다.

"시은아!"

아팠던 날보다 더 얼굴이 벌겋게 달아올라 무작정 달아났다. 한 방울이라도 피해보려 몸을 숨기던 것도 잊고 온몸으로 비를 맞으며 내달렸다. 어딜 가겠다는 것도 없다. 그 자리에 그대로 서 있었다간 가슴이 터져버릴 것 같았다. 내 그릇은 이제 말 한마디에도 금이 가기 직전이었다. 21일 저녁 8시 30분. 비행기가 뜨는 시간을 주문처럼 중얼거려본다.

"하아."

"너 정말 왜 이래! 퇴원한 지 얼마나 됐다고!"

독서실 바로 앞에서 그에게 따라잡혔다. 두어 번 내 옷자락을 무겁게 스치던 손이 기어이 내 앞을 가로막았다.

"시은아, 내가 그렇게 싫어?"

"어어?"

생각도 못 해본 황당한 질문에 그제야 그를 똑바로 바라보았다. 핑계뿐인 우산은 쓰나마나라 이제 이준의 앞머리에서도 물기가 뚝뚝 떨어졌다. 그가 내 머리 위로 우산을 씌워놓자 다른 모든 소리가 희미해졌다.

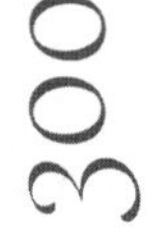

"봐, 아니잖아. 너 나 안 싫어하잖아."

"서이준."

"그래. 불편하면 너 혼자 써. 그냥 여기만 있어."

이준이 한 걸음을 물렸지만 그의 음성은 여전히 이 우산 안에 있었다. 내 말을 기다리는 듯한 그의 얼굴을 바라보다가 짧은 신음을 삼켰다. 병원에서 한차례 울음을 쏟아내고 나서는 이준이 가까이에만 있어도 눈가가 먼저 반응했다. 새콤한 것에 침이 고이는, 그보다 더한 본능 같은 것.

"……그런 게 아니라."

"괜찮아."

"아니. 이준아, 나는."

눈이고 입이고 내 마음대로 되는 데가 하나도 없는데 아이들이 우르르 쏟아져 나왔다. 독서실과 학원가가 이어진 골목을 순식간에 교복 입은 학생들이 점령했다. 비가 온다 투덜대고 어디 분식이 맛있다는 소리가 빗소리보다 더 커졌다. 서경고 교복을 입은 한 무리의 여학생들이 우리 쪽으로 다가서는 모습에 흠칫 놀라 몸을 돌렸다.

"가지 마, 윤시은!"

그가 커다랗게 내 이름을 부르자 곁에 선 여학생들 몇이 같이 돌아보았다. 약해진 빗발 속에서 이준의 가장자리가 흐릿했다.

"내가 너한테 화낼 시간이 많다고 했는데!"

뺨으로 뚝 떨어진 빗방울에 다시 우산을 고쳐 썼다. 그런데도 얼마 지나지 않아 다시 뺨 위로 후두둑 빗물이 흘렀다.

"생각해보니까 좋아한다는 말 할 시간은 늘 부족하더라!"

"……."

"그래서 아끼고 아끼다 보니 매번 늦었어."

이준은 진지했다. 그의 카페 3층에서처럼 어둡게 가라앉지도 않았다. 정면을 향한 고개가 빗줄기 속에서도 흔들림이 없었다.

"시은아, 나 너 애 엄마라도 좋아!"

웬일이야, 입을 가린 여학생들의 수다에 나는 한 손을 들어 눈부터 천천히 얼굴을 훑어냈다. 땀, 비, 눈물. 이 세 가지 모두 다인 듯하면서도 전부 아닐지도 몰랐다. 무엇이 됐든 겨우 피부에 닿는 것만으로도 가슴을 녹여버리는 것이 있을 리 없다.

"너 다시 만났을 때, 나도 놀랐어! 정말 뭐라고도 못 할 만큼 놀랐어. 말이라도 하고 싶은데 말도 잘 못했어! 말을 못 하니 카페에 너 데려와서 얼굴이라도 마음껏 보려고 했어. 난 도리나 그런 것도 잘 모르겠고, 딱 하루만 욕심내서 너 그렇게 잡아두고 싶더라."

"……."

"그런데 어느 순간 네가 혼자라고 하니까, 그다음부터는 생각이 안 나! 그날 내가 했던 말이 이상하게 기억이 안 나. 자고 나서 생각해보니까 놀란 게 아니라 기쁜 거였어."

가까이 선 학생들은 군것질로 배를 채우려던 계획을 모

두 잊었다. 빗속에 선 이준의 또렷하고 절절한 음성에 홀려 이상한 곳에서 마음을 채우고 있었다. 거기에 가슴이 가장 부풀어 평생의 허기를 잃은 여자가 나였다.

"그리고 아인이 보고 나니까…… 네가 애 엄마라서 더 좋더라. 나는 이제까지 그렇게 자신감 있게 뭘 해본 적이 없는데, 아인이는 진짜 잘 키울 수 있을 거 같았어. 너 닮아서, 내가 진짜 아빠처럼 해줄 수 있으면 좋겠다고. 너 만나고 다 좋은 일뿐이었어, 나한테는."

"……바보야, 아인이 아빠 진짜 무서워. 너한테 아인이 안 줘."

"그래서 그날 딱 하루 슬펐어!"

"……그게 뭐야."

훅, 울음처럼 웃었다. 문득 시아가 왜 그렇게 아픈데도 웃었는지 알 것 같았다.

이제 우리는 서울의 이 별다를 것 없는 동네에서 삼류 드라마의 주인공이 되고 있을지도 모른다. 이맘때 아이들 상상력이라는 건 하늘에 닿고도 남아 두 발로 걸어 다니는 게 신기할 정도다. 나는 수군대는 아이들을 피해 얼굴을 돌리다가 이준을 흘겼다.

너 진짜 어쩔 거야.

아랫입술을 깨물었지만 이준이 그걸로 겁을 먹은 것 같진 않다. 비가 그치고도 물방울이 잘게 튀는 가장자리가 흩어져 어떤 얼굴인지 볼 수가 없다. 나는 우산 손잡이를 만지작거리며 감당이 안 되는 고개를 흔들었다. 마음이 벅

차 몸 어딘가는 움직여야만 했다.

"그리고 나한테 제일 좋았던 건, 너무 치사한 생각이라 말 안 하고 싶었는데, 오늘은 솔직하려고!"

"……."

"윤시은 네가 애 엄마라서, 이제 진짜 나 모르는 데서 아무한테나 막 시집가기 힘들 거 같아서, 난 그게 제일 좋았어! 그렇게 생각하니까 아인이한테 너무 고마워서…… 안 예쁘기가 더 힘들더라."

난 이런 놈이라고, 그렇게 하는 말이겠지만 내게도 역시 안 예쁘기가 힘든 말이었다. 졸지에 애가 딸려 예전 첫사랑 주위를 서성거리는 미련한 여자가 되고도 나는 웃지 않을 수 없었다. 시간이 됐는지 학생들이 아쉽게 손을 휘두르며 사라지자 이준은 그제야 눈을 감고 찡그렸다. 모든 배경이 사라지고 둘만 남은 거리에서 그가 서서히 다가와 내 팔꿈치를 잡았다.

"……그렇게 크게 얘기 안 해도 다 들렸어, 이 바보야."

"아, 그랬구나."

"……."

"혹시나 했어. 처음 하는 고백인데 너 못 들으면 또 못 말할 거 같아서."

비도 그치고 말 많은 관람객까지 모두 사라지고 나서야 뒤늦게 그를 타박했다. 아마 그가 확성기를 들고 왔더라도, 나는 모든 것이 끝난 지금에야 같은 말을 했을 것이다. 사람의 진심 어린 고백이 얼마나 힘들게 나오는지 나만큼 잘 아는 여자도 없다.

“서이준, 나 가. 좀 있음 나 가는데 너 이런 말 하면 어떡해.”

“알아. 다 아는데.”

달라질 것 없는 사실에도 이번엔 그렇게 힘들게 이야기하지 않았다. 이준이 내게 기대어 귓가로 고개를 내릴 때에도 그다지 마음이 아리지 않았다. 내 마음에 쌓인 눈은 이 비를 모두 맞고도 녹을 생각이 없었다.

“지금 와서 보니 좋아하는 사람한테 좋아한다 말할 수 있는 것도 정해진 때가 있더라, 시은아.”

“……어.”

그러고 보면 희기만 했지 처음부터 단 한 번도 차거나 시린 적이 없었으니, 이건 눈이 아니었을지도 모른다. 이제 우리의 끝이 어떻게 나더라도 나는 슬퍼만 하지는 않을 작정이었다.

part 16

매력 있는 놈

\

열여덟 내가 상상할 수 있는 이준과의 미래는 사랑이나 결혼이 아니었다. 그런 건 순전히 어른들의 이야기라고 어깨를 부르르 떨기보다는, 그냥 내 욕심이 작았다. 나는 꿈도 현실에 가깝게 가질 만큼 조심성이 많았다.

"언니 언제 왔어? 오늘은 독서실 안 갔네?"

"응."

그때 내 최대의 관심사는 이준이 어느 대학에 지원할지에 있었다. 우리가 대학에 가게 된다면 독서실에서 집에 오는 좁다란 골목이나, 시아와 셋이 앉은 2층 거실을 벗어날 수 있을 거라 믿었다. 성인이 되는 기념으로 세상이 보기보다 넓다는 걸, 다른 누구도 싫고 서이준과 함께 확인하고 싶었다.

"언니, 언니, 오늘 우리 학교에서 뭐 했게?"

"그걸 내가 어떻게 알아? 나 이거 마저 해야 하는데……."

"우리 장래희망 조사했어. 담임이 그걸로 뭐 만들 거래."

"……그랬어?"

문제집 답을 매기던 빨간 색연필을 내려놓았다. 줄줄이

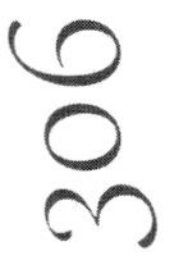

동그라미를 쳐가던 페이지라 그 흐름을 깨는 것이 싫었는데 마지막 동그라미가 이어지지 않고 삐뚤어졌다.

"어. 애들 막 난리였어. 유치한 거 한다고."

"응."

"그런데 이준이가 뭐라고 적었는지 여자애들 다 궁금해서 나한테 물어보잖아. 나랑 걔랑 친하니까."

"그래, 좋겠다."

이게 아닌데, 지금은 질투를 할 때가 아니었다. 친한 건 친한 거고 나는 또 이걸 이용할 마음을 먹었다. 시아는 가만히 맞장구만 치면 알아서 이야기를 줄줄 펼치는 아이이니 나는 은근슬쩍 미끼를 던졌다.

"……하기야 너랑 서이준이랑 친하긴 하지."

"에이, 걔는 애들한테 다 잘해줘. 착하잖아."

내가 보기에 그놈은 착한 정도를 넘어 호구였다. 서이준쯤 되니 윤시아 변덕 다 맞춰가며 매일 남의 집에 와 잡다한 일을 하는 것이다. 나는 뻔뻔한 동생이 내 심기를 건들기 전에 한 번 더 숨을 골랐다.

"서이준 뭐, 그래봤자 걔가 할 거나 있어?"

"왜애? 걔 전교 1등씩 하고 그래. 언니보다 더 잘한다니까."

"윤시아, 너나 잘해."

흥, 문제집을 팔랑대며 비웃었다. 시아는 내 앞에서 양쪽으로 고개를 갸웃해보다 간 크게 내 무릎에 턱을 괴었다. 이러니 안 볼 수가 없어 나는 색연필을 들어 시아의 어깨를 때렸다. 아프지는 않은지 생글생글 웃으니 더 약이 올랐다.

"뭐야아. 비켜."

"언니, 언니는 뭐 하고 싶어? 커서 뭐 하고 싶은데?"

"……몰라. 아직."

아직 모르는 게 당연했다. 서이준이 뭘 하고 싶은지 알아야 나도 할 게 생긴다. 내가 이렇게 공부를 열심히 하는 건, 다름 아닌 그놈 때문이었다.

죽으나 사나 일해가며 아픈 딸 뒷바라지에 쌀쌀맞은 딸 독서실비 대는 아빠 때문도 아니고, 밤낮으로 잔소리에 걱정만 많은 엄마 때문도 아니었다. 날이 갈수록 열여덟 내 인생은 한없이 서이준에 수렴하고 있었다. 엄마 아빠는 자식농사를 제대로 망쳤지만 나는 그 걱정보다 서이준이 뭘 할지에 귀가 쫑긋했다.

"근데 서이준 걔는 그래서 뭐 하고 싶은 거나 있대?"

"어? 이준이…… 뭐라더라."

"넌 그걸 까먹니! 바보야?"

"아, 왜 화를 내."

"……."

"공부 잘하니까 뭐, 한국대 가겠지."

색연필 끝이 다시 움직이며 동그란 자국을 남겼다. 나도 한국대에 가려면 이 페이지가 아니라 전체 다를 붉은 동그라미로 채워야 했다. 염치도 없어 턱 끝을 비벼대는 시아를 제쳐놓고 나는 머리를 싸맸다.

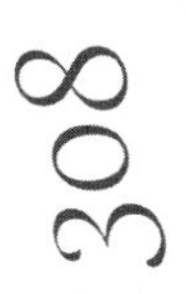

"언니, 언니도 한국대 갈 거야?"

"……아직 몰라."

"언니 한국대 가면 엄마 아빠 진짜 좋아하겠다. 나도 좋고."

"……넌 왜 좋은데?"

"난 대학 가기 힘들 수도 있잖아. 그럼 사람들이 재 왜 노냐고 한소리 하다가, 그래도 우리 언니는 한국대 다닌다 하면 아아, 할 거 아냐. 언니도 한국대 다니는데 쌍둥이가 공부 못해서 대학 안 간 건 아니겠다 그러겠지. 뭔가 뜻이 있어 보일지도 몰라."

"으휴, 이 바보야."

시아는 기어이 내 웃음을 터지게 했다. 얘는 내 연적인데, 너무 쉽게 마음을 풀면 안 되는데, 그에 앞서 하나뿐인 동생이다. 내 얼굴을 하고 내가 못 가진 성격을 가진 동생을 보면 늘 기분이 복잡 미묘했다. 그리고 갈수록 마음이 아프다.

"어쨌든 언니, 진짜 하고 싶은 거 이루면 행복하겠지?"

"그렇겠지."

"아아, 기대된다."

나도.

눈이 반짝거리는 시아 옆에서 나는 보일 듯 말 듯 색연필을 문질렀다. 조금만 방심하면 하트가 되어버릴 새빨간 동그라미를 억지로 원으로 만드느라 가슴이 두근거렸다.

얼마나 신날까, 얼마나 좋을까.

얘 좀 떼놓고 서이준이랑 나랑 둘이만 한국대에 다니면 날아갈 것 같을 텐데. 우리 집은 한국대에서 머니 겨우 독서실에서 걸어오는 길과는 비할 수도 없이 길 것 같았다.

내 욕심이란 게 거기까지였다. 그 정도만 되어도 좋겠다는 바람은 날이 갈수록 커졌다.

"……이제 좀 비켜봐. 이거 마저 매기게."

아직 다니지도 않은 대학 정문에서 이준을 만나 집으로 오는 길을 상상하면, 나는 그 어떤 고난도 견딜 수 있었다.

설령 그때까지 이준이 시아를 좋아하더라도, 그쯤이야.

「시은아.」

전날 집 앞까지 바래다준 이준은 내가 들어가기 직전에 이름을 불렀다. 그리고 나는 내 이름을 부르기도 전에 벌써 고개를 돌리고 있었다. 딱히 할 말이 있었던 건 아니다.

「아니…… 나 간다고. 갈게.」

「어, 잘 가.」

이마를 문지르던 그가 내 짧은 대답에 걸음을 돌렸다. 그에게도 갑작스러운 일이었을 것이다. 보고 싶어 불러는 봤는데 할 말은 없고, 그래서 억지로 가는 걸음은 느리고 무거웠다.

「서이준.」

크게 부르지도 않았다. 겨우 혼잣말보다 조금 큰 정도라 이준이 못 들어도 어쩔 수가 없었다. 저 멀리 동네 개가 컹컹 짖는 소리보다도 작아 아쉬우니 한 번 더 불러볼까 하던 차였다.

「어, 왜?」

그런데 이놈이 보란 듯이 돌아섰다. 저벅저벅 빗방울을 튕겨내는 소리가 거침없었다. 아마도 귀를 내 앞에 떼어두고 갔던가 보다, 나는 그렇게 웃었다.

「나 불렀어, 시은아?」

「내일 전화할게.」

「어.」

그러고도 한참 귀를 기울이다가 내가 먼저 안으로 들어갔다. 그 시간까지 기다린 엄마에게서 대놓고 욕을 먹으면서도 내 눈은 밖에 떼어두고 왔다. 서이준이 갔나 안 갔나 그것만 보다가 높지도 않은 2층 계단에서 넘어졌다. 그 상처가 아직 발갛게 일어나 아픈 걸 보니 어젯밤 일은 꿈이 아니었다. 무의식적으로 빈 국그릇에 헛손질을 하다가 달그락 소리에 아차 했다.

"너는 눈 맞고 비 맞고, 대체 밤에 뭘 하고 다니니? 이제 독일 갈 날 얼마나 남았다고 또 한 번 아파봐야……."

"엄마, 나 국 좀 더 줘요. 맛있다, 정말."

"어, 그럴래?"

나는 엄마의 잔소리를 피해보고자 배가 불렀음에도 국그릇을 내밀었다. 어린 서이준이 사용하던 교활한 방법을 내가 쓰게 될 줄은 몰랐다.

"자, 여기. 어쨌든 너도 이제 몸이 예전 같지 않은데 알아서 잘 지켜야지. 내가 언제까지 신경 써줄 수 있는 것도 아니고."

"알았어. 근데 나 밥 먹고 나가야 하는데."

"가긴 어딜 가. 오늘은 집에 좀 있어!"

아쉽게도 오늘은 실패다. 보통 국이나 반찬으로 화제가 돌아가면 거기서 헤어날 줄 모르던 엄마가 오늘은 집요했다. 그만큼 내 문제에 신경을 쓴다는 거라 나는 더 말을 돌리지도 못하고 깨작거렸다.

"그리고 그렇게 돌아다닐 시간에 전에 말한 정규 친구나 한번 만나보라니까."

"아니, 그 얘기는 또 왜 해? 누가 만난대?"

"너 누구 만나는 사람 있는 것도 아니고 이왕이면 같은 한국 사람끼리 좀 좋니? 엄마는 말 좀 통하는 사위가 좋아."

"……."

뜨끔한 마음에 국을 건더기 가득 푹 펐다. 이걸 다 어찌 먹나 했는데 뜻밖의 곳에서 구원의 손길이 나타났다.

"어, 엄마, 아빠 전화."

"그 양반이 이 시간에 왜? 아인이 아파서 입원했다는데도 음, 한소리 하고 말더니."

"그래서 받지 마?"

"……받아봐. 뭐라는지 들어나 보게."

말하는 걸 보니 엄마 아빠는 이미 전화로 한바탕 한 모양이었다. 그래봤자 엄마가 아빠한테 어쩜 아인이 신경도 안 쓰냐 혼자 다다다 내지르고 끊었을 거라 조심스레 거실로 자리를 옮겼다.

"아빠, 저예요."

– 음.

"잘 지내시죠? 식사하셨어요?"

– 음.

익히 예상한 대답이었지만 이렇게 들으니 나는 정말 아빠를 닮았다. 부인이며 딸에 손녀까지 지구 반대편에 있다면 뭐라 더 물을 법도 한데, 아빠는 여전히 단답형 대답을 고수했다.

– ……뭐, 아인이 어디 아팠다며?

"네. 그런데 지금은 괜찮아요."

– 어디가 아팠다는 건데?

나는 조금 뜨악한 얼굴로 수화기를 귀에서 떼어내 바라보았다. 아빠 말하는 걸 보면 대체 엄마랑 몇 마디나 해봤는지도 알 수가 없다. 지금으로 봐선 뭐라 자초지종을 들어보기도 전에 타박만 당했을 터라 덩달아 난감해졌다.

"밤에 열이 많이 났었어요."

– 해열제부터 먹였어야지.

"에이, 밤에 갑자기 그런 게 어딨어요?"

– 거기 까만 가방 제일 앞에 주머니에. 거기 다 있잖아.

아빠도 남자라고 속 편한 소리 한다 했는데 의외의 대답에 눈이 커졌다. 독일에서 짐을 꾸릴 때 엄마와 구질구질하게 이러지 말고 모조리 다 사버리자며 야심찬 계획을 세웠던 터였다. 꼭 필요한 옷 몇 벌만 넣었다 생각했으니 여기 와서 짐을 따로 풀어볼 것도 없었다.

– 그것도 안 풀어봤던 거야?

"어…… 잠시만요."

벙찐다는 게 이런 거였다. 아직 자는 아인이가 깰까 살짝 문을 열어 베란다에 놓아둔 이민가방 앞에 쪼그려 앉았다. 여기서 뭘 사서 채워 갈 생각만 했지 이 안에 뭐가 들어 있을지는 생각도 해보지 못했다.

– 제일 앞주머니. 은색 고리 달린 거기.

"네. 보고 있어요, 지금."

이제 와 찾는다고 무슨 소용이겠냐만 낯선 아빠의 모습이 신기해서라도 확인하고 싶었다. 은색 고리를 쭉 당기자마자 우르르 쏟아지는 잡동사니에 입이 벌어졌다. 해열제며 멀미약, 체온계에 아인이가 좋아하는 새콤한 비타민까지, 아주 약국을 차렸다.

– 거기 아인이 당장 필요한 거 다 있어.

"아니, 아빠. 말씀을 해주셔야 알죠. 세상에, 언제 챙기셨대. 왜 말씀을 안 하셨어요?"

– 아는 줄 알았지. 여자가 셋이나 가서 가방 하나 안 열어봤어?

아마 해열제가 있는 걸 알았더라도 나는 아마 응급실로 달려갔을 것이다. 그래도 늘 아인이에게 시큰둥하게 굴던 아빠의 모습만 기억하다 보니 그 마음을 다 안다 하던 나

또한 말을 잇지 못했다.

– 하여튼 별일 없으면 됐다. 나중에 네 엄마한테…….

"아빠, 아인이 바꿔드릴까요?"

– ……어?

"아인이 지금 제 옆에 있어요. 자는데 바꿔드릴까요?"

꼭 필요한 말만 하고 바로 끊을 듯 굴던 아빠는 망설이고 있었다. 여기서 내가 웃으면 바로 '됐다!' 할까 나는 고개를 떼어내고 아빠의 대답을 기다렸다.

– ……뭐 그래보든가.

"네. 잠시만요."

옆으로 누운 아이의 귀에도 휴대전화를 대어주었다. 속눈썹이 파르르 떨리던 아인이가 다시 세상모르고 자느라 깊은 숨을 내쉬었다. 나는 소리를 채집하는 사람처럼 숨을 죽였다. 방으로 따라 들어온 엄마가 눈썹을 모으고 바라볼 때에도 '쉬잇.' 입술에 손가락을 붙였다.

– ……괜찮네, 이제. 들어보니까 다 나았네.

"네. 이제 다 나았어요. 제가 의사한테 물어봤는데 우리 아인이 건강하대요. 심장 소리도 되게 좋대요. 보통 애들보다 더 소리도 크고 막 그렇더라구요."

– 음…….

내 몸 자랑하듯 건네본 말에 아빠의 '음.' 소리는 전과 달랐다. 진동이랄지 여운이랄지, 아빠가 그날 내 기분이라면 지금은 어떤 말도 하기 힘들 것이다. 사실 이건 나만 알고 있으려다 터질 것 같은 약봉지에 인심을 썼다.

"그러니까 이제 걱정 안 하셔도 돼요."

– 걱정은 누가.

전화는 웃는 얼굴을 감추기에 좋다. 엄마는 그새 가방 앞으로 쏟아진 약 꾸러미를 보다가 혼자 중얼중얼 소리가 끊이질 않았다. 태반이 아빠의 음흉함을 욕하는 소리였지만 내가 휴대전화를 내밀어도 뿌리치지는 않았다. 마지못한 음색이 흐르자 나는 다시 찾아온 기회를 노렸다.

"흐흠, 나예요. 당신 밥은? 아니, 이런 게 있으면 미리 말을 해줬어야지……."

"엄마, 나 말이야, 잠시만 밖에……."

"그래, 나가, 나가! 가."

"어, 근데 늦게 올 거 같은데."

"나가라고."

내가 손짓으로 밖을 가리키자마자 엄마는 두 번 생각도 않고 손을 멀리 저어냈다. 이로써 나는 또 하루의 자유를 얻었다. 이제 확실히 우리 집 평화는 되찾았으니 나는 내 평화를 찾아갈 일만 남았다.

이준은 카페에 있었다. 언제나처럼 능숙하게 커피를 내리는 그의 주변에서 두 부류의 여자들이 그를 바라보았다. 고상하게 커피 한 모금마다 그를 흘끔거리는 소극적인 부류가 있었으며 대놓고 앞에 서서 어깨를 흔드는 적극적인 여고생들이 있었다. 나는 그 둘 중 누구도 되지 못하고 창가에서 휴대전화를 만지작거렸다.

전화하고 올 걸 그랬나.

여기까지 오는 동안 번호를 반쯤 누르다 다시 지운 것이 다섯 번은 넘었다. 여보세요, 한마디에 다음 말이 까마득했다. 고백을 들었으니 이것도 대답을 해줘야 하는 건지, 내가 떠날 걸 알고 있는 남자이니 모른 척 굴어도 되는 건지 헷갈렸다.

"아……, 진짜."

가게 앞에서 갈팡질팡하며 이준을 바라보는 사이에 저쪽에서 먼저 나를 발견했다. 말 많은 종업원이 대뜸 손을 들더니 옆에 있는 이준을 찔러댔다. 바로 고개를 든 이준은 입을 다문 채로 상냥하게 눈가를 접었다. 저 웃음을 다시 보게 될 줄이야. 그대로 나올 기세라 나는 헛기침 몇 번으로 목을 가다듬고 벌컥 문을 열었다.

"어, 사장님 친구분! 오랜만에 오셨네요!"

"네."

"시은아, 이제 왔어?"

나는 이준을 정면으로 보지 못하고 옆눈으로 쓱 훑었다. 따지자면 소극적인 부류에 속하는 행동이었다. 벌써 입술이, 목덜미가 화끈해진다.

"어."

"전화할 줄 알았는데."

"뭐, 그냥 왔어."

여고생들의 뾰족한 눈총 정도야 우습다. 정작 쳐다보기 힘든 남자는 따로 있어 나는 진짜 손님으로 온 것처럼 바로 2층으로 발걸음을 옮겼다.

"나 좀 올라갈게."

"어? 올라간다고?"

되묻는 이준을 무시하고 쿵쿵 평소보다 힘을 실어 계단을 올랐다. 처음 여기 와 앉았던 자리에도 손님이 있어 나는 갈 곳 잃은 양처럼 머뭇거렸다.

"올라간다며."

"야아, 놀랐잖아."

뒤에서 들리던 걸음 소리가 내 옆을 스쳐 정해진 수순처럼 손을 움켜잡았다. 2층에서 망설일 것 없이 그는 원래 그러려던 것처럼 3층으로 나를 끌었다. 맞닿은 손이 뜨거워 거기서부터 열이 퍼져나간다.

"누가 보면 어쩌려고 자꾸 이래."

"내가 아직도 남의 눈 신경 쓰는 것 같아?"

팔을 빼어내자마자 이준이 책장에 기대어 웃었다. 그가 정말 남의 눈을 신경 썼다면 다른 곳도 아닌 독서실 앞에서 그런 고백을 했을 리가 없다. 어쩌면 저 밑에서 유독 눈알이 빠져라 쳐다보던 여학생 하나가 어제 그 자리에 있었을까 싶어 나는 크게 침을 삼켰다.

"어제 잘 들어갔지?"

"……어."

"다행이다. 걱정했어."

다시 만난 순간처럼 그는 내 입을 마르게 했다. 물으면 꼬박꼬박 대답을 하면서도 시선은 어딘가 불안정했다. 누구는 눈만 맞아도 침대로 간다는데 우리는 이미 할 걸 다 해버려 그런지 정작 눈 맞추는 게 가장 어렵다.

"가게 바쁘네."

"어, 이제 좀 잘되려나 봐. 돈 많이 벌어야지, 정말."

"그게 네 마음대로 되니?"

"어, 될 거야. 나 진지해."

안 어울리게 야심을 부리는 이준에게 속으로 혀를 찼다. 언제 적 호구라고 저래봤자다. 그래도 기특하게 고백까지 한 놈이니 나는 최대한 배려하려 노력했다. 사실 가까이 있는 게 부끄럽다.

"너 가서 일해야 하는 거 아냐?"

"어, 하긴 해야지."

"그럼 가봐야지."

옷을 털어내는 이준의 손짓이 느렸다. 잠시긴 하지만 그대로 다가와 키스를 하는 건 아닐지, 그 생각이 먼저 들었다. 벌써 몇 번이나 전적이 화려한 놈이다. 나는 말라 바스러질 것 같던 입술을 급히 축였다.

"그래. 그럼 오늘은 먼저 갈래?"

"어?"

"아니. 나 언제 마칠지 모르니까."

얘 뭐야.

키스는 아니겠지만 어제 그렇게 당차게 고백을 해놓고

이제 와 집에 가란다. 나는 여기 오자고 우리 집 가정불화는 깡그리 무시하고 나왔는데 뒤통수를 맞은 기분이었다.

"……그냥 여기 있지 뭐."

"아아."

얘 미쳤나.

미안해서 그런 건지, 어제 일이 쑥스러워 그런 건지 별의별 생각을 다 해보았다. 하지만 어딘가 곤란한 표정의 그에게 왈칵 서운함이 밀려왔다. 이건 담담하고 싶다 해서 안 되는 거다.

"시은아, 왜 그래?"

"……."

너 내가 언제 갈 줄 알고, 네가 아직 몰라 그렇지 그렇게 헤어지면 얼마나 후회되고 하고픈 말이 많은데. 그 정도면 아마 13년이 지나도 응어리로 남을 것이다. 이걸 어찌 알려줄 방법이 없어 툭 하고 답답한 가슴을 쳤다.

나쁜 놈.

난 이런 것도 모르고 이준이 내게 가지 말라 매달리면 뭐라 할지 그 생각만 하고 왔다. 답도 결론도 없음에도 그냥 이놈이 보고 싶어 무작정 여기까지 왔다.

"알았어. 갈게."

가라니까 가야지. 하루 만에 기분이 또 상해버렸다. 1년이 가도, 10년이 가도 시아 앞에서나 잠깐 웃고 말던 내가 하루에 몇 번씩 기분이 오르락내리락했다.

"잘 있어."

아주 평생, 영원히 잘 있어보라지.

어깨를 으쓱하고 내려오자 따라 내려오는 놈의 걸음은 전처럼 급하질 않았다. 정말 이준은 저 담아둔 말 모두 했으니 미련 따위 없나 보다. 내가 이래서 남자를 안 믿는다. 아니, 그 마음이 변했다가 이 꼴이 났다.

"시은아, 혹시 내일 시간 괜찮으면……."

"별로 안 괜찮을 거 같아."

"아…… 그럼 안 되는데."

저걸 말이라고 하나 싶어 문을 나서기 전에 휙 돌아보았다. 내가 그를 어찌 보는지만으로도 1층에 앉은 대부분의 여자들이 환영하고 있다. 우리가 헤어지는 걸 좋아하는 사람들이 이렇게 널리고 널렸다. 나만 슬픈 거다.

"시은아, 이거 아인이 갖다 줘."

"됐어, 뭐 이런 걸."

"아니. 그래도 갖다 줘. 아인이 보고 싶어."

전처럼 이준이 쿠키 한 움큼을 집어 내 손에 억지로 쥐여주었다. 유치하게 안 받겠다 할 수도 없어 꿈지럭거리자 이준은 내 손을 끝까지 폈다. 손을 어떻게 쥐는지 모르는 것처럼 서 있는 내게 소리 없는 웃음이 촉각으로 느껴졌다. 그가 내 손을 차곡차곡 하나씩 되접어주는 사이 얼굴이 점차 가까워진다. 숨결에 흩날리는 솜털이 주책맞게 간지러웠다.

"고마워. 이제 갈게."

아직 1층에는 사람이 많다. 딱히 그가 무얼 할 것 같지는 않았지만 나도 이번만큼은 쌩하게 고개를 돌렸다. 예상했지만 따라오지 않는다.

"……."

쥐고 있던 쿠키를 물끄러미 내려다보다가 적당한 벤치에 앉아 하나씩 먹었다. 배가 부른 채로 집에서 나왔는데 이상하게 허기가 졌다. 사람이 이렇게 간사하다고, 어제 내 마음을 꽉 채웠던 그의 고백은 거품 같았다.

이 마음이 모조리 터져버리기 전에 나는 다시 이준의 가게로 들어섰다. 아프고 나서도 억지로 눌러놓던 마음이 어제의 고백으로 뚜껑이 넘쳤다. 이제 우리는 시간이 많질 않아 고민하고 후회할 시간도 아까웠다.

"어, 또 오셨네? 사장님 3층에……."

"네, 알아요."

1층 여자들의 환한 얼굴이 다시 굳었다. 알 바 아니다. 나는 한 번에 두 칸씩 계단을 뛰어올라 처음으로 굳게 닫힌 3층 문을 열어젖혔다.

"시은아?"

"……너 이럴 줄 알았어."

이준은 소파에 누워 있었다. 마음 아팠던 날처럼 술병 하나 없이 얇은 이불 하나를 덮고 있다 몸을 일으켰다. 고작 10분 전에 헤어질 때만 해도 말쑥하게 보이더니 지금은 신기루처럼 말간 혈색이 사라졌다.

"너 왜 아프면 말을 안 해?"

"……어떻게 알았어?"

"나 바보 아니거든? 만지면 뜨거운 줄 알아!"

한 번 속지 두 번 속나.

아인이 뜨거운 줄도 모르고 결국 응급실까지 다녀왔는데 이준의 체온을 놓칠 리 없다. 손을 잡을 때 유독 뜨겁던 손이나 가까이 다가설 때 열기 어린 입김이 범상치 않았다. 하도 상냥하게 잘 웃기에 내가 잘못 봤으려니 싶었던 것도 마지막에야 알았다.

이 잔망스러운 놈.

"서이준, 그러니까 왜 어제 우산도 안 쓰고! 너 이제 십대 아니야!"

"알아."

이 와중에도 웃는다. 엄마가 하던 잔소리를 그대로 따라 읊는 나는 마음이 다급했다. 그때나 지금이나 성격이 이렇다 보니 걱정은 꼭 화가 된다.

"아프면 아프다고 했어야지!"

"그냥."

"그냥이 뭐야!"

"나는 평생 안 아프고 싶어서, 네 앞에선."

억지로 괜찮은 체하지 않고 열 오른 그대로 웃는 이준의 모습이 훨씬 더 멋있고 아릿했다. 내가 웃지도 찡그리지도 않고 소파 아래 기대앉자 이번엔 이준이 먼저 손을 내밀었다. 까짓거 어차피 들켰으니까, 그런 마음이 깍지 낀 손 아래 내리 쓰였다. 이럴 거면서, 이러고 말 거면서, 왜 혼자 어른인 체 마음을 쓸까.

"……내가 언제 올 줄 알고."

"어제 전화한댔잖아. 시은이 너 전화 오면 그때 내려가려고 했었어."

"그래서 계속 일하고 있었던 거야? 나만 가면 다시 누우려고? 차라리 오지 말랬으면."

"……얼굴은 한 번 봐야지."

이준이 스르르 나를 끌었다. 뺨에 살짝 입을 맞추며 너는 이제 감기가 옮지 않을 거라 속삭이듯 자신했다.

"시은아, 오늘은 아주 예외적인 거야."

"뭐야……."

"난 평생 가야 감기도 안 걸릴걸."

그가 끌어당기는 대로 소파에 얼굴을 기댔다. 아인이와 병원에 갔던 날이 아니더라도 우리는 몇 개의 공통된 기억이 있었다. 셋이 같이 있다가도 시아가 한 번씩 가슴을 부여잡으면 나는 사색이 되었다. 엄마 아빠가 시아를 데리고 병원으로 가고 나면 나는 쓰러지듯 기대어 숨을 몰아쉬었다. 그때 내 앞에 우두커니 그가 있었다. 해주는 것도 없으면서 가라는 말은 죽어라 안 들었다.

"……바보야. 너무 착한 남자 매력 없거든?"

"아, 그래?"

"나 너 이렇게 착한 줄 알았으면 안 잤어."

안 빠졌어, 안 그리웠어, 안 좋아했어.

모든 부정의 단어가 무의미하게 흩어졌다. 겨우 그런 말장난으로 속일 마음이 아니다. 이준의 단단해진 입매가 낮

설어 눈을 뗄 수 없다.

"그럼 안 되지…… 지금이라도 내 맘대로 다 해야겠다."

"응. 뭐 해줄까?"

"가지 마."

"……."

"나 책임져, 시은아."

숨소리를 죽인 내게 이준이 잡은 손을 자신의 뺨에 올렸다. 웃는 감촉을 느끼라는 듯 특유의 환한 미소가 나를 채근했다.

"농담이야."

"농담 아니잖아, 바보야."

서로가 아는 일에도 가슴이 미어졌다. 아픈 아이에게 달리 해줄 것 없는 엄마처럼 나는 그에게 필요한 것을 살폈다. 조심조심 입술을 누워 있는 그에게 포개었다.

"으음."

오래간만의 키스였다. 이것마저 날짜를 세고 있는 나라지만 구차하기 싫어 숫자는 지워냈다. 고개를 틀며 폭신하게 젖어드는 지금의 감촉에만 집중했다. 젤리처럼 말랑한 혀끝이 입안 구석구석을 훑았다. 더 깊게 파고들면 나도 모르는 더 달콤한 것이 터져 나올 것만 같다.

"하아, 그만. 너 아직 아픈데."

"나 괜찮아."

가늘게 늘어져 끊어지기 직전의 자제심을 잡아냈다. 좋아하는 남자가 이렇게 누워 있는데 이 정도로 끝낼 수 있는 여자는 많지 않다. 철혈의 독일에서 단련해온 나 정도나 가능한 것이다. 하지만 한국 남자 서이준은 못 잡아 안달이 났다. 끓어오른 목소리로 안 하던 거짓말까지 해가며 내 뺨을 놓지 않았다.

"정말이야. 나 아침에 병원도 갔다 왔어."

"진짜?"

"어, 정말 괜찮대. 그냥 한나절 푹 자면 된대. 따로 약도 안 주더라."

"그럼 진짜 자야겠네."

이준이 뭐라 나를 붙잡아도 뿌리쳐야 했다. 아인이처럼 크게 앓는 건 아니라도 어제도 그제도, 아니, 나를 만난 이후로 한 번이나 제대로 쉬었을지 알 수 없다. 거기다 이 대낮에 3층에 너무 오래 있으면 어떤 소문이 떠돌지 모른다. 단언컨대 1층 여자들은 아직도 그 자리에서 시계를 쳐다보고 있을 것이다. 나는 떠날 텐데, 이준은 이제 정말 돈이라도 벌어야 했다.

"시은아."

"왜 그래. 지금은 일단 좀 자야지."

일어서는 나를 따라 몸을 일으킨 이준이 허리를 껴안았다. 둘러 안은 손이 허리 뒤에서 얼마나 세게 깍지를 끼는지 몸이 조인다. 빛이 일렁이는 이준의 머리칼에 고개를 기대고 싶은 것을 또다시 참아냈다.

"시은아, 나는 건강해. 아프지 않아. 너 속상할 일 없어."

"……응."

고맙다고, 끝이 보이는 사랑에도 고마운 건 고마운 거였다.

내 선택은 옳다. 단 하루를 있더라도 이준의 옆자리가 이렇게나 좋다. 슬퍼하는 건 독일에서도 충분하다. 어차피 독일답게 정밀 기계스러운 삶을 살게 될 테니 약간의 눈물은 기름칠에 적당했다.

"일단 갈게. 너 푹 자고 나아야지. 이제 엄마 눈치도 보이고."

"그래도."

"미리 말해야겠다. 내일은 1시에 올게."

"하아, 너무 길다. 그때까지 또 어떻게……."

시간을 어림짐작하던 이준의 짙은 눈썹이 불만을 드러냈다. 하지만 난 이런 것도 좋다. 선비처럼 고아한 미소가 불만 가득한 꼬마처럼 변하는 것. 딱 하나 욕심을 내자면 평생 나만 알면 좋겠다.

"그럼 내가 오전에 너네 집으로 갈게. 그러면."

"안 돼. 우리 엄마 요 며칠 날카롭단 말이야."

"하지만 하루를 꼬박 기다리는 것도."

"뭐가 길어. 열 시간도 안 남았는데."

"……어?"

"새벽 1시야."

이놈은 어디 한 번을 곱게 수긍하는 법이 없다. 화가 난 꼬마한테는 적합한 상을 줘야 한다. 그 정도는 해줘야 내 욕심도 정당하다.

"그러니까 가게 문 잠그지……."

"어, 안 잠가. 걱정하지 마."

대답이 무서우리만큼 빨랐다. 얘 뭐지. 아이를 달래듯 여유롭던 내 얼굴이 굳자 이준은 말만큼 빠르게 표정을 바꿨다. 수척한 얼굴로 짓는 눈웃음은 미열이 올라 더 아찔하다.

"나 자신 있어, 시은아."

part 17

상냥한 놈

엄마는 내 인생 최고로 아름답고 슬플 예정인 연애에 조금도 보탬이 되지 않았다. 독일에 있을 땐 저녁 설거지 좀 하고 돌아서면서 하품부터 하셨던 분이 지금은 9시 뉴스, 10시 드라마, 11시 쇼프로에 이어 12시 케이블 채널까지 돌리고 있었다. 엄마가 나이가 들어 유독 피곤한가 신경을 썼었는데 이것도 지금 보니 그냥 말 안 통하는 독일 드라마가 재미없는 거였다. 사람은 알고 보면 이렇게 단순하다.

"엄마, 안 자?"

"응?"

13년 사이에 한국 TV는 화소 수가 커진 것 외에도 24시간 자극적인 드라마가 넘쳐났다. 완벽한 엄마의 세상이지만 안타깝게도 내게는 아니다.

"그거 끝났으니 이제 들어가겠네?"

"아니, 이거 좀 하나 더 보게. 세상에, 세상에, 저런 일이 다 있다니."

"하아, 저게 뭔데?"

"쟤가 주인공인데 검사거든? 지금 중요한 장면이야. 비켜봐, 안 보이잖아."

엄마가 TV 속 시끌벅적한 재판 장면을 가리켰다. 중앙에 선 남자가 청중을 둘러보며 카리스마를 뽐내는 모습이 내가 아는 누구마냥 쑥스럽다. 서류를 쥔 채로 정면을 향하자 화들짝 눈길을 돌렸다.

이준이도 저랬을까, 정말 저렇게 사람을 날카롭게 보기도 할까.

"아유, 누가 검사 아니랄까 봐 딱 부러지네. 남자가 저래야지, 그럼."

"……엄마, 서이준도 검사였거든?"

"그랬댔지, 참."

중얼중얼, TV에 열중하던 엄마의 말수가 급격히 줄어들었다. 원래 가상의 이야기에 현실성이 부여되면 집중도가 떨어지게 되어 있다. 냉철하고 카리스마 있는 배우의 모습에 청량하게 웃는 이준의 이미지가 겹쳐지자 엄마는 심드렁하게 채널을 돌렸다.

"안 들어가? 이제 다 본 거지?"

"뭐 딴 거 또 하겠지."

"그래도 아인이 깊은 잠 자려면 옆에서 좀 토닥거려줘야 하는 거 아냐?"

"그럴래?"

"……."

애가 바짝바짝 탔다. 정전이 되지 않는 한 엄마는 거실 TV 앞에서 떨어질 기미가 없었다. 조급한 마음에 안방에 들어와 아인이 옆자리에 뻗어 누웠다. 자는 애 눕혀놓고 할 생각은 아닌데 벌써 마음은 문 밖으로 달려 나간다.

"아인아, 네 할머니 좀 불러봐."

"……."

"우리 아인이 착하지?"

귀에 대고 속닥여도 아인이는 반응이 없다. 학창 시절 엄마가 빨리 잠들기만 기다리던 그 기분이 되살아났다. 그때 기다리던 건 이제는 눈썹 하나 끄덕이지 못할 감흥 없는 성인 영화라지만 지금은 완벽한 현실이다. 야하지 않은 다정한 눈빛 한 번에도 가슴을 졸이는 남자가 카페에서 나를 기다리고 있다.

"어휴."

전화라도 해주자. 남은 하루가 이렇게 흐르는 게 안타깝지만 지금은 방법이 없었다. 엄마는 오늘따라 견고했고 아인이는 무방비했다. 문을 여는지도 모를 정도로 TV에 정신이 팔린 엄마를 두고 2층 내 방으로 돌아왔다.

– 어, 나야, 시은아.

"……이준아."

이불 안에서 목소리는 불만 가득하게 울렸다. 엄마가 그만큼 시집을 가라 할 때에는 전부 잔소리 같더니만 이럴 줄 알았으면 그냥 아무나 잡고 결혼부터 해둘 걸 그랬다. 일단 결혼부터 해두고, 엄마든 남편이든 당당하게 나 지금 서이준 좀 만나러 나가겠다고 하는 편이 위자료는 좀 나가도 속은 시원할 듯싶다.

– 이제 나오려고?

“아니, 그게…… 이준아, 나 못 갈 거 같아. 미안해.”

– 아…….

이준의 대답이 사그라졌다. 우리 둘에겐 이보다 슬픈 소식이 없으니 말을 하는 나도 면목이 없다. 주고받는 내용도 나이가 넘치는 성인 남녀가 할 만한 것은 아니라 더 슬펐다.

“엄마가 안 자.”

– 왜?

“TV 보셔. 거실에 계신데 절대 안 잘 것 같아. 우리 엄마 왜 저래.”

– ……그래, 그럴 수도 있지. 난 괜찮아.

괜찮지 않았다. 이준의 원래 말투는 조용해도 잔잔하게 웃음기가 돌았지만 지금 들려오는 말에는 처음부터 끝까지 한숨만이 가득했다. 나는 쓸데없이 가슴이 미어졌다.

“너도 카페 추우니까 이제 문 닫고 집에 가. 언제까지 있을 순 없잖아.”

– 어. 그게…….

“카페 아냐?”

– 카페여야…… 하는데, 음, 그게.

그의 한숨이라고만 여겼던 바람 소리가 지금 내 창문을 스치는 바람 소리와 별반 다르지 않다. 벌떡 일어나 창문을 열면서도 조마조마했다. 아니겠지, 그렇게 안심하기엔 이미 우리 둘 사이엔 아닐 듯한 일이 너무 많이 일어났다.

“야아, 너 뭐야! 미쳤어?”

“쉬잇, 다 들려, 시은아.”

골목을 지나 주차장 아래편에 선 이준이 입술 앞에 손가락을 세워 붙였다. 가장자리가 하얗게 일어나던 마음에 화르르 불길이 덮쳤다.

“언제 왔어? 너 언제 온 거야!”

“감기 낫자마자.”

“하, 그런 말이 어딨어. 거짓말할 생각 하지 말고.”

“어머니 거실에서 뉴스 보실 때부터.”

세상에나. 대충 따져도 두 시간은 족히 넘었다. 뿌연 서리가 사라진 사이로 이준이 한기가 드는지 이를 물었다.

“시은아, 그런데 어머니 진짜 안 주무시더라.”

“……이 바보야.”

한탄처럼 얼굴을 가렸다. 엄마가 드라마 속 검사의 냉철함에 엄지를 치켜드는 사이 진짜 전직 검사였던 서이준은 여자한테 미쳐 도둑처럼 밤거리를 서성였다. 이준이 검사였다는 것만으로도 몰입도가 떨어진 판에 엄마가 이 사실을 알면 아마 영원히 법정 드라마는 보지 않을 것이다.

“감기 심해지면 어떡해!”

“괜찮아. 얼굴은 봤으니까.”

“…….”

“얼굴도 못 볼 줄 알았는데 봤으니까 됐어.”

말은 저러지만 내가 손이라도 내밀면 손끝이 닿기도 전에 훌쩍 담을 넘을지 몰랐다. 아쉬움을 감춘 눈이 늘 기억하는 평안한 미소로 눈가를 접었다.

"시은아, 잘 자. 나 이제 갈게. 넌 추우니까 문 꼭 잠그고 자."

"……거기 있어봐!"

"응?"

"거기서 딱 기다려."

어찌하겠다 계획도 없이 무작정 창문을 닫았다. 탑에 갇힌 건 나였으니 내가 바로 라푼첼에 줄리엣인데 창밖에서 기다리는 서이준은 왕자가 아니라 선비였다. 동서양을 넘나드는 장르에 얌전히 두 손 모아 기다릴 순 없었다.

"그래, 까짓거."

꽁꽁 얼어 있을 이준 하나만 떠올리며 계단을 내려왔다. 얌전하지 못한 걸음에 엄마가 돌아보았지만 지금 내 목표는 엄마도 아니었다. 큰방을 다시 찾아 세상모르고 자는 내 목숨과도 같은 아이에게 마음을 다해 매달렸다.

"아인아, 우리 아인이."

아이의 작은 귓가에 내 목소리가 애절하게 울렸다. 지금 눈에 딱히 보이는 게 없다.

"아인아, 이준이 삼촌 왔어. 우리 아인이 좋아하는 이준이 삼촌!"

"으응?"

"삼촌 안 볼 거야? 큰일 났어, 삼촌이 아인 공주님 목마 다시 가져갈 거래!"

"응?"

저를 금이야 옥이야 돌봐주는 할머니 소리에는 평안하

던 얼굴이 이준의 이름에 눈썹이 삐뚜름해졌다. 정말 윤시아 딸답다.

"엄마! 아인이 깼어! 아인이가 엄마 찾아!"

"히이잉!"

잠투정에 입을 삐쭉삐쭉하는 아인이를 두고 거실 쪽에 대고서 크게 외쳤다. 나로는 역부족인 듯 어깨를 내렸지만 엄마가 방으로 들어가자마자 벌어지는 입을 가렸다. 이 나이에 이런 짓을 다 하게 될 줄이야.

"할머니 왔네. 우리 아인이 놀랐어? 응, 자자. 할머니랑 이제 코 하자."

"흐응. 이주니가. 으응."

"그래그래, 우리 아인이. 꿈 꿨구나. 어유, 내 새끼."

이제 와서 늦었지만, 아인아. 이모가 정말 사랑해. 목숨만큼 사랑해.

서러운 울음이 터진 아인이와 토닥대는 엄마의 목소리가 희미해지자 얼른 달려가 코트를 챙겼다. 사뿐사뿐 뒤꿈치를 들고 공기처럼 가볍게 몸을 놀렸다. 차마 대문을 열 수도 없어 이준이 기다리는 내 방 아래 담벼락으로 달려갔다.

"윤시은?"

"쉬잇."

한국에 온 첫날 이준을 만나 그다음에 서경고의 담을 넘었다. 이것도 한번 해봤다고 철제 장식을 밟고는 팔에 온 힘을 실었다.

“조심해.”
“응.”
올라가는 건 몰라도 내려오는 건 금방이었다. 두 팔 벌려 기다리는 이준의 품 안으로 안겨들기만 하면 되었으니, 내 인생에 이보다 쉬운 일을 해본 적이 없다.
“아, 나 진짜 미쳤어. 미쳤나 봐.”
“……내가 더 심할걸.”
한 팔로 나를 받친 이준이 내 머리를 감싸 안았다. 온몸이 차면서도 나지막한 음성 하나만은 여전히 따스했다. 겨울밤을 버틴 그의 머리칼은 눈으로 뽑아낸 실 같다. 그에게 남은 체온이 있다면 그건 모두 내 귓가를 덥히는 데 쓰는 중이다.
“시은아, 춥지?”
“아니. 더워.”
앞으로 다가올 우리의 현실은 이 추위와 비교도 안 되게 찰 것을 알아, 나는 이준의 꽁꽁 언 얼굴도 따스하다며 뺨을 맞댔다.

손을 잡힌 채 이끌려 카페에 들어서자마자 이준은 문부터 잠갔다. 제 공간이라고 눈이 밝아 불 없이도 내 손을 잡고 망설임 없이 계단을 올랐다.
“으음, 아, 잠시만. 음.”

3층 가장 가까운 벽에서 몸이 짓눌렸다. 목 뒤를 파고드는 얼음장 같은 손에 오소소 소름이 돋다가 입술이 가로막혔다. 추위에도 얼지 않은 혀가 입안 곳곳을 파고들어 온기를 나눴다.

"아앗."

허리 아래로 파고든 손이 맨살을 더듬었다. 이준의 손이 닿을 때마다 온몸이 움찔거린다. 꼼짝 없이 잡힌 기분이다.

"팔 들어봐."

허술하게 걸쳐 있던 옷들은 금세 벗겨져 나갔다. 훈훈하게 덥혀놓은 공기에도 당장에 허전한 몸이 가릴 것을 찾았다. 추위는 둘째치고 이준의 시선을 따스한 걱정으로 여기기엔 지나치게 노골적이었다.

"금방 따듯해질 거야."

"흐으읏."

이 다정한 말조차 내 가슴을 물고 건넸다. 혀가 움직일 때마다 야릇하게 나는 소리가 머리를 어지럽혔다. 이성은 담을 넘을 때 모두 사라졌다 생각했는데 맨몸으로 이준의 앞에 서고 나니 그렇지도 않았다.

"하아아."

온몸의 온도차가 극명하다. 아직도 바깥 추위가 묻어 있는 입술이 얼얼하건만 가슴은 이 방에서 가장 뜨거운 그의 입안에서 사라졌다. 등에 닿는 대리석의 느낌이나 폐 속에 들어차는 후끈한 공기가 정신을 앗아간다. 추위, 더위, 그 어디에도 적응을 못 하니 결국은 다시 이준에게 매달렸다.

"하아, 이준아."

"음."

한쪽 무릎을 낮춘 그의 코끝으로 유두가 스쳤다. 각인이라도 하듯 여러 번 반복했다. 이내 가슴 옆까지 한 손에 담은 그가 집요하게 혀를 놀렸다. 오후부터 노렸던 놈의 머리칼에 손을 파묻자 눈이 녹듯 손끝이 찌릿거렸다. 온몸에 전기가 올라 무릎에 힘이 빠지기 직전이다.

"왜…… 밖에서 기다렸어."

"안에 있다고 잘 것도 아니고."

"으흣…… 그래도 추운데."

"어떤 남자가…… 그런 소릴 듣고 잠이 와."

골반 아래를 공들여 입술로 쓸던 그가 아프지 않게 허리를 깨물었다. 바로 움찔거리는 몸을 살살 쓸어올려선 방심하는 차에 다시 물었다. 이대로 자국이 남으면 좋을 텐데. 훗날 독일에서 긴긴밤을 혼자 지새울 때, 내가 이곳에서 혼자가 아니었다는 증표가 필요했다.

"아아, 으응."

"하아."

골반 바로 아래까지 닿은 혀가 입술을 강하게 내리눌렀다. 이제는 그의 머리를 잡지 않아도 손끝에 불이 붙는다. 뒤틀려버릴지도 모른다는 생각에 급하게 주먹을 쥐자 손바닥이 따끔거렸다.

"시은아."

커다랗게 몸을 일으킨 이준이 이제야 원래의 높이에서 나를 내려다보았다. 천천히 뺨을 쓰다듬자 이제는 우리 두 사람의 체온이 하나로 맞닿았다. 더 차고, 더 뜨거운 것 없이 처음부터 하나인 듯 맨살이 엉겼다.

"아."

금속이 달칵대는 소리와 함께 그의 바지가 내려갔다. 그대로 무릎을 가른 그가 단단하게 내 몸을 압박했다. 어느 한 지점이 딱딱하게 눌려 그때부터 눈을 감아버렸다. 허리와 등을 받친 이준은 서 있는 그대로 몸을 채웠다.

"아아아아. 하아, 이렇게는."

"난 이렇게도…… 좋아.

몸도 마음을 따라가는지 생경한 자세가 견디기 힘들었다. 저절로 무릎에 힘이 풀려 굽혀질 때마다 이준은 놓지 않고 몸을 쳐올렸다. 피할 수도, 도망갈 수도 없는 상태에서 흐느끼듯 고개를 돌렸다. 툭 하고 무너지는 내 몸이 이준의 움직임과 절묘하게 맞아떨어지자 거센 신음이 터져 나왔다.

"하아앗."

지금 내가 서 있는 건 맞을까. 눈을 감은 채로 평형감각을 잃었다. 몸이 붕 뜨는 느낌과 함께 이준의 손이 엉덩이를 단단히 움켜잡았다. 낯선 부유감에 이준의 목을 끌어안자 벽을 사이에 두고 몸이 거세게 흔들렸다.

"아앗. 응, 이준아."

"……음."

묵직한 신음을 삼키는 이준의 목울림이 자극적이다. 내 두 다리는 잡힌 그대로 공중에서 덜렁거린다. 몸이 들렸다 내릴 때마다 가슴이 반 박자 늦게 따라다녔다. 등 뒤의 딱딱한 압박감이 사라진다 싶더니 멀지 않은 곳에 몸이 눕혀졌다. 그제야 눈을 뜨자 내리뜬 이준의 눈동자가 머릿속 저 아래까지 파고들었다.

"윤시은."

"……응."

"너 정말……."

그가 어렵게 눈을 찡그렸다. 하지 못하는 말은 다시 목을 타고 삼켜졌다. 안 듣고도 아는 말이라 나는 또 울고 싶어졌다. 안정된 자세에서 그가 다시 몸을 겹쳐올 때에도 나는 숨을 참고 또 참았다. 내뱉는 숨이 흐느낄까, 이준의 어깨를 부여잡았다. 혹여 울음이 나오게 된다면 그의 귓가에 닿기 전에 다시 삼키고 싶다.

"으응."

이준이 허리를 치고 들어올 때마다 머리칼이 휘어졌다. 그 규칙적인 움직임에도 내 심장은 여전히 불규칙하다. 이렇게 한 몸이 된 지금까지도 그를 보면 가슴이 뛴다. 온몸의 격렬한 마찰이 끝내는 머릿속을 태워버리면 좋겠다. 언제 어떻게 그를 떠나게 될지, 가슴 아픈 생각이 불쏘시개처럼 가장 먼저 타오를 것이다. 이미 그러려고 준비 중이다.

"아아아앗. 으응."

"하아."

내 몸이 닿을 수 있는 가장 안에서 그의 흔적이 따스하게 퍼져나간다. 이준은 거친 숨이 가라앉자마자 내 눈가에 입을 맞췄다. 단순한 마음의 표현이라 보기엔 그의 입술은 오래오래 한곳에 머물러 있다. 눈물이 난다는 것을 깨닫는 방법도 가지가지다.

"……."

그리고 지금 할 생각은 아닌데, 이놈 전 부인은 정신이 나간 정도가 아니라 제대로 미쳤다. 나보다도 미쳤으니 말 다 했다.

"그거 진짜 되는 거네? 난 그냥 장식인 줄 알았는데."

"그러니까."

책장 옆 벽난로에 불을 켜고 의기양양하게 돌아오는 이준을 보니 기가 찼다. 저런 애가 사장이라니 정말 안심해도 되려나. 날이 갈수록 이곳을 떠나기 힘든 이유가 꼬리표처럼 늘어난다.

"신기하다. 살 때 된다고는 했는데 진짜 될 줄이야."

아마도 새벽, 이미 세 번이나 저런 애와 뒹구느라 잠 한숨도 못 자놓고 피곤한 줄을 몰랐다. 지금은 일분일초가 아깝다.

"너랑 있으니까 몰랐던 거 많이 알게 돼서 좋아, 시은아."

카펫에 담요 하나를 깔아놓고 엎드려 있는 내게 이준이 모로 누워 허리를 감았다. 타닥타닥 소리까지 내는 벽난로는 꼭 진짜 같다. 독일에서 보았던 제대로 된 벽난로보다 더 뜨거워 금세 뺨이 따끔했다. 피아노를 치듯 허리선을 튕기던 손가락이 멈추고 그가 어깨에 입술을 문질렀다.

"이제 그만. 나 좀 있다가 가야 돼."

"알아."

"내가 어제 몰래 나오려고 아인이한테 어떻게 했는데, 어휴."

"아인이?"

알았다 해놓고도 멈출 마음이 없어 보이던 이준이 드디어 동작을 멈췄다. 내려간 이불을 끌어올려놓고는 꿀꺽 목젖을 울렸다.

"……너 아인이 때렸어?"

"야!"

"알아. 네가 그럴 리 없지. 그럴 린 없다고 생각했어. 진짜야."

구구절절 변명이 긴 걸 보니 이놈한테 보이는 내 모습이 마냥 조신하지는 않은 모양이다. 이러나저러나, 나는 엎드린 그대로 스르르 눈을 감았다.

"내가 어떻게 우리 아인이를 때려. 보는 것도 아까운데."

"……역시 그렇지?"

"우리 아인이한테는, 말 한마디도 아까웠어."

태어난 순간부터 사랑에 빠졌다. 시아는, 혹시 자신이 아이를 낳고 다시 눈을 뜨지 못하게 되면 내게 꼭 아인이를 보아달라 부탁했다. 이미 죽은 몸 먼저 볼 것 없이 세상에 태어난 아이에게 제일 먼저 엄마의 얼굴을 보여달라 손을 잡았다. 하여튼 꼭 힘든 것만 날 시켜먹지, 나는 화도 못 내고 등을 돌렸다.

「안녕, 아가야. 엄마야.」

시아가 아인이를 낳고 모든 사람들이 시아에게 달려갈 때, 나는 홀로 유리창에 붙어 우리 아인이를 맞았다. 새빨간 얼굴에도 억지로 뜨는 까맣고 또렷한 눈에 나는 겨우 숨을 참아냈다. 이준에게 아인이가 내 딸이라고 했던 건 적어도 내겐 진실이었다.

"그런데 아인이 아빠가 그렇게 부자야?"

"어, 말도 못 하게."

"그렇구나…… 그럼 많이 무서워?"

"……너 안 줘. 안 준다고."

"아아, 그렇겠지."

이준은 틈만 나면 같은 것을 물었다. 차라리 내게 가지 말라 했다면 그게 더 현실성이 있을지 모른다. 클라인에게서 아인이를 뺏다니, 이놈은 독일 남자의 무서움을 모르고 있다. 몸을 돌려 제대로 경고해줄까 하던 차에 이준은 내 뺨에 기대어 눈을 감았다.

"시아가…… 많이 힘들었겠다. 아인이 같은 예쁜 애를 두고 갔으면."

"……."

"아무리 씩씩한 애라도…… 어떻게 아인이를 두고 갔을까."

이준이 먼저 시아의 이야기를 꺼낸 것은 처음이다. 진실을 알고 나서도 일부러 그러나 싶게 말을 아꼈다. 13년 전 언제나 밝게 시아의 이야기를 하던 그가 이제는 이름 한 번도 힘겹게 입에 담는다. 고개를 기댄 이준은 그대로인데 그 아래에 있는 내게는 슬픔의 무게가 묵직하게 쌓였다.

"응. 그래도 아인이도 실컷 안아보고…… 뽀뽀도 많이 하고…… 사진도 찍고 이름도 지어주고."

"그래. 그랬구나."

"아인이 아빠도 나한테나 무섭지, 우리 시아한테는 다시 없을 사람이라서. 그래서 우리 시아는……."

양탄자에 아무렇게나 놓인 손가락 사이사이로 이준의 손이 얽혀왔다. 사르르 녹아든다.

"좋은 사람이구나."

"응."

처음엔 싫댔다. 말도 안 통하고 잘못을 해도 사과는커녕 껄껄 웃고 있다며 욕했다. 언니 넌 뭐 저런 친구를 만나고 다니냐 나까지 같이 싸잡혔다. 클라인을 만나고 오는 날이면 씀씀이가 헤프니 키가 너무 크니 나날이 불만이 넘쳐났다. 정말 그렇게 싫으면 그냥 만나지 마라 하고픈 것도 입 밖으로 내지는 않았다.

「그렇잖아, 진짜. 어휴, 진짜 정말…… 볼수록 별로야.

내가 진짜 언니 친구라니까! 정말 언니 봐서 눈 딱 감고 만나보려고 했는데…… 그게, 어쨌든 좀 그래.」

「그렇구나.」

나는 턱을 괴고서 가만히 듣기만 했다. 성격이 좋거나 이해심이 많아서도 아니었다. 시아와 나는 쌍둥이이기 이전에 누군가를 좋아해본 적 있는 여자로서 공통점이 있었다.

윤시아 저거 큰일 났네, 진짜.

두 뺨을 붉힌 시아는 진심이었다. 더 빠져들지 않으려 억지로 밀어내는 모습이 내 모습과 다르지 않아 낯설거나 얄밉지 않았다. 저러다 얼마나 후회하려고, 속으로 웃고 말았다. 우리가 얼굴 외에도 닮은 점이 많다는 것이 더 신기한지라 늘 그렇게 사랑에 빠진 시아를 감상했다.

「그래서 내일은 안 만나?」

「몰라. 안 가. 평생 기다려보라 그래. 언니도 이제 상대해주지 마.」

시아의 변덕스러운 사랑 따위는 내 관심사가 아니다. 나는 시아가 자신의 진심 아닌 행동을 어떤 방식으로 후회를 하든, 꼭 그만큼만 오래오래 버텨주기만을 바랐다. 우리 시아한테도 '먼 훗날'이라는 게 오는 기적 같은 날을 손꼽아 기다렸다.

"우리 처음 독일에 갈 때 말이야."

"……응."

겨우 한 음절도 매끄럽게 내뱉지 못할 만큼, 이준의 목소리가 딱딱해졌다. 이준이 시아의 이야기를 꺼내지 않은 것처럼 나 역시 우리가 떠날 때의 이야기는 처음이었다. 하지만 떨리거나 두렵지는 않다. 그건 잘못이 아니었으니 다만 힘들 뿐이다.

"나는 우리 시아가 나을 수 있을 줄 알았어."

"……."

"딱 그거 하나 믿고 간 건데, 그런 거였는데……."

"그래서 후회해?"

내 말끝이 흐려지자 이준은 몸을 세웠다. 따라 내려간 이불을 다시 덮어놓고 내 어깨를 토닥였다. 나는 여전히 뜨거운 벽난로 불에 눈물을 말리는 중이다.

"아니. 갔으니 우리 아인이를 만났지."

"……그래."

아인이는 생각만 해도 내 얼마 안 남은 긍정적인 감정을 모조리 끌어모으는 마법 같은 아이였다. 벽난로보다도 효과가 좋아 금세 보송하게 마른 눈으로 이준을 돌아보았다. 낮게 깔리는 목소리와는 달리 이준은 웃으며 턱을 끄덕였다.

"잘 간 거 맞네."

"어."

"시아는 아인이 같은 딸도 낳고, 무서운 남편도 만나고."

누운 채로 이준을 흘기다 웃음을 터트렸다. 시아의 이야기를 하며 이렇게 마음 깊이 웃게 될 줄은 몰랐다. 이준은 봐도 봐도 신기한 놈이다.

"서이준, 내가 비밀 하나 말해줄까?"

그김에 다시는 없을 인심 한번 썼다. 들숨으로 가슴을 부풀린 이준이 천천히 내 위로 몸을 겹쳤다. 팔 사이로 나를 내려다보는 그의 눈에 벽난로의 붉은 일렁임이 그대로 비친다.

"우리 시아, 너 좋아했어. 바보야."

"……."

대답이 없다. 하지만 크게 놀라는 기색도 아니다. 눈치 없는 놈이니 당황해서 얼굴을 찌푸리거나 농담처럼 웃으며 손을 내저을 줄 알았다.

"윤시은, 나도 비밀 하나 말해줄까?"

"……응?"

이마가 닿았다. 어떤 비밀이든 표정을 감출 수 있어 괜찮을 듯싶다. 딱딱하기만 하던 이준의 목소리가 꼭 예전처럼 어리게 들렸다.

"시아는 널 더 좋아했어, 바보야."

"……."

"넌 네가 뭐든 다 안다고 생각하지? 내가 보기엔 윤시은 네가 진짜 바보야."

욕해서 미안, 이준의 상냥한 속삭임에 입을 다물었다.

당연하지, 당연히 그래야지, 내가 저한테 어떻게 했는데. 뻔히 아는 사실인데 웃지도 울지도 못했다. 이마가 닿아 있어 정말로 다행이었다.

part 18

나무 아래 그놈

아무리 시간이 흘러도 잊히지 않는 날이 있다. 앞뒤 사정 다 기억 안 나는데 어느 한순간만 또렷했다. 특별히 기억력이 좋아 그런 것도 아니고 그 순간에 이 기억이 오래 남을 거라 여긴 것도 아니다. 지나고 나면 아주 평범한 날이었는데, 그 평범함이 사무치도록 그리웠다.

"네, 알아요, 고모. 무슨 말인지 알죠. 거기 좋은 것도 알고 다 생각해서 해주는 말인데 아무래도 아직은 준비가……."

하굣길에 문을 열자 난감하다는 듯한 엄마의 목소리가 먼저 들렸다. 얼른 위로 올라가보라 성의 없는 손짓에 나는 뚱하게 서 있다가 걸음을 돌렸다. 엄마가 누구와 통화를 하든 그저 그랬다. 현관문을 열 때 벌써 이준의 신발을 보아 2층으로 갈 마음만 급했다.

"왔어, 시은아?"

"넌 또 왔니?"

내 나름대로의 인사였다. 매번 하면서도 두근거렸다. 이준도 익숙해질 만큼 익숙해졌는지 그런 말은 들은 적도 없

는 양 옆자리를 툭툭 두드렸다. 오늘따라 일이 쉽게 풀린다. 난 그냥 귀찮은 듯 그 옆자리에 앉아 팔짱을 끼면 그만이었다.

"언니, 이제 왔어? 엄마 고모랑 통화하지? 아, 언제까지 전화 쓰나 몰라."

"넌 뭐 하다 나와?"

아무리 붙박이 같은 놈이라지만 이준 혼자 덜렁 앉혀놓고 시아는 제 방에서 베개를 들고 나왔다. 저 얌체, 진짜 얌체, 그리고 내 옆에는 호구. 양옆으로 쏘아볼 사람들이 풍년이었다.

"엄마가 계속 전화 써서 친구한테 전화도 못 하고. 5시까지 해주기로 약속했는데."

"원래 고모랑 한번 전화하면 오래 하잖아."

"국제전화통화료도 많이 나올 텐데. 요새 들어 더 자주 하는 거 같지 않아?"

"……응."

나는 욕을 하거나 엇나가지는 않았지만 내 생각만 하는 걸로 따지면 사춘기의 절정에 와 있었다. 엄마가 누구랑 요새 들어 통화를 하는지보다는, 내가 요새 들어 서이준 이놈의 생각을 더 자주 한다는 것이 심각했다. 국제전화비가 얼마가 나오든 내가 낼 것도 아니다.

"언니, 뭐 해?"

"어, 아니야. 엄마 뭐 중요한 일 있나 보지."

"엄마가? 흥, 웃겨. 엄마 하는 말 맨날 똑같지."

"난 아주머니 좋은데. 너넨 좋겠다."

"……응?"

이준은 고등학생이라고는 볼 수 없는 참으로 점잖은 방식으로 시아가 부모 욕을 하는 것을 말렸다. 아, 이놈 볼수록 괜찮다고 턱을 괴고 싶은 손을 억지로 참으며 꼼지락거렸다.

"뭐야. 넌 꼭 선비 같은 소리만 하더라. 너네 엄마는 돈 잘 벌잖아."

"응. 우리 엄마도 좋아. 너네 엄마도 좋고."

"야아! 아, 정말 너랑은 말이 안 통해! 박애주의자 납셨어!"

"하하, 그렇진 않은데."

이준이 싱긋이 웃기만 하자 시아는 가져온 베개 위로 몸을 뻗었다. 하아, 둘이 더 싸우기나 바라는 내가 한심해 나는 놀고 있던 손을 들어 가방을 풀었다. 내 예민한 촉각은 이준이 쳐다보고 있는 시선마저 느낀다.

"……넌 뭘 보니."

"시은이 넌 책을 왜 이렇게 많이 들고 다녀? 무겁겠다. 독서실에 좀 두고 다니지."

"그럴 거야."

"내가 들어다 줄까? 좀 있다 같이 독서실 나갈 때 내가 들어줄게."

"……그래."

아, 서이준은 오늘도 다정해서 나를 심란하게 했다. 독서실에 가봤자 공부도 못 하게 되었지만 둘이 걷는 밤길은 하루 중 내가 가장 좋아하는 시간이었다.

"맞다. 언니 독서실 가야지. 그래야 한국대 가지."

"응? 한국대?"

"어. 우리 언니 한국대 갈 거래. 그치, 언니?"

누워서 속 편하게 종알거리는 시아의 입을 막아주고 싶었다. 가방 안에서 책을 꺼내던 손길을 머뭇거리며 뺨에 닿는 침묵의 시선을 슬그머니 회피했다. 차라리 진짜냐고 묻든가.

내가 보기에 이준은 선비도 못 되었다. 묵언 수행을 하다 죽은 스님의 화신일지도 모른다.

"……시은이 넌 한국대 갈 수 있겠다. 그럴 거 같아."

"네가 어떻게 알아?"

"아니, 그냥, 그럴 거 같아서."

좀 더 자세히 얘기해보라 재촉하고 싶었다. 그의 입에서 내 이야기가 나오는 것은 한국대 합격 발표보다 더 기다려지는 순간이었다. 어차피 이 중병이 지속되는 한, 내가 한국대에 붙을 리는 없다.

"……너는?"

"응? 나?"

"서이준 넌 어디 갈 건데?"

이준의 대답은 또 느려 나는 그러쥔 손을 가슴에 문질렀다. 쿵쿵 가슴을 치고 싶은 건 답답해서라기보다는 심장 고동 소리를 감추고 싶은 탓이 컸다.

“나도, 어…… 나도 한국대.”

“봐, 언니. 내가 전에 서이준 한국대 간댔잖아! 내가 말할 땐 안 듣고.”

“어, 맞아. 나도 한국대 가려고. 그래도 태어났는데 한국대 가봐야지. 한국대가 제일 좋은 거 같아.”

시아가 몸을 일으켜 내게 거세게 항의하는 동안 이준의 중얼거림이 이어졌다. 냉철하게 시아를 무시해야 했지만 웃는 입을 참는 것은 고역이었다. 이 정도가 그때 당시 내 행복의 최대치였다.

“서이준, 우리 언니 진짜 웃기지? 진짜 자기만 제일 똑똑한 줄 알아.”

“왜, 시은이 공부 잘하는데. 똑똑하지.”

“아니, 솔직히 착하진 않잖아. 이게 뭐야, 동생한테.”

“착한 거는 뭐…… 음.”

시아가 이준에게 내 흉을 보자 이준은 난처하게 눈썹을 모았다. 저것들이 진짜. 어디까지 하나 두고 보던 나는 평소보다 오래 참았다. 이준의 마음이야 알고 있던 그대로였으니 상처를 받을 필요는 없다. 나는 내가 원한 만큼의 기대와 행복만 가지면 그만이었다.

“둘 다 조용히 해. 나 이거 봐야 돼.”

“…….”

“후유, 아예 말을 하지 말라는 건 아니구.”

“어, 그래, 시은아.”

“어, 언니.”

또 은근히 말 잘 듣는 얌체와 선비님이 침묵에 빠지자 일부러 팔랑이며 문제집을 뒤적였다. 서이준이 정말로 한국대에 간단다. 갈지 말지 모르는데 아마 갈 것 같은 게 아니라, 진짜 제 입으로 간단다.

"언니 넌 왜 웃니? 공부한다면서."

"조용히 해."

옆자리에서 단정하게 모은 이준의 손이 보였다. 한국대 캠퍼스가 아무리 넓어봤자 저 손을 잡고 걸을 일은 없을 테지만, 지금은 이 정도도 가슴이 벅찼다. 이 마음만 같다면 나는 또 얼마간은 태연할 수 있을 것이다.

"시은아, 우리 이제 나갈까? 독서실 가야지."

"응."

"아, 나도 가보고 싶다."

공부엔 관심도 없는 시아는 독서실은 재미있을 거 같다며 부러워했다. 이준이 먼저 계단을 내려가자 나는 흘기듯 응접실에 남은 시아를 돌아보았다.

"언니, 잘 갔다 와!"

환하게 웃으며 손을 흔들어대는데 대답이나 제대로 했나 모르겠다. 아니, 안 했던 것 같다.

그랬다면 유독 선명한 그날의 기억이 조금 덜 부끄러웠을 것이다.

"……."

그날 늦은 밤, 우리 시아는 다시 가슴을 부여잡고 쓰러졌다. 내가 바랐던 현실성 가득한 소박한 꿈은 그렇게 욕심으로 남았다.

"엄마! 이거, 이거."

"응, 알았어. 이렇게 하라구?"

병원에 다녀온 이후 우리 공주님은 의사놀이에 빠졌다. 나는 속물이라 아인이가 환자로 누워 있는 건 상상도 못 하지만 의사는 뭐, 나쁘지 않다. 문제라면 여자 셋 있는 집에서 아인이가 의사라면 누구 하나는 환자여야 했다. 환갑이 훌쩍 넘은 엄마에게는 장난이라도 환자를 시킬 수가 없다.

"아니, 엄마. 이케 아니야."

"알았어. 알았어. 여기 누우면 되지?"

아인이는 철저했다. 소파에 기대어 있는 나를 보고 제법 매섭게 똑바로 누우라 작은 손으로 탕탕 내리쳤다. 해달라면 해줘야지. 온몸에서 힘을 빼고 축 늘어져 눕자 드디어 시아는 진료에 들어갔다.

"여기? 엄마, 여기?"

팔이며 배며 잡히는 대로 꾹꾹 눌러보는 아인이의 손은 야무지다. 아픈 데를 찾아보려는 아인이에게 겉으로 보여줄 상처가 없다는 게 아쉽다. 표정은 또 어찌나 진지한지 전화 한 통 받는 것도 눈치가 보여 목소리를 낮췄다.

『응, 클라인.』

–시은, 요새 통화하기가 왜 이렇게 어려워? 지금 아인

이 뭐 해?

『지금 뭘 하냐면…….』

걷어 올린 내 팔을 자꾸 쿡쿡 찌르는 걸 보니 아마도 주사를 놓는 모양이다. '아빠.' 하고 전화기를 건네줬지만 아인이는 물러나 도리질을 했다. 다시 한 번 권해봤지만 이번에는 아예 저 멀리 안방으로 도망가버렸다.

『아인이 안 받겠대.』

– 왜애!

『지금 바빠. 우리 의사 선생님 진료 중이셔. 예약부터 해.』

좀처럼 보기 힘든 클라인의 투정에 웃음을 흘렸다. 통화를 계속 하면서도 아인이가 뭘 하나 눈으로 좇았다. 저맘때 아이들은 눈에서 안 보이는 사람을 금세 잊어버린다. 그 얼마나 부러운 능력인지, 드디어 마음 정중앙에 아픈 곳이 생겨났다.

– 어쩔 수 없지. 그래도 이제 딱 사흘이야. 사흘만 기다리면 우리 아인이 보니까. 두 달 금방이지 않아?

『…….』

– 짐 챙길 거 많겠다. 비행시간도 긴데 어머니랑 아인이까지 챙기려면 시은이 제일 힘들 거야. 수고해. 아, 전화 온다. 끊을게.

한번 생긴 마음의 상처는 한마디 한마디를 들을 때마다 크게 번졌다. 불이 붙어버려 뻥 뚫린 구멍이 숨만 쉬어도 화르르 연기가 일었다. 아픈 건 독일에 가서 하려 했는데,

좋은 감정이 아니라 그런지 매너도 없고 순서도 없다.

"엄마아!"

"그래, 우리 아인이."

전화기를 내려놓자마자 아인이는 생글대며 내게 붙었다. 환자를 놓고 도망친 게 마음에 걸렸는지 진료에 더욱 신중을 기했다.

"의사 선생님, 여기가 아파요."

"응?"

"저는 여기가 제일 아파요."

두 손으로 손을 끌어와 가슴에 올려두었다. 아인이의 작은 손은 넘어버릴 만큼 구멍이 컸지만 뭐든 따스한 걸 가져다 대고 싶었다.

"호오."

두드려도 보고 문질러도 봤지만 내가 별 차도가 없자 아인이는 입술을 댔다. 이렇게 해서 나을 상처라면 내 모은 전 재산을 모두 바쳐도 기꺼울 것이다. 나는 정말 나을 수 있을지, 긴장감 가득 아인이의 얼굴을 살폈다. 세 살짜리 아이의 소꿉놀이에 이렇게까지 빠져들 줄은 몰랐다.

"아인아, 할머니 젤리 사왔네. 자아, 보자."

"함머니!"

내 완치의 여부는 엄마의 등장과 함께 영원한 미제로 남게 되었다. 금세 과자봉지 하나에 세상을 다 가진 듯 좋아하는 아인이를 보며 엄마는 내 신세를 안타까워했다.

"어이구, 잘한다, 젊은 애가 이 시간에 누워서. 그러니까 정규 친구 좀 만나보랬잖아."

"그 얘기 좀 그만해."

이제 더 아플 마음도 모자라 촛불로 치자면 심지가 손톱만큼만 남아 있다. 그래도 촛농에 묻히는 마지막 순간까지 활활 타오르느라 무섭다. 난 지금도 모든 것을 내팽개치고 이준에게 달려가고 싶다.

"넌 정말 계속 그러고 있을 거야? 이제 며칠이나 남았다고."

엄마는 오늘 아침에 벌써 베란다에 놓아둔 이민가방을 거실로 옮겨놓았다. 내게는 최후통첩이었다. 조만간 저 가방이 꽉 차는 순간, 우리는 떠나게 될 것이다.

"난 너 여기서 이리저리 많이 다닐 줄 알았더니. 다시 오기 힘들잖아. 이번에 온 것도 아인이 아빠 아니었으면 생각이나 했니."

"……어."

"넌 뭐 맨날 가는 데라고는 이준이네밖에 없고. 어디 딴 데 가고 싶은 덴 없어?"

부지런한 엄마는 그사이에도 미리 챙겨둔 물건을 밑바닥부터 채워 넣기 시작했다. 그 손이 느려지기를 바라며 나는 엄마를 외면했다.

"그냥."

"나는 뭐, 에휴, 말은 안 했는데, 여기 다시 오면서 네가 제일 신경 쓰였어. 그렇더라. 갈 때에나 이러고 있네, 내가."

"응? 내가 왜 신경이 쓰여?"

아인이 옷을 개는 엄마의 손길이 빨라 야속하다 했는데 엄마는 엄마대로 나를 피하고 있었다. 몸을 똑바로 세워 어색하게 웃는데도 엄마는 나를 쳐다보지 않았다.

"너 예전에 그렇게 가기 싫댔는데 그런 애를 억지로 그 먼 나라에 끌고 갔으니."

"……."

"내가 그때에는 시아 생각에만 눈이 멀어서……. 뭐 이제 와 늦은 이야긴데 그래도."

"나 같아도 그랬을 거야, 엄마."

오늘도 안전하게 저녁을 틈타보려던 계획은 포기해야 할 성싶다. 내가 어디든 나가 마지막 남은 날들을 최대한 활기차게 보내야 엄마의 쓸데없는 자책도 막을 수 있다.

"나 우리 아인이 아프면 독일이 아니라 달나라도 갈 거야. 엄마 잘못 없어."

"……뭐, 저녁에 꽃게찌개 끓여놓을까?"

소리 없는 웃음으로 운동화를 꿰신었다. 아직 현관 옆에 놓여 있는 비닐 안에서 움직거리는 소리의 정체를 알아냈다. 내가 가장 좋아하는 한국 음식이다.

"좋지."

"참, 이준이네 갈 거면 이준이도 데려와. 저녁 같이 멕이게. 얼마 안 남았는데."

"……됐어."

"아니, 올 때 카페 앞에서 이준이 만나서 차 한 잔 얻어

마셨거든. 어유, 근데 거기 종업원 말 많더라. 이거저거 종알종알."

엄마가 질린다는 듯 손사래를 치자 수긍을 안 할 수가 없다. 역시 내가 예민한 게 아니라 이준이 지나치게 사람이 좋다.

"하여튼 기어이 데려다준다고 여기까지 태워다 줬는데. 저녁에 오라니까 오겠대. 너한테 볼일도 있다고."

"나?"

날이 밝고서야 이준의 품에서 빠져나와 실제로 헤어진 지는 얼마 되지도 않았다. 집 앞에서 헤어질 때에도 별다른 말 없이 가벼운 키스만 나눴다. 짐작도 안 가는 금시초문에 문을 열기 직전에야 엄마를 바라보았다.

"나한테 할 말 있대?"

"아니, 들을 말 있대."

아직 손잡이에 걸쳐두었던 손이 스르르 미끄러졌다. 반듯하게 개킨 빨래를 접어 든 엄마는 아인이의 재롱에 혀를 굴렸다.

"옳지, 우리 강아지. 아…… 시은이 너한테 말을 했댔나, 물어봤댔나. 어쨌든 그거 대답 들어야 한대."

"……그 말이 다야?"

"급한 거면 바로 물어봐주마 했는데 아니라고. 사실은 자기도 알 거 같대. 대체 그게 무슨 말이니?"

빗속에서 했던 고백이야말로 이 타들어가는 상처를 유일하게 식혀주는 약이었다. 그제도 어제도 대답을 조르지는 않았는데, 아마도 기다리는 모양이다. 내가 해줄 수 있는 말이 뻔하다는 걸 알면서, 알고도 말한 그놈이 나쁜 놈이다.

"넌 뭐 기억도 안 나? 별거 아닌가 보네."

"아니야, 엄마. 별거 맞아. 별거야."

목소리가 떨려온다. 내 서른 해가 넘는 인생에서 가장 별거인 문제라 고개는 몇 번이나 공기를 가로질렀다.

나올 때만 해도 카페에 가려던 걸음이 급하게 목적지를 바꿨다. 이준이 내 대답을 기다린다니 발보다는 목이 메어 갈 수가 없다.

"어, 오늘은 서 선생님이랑 같이 안 오셨네?"

"네."

"무슨 볼일 있으세요? 자주 오시네."

"……어, 박진성 선생님 보러 왔어요."

서경고 수위아저씨는 하루도 임무를 게을리하지 않았다. 이렇게 알 정도면 그냥 좀 들여보내주면 좋은데 세상이 험하긴 험한가 보다. 나는 의심스러운 스캔을 당하다 번뜩 떠오른 이름을 팔았다. 박진성이 누군지는 모르겠지만, 어차피 이준에게 10원 한 푼 안 주고 그 귀찮은 일을 시킨다니 이 정도는 약과였다.

"아, 그럼 들어가보세요."

고개를 끄덕이는 수위아저씨를 보며 내심 흐뭇해졌다. 난 어딜 가더라도 절대 손해는 안 본다. 그놈이 이런 걸 좀 보고 배워야 하는데, 하나하나 잡고 일러둘 시간이 없는 게 한이다.

가자, 가야지.

이제 여기도 몇 번 와봤다고 나는 바로 가야 할 곳을 찾았다. 뒤에서 누가 보더라도 어색한 침입자가 아니다. 오늘은 꼭 와보고 싶은 곳이 있어, 이준의 고백을 받은 이틀간 이곳을 생각하며 입술을 만지작거렸다.

"하아."

이준과 왔던 뒤뜰. 나는 그중에서 제일 겨울을 많이 타는 앙상한 나무 아래에 서 있다.

……야, 내가 진짜 너 끝까지 모른 척해볼랬는데 말이야.

주먹을 쥐어 거친 나뭇결에 살짝 비벼보았다. 억지로 장난스레 굴었지만 힘은 금방 풀어졌다. 마음이 녹은 이후라 보이는 모든 것이 새로웠다. 이준이 안다던 이 나무는, 아마도 이 학교에 다니지 않았던 내가 제일 잘 알 것이다.

가지가 어디까지 뻗는지, 그늘이 얼마만큼 내리는지, 또 얼마나 나를 슬프게 했는지.

지금도 이준은 나를 기다리고 있다. 답을 아는 대답을 굳이 내 입으로 듣겠다는 그를 원망할 수는 없다. 나도 예전에 한 번, 딱 한 번이지만 같은 일을 한 적이 있다. 그게 미련스러운 짓이라는 걸 깨달은 것은 성인이 되고서도 한참 후의 일이었다.

“시은아, 아빠랑 나가서 뭐라도 좀 먹자.”
“……아니, 됐어.”
“여기 있는다고 뭐 좋은 수가 있는 것도 아니고. 나가자. 아빠랑 맛있는 거 먹고 오자.”
점심시간에 조퇴를 해서는 바로 병원을 찾았다. 이미 잡아둔 병실을 두고 나는 저 멀리 떨어진 다른 대기실에 앉아 무릎을 끌어안고 있었다. 차라리 집에 가 있으라던 엄마나 아빠도 이틀이 지나자 내 고집을 못 이긴다는 걸 알았는지 더 이상 같은 말을 하지 않았다.
“내일 퇴원인데 뭘. 걱정할 거 없어.”
“응.”
“시아도 아까 눈 떴더라. 보러 갈래?”
“…….”
그것도 고개를 저었다. 이렇게 급하게 병원으로 실려 와 막 눈을 뜬 모습은 시아 같지가 않다. 다행히 수술해야 할 고비는 넘겼다지만 팔목에 주렁주렁 달린 주삿바늘은 시아의 온몸을 퉁퉁 붓게 했다. 그 얼굴을 보고 있자면 저절로 내 얼굴을 만져보게 된다. 거울을 본 것처럼 닮은 얼굴이 한 번씩은 껄끄럽다가도, 이렇게 제가 먼저 모습을 달리하면 그때에는 가슴이 너덜거렸다. 그 얼굴로 웃거나 나를 부르는 건 더 힘이 들어 태연히 보고 있을 용기가 없었다.

"의사 말 들었잖아. 이번엔 괜찮다는데 뭘."

"그래도 요새는 잘 안 그랬잖아. 그래서 나는……."

크게 놀라버려 아빠의 말도 곧이곧대로 들리진 않는다. 최근 몇 년간 약도 꼬박꼬박 먹고 정기검진을 제외하면 달리 걱정할 일은 없었다. 완치가 되는 병은 아니라는 걸 알면서도 사람 마음이 간사해 벌써 안심하고 있었다. 하도 잘 웃고 잘 놀고 말도 많으니, 아픈 애가 그럴 리 없다고만 생각했다.

"시은아, 아빠랑 둘이 밥 먹는 거 오랜만인데 진짜 안 갈래?"

"……."

"아빠는 가고 싶은데. 그러고 보니 작년에 피자 먹으러 가고 둘이서는 처음인가?"

"……아니. 1월에."

"어, 그래?"

"그때 냉면 먹으러 갔었잖아. 아빠가 가자 해놓고는."

몰라서 저런 건 아닐 터라 대답이 뾰로통했다. 우리 아빠지만 내 마음이 취약해지는 부분을 너무 잘 알다.

"알았어. 가. 가서 밥 먹어."

"아, 오랜만에 큰딸이랑 나오니 신나네."

말만 그렇지 전혀 그런 기색이 아니다. 식당에 도착해서도 우리의 대화는 어딘지 어색했다. 아빠는 아빠대로, 나는 나대로, 부녀가 똑같이 연기를 하고 있다. 아픈 가족이 있는 게 다들 그렇다. 웃을 일이 생기면 무디게 웃으면서도 남들보다 슬픔으로 돌아오는 시간이 빨랐다. 그래서 다 드러내놓고 환하게 웃지도 못했다. 언제든 반대의 감정으로 돌아올 준비를 하고 있어야 했다.

"뭐 먹을래?"

"……아무거나."

"그럼 이것도 시키고, 보자, 이것도 맛있겠다. 아니, 아예 이걸 먹어볼까?"

"아빠, 나한테 무슨 할 말 있지?"

"……어?"

커다란 메뉴판을 든 아빠는 이도저도 아닌 음식명에 대고 손가락을 문지르고 있었다. 정말 뭐든 먹고 싶어 나오잔 게 아니란 것이 확실해졌다. 아니길 바랐는데, 안 그래도 없던 입맛에 물 한 모금도 거북해졌다.

"뭔데? 괜찮으니까 그냥 말해."

"어, 그게."

"시아 오래 입원해야 해? 수술해?"

"아니, 아냐. 이번엔 그냥 퇴원 맞아."

휴우, 가장 크게 머물러 있던 구름이 걷혔다. 그것만 아니라면 다른 건 무엇이 됐든 언젠가는 제자리로 돌아오게 되어 있다.

"설마 이사 가? 병원비 이런 거 때문이면…… 전에 엄마랑 말했던 초원아파트 거기?"

“…….”

“난 아파트도 좋아. 주택 너무 크기만 하고 물도 자주 줘야 하고.”

고개 숙인 아빠를 보며 그게 맞구나 짐작했다. 이 정도면 꽤 풍족한 편이 아닌가 했는데 꾸준히 드는 병원비가 만만찮은 모양이었다. 딱히 내가 해줄 것은 없더라도 최소한 좁은 데로 가니 마니 투정부릴 처지는 아니었다. 이준의 집이 조금 더 멀어진다는 것이 걸렸지만 그 정도는 참을 수 있다.

“초원아파트 내 친구네 집이라서 가봤는데 좋더라. 난 거기 좋아. 우리 학교도 더 가깝고.”

“시은아, 우리 독일로 가자.”

“……어?”

“우리 이제 독일 가. 좀 급해졌긴 한데 그게.”

이사 정도는 받아들일 수 있다며 덤덤하게 물잔을 들었는데 그 상태로 손목이 축축해졌다. 아빠가 얼른 티슈를 건넸지만 나는 닦을 생각도 없이 젖어가는 소매를 바라보았다.

“…….”

독일이라니, 어처구니가 없다. 하도 아무렇지 않게 말을 건네니 옆 동네 초원아파트에 가는 것과 무엇이 다른지도 모르겠다.

“고모가 그러는데, 거기서는 수술도 받을 수 있고 여기보다는 상황이 훨씬 좋으니까.”

"……수술 안 받아도 된다며."

"아니, 여기선 안 받는 게 아니라…… 못 받는 거지."

"하아."

나이에 어울리지 않는 헛웃음이 나왔다. 따끈한 음식이 한 상 가득 차려지는데 너무 현실감이 없으니 저게 먹어도 되는 음식인지 눈을 문질렀다.

"그래도 잘 견뎌내나 했는데, 이번이야 몰라도 다음엔 또 괜찮아진단 보장이 없으니까. 시아 케이스가 좀 어려운 편이라고도 하고. 독일에서 고모부가 병원에 있으니 이래저래 많이 알아봤대. 아빠 지난달 출장 다녀올 때 미리 동네도 좀 봤는데……."

"그럼 벌써 다 결정된 거네?"

스스로 듣기에도 목소리가 찼다. 내가 참고 견딜 수 있다고 한 모든 범위를 벗어난 말에 원망이 가득해서 아빠를 바라보았다.

"나한테 묻는 것도 아니잖아! 그냥 통보잖아!"

"아니, 대학 갈 때까지는 미뤄보려 했는데 시아가 너무 갑자기……."

"전부 시아, 다 시아! 나는? 그럼 나는 뭔데?"

"시은아."

"내가 아프랬어? 하아, 내가 그러랬어? 왜 나는 매번 윤시은이 아니라 윤시아 언닌데?"

그게 부모한테 못 할 소리라는 건 더 크고 나서야 알았다. 언제나 지긋지긋하게 발목에 묶여 있던 시아의 존재가 이제는 내 발목을 자르는구나 분통이 터졌다. 거기 가면 내 동생이 나을지 모르는구나, 두 손 모으고 기뻐하는 천사 같은 건 없다.

“나 다 참았어! 다 참았다고! 엄마가 뭐든 시아부터 챙겨도, 여행 한번 못 가도, 난 시아 가고 싶을까 봐 소풍 한 번도 맘 편하게 못 갔어! 그런데 왜 다 나더러 양보하래! 아빠나 가! 난 안 가!”

“…….”

왜 듣고만 있는 걸까. 자식이 이렇게 버르장머리 없이 나오는데도 고개를 떨군 아빠를 보면서, 어차피 한국을 떠나게 되어 있구나 가슴속에 체념처럼 새겨졌다. 할 수 있는 게 없다는 무력감이 깊은 원망으로 돌변했다.

“아빠나 엄마는…… 내 생각은 안 해? 도대체 나는 뭔데?”

울컥 치미는 목소리가 끝내 쉬어버린 것처럼 갈라졌다. 아빠가 천천히 내미는 손도 뿌리치고 이를 악물었다.

“시은아, 우리한테는 시아나 너나…….”

“됐어.”

바로 자리에서 일어섰다. 꼭 지금 들을 필요도 없는 이야기다. 모두 다 결정해놓고 뒤늦게 통보를 하겠다는데, 뒤늦게 듣는 것 정도야 무슨 상관이랴.

“시은아! 윤시은!”

무작정 도로를 내리달렸다. 뭘 어쩌라고, 빵빵거리는 차도 마주 쏘아볼 만큼 겁나는 것도 없었다.

내가 무슨 그렇게 큰 걸 바랐다고.

겨우 이 정도에 좋다 만족하고 사는 것도 얼마나 힘들었는데.

속에서 끓고 끓어 몰아쉬는 숨이 비렸다. 피가 배어나온 대도 그러려니 웃었을 것이다. 웃을 일이라는 게 모조리 사라졌으니 그것도 꽤 재밌을지 모른다. 속도가 줄지 않는 걸음은 뒤에서 떠밀려 가듯 방향이 없었다.

"……."

그나마 저 볼링장 마크 하나로 우리 동네에 바로 왔구나 깨달았다. 매번 오는 길도 끝이 정해지니 전처럼 스쳐지지가 않았다. 억지로 앞만 보며 집으로 돌아와서는, 나는 제일 먼저 시아의 장롱을 열었다. 병원에 갈 물건을 챙길 때처럼 조심스러운 손길이 아니었다.

"윤시아, 너 진짜!"

우악스럽게 잡히는 대로 모두 내던졌다. 시아는 모난 데가 없는 아이라 내던지는 물건의 소리도 어디 하나 속 시원히 울리질 않는다.

"진짜…… 싫다구."

시아의 잘못이 없다는 것도 받아들이지 못할 만큼 나는 내 마음만 귀했다. 나는 저한테 모든 걸 양보하고 또 양보해도 좋았는데, 의지를 벗어나 아픈 것도 전부 시아의 탓이었다. 어쩌면 그거 하나 못 해주나, 이제 막 눈떴다는 애를 잡아 흔들 수 없으니 애먼 데에 원망을 풀어냈다.

"음."

울지 않으려 눈을 크게 깜빡였다. 희뿌연 시야가 맑아지자 지금 한 손 가득 움켜쥔 옷이 동생의 교복임을 알았다.

"……."

숨을 쉬고, 또 쉬어보고.

이건 내던지지 못했다. 내던지고 싶어도 순순히 내 손을 벗어나지 않는다. 나는 정말 죽을 것만 같은데, 시아의 교복은 주인처럼 화사하다. 밝은 감청색 옷이 우리 시아가 입었을 땐 유독 환한 미소를 돋보이게 했다. 똑같은 색상의 옷을 입고 이준이 옆에 서 있으면, 나는 어두운 자주색의 내 교복을 털어내곤 했다.

서이준.

이제 너도 이 집에 올 일이 없다는 걸 아는지.

그의 반듯한 웃음을 떠올리며 나는 입고 있는 교복 단추를 끌러내고 있었다. 오늘 내가 가장 슬픈 것은 아빠의 갑작스러운 통보가 아니라, 생전 처음 그렇게 화를 내고도 결국은 그 말을 따를 수밖에 없다는 무력한 체념이었다. 어쩌면 생사를 넘나든다는 시아처럼, 그에 못지않은 내 상처는 드러나는 것도 아니라 더 심장이 조여들었다. 주인인 나만 알게 양손 가득 펄떡거렸다.

"……."

그리고 그 슬픔의 바닥에서 거울을 보았을 때, 나는 이미 시아가 되어 있었다. 감청색 원단이 내 얼굴을 전혀 밝히지 못한다는 것만 빼면, 나는 완벽한 시아였다.

이준을 찾아야겠다고, 머릿속의 주어 동사 다 있는 똑바른 문장은 그거 하나였다. 나머지는 전부 꼬여 어디에 뭘 붙여도 말이 되질 않았다. 이준을 찾으러 서경고에 가는 걸음에 맞춰 빗방울이 투둑 떨어졌다.

"……잘됐어, 아주."

애달픈 원망과 터져 나오는 그리움. 이 어지러운 마음이 그대로 드러난 내 얼굴은 빗속에 엷어졌다. 맨살에 내리꽂히는 아픔도 차라리 반가웠다. 절대 들어갈 리 없는 교문을 당당하게 통과할 때에도 누구 하나 날 잡는 사람이 없다. 그 당연한 일에 나는 또 굳어지는 입술을 꾹 눌렀다.

"어, 윤시아! 너 학교 왔네, 드디어!"

"……."

"계속 빠져서 애들 다 놀랐어. 이제 괜찮은 거지? 선생님이 조만간 온다고는 하셨는데 오늘 왔네."

"이준이."

"어?"

"너 서이준 어딨는지 알아?"

들어가는 입구 바로 앞 시끌벅적한 아이들 사이에서 누군가가 내 어깨를 쳤다. 동그란 얼굴의 남자아이가 진심으로 반가운 듯 웃다가, 웃지 않는 내 얼굴에 뒷머리를 긁적였다. 시아가 되고 나니 남 눈치도 안 보였다. 오늘이 지나고 또 며칠이 지나면 바다를 몇 개나 건너 있을 것이다. 그때에는 부끄러워도 아무런 소용이 없다.

"어? 서이준 저기 뒤뜰에 있지. 거기 청소잖아."

"……어."

"어차피 비 와서 금방 들어올 텐데. 어, 윤시아! 우산 쓰고 가!"

들어올 때보다 빗발이 거세졌다. 더 좋다. 남자아이의 손가락이 향하는 방향으로 거침없이 나아갔다. 비를 피해 후다닥 달려가는 아이들 사이에서 나는 이상할 정도로 마음이 내려앉았다.

모든 것이 가려서 보이는 게 없다면, 그러면 좋을 텐데.

무작정 이준을 찾아왔지만 마지막 순간에는 두려웠다. 내가 일으키는 이 흙탕물을 그에게 보이는 것이 무섭다. 하지만 내 눈은 늘 해오던 대로 서이준을 찾아냈다. 독서실에선 발소리만 들어도 그가 오는 것을 알았는데 지금은 들리는 것 없이도 충분했다.

"……윤시아?"

그는 뒤뜰 가장 안쪽의 희미한 나무 그늘 아래에 있었다. 갑작스레 드리워진 구름을 버티지 못하는지 그 경계가 사라지기 직전이다. 우산 아래로 살짝살짝 비치는 그의 콧날과 입술은 집에서 보던 것과 또 달랐다. 나를 보자마자 이준이 들고 있던 삽과 봉투가 빗소리보다 조금 크게 투둑 소리를 내며 바닥에 떨어졌다.

"너 어떻게……."

놀라긴 놀란 모양이다. 꽤 먼 거리에서도 벙긋대던 그의 입 아래의 목울대가 꿀꺽 오르내렸다. 빗속에서도 입이 마르는지 그는 굳은 사람처럼 나를 빤히 보았다. 우산을 씌워주는 것을 잊을 만큼 그의 숨도 한곳에 머물러 있었다.

"……."

나는 항상 이 순간이 무서웠다. 나 없는 곳에서 이준과 시아가 어떤 이야길 할지, 어떤 웃음을 나눌지 가슴이 아팠다. 아픈 생각은 안 하는 것이 제일이라고 억지로 외면하다가 이렇게 떠나는 순간에야 정면으로 마주했다.

"너 도대체 이게 뭐야!"

참은 숨을 내뱉은 이준이 바로 다가와 우산을 씌워주었다. 그대로 고개를 들자 며칠 만에 보는 이준이 보다 선명하게 목울대를 울렸다.

"……."

짙은 눈썹이며 서늘하고 긴 눈매의 시선이 내게서 떨어지지 않는다. 상상했던 이상으로, 무섭고 좋았다. 성적인 경험은 전무했지만 아마 이렇게 아찔하지 않을까 오소소한 팔을 쓸었다. 전에 한 번이라도 날 이렇게 보아준 적이 있었다면, 겨우 셋이나마 같이 있던 그때가 최선이라고 어설픈 만족은 하지 못했을 것이다.

"안 그래도 가보려고 했는데 어떻게 여기에……."

"나 너 좋아해."

"……."

너무 참았더니 이미 내 안에서는 별것도 아닌 말이 그의 눈에 비쳐서는 눈덩이처럼 커졌다. 혼란스럽게 흔들리는 눈을 똑바로 쳐다보다가 울음이 나올 것 같은 직전에 다시 한 번 되뇌었다.

"서이준, 나 너 좋아해."

대답은 듣고 싶지 않다. 아직 그 정도의 용기는 없다.

나는 그토록 시아에게 선을 그으면서도 오직 이준에 한해선 시아가 되어보고 싶었다. 앞뒤가 안 맞는 괴로움을 내 스스로도 납득을 못 해 가슴 가장 밑바닥에 숨겨두고 있었다. 이준과 시아가 같이 교문을 나올 때마다, 나란히 거실에 앉아 있을 때마다, 내 상상은 시아의 자리에 나를 앉혀두었다.

할 만한 모든 상황을 그려보던 그때에도 나는 이준의 대답을 바란 적은 없었다. 이준이 따스하게 웃으며 대답을 한다면, 그건 그것대로 가슴이 미어질 거라 내 상상은 한 번도 끝을 보지 못했다.

"아, 나 이제 가야……."

"나도."

"……."

"나도 너 좋아해."

흐읍, 안팎으로 습한 숨이 턱하니 가슴을 메웠다. 상상을 안 해보길 잘했다. 이 정도 슬픔이 존재하는지는 겪어보지 않고서는 모른다. 귀를 막을 수도 없어 나는 간신히 남은 힘으로 입꼬리를 희미하게 올렸다. 내가 아닌 시아의 이름을 빌린 죄가 이렇게 크고 잔인할 줄 알았다면, 아니, 알았더라도 뭐가 달라졌을까.

위험할 만큼 부풀어버린 내 마음을 어떻게든 말하고 싶었다. 고삐가 풀려버린 충동은 이미 내 의지를 벗어나 있었다.

"네가 정말 좋아."

"……으음."

우산 속에서 천천히 이준의 입술이 내려왔다. 비를 머금은 듯 촉촉한 입술이 조용히 내 입술을 머금었다. 기교 같은 것 하나도 없이 그는 내 울컥한 마음을 달아져라 휘저어댔다. 얼마나 달콤한지 깨진 그릇의 설탕물을 할짝이면서도 차마 밀어내지도 못했다.

"……."

그렇게 모든 게 끝이 났다. 아슬아슬하게 버티던 끈은 이토록 달콤한 키스 한 번에 잘려나갔다. 더 이상은 있는 그대로에 만족해하던 내 순진한 마음도 싹둑 잘려나갔다. 아마 다시는 붙지 않을 걸 알아, 나는 돌아오는 길 중간쯤에서 그를 밀어내고 집까지 달려왔다.

그게 정확히 137번째, 그와 집으로 오는 마지막 길이었다.

part 19

알아보는 놈

독일에서 키 크고 가지가 넓게 뻗은 나무만 봐도 나는 한 걸음씩 돌아가고는 했다. 대부분의 나무가 그렇게 생겼으니 남들 다 쾌적해 좋다는 공원도 나는 바닥만 보고 걸었다. 그것도 일종의 여유였다는 건 사회인이 되고 체감했다.

당장에 눈앞에 보이는 것들보다 안 보이는 것들에 더 신경을 써야 할 만큼 나이를 먹고 나서는, 두툼한 서류뭉치를 들고 먼저 나무 그늘을 찾아 지친 몸을 기댔다. 샌드위치도 한입씩 베어 물면서 등 뒤가 아니라 오직 오늘 할 일에만 집중했다. 나는 그게 어른이 된 건 줄 알았다.

"……."

역시나 착각이다. 그때 이준에게 향하던 마음이 그렇게 터져 나왔던 것처럼, 그것도 그냥 제일 밑에 감춰둔 것뿐이다. 나무만치 멀대같은 서이준 옆에 서 있으니 더 확실해졌다. 아무리 깊이 묻어두어도 먼지를 털어내고 찾아줄 사람이 있으면 언젠가 흘러나오기 마련이다.

"근데 너 어디 갔다 왔어? 아까 어머니 모셔다 드리고 너 바로 올 줄 알았어."

"동네 구경."

재주도 좋지, 그때 꽁꽁 감춰둔 내 마음을 이놈이 기어이 찾아냈다. 뭐 좋은 거라고 선물 상자 위 리본처럼 사정없이 풀어헤쳤다. 더 이상 가려둘 수도 없을 만큼 모락모락 새어나와 시답잖은 농담 하나에도 웃음을 내보냈다.

"정말? 나도 없이?"

분명히 재미없었을 거라는 자신감이 고개를 비스듬히 기울이고 웃는 그의 미소에 비쳤다. 이미 내 가진 패가 모두 드러나고도 나는 그놈의 반항심만은 버리지 못했다.

"너 없어서 더 좋았거든?"

"아아, 조심해야지."

골목길치고 제법 속도를 높인 차 한 대가 달려오자 이준은 느긋함을 버리고 나를 바로 안으로 밀었다. 쌩하니 차가 비켜가자 그 후엔 다시 유유자적한 선비님으로 돌아왔다. 저놈이야말로 몇 개의 가면이 있는 건지 모르겠다.

"방금 건 고맙긴 한데 진짜야."

"하하."

웃으나 마나 나는 진심이었다. 이준과 함께 그곳에 갔다면 나는 그에게 입이 아프도록 묻고 또 물었을 것이다. 그때 마음이 너한테는 어떻게 남았냐고. 이제 내 마음이야 어쩔 도리가 없게 되었지만, 네게도 숨겨놓은 마음이 있다면 평생 꽁꽁 감춰두라고. 부디 내가 알게끔 하지 말라 신신당부라도 하고 싶었다.

"어머니 꽃게찌개 맛있게 끓이셨었는데. 기대된다."

"그게 다야?"

"응?"

"네가 기대하는 게, 그게 정말 다냐고."

바로 옆에서 걷던 그의 속도가 잠깐 느려졌다. 하지만 처지지 않는 걸 보니 처음부터 내 걸음에 맞추던 것뿐이다. 한쪽 눈썹을 치켜올리고 나를 살폈지만 나는 태연자약하게 턱을 들었다.

"물론 아니지."

잠시나마 그의 눈빛이 달라졌다. 엄마가 보던 드라마 속 검사처럼 속을 꿰뚫어 보듯 깊어졌다. 저런 모습이었구나. 나도 여자라 멋진 것에는 감탄부터 났다.

"그럼 왜 안 물어봐?"

"난 기다리는 거 잘하니까."

지금 내 앞에서 청량하게 웃는 사람은 그때의 이준과 같으면서도 다르다. 둘 모두의 서이준을 좋아했지만 내가 빠져든 부분은 또 달랐다. 열여덟 살의 이준이 또래답지 않게 반듯하고 선해 내게는 없는 부분을 건드렸다면 서른한 살의 이준은 여전히 착한 척 구는 그 모습이 좋았다. 열심히 사는 건지 아닌 건지 종잡을 수 없는 노력도, 여전한 어설픔도, 내가 뿌리치질 못할 힘을 드러내는 것도 짜릿했다.

아마 다시 얼마간의 시간이 지나 지금보다 나이가 든 이준을 만난다면, 그때의 내 마음도 다르지 않을 것이다. 그때에는 또 그때의 이유를 만들어낼 수 있다. 아쉽게도 그때에는 '이놈'이라 칭하지는 못할 테지만, 단 한 번만 만나게 된대도 나는 수없는 이유를 찾아낼 것이다.

"나 가는 날…… 사흘 남았어."

찬바람에 훌쩍 내뱉었다. 알아, 하고 이준이 응답한다면 나는 이것을 내 대답으로 삼으려 했다. 그날의 내가 터지기 직전의 내 마음을 뱉어놓고 그의 대답을 피하려던 것처럼 이준도 그럴지 모른다고 생각했었다.

우리 정해진 날이 워낙에 뻔하니 가슴 아픈 대답은 안 하고 안 듣고 싶다.

"시은아, 너 그렇게 말할 때."

입매를 늘인 이준은 심각해졌다. 이걸 어찌 표현해야 할지 모르겠다는 얼굴로 짙은 눈썹을 슬쩍 문질렀다.

"말하다가 말이야, 지금처럼 갑자기 똑 부러지는 척할 때가 있잖아. 되게 단호해 보이려고 애쓸 때."

"……."

"넌 그럴 때에도 참 예뻐서 좋더라."

내가 간과했다. 이놈도 이제 나를 너무 잘 안다. 너무 잘 알아 문제인데, 나는 또 그게 싫지 않았다. 사흘 남고도 싫지 않으면 대체 언제 싫어질 타이밍이 남았을까.

"나는 네 마음이 알고 싶은 것뿐이야, 시은아."

"……."

차라리 그때 이놈이 했던 것처럼 말문이 막히는 키스를 해줄 걸 그랬다며, 몇 걸음 앞서 초인종을 눌렀다. 네가 정말 좋아. 그가 했던 그 말도 똑같이 덧붙여줄 수만 있었다

면 분명히 그리 답했을 것이다.

"이준아, 이것 좀 더 먹어. 너 주려고 많이 한 거야."

"이주나. 이거, 이거!"

오랜만에 집을 찾은 이준은 특수인기를 누렸다. 식탁에서 한 젓가락 뜨기 무섭게 아인이는 이준의 주변으로 온 잡동사니를 끌어와 살림을 차렸다. 이것 좀 보라며 같이 놀아달라 온갖 애교를 부렸다.

"아인아, 삼촌 밥 먹어야지. 밥 먹고 '아인이 놀아주세요.' 하자."

"아니야. 하꺼야."

"어머니, 저 밥 다 먹었어요. 괜찮으면 먼저 일어나서 아인이랑 좀 놀게요."

워낙 움직임이 조용해 수저를 몇 번이나 놀렸다고 어느새 그릇이 하얗게 비어 있었다. 엄마의 만류에도 불구하고 이준은 자리에서 일어서자마자 아인이를 번쩍 안아 들었다.

"시은이 넌 더 안 먹고 왜."

"어, 배불러서. 잘 먹었어요."

"그래. 나가 있어. 정리하고 갈 테니 가서 얘기 좀 해."

반도 못 먹은 그릇을 가져다 두곤 같이 거실로 갔다. 처음 그가 집에 왔을 때처럼 계단에 걸터앉아 두 사람을 지켜보았다. 이준이 아인이를 안고 놀아주는 모습도 그새 달라졌다. 수줍어 손끝마저 숨기려 하던 아인이는 이제 이준이 가버릴까 봐 문 근처에도 못 가게 했다.

"이건 뭐 하는 거야? 삼촌 잘 모르겠는데."

이준이 갸우뚱하며 오랜만에 내게 통역을 부탁했다.

"병원놀이 하자는 거야. 우리 아인이가 의사 선생님이고. 그쵸?"

"응."

"그냥 좀 해줘. 이제까지 내가 환자였단 말이야."

새로운 환자가 등장하자 영감을 받았는지 아인이는 또 이준을 누우라 재촉했다. 멋쩍게 나를 돌아보며 웃던 그가 온몸에서 힘을 빼고 열연을 펼쳤다. 언제나 느끼지만 여자 말은 진짜 잘 듣는다.

"여기, 이주나. 여기?"

"응?"

"여기 호오."

우리 아인이는 첫 환자를 잘못 만나 이제 아프다면 으레 가슴이 아픈 줄 아나 보다. 이준의 가슴에 몇 번이고 입김을 불어대는 모습에 먼저 고개를 돌렸다.

"아인아, 삼촌은 여기 안 아픈데?"

"아니. 엄마, 여기. 여기 호오 해야지."

아인이의 짧은 설명에도 이준은 바로 알아들었다. 내 촉각은 아직도 이준에게 예민해 돌아선 뺨이 따가웠다. 아인이 혼자 조잘거리는 소리가 넘치는데 나와 이준은 꿀 먹은 벙어리처럼 입을 다물었다.

"이준아, 와서 과일 좀 먹어. 배가 다네."

"아…… 네."

아슬아슬한 침묵을 엄마가 깨트렸다. 배 하나를 콕 찍어 이준에게 건네자 그가 공손하게 두 손을 내밀었다.

"어휴. 우리가 21일날 가니까 이제 며칠 남았어? 하여튼 이준이 너한테 신세 많이 졌어."

"아니에요."

"와서 자리 비울 때마다 네가 신경 많이 써줘서. 병원 간 것도 그렇고. 저기 뭐니, 여기 등도 다 갈아주고. 또……."

엄마가 집 곳곳을 둘러보며 그의 공적을 찾아냈다. 가장 그에게서 영향을 많이 받은 딸이라는 여자가 코앞에 있는데 항상 그렇듯 건너뛰었다. 이쯤 되니 일부러 그러나, 큰 동작으로 무릎을 바꿔 세웠다.

"이주나, 아아."

"우리 아인이가 큰일이네. 이제 헤어지면 또 울 텐데. 서운해서 어쩌니."

아인이는 벌써 이준의 무릎에 자리해 있었다. 그의 단추를 만지작거리며 과일도 꼭 저 주는 건 안 먹고 이준이 먹던 것만 얻어먹으려 했다. 문득 잘됐다 싶었다. 아인이가 이준과 헤어져 엉엉 운다면 나는 거기에 달래주는 척 눈물 담긴 숟가락 하나만 얹으면 된다. 얼마나 키웠다고 벌써 조카 덕을 다 본다.

"엄만 왜 가만있는 아인이한테 그래."

"시은이 넌 독일 가면 바로 선볼 생각이나 해. 그 나이에 좋다는 남자도 하나 없이 자꾸 요리조리 말 돌리지 말고."

"……."

엄마의 타박에 이번에는 이준이 먼저 반응했다. 과하다 싶을 만큼 빤히 쳐다보는 시선에 무릎이라도 밀어내고 싶지만 옆에는 엄마가 있었다. 당장은 구불구불 배 껍질을 깎아내느라 눈과 손이 바쁘다 쳐도 언제 고개를 들지 몰랐다.

"시은아, 너 거기서 선보려고?"

"응?"

이준이 대놓고 물으니 엄마도 대놓고 하던 일을 멈췄다. 엄마는 영문 모르게 나를 보다가 말 나온 김에 재촉하려는 듯 눈을 게슴츠레 가늘였다.

아, 저놈은 또 왜 저래. 바짝 마르는 입에도 대답은 요점만 콕 집어 간결했다.

"안 봐."

"아, 그렇구나."

"……어, 그런 거 안 봐."

"어머니, 시은이 선 안 본대요."

이준은 드디어 내게서 눈을 돌렸다. 이제 좀 살겠다 싶으니 어느새 그의 눈은 엄마에게 가 있다. 싱긋거리며 웃는 눈빛은 속세의 때가 전혀 없이 청아하다. 수십 년간의 경험으로 확신하는데 엄마는 분명 왜 선을 안 보냐, 잔소리를 하기 직전 이준에게 가로막혔다.

"어어…… 뭐, 너 이거 하나 더 먹어라."

"네, 감사합니다. 정말 달아요, 어머니."

"어…… 그렇지?"

고자질하는 것처럼 이르는 말도 이준이 하면 달랐다. 법 공부를 했다더니 변호사처럼 내 의견을 딱 잘라 전달하자 엄마의 표정이 애매해졌다. 남자였다면 뒷머리를 긁적일 상황에서 엄마는 아인이를 안고 일어섰다. 어른 셋이서 서로 눈치를 보며 방심하는 사이 아인이는 온 얼굴과 옷을 찐득한 과일범벅으로 만들었다.

"어휴, 이게 뭐야. 공주님 체면이 말이 아니네! 가서 좀 씻자!"

"아니, 이주니가."

"이리 안 와? 지 엄마랑 똑같아, 아주. 시아가 예전에 딱 이랬는데. 살금살금 사고나 치고!"

이제 엄마도 이준 앞에서 시아의 이야기를 망설이지 않았다. 잠시간의 이별에도 울며불며 끌려가는 아인이의 모습에 마음이 저릿할 때 내 손등이 따스하게 덮였다. 이준이다.

"……놀랐잖아."

"그랬어?"

"너 기다리는 거 잘한다면서. 엄마 앞에서 그게 뭐야."

"잘하고 있었잖아."

이준은 뻔뻔했다. 내가 물소리가 나는 화장실을 힐끔거릴 동안 그는 내 얼굴에서 눈을 떼지 않았다.

"그나마 여기서 끝난 게 다행이지."

"아니었으면 어쩔 건데?"

"글쎄, 나도 그런 쪽으로는 생각하고 행동하는 건 아니라서."

다분히 충동적이란 말이 이렇게 진지할 수도 있었다. 이준이 가까이 다가올수록 내 입에서는 껄끄럽기만 하던 배향이 달콤하게 끼쳤다.

"그렇게 궁금하면 선볼 거라고 해보지 그랬어, 시은아."

협박마저 나른했다. 온몸을 꿰뚫는 성급한 눈빛도 금세 되돌아왔다. 가만두지 않겠다는 의미가 손등에 압력을 가했지만 나는 거기에 또 짜릿하다. 내가 널 어디까지 아는 걸까. 사흘 남은 이별에 애가 절절 끓으면서도 그의 소유욕에서 벗어나고 싶지는 않다.

"다시 말해봐. 선볼 거야?"

"……아니."

화장실 안에서 자식 같은 조카가 서럽게 우는데도 여기 거실은 딴 세상이다. 이곳만 후끈 달아올라 이준은 내 손등을 두어 번 토닥였다. 아까 아인이를 토닥일 때처럼 잘했다는, 아이를 칭찬하는 손짓과는 다르다.

"이제 다 씻었네. 봐, 이렇게 씻으니 예쁜걸."

"저 이만 가볼게요, 어머니."

"어, 그래. 어휴, 얘 씻기자마자 또 눈물범벅 하겠네."

엄마는 벌써 마지막이라 여기는 듯 평범한 이별에도 아쉬워했다. 아인이가 다시 그에게로 손을 뻗을까 가까이 가지도 못하고 화장실 앞에서 눈썹을 축 내렸다.

"시은아, 배웅 좀 해. 가기 전에 한 번은 더 봐야지."

"네, 그래야죠."

"엄마, 아인이 정말 울겠다. 들어가봐."

머리에 수건을 덮어쓴 아인이가 할머니의 무자비한 손길에서 벗어나지 못하다가 어깨를 부르르 떨며 정신을 차렸다. 그래봤자 이준이 떠나는 것에 울 일만 남았다. 문밖으로 그를 밀어내고는 나도 안인 듯 밖인 듯 한 발을 더 나아갔다. 이렇게 문이 닫혀 나도 그의 손을 잡고 돌아갈 곳이 같으면 참 좋겠다.

"시은아, 네 대답이 꼭 나를 위할 필요는 없어."

운동화 끈을 고쳐 맨 이준이 마른입을 축였다. 오늘 만난 뒤부터 전전긍긍 그의 눈을 피했으니 내가 느끼는 부담을 그도 나눠 가졌다. 모른 척했다 뿐이지 이놈은 똑똑한 놈이라 모르는 게 없다.

"넌 더 이상 누구를 위해서 살 필요가 없어."

"……응."

"내가 바라는 건, 단지 예전처럼만 아니라면."

그가 말하는 예전이 언제인지를 안다. 그날, 아니, 그 전날, 그렇게 세어가며 맞춰보지 않아도 서로의 생각이 어느 한 지점에 멈출 때가 있다.

"최소한 내가 이해할 만큼만, 무기력하지만 않게 해준다면 좋겠어."

그마저도 모른 체할 수 없어 나는 자그맣게 고개를 끄덕였다. 그제야 웃으며 돌아서는 이준의 뒷모습은 집 안으로 돌아와 창을 사이에 두고 보았다. 그가 가는 모습은 언제든 익숙해지지 않는다. 방에서 훌쩍이는 아인이의 울음이 내게로 벌써 울컥하는 울음을 옮기고 있었다.

그날, 무단으로 침입한 서경고에서 나는 무자비한 거절을 당했다. 그의 서툴고 다정한 키스가 아무리 달콤했을지라도 내게는 절망적이었다. 너는 아니라고, 윤시은 네가 아니라고, 닿은 채로 움직이는 입술이 그렇게만 들렸다.

"시은아, 밥 안 먹을 거야?"

나는 모든 사람을 피했다. 가까이 오지 못하게 밀어낸 것이 아니라 내 마음에 누구도 들이지 않았다. 엄마 아빠, 그리고 시아까지 내게 말 한마디 제대로 못 붙였다. 그래도 그다지 죄책감은 없었다. 부모님이 내게 쓰는 신경이 반이라면, 나머지 반은 독일로 차곡차곡 짐을 부치는 데 있었다. 제아무리 내가 반항이라는 걸 해봤자 떠날 사람은 떠나게 되어 있다.

"학교 마지막 날인데 친구들이랑 좀 놀다가 오지."

"아니, 됐어."

아침에 엄마가 내미는 과한 용돈도 거절했다. 그때쯤 마음은 차라리 한순간이라도 빨리 비행기를 타고 싶었다. 그가 머무는 이 동네에, 시아가 머무는 이 집에 함께 있다는

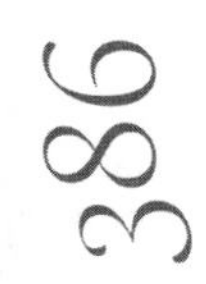

게 부끄럽고 비참했다. 하루 앞으로 다가온 떠날 날을 탁상달력으로 확인해보다가 이내 북 찢어냈다.

"시아 학교도 오늘 정리 다 했고. 이제 진짜 하루 남았네요."

"그러게."

"시아 반 애들 많이 울더라구요. 요새 애들 이러니저러니 해도 정이 많네요."

"시아는 안 울고?"

"안 울긴요. 눈이 퉁퉁 부을 정도로 울었지. 가만, 이제 슬슬 저녁 먹게 내려오라 해야겠네."

엄마와 아빠가 서랍장 하나하나를 열어보며 남겨둔 것은 없나 대화를 이어갔다. 도란도란 소리에도 나는 2층으로 올라와 커튼을 쳤다. 최대한 깜깜하게 만들어둔 방 안에서 죽은 듯 숨을 죽였다.

또 그날이 생각난다. 가슴이 답답해 딱 미칠 것 같은데 풀어낼 도리가 없어 이불을 꽉 움켜쥐었다. 되돌릴 수도, 그러고 싶지도 않은 불가능한 경계선에서 앓는 듯 몸을 뒤척였다.

"언니, 자?"

"……."

문을 연 시아가 조심스레 방으로 들어와 침대 맡에 앉았다. 내가 자지 않는다는 걸 알면서도 두어 번 더 자냐고 물어보았다. 그날 이후 시아와는 정면으로 마주한 적이 없었다. 묻는 말에 대답은 했지만 좁은 계단에서도 마주치면 나는 몸을 돌려 동생을 피했다. 원래부터 시아에게 복잡하던 마음에 부럽고 부끄러운 비밀이 더해져 뭐라 할 말이 없었다.

독일에 가면, 그래, 공기도 물도 다른 곳에서 가능하다면 완전히 지워내고 싶었다. 그러고 나서 시아에게 살갑게는 못 해도 원래 하던 만큼은 해보려 했는데 시아는 조금 성급했다. 아직 남은 한국에서의 시간에, 달갑지도 않게 내 방문을 열었다.

"언니한테 나 할 말 있어서."

"……나 좀 쉬고 싶어."

"미안해. 언니 가기 싫어하는 것도 알아."

"……."

"미안해. 정말 미안해."

내가 움켜쥔 이불의 반대편에서 같은 힘이 전해졌다. 흐느끼는 울음을 삼킨 시아가 머리맡에서 뚝뚝 눈물을 흘렸다. 반들반들한 이불에 눈물이 떨어지는 소리가 선명한데도 나는 돌아볼 마음이 없었다. 윤시아가 미안하든 아니든 독일에는 간다. 변하지도 않는 사실을 두고 그 마음까지 편하게 해주고 싶지는 않았다.

"나도 미안한데 좀 나가주면 좋겠어. 잘 거라서."

분노든 슬픔이든 마음도 하나씩 돌아가며 표출을 해야 하는데 나는 그러지도 못했다. 쌓이고 쌓인 감정들이 뭐가 먼저 튀쳐나올지 몰라 나 자신도 긴장에 싸여 있었다. 원체 밝아 아파서조차 찡그리지 않던 시아가 이불 속 내 어깻

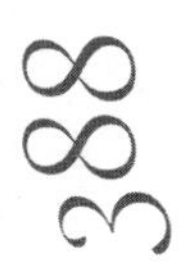

죽지가 젖게 우는데도, 나는 독하게 버텼다.

"언니, 오늘 학교에서 이준이가……."

"나가."

맞물린 이에 힘이 들어갔다. 그렇게 단단히 물었는데도 차마 막아두지 못한 감정이 입안에서 소용돌이쳤다. 그의 이름을 듣자마자 창피하고 속상한 마음이 날카롭게 이를 드러냈다.

"나가줘."

"이준이가 오늘 나한테."

"윤시아."

그 상황에도 시아가 말하는 그의 이름이 바늘처럼 나를 찔렀다. 이제 그가 무슨 말을 했는지는 중요하지 않다. 더는 내가 듣고 버틸 수가 없는 게 중요했다.

"시아야, 네가 조용히만 나가주면."

베개에 모로 얼굴을 파묻고 힘겹게 목을 가다듬었다.

"나는 앞으로도 지금처럼 네 언니로 계속 있을 수 있을 거 같아."

"……."

"가서는 얼마든지 좋아. 그런데 지금은 좀 나가주면 좋겠어."

그 한마디 하는 데 배에 꾹 힘이 들어갔다. 가볍게 입만 놀려서 나오는 말이 아니라 겨우겨우 쥐어짜 냈다. 부스럭대며 어쩔 줄 몰라 하던 시아가 결국 자리에서 일어났다. 다만 바로 나가지는 않고 내 머리맡에서 나만큼이나 힘든 말을 뱉었다.

"언니, 미안해. 나도 안 가려고 해봤는데, 흐으윽, 그냥 거기 가지 말자고 하면 좋은데."

숨을 삼키는 중간중간에 울음이 섞였다. 시아 역시 어둠이 짙은 이 방에서 처음으로 제가 묻어둔 마음을 내뱉었다.

"……그런데 나도 살고 싶어. 그래서 미안해, 언니."

불러주기를 바라는 동생의 걸음이 천천히 방에서 벗어났다. 아아. 주르르, 눈에서 눈으로 이어지는 눈물길이 베개를 가득 적셨다. 후회는 이렇게 금방 찾아왔다.

하루를 누워 보내고 마지막 날이 밝았다. 큰 짐은 미리 부쳤으니 네 식구 가방 하나씩 들고 공항에만 가면 간편했다. 십수 년을 살던 나라를 떠나기란 너무 간단해서 허무할 지경이다. 이모네와 친한 이웃 몇에게 돌아가며 인사를 하고 나는 식구들 가장 마지막에 붙어 있었다. 없는 듯해 돌아보면 저 끝에 있어, 엄마나 아빠도 뭐라 말은 못 했다.

"어, 저기 이준이 아냐? 이준아!"

"그러게, 못 보고 가나 했는데. 다행이야."

엄마 아빠에 가려 이준이 문 앞에 선 것도 가장 마지막에 보았다. 돌이키기엔 늦은 걸음이라 나는 그 자리를 지키고 있었다. 어쩐지 담담했다. 한 번쯤 다시 볼 수도 있다고 생각했었는지도 모른다.

"시아는 지금 이모네 있는데. 몸이 좀 안 좋아서 거기서 좀 쉬다 온다고. 어쩌지?"

"아니에요. 저…… 시은이랑 인사 좀 하게."

"어, 그래. 시간이 너무 촉박해서 좀 그렇네. 어휴."

집에서 나온 인부들이 급한 얼굴로 아빠를 불렀다. 두 분이 아쉬운 걸음으로 안으로 향하자 나는 집 앞에서 그와 마주 보았다. 특별히 눈을 피하지도 않고 무표정한 얼굴 그대로 이준에게 손을 들었다. 그가 무슨 말을 한대도 당황할 일은 없었다. 내 마음은 마르기 직전의 강물처럼 아슬아슬했다. 괜한 불길이 붙지 않게 스스로를 감쌌다.

"시은아."

"……어."

"간다며?"

고개를 끄덕거렸다. 입매가 굳어진 이준은 들고 있는 종이가방을 만지작거렸다. 늘 싱긋 짓던 눈웃음도 사라졌다.

"몰랐어."

"갑자기 가는 거라서."

"그래, 그렇구나. 난 네가 통 연락이 안 돼서 너무……아."

힘 빠진 얼굴로 웃는 이준은 내가 알던 이준 같지 않았다. 그래서 마음은 아플지언정 대하기에는 더 편했다. 나는 표정 하나 흐트러트리지 않고 천천히 그에게 다가갔다.

"……."

"모아놓은 돈이 별로 없어서 좋은 거 못 샀어. 이럴 줄 알았으면 돈 아껴놨을 텐데."

그래봤자 그 돈도 전부 시아랑 나한테 썼다. 평소의 침착함을 버리고 중얼거리는 목소리가 마른 성냥개비처럼 연이어 내 가슴을 그었다. 위험하다.

"일단 이거 가지고. 그래도 나는 너한테……."

"이준아, 나 너 보면 힘들어."

좋다 싫다 말하는 건 둘 다 거짓이니 그러지는 못했다. 내 담담한 목소리는 물기가 말라 고저조차 없었다.

"너 진짜 좋은 앤 거 아는데, 너랑만 있으면 자꾸 우리 시아가 싫어져."

"……."

"네 잘못 아닌 거 알아. 그런데 내 잘못도 아니야."

당황했겠지, 그 정도는 생각했다. 이건 세상에서 가장 난데없고 불친절한 고백이다. 하지만 둘러말할 재간도 없다. 더는 내 것이 아닌 것을 탐내다 내 남은 유일한 자존심마저 잃고 싶지는 않았다.

"시아 내 동생이야. 미워하지 않고 건강해지면 좋겠어. 지금 나한텐 그게 제일 중요해."

"아, 나는."

"시은아! 이제 가야겠다. 시아 이모네서 출발했다니까 차에 먼저 타고 있어!"

엄마가 1층에서 창문을 열었다. 내가 고개를 끄덕거리자 미간을 누르고 있던 이준이 고개를 들었다. 키스를 했을 때처럼 망설임 없이 다가와 기어이 내 손에 종이가방을 들려주었다. 안에서 시끌벅적 엄마와 아빠가 나오는 통에 뿌리치지도 못했다.

"……."

안녕, 그렇게 속삭이듯 사라졌다. 가방을 쥐여주던 손이 내 손을 꾹 움켜잡고는 순식간에 사라졌다. 달려가지 않았는데도 눈 몇 번 깜빡일 동안 이준은 완전히 내 시야를 벗어났다.

"이제 차 타자. 이준이 갔네? 아휴, 있는 줄 알았더니."

"시동 걸었어! 우리가 먼저 차 빼야 뒤에서 나오지."

아빠와 엄마가 나를 앞지르며 팔을 살짝 당겼다. 버틸 수 있는 만큼 버텨보던 나는 힘없이 내린 고개 아래로 열린 종이가방을 들여다보았다.

독일어 사전.

선물마저 꼭 저 같은 걸 줬다. 그 무게가 내게는 감당이 안 될 정도라 나는 받은 그대로 대문 앞에 내려두었다. 저 무거운 걸 들고 독일까지 가기엔 비행기나 뜰 수 있을지 장담을 못 한다.

"……나도 안녕."

대문 앞 종이가방에 이준의 선물에 더불어 내 남은 마음까지 모두 담아 발길을 돌렸다. 날이 그렇게 맑은데도 이준의 마지막 모습이 뿌옇게 가물거렸다.

떠날 날은 이틀이 남았고 거실의 이민가방은 반이 넘게

채워졌다. 저기서 내 물건을 몽땅 덜어내면 남은 양은 얼마나 될까, 거실을 지나칠 때마다 멍하니 서서 시꺼먼 가방에 눈금과 숫자를 그려 넣었다.

"아이고, 갈 때 되니 혼이 다 빠져선. 차라리 나가! 문 다 열고 청소나 해놓게."

내가 보기에 한심한 짓은 부모가 보기에도 마찬가지였다. 드디어 나는 맨몸으로 집에서 쫓겨났다. 두 달 새 코끝에 닿는 첫 공기도 그렇게 차지는 않았다. 뽀드득 바닥에 밟히는 눈의 두께도 현저히 줄어들었다. 이 걸음 그대로 이준의 카페로 간다면 마지막 입구에서는 눈이 모두 녹아 있을 것만 같다.

– 시은, 메일 받았지? 압박하는 건 아닌데 슬슬 일이 밀려드네.

『응, 보스.』

– 이럴 때에만 꼭 보스라고 하더라, 넌.

나는 원래 거리를 둘 때에는 호칭으로 불렀다. 안 그래도 요동치던 심장이 이제 목구멍으로 넘어오게 생겼다가 아침에 클라인의 메일을 보고야 제자리로 쑥 내려갔다. 두 달간 밀려 있던 온갖 일거리들의 예고편은 그 어떤 블록버스터보다도 스케일이 컸다.

– 그래도 네가 가기 전에 정리를 잘해놓고 가서 여기서 할 수 있는 만큼은 정리했어. 네가 처음 시작했던 것만 처리해주면 돼.

『응, 보스.』

이제 슬슬 나를 현실로 끌어오는 것들이 늘어났다. 클라인의 메일도 그렇지만 내가 싫다고 피할 수 있는 일들이 아니다.

– 이제 이틀 남았네. 아인이 본다 생각하니 실감이 안 나.

『그러게.』

아인이의 이름을 입에 담는 것만으로도 클라인은 보스에서 가족으로 돌아왔다. 딸을 그리워하는 아빠의 마음이라니 나도 냉정하게만 굴 수는 없다. 본인 말대로 이틀 후면 본다면서, 클라인은 아인이가 어제 뭘 먹었는지, 오늘 아침에는 몇 시에 일어났는지, 한국말은 또 얼마나 늘었는지 궁금해했다.

– 차 막힐 텐데 공항에 미리 나가야겠다. 짐은 많아?

『조금 많이.』

두어 달 내내 엄마는 집에 있는 시간보다 이모와 여행을 다니는 시간이 많았다. 그 덕에 나는 몸과 마음 다 내놓고 열렬한 연애를 했지만 그만큼 돌아갈 때 가져갈 짐도 많았다.

– 하아, 겨우 이틀이야. 난 참을 수 있어. 그럼! 아빠니까!

독일어 자기최면은 마법의 주문만 같았다. 겨우 이틀, 나도 참을 수 있을 거라며 지구 반대편에서 따라 해보았지만 영 와 닿지는 않는다.

『저기, 클라인.』

통화가 끊기기 직전에 다급하게 그를 불렀다. 반쯤은 충동적이다.

– 어, 말해. 듣고 있어.

『…….』

– 시온?

『아. 우리 시아한테 고백할 때 말이야.』

내게 시아의 이름을 마음껏 부를 수 있는 상대는 이제까지 클라인 하나였다. 그는 무거운 침묵 대신에 웃음부터 지었다. 원래 웃음이 많은 남자도 아닌데 시아의 이야기만 들으면 그랬다.

– 아, 그때 생각나네. 잊을 수가 없지. 네 동생 콧대가 어찌나 높으시던지. 그런데 왜?

지금도 그렇다. 클라인은 가장 즐거운 한때를 회상하듯 목소리가 밝아졌다. 다른 이들처럼 내 동생을 아프고 슬픈 장면으로만 기억하지 않아 더 고마운 남자다. 하지만 오늘은 내 문제로 시아를 불러냈다.

『그때…… 왜 그렇게 시아한테 고백을 한 거야?』

– 아.

숫자에 강한 내 머릿속에서도 헷갈릴 만큼 그는 시아에게 고백하고 청혼했다. 어쩌면 하는 게 아니라 퍼붓는 수준으로 하루 어느 때건 멈추는 날이 없었다. 신기한 것은 그럼에도 단 한 번도 가벼워 보이지 않았다. 그저 지나가는 농담이 아니라는 건, 한마디 한마디에 모든 감정을 싣는 그의 긴장된 얼굴에서도 보였다. 시아만 보면 웃는 남자가 이상하게도 고백하고 청혼을 할 때에는 바보처럼 굳어 있었다.

『알고 있었잖아. 우리 시아가 그렇게 오래는……, 음.』

역시나 이런 건 어렵다. 사람은 누구나 나이를 먹어가는데, 정해진 시간만큼 사랑한다는 건 내게 너무 힘든 일이다. 그 일을 직접 겪어본 사람 중 가장 가까운 사람이 클라인이라, 나는 숨죽여 그의 대답을 기다렸다.

– 시은, 내가 시아한테 조르고 졸라 첫 데이트를 하는데.

『응.』

– 나한테 첫마디로 그러더라. 자기는 벌써 인생에 끝이 보인다고.

『…….』

기억한다. 그날 시아가 얼마나 심각한 얼굴로 나갔다가 얼마나 상기된 얼굴로 돌아왔는지. 저녁을 먹다가도 찬물을 벌컥 들이켜며 손부채질을 해댔다.

– 그때부터 다급해지더라. 내가 이렇게 여유 부릴 때가 아니구나.

『뭐야, 그게.』

– 다시없을 사람인데, 이 여자랑 하루하루가 너무 아깝잖아. 난 그 생각이 다였어.

『아……, 괜히 들었어.』

정말 괜히 들었다. 참고 버티면 괜찮아진다고 할 줄 알았는데 클라인은 시아의 기억을 불러내는 것만으로도 또 사랑이 깊어졌다. 윤시아 알면 아주 좋아서 입이 찢어질 거다.

『……그럼 이틀이라면?』

– 이틀?

『서로 사랑할 시간이 겨우 이틀이라면, 그건 너무 짧을까?』

나만큼이나 맹목적 사랑을 하는 사람이니 대답은 정해져 있었다. 다만 내 꿀 먹은 벙어리 같은 입으로는 표현하지 못하는 말을 독일 남자는 어떤 식으로 하는지 궁금했다.

– 겨우 이틀이라니. 자그마치 이틀이지.

사랑에 죽고 사는 서양 남자의 대답은 일관성이 없어서 나를 울컥하게 한다. 춥지도 않은데 찡해지는 붉은 코끝을 손등으로 문질렀다.

– 시은, 사랑에 끝이 어딨어. 마음이 끝나지 않으면 사랑도 안 끝나.

『……아, 끊어. 못 듣겠다, 정말.』

설령 죽음이 두 사람을 갈라놓을 때까지.

푸른 초원에 선 우리 시아는 활짝 웃으며 거리낌 없이 오른손을 들었다. 그 남편은 한발 더 나아가 고작 죽음 따위는 갈라놓지 못하는 사랑을 이어가고 있다. 끊어진 전화는 겨울바람에도 열이 쉽게 식지 않았다.

"……."

내 끝나지 않은 마음은 저 유리창 안의 남자에게 향해 있다. 컵을 닦는 종업원 옆에서 제법 야무지게 집게손가락을 겨누다가 나를 향해서는 바로 다섯 손가락을 모두 폈다. 손가락이 여섯 개라면 여섯 개를 폈을 것이다. 저게 바로 이준의 마음이다.

"아, 안녕하세요."

"네. 힘드시죠?"

"아니요. 참, 애기는요? 그런데 딸 아니라 조카 맞다면서요?"

이 사람은 13년 후에 보아도 여전히 말이 많을 것 같다. 그래도 이제 안 속겠다는 장난기 어린 말투가 얄밉지는 않았다.

"우와, 그래도 진짜 너무 닮아서 당연히 속았어요. 쌍둥이라서 그런가? 다 속을 거 같아요."

"아, 그게……."

"어제 어머니 왔다 가셨잖아."

종업원이 내가 쌍둥이라는 사실까지 안다는 것에 놀라자 카운터 안에서 돌아 나오던 이준이 끼어들었다. 엄마는 종업원이 말 많다며 욕을 했지만 엄마도 만만찮게 많이 하고 간 모양이다.

"아주머니께서 둘이 완전 똑같이 생겼다고 그러셨는데, 그래서 쌍둥이들이 옷 색깔 다르게 입는구나. 좋기도 하고 좀 불편하기도 할 거 같아요."

"네."

이 남자 말만 많은 줄 알았더니, 그 와중에 요점을 콕 집어냈다. 괜히 민망해 3층에 가 있겠다 손짓을 하자 이준이 커피를 가져가겠다며 나를 먼저 보냈다. 종업원의 수다는 계단까지 타고 올라 나는 등을 진 채로 걸음을 늦췄다. 이준은 그만하라 면박 한번 안 주고 그걸 또 다 대답하고 있다. 저 물렁물렁한 놈.

"근데 사장님이랑 옛날부터 친구였으면 사장님도 헷갈렸겠어요. 아, 완전 재밌었겠다. 나 같았음 작당하고 엄청 속이고 다녔을 텐데."

"그래도 달라."

"어, 달라요? 어제 아주머니가 똑같다 그러셨는데?"

"시은이는 똑바로 쳐다보면 눈동자가 이렇게…… 그러니까 살짝 이렇게 커져서…… 입술 다무는 모양도 다르고, 시은이는 여기가 살짝 맞물렸다가 닫히거든. 보면 머리칼 넘기는 방향도……."

등을 지고 듣는 그의 음성은 역시나 다정하고 고요하다. 표현이 영 서투른지 나는 확인하지 못할 제스처가 중간중간 끼어들었다. 내가 대체 뭐 어떻다는 건지, 얼굴을 문지르느라 이제 내 걸음은 거북이보다 조금 빨랐다.

"에이, 그렇게 말해선 저는 잘 모르겠어요. 여자들은 머리만 똑같아도 다 비슷한 판에 일란성 쌍둥이면."

"그냥, 얼굴 말고는 전부 달라. 다른 사람이야. 걸어오는 소리부터 달라."

"……."

난간을 잡은 손이 흔들리다 꽉 힘이 들어갔다. 꼭 이와 같은 말을 머나먼 타국에서도 들은 적이 있다.

"우와, 대단하다. 그럼 사장님은 한 번도 둘이 안 헷갈렸어요? 언제부터요?"

이제 2층에 완전히 다다른 내 발끝이 다시 1층으로 방향을 바꿨다. 시아와 많이 다르다는 눈동자와 입매도 흐트러졌다.

"……시은이가 나한테 물을 줬었는데, 그때부터."

part 20

……2

\

3층 그의 책상 앞에서 쓰러지듯 팔을 쭉 뻗었다. 시선을 낮추면 거기서 보이는 게 또 다르다. 가지런히 놓인 그의 펜들이나 조금 더 멀리 보면 책장 아래 칸에 빼곡하게 꽂힌 책들도 보였다. 공부 좀 하는 애답게 그때나 지금이나 두꺼운 책들을 천천히 훑어보다 흐읍, 입을 다물었다. 주책맞게 떨고 있을 바에야 다물고 있는 게 낫다.

"……뜨거울 때 마셔."

다가오는 걸 알면서도 쳐다보지 않았다. 팔 하나를 삐딱하게 베고 누워 내 눈은 여전히 책장에만 가 있었다. 이놈이 아무리 손을 흔들어도 소용이 없다.

"이준아, 너 요새도 공부해?"

"어."

"공부 재밌어?"

"좀."

"너 그동안 어떻게 살았어?"

커피를 가까이 내밀던 그가 한참을 머뭇대다 딸깍, 책상에 도로 내려놓았다. 여전히 엎드려 있는 내게는 단단한 허벅지에 손바닥을 쓱 문지르는 움직임이 바로 눈앞에서 보인다. 남자가 망설이듯 뜸을 들이는 시간이 은근히 시선을 길게 끌어다 둔다.

"나 뭐, 그냥저냥."

그럴 줄 알았다. 그래도 없는 말을 보태는 남자가 아니라 신빙성이 있다. 다른 남자라면 바닥만 아니라는 정도로 최대한 부풀려 말하는 게 그냥저냥이겠지만 내가 아는 서이준은 반대다. 그 정도 유연함만 있었더라도 얼마나 좋을까. 그에게 그냥저냥은 아주 미친 듯이 목숨 바쳐 살지는 않았다는 뜻 정도다.

"얘기해줘봐."

"음……. 어디서부터 하지?"

"내가 모르는 부분만."

이준이 가볍게 책상에 걸터앉았다. 잠결에 옛날이야기를 해달라 보채는 꼬마처럼 그를 한 번 더 졸랐다. 내가 집요한 꼬마라면 이준은 아는 이야기도 별로 없는 재미없는 할머니다.

"음, 시은아. 검사 할 때 말이야, 그냥저냥 살다가 검사하려니까 진짜 힘들더라."

이준은 웃긴 것도 기준이 남달라 저 혼자 나지막이 웃었다. 시선 한번 안 주는 내가 뭐가 예쁘다고 한 가닥 넘어온 머리카락까지 단정하게 넘겨주었다.

"일하는 게 쉽지가 않더라고. 앉아서 하는 건 괜찮았는데, 세상에 억울하고 화내고 뻔뻔한 사람이 너무 많아서."

"네 생각엔 그냥 서로서로 조금만 참으면 될 거 같은데?"

"어."

또 웃는다. 한때 잠시나마 검사를 그만둔 게 아깝다 생각했는데 지금 들으니 공공의 이익을 위해서라도 안 하는 게 맞다. 진짜 이놈은 카페에 목숨 바쳐야 한다. 나 같은 애한테 매달려 연애나 할 때가 아니다.

"……간지러워."

나는 가만히 내 귀를 어지럽히는 이준의 손가락을 잡았다. 이제 내 감각은 아주 미세하게 쪼개어져 이놈의 손가락이 좋아하는 것까지 느낄 수 있다.

"그 전에는?"

"그 전에. 아, 연수원 있을 때. 그때에는 그래도 연수원 갔으니 검사 되면 좋겠다고 공부했지."

"그럼 검사 때보다는 더 열심히 했었겠네?"

그랬나, 이준의 손가락이 고심하듯 내 볼을 톡 두드렸다. 아마도 그랬던 거 같다며 고개를 끄덕거리고는 잔잔한 음성으로 속삭였다.

"연수원 전에는 대학교 다닐 때, 그때에는 법대에 갔으니까 사법고시 준비하는 게 당연하다고. 그래서 또 공부만 했지."

"음."

"그러고 보니까 그래도 그때가 연수원 다닐 때보다는 더 열심히 했던 것 같아."

이제 안 시켜도 이준은 혼자서 말을 잘했다. 시아 말처럼 나는 다른 사람에게서 이야기를 잘 이끌어내는 능력이 있나 보다. 잡고 있던 이준의 손가락을 뺨에 가져가자 이준이 찬찬히 엄지손가락을 움직였다.

"또…… 고등학교 때."

내가 가장 듣고 싶은 이야기가 나왔다. 저절로 뭉쳐버리는 울컥한 감정을 삼켜놓고 눈을 감았다.

"그때 나는……. 아, 나 그때 제일 열심히 살았구나."

그게 그랬던 거라며 눈을 찡그리고 중얼거리는 이준은 정말이지 바보 같다.

"시은아, 내 인생에서 그때가 제일 열심히 산 때였어. 목표도 분명했고 이거 아니면 안 될 것처럼 목숨이든 뭐든 다 내놓고, 그렇게 필사적이었어."

"……."

이런 자세에서는 목이 걸려 감정을 전부 삼켜낼 수가 없다. 이준이 어쩌기 전에 내가 먼저 일어나 그의 목에 매달렸다. 당황은 잠시, 넘어지지 않게 한 팔로 바로 등을 받친 그가 남은 팔로 내 허리를 감았다.

……웃기고 있네.

비웃는 것도 시원치 않다. 아무리 첫사랑으로 미화한 기억에도 이놈이 그렇게까지 무언가에 매달린 기억은 없다. 구석구석 전부 드러내고 뒤져봐도 그런 건 없다. 땀 흘리며 파헤치고 열정을 쏟는 모습은 없다.

이놈은 그냥, 인사도 잘하고 잘 웃었다. 내가 손을 들기 전에 제가 먼저 들어주고 무거운 가방도 잘 들어주었다. 길 가다 쳐다보고 있으면 저거 먹자 내 가방을 끌었고 우리 집 궂은 일도 잘했다. 제 공부를 하다가도 내 연필이 멈춰 있으면 구경 좀 하자고 머리를 맞대었다.

"아아."

그리고 나는 정말로 간절했던 남자에게 언제나 뾰로통해 한마디를 곱게 걸지 못했다. 이름 한 번 부르는 데 침을 세 번씩 삼켰다. 냉장고에서 차게 꺼낸 귤을 뜨겁게 물러지도록 만지작대다 건넸다. 나만은 필사적으로 열심히 살았다는 그를 거짓이라 나무랄 자격이 없다.

"……시은아?"

"바보야! 그런 마음으로 카페를 좀 해보라구!"

탁, 넓적한 이준의 어깨에 파묻혀 등을 아프게 때렸다. 이놈의 인생이 갈수록 설렁설렁 악화되는 데엔 내가 한몫했을지도 모른다. 아인이를 보는 듯 막중한 책임감이 이놈에게도 생겨났다.

"너 이제 어쩔 거야! 그때 그 마음으로 그렇게 좀 해보란 말야!"

"……어, 그럴게."

"어떻게 했는지 기억은 나니?"

"당연하지."

"……."

"바로 어제 일처럼 그래."

이준의 남은 한 팔이 내 몸을 완전하게 감쌌다. 얼굴을 보이라는 듯 뺨을 밀어 올린 그가 고개를 기울여 다가왔다. 쪽, 가볍게 떨어지는 입맞춤 후에 키스는 애달프게 길어졌다. 바로 저번 키스, 아니, 또 그 전에, 더더 전에, 기억도 안 날 만큼 까마득한 언젠가처럼 그의 입술이 움직였다. 내 입술 위에서 새기듯 가만가만 더듬었다.

"……그런데 그거 네 대답 아니지?"

그럴 리 없을 거라 심각해진 이준이 깊고 깊게 내 입술을 파고들었다. 이건 어른이 되고 나서 하는 키스와 비슷하다. 어느 하나의 여지도 주지 않으려는 듯 농밀하다. 목덜미로 올라온 손이 이미 움켜쥔 내 마음에 재차 그물을 쳤다.

"아, 으음."

만약 그런 거라면 그냥 일 안 하겠다고, 눈을 내리깔고 협박도 꼭 저같이 하는 이준의 어깨를 몇 번 더 두드렸다. 나는 이놈의 마음을 알 수가 없어, 지금 웃는 게 진짜로 웃기는 건지 아픈데도 참고 웃는 건지 모른다.

그래도 최소한 나는 행복해서 웃는다. 어차피 서이준 마음은 평생 가야 모르니까, 나는 정신 딱 차리고 내 마음만 잘 알면 그만이다. 그 마음을 이제 알았다.

떠나기 전날 가방은 꼭대기까지 가득 찼다. 커다란 가방의 형체가 무너지지 않고 각이 잡혀 보기에도 듬직했다. 사람이 하나 더 들어갈 자리가 있으면 좋으련만, 그러기엔 들어갈 사람이 좀 크다.

"이모, 그건 여기 넣으려구요."

"그래. 네 엄마 보면 또 한소리 하겠다. 시은아, 예쁘게 좀 개서 넣어봐. 여기 탁탁 해서."

안방에서 자던 아인이가 칭얼거리자 엄마는 자리를 비켰다. 대신 돕겠다고 다가선 이모는 엄마가 챙겨놓은 걸 하나하나 다시 개켰다. 이모의 옆모습은 엄마와 닮았다. 이게 저기에, 저건 여기에, 중얼대는 버릇마저 비슷하다. 어쩐지 눈을 뗄 수가 없어 손을 멈추고 보던 차에 눈이 마주쳤다.

"응? 왜 그래?"

"아니, 그냥요."

이모가 너도 싱거울 때가 다 있냐며 웃었다. 내 딴에는 한다고 해본 개킨 옷가지 몇 벌을 가방 안에 쌓았는데 이모는 또 이게 아니라며 모서리 빈틈부터 메웠다. 이런 건 엄마랑 비슷한 정도가 아니라 똑같다.

"왜 자꾸 웃어? 재밌는 거 있니?"

"음, 이모, 있잖아요."

"그래. 같이 좀 웃자, 얘."

이모의 자그마한 체구는 가방에 들어갈 듯 몸이 반쯤 파묻혔다. 그 자세로 얼른 말 좀 해보라며 나를 돌아보았다.

"이모 정도로 나이를 먹으면요."

"응."

"우리 엄마 생각이 덜 나기도 해요?"

뭐든 재깍재깍 반응을 하던 이모는 어쩐 일인지 입을 다

물었다. 어어, 수긍이라기보단 당혹스러운 고갯짓을 해가며 가방 안쪽으로 몸을 돌렸다. 갇혀 있는 대답은 메아리처럼 한참 후에 울렸다.

"그럴 리가 있겠니. 언닌데."

역시 그랬던 거라며 나도 자리에서 일어섰다. 나는 엄마만큼 이모도 잘 아는데 내가 계속 여기에 앉아 있으면 짐이고 뭐고 하나도 정리를 못 할 것이다. 그러면 엄마가 나오자마자 그걸 왜 건드려서는 일을 만드느냐 한소리 할 것이고, 그렇게 흘러가도록 두기엔 나는 이모를 좋아했다.

"그래도 나도 나이 먹고 내 가족이 생기고, 정규고 정민이고 남자애들 별나서 여기저기 일이 터지고. 뭐 그렇지."

"그럴 땐 좀 덜 나겠네요?"

이모는 내가 왜 그런 질문을 하는지 알아 본인 딴에는 좋은 말만 해주고 싶어 했다. 한국에 와서 달라진 게 있다면 내 눈이 좋아져서 사람 마음이 더 잘 보이는 거다.

"……아니, 한 번씩 날 때 두 배 세 배로 나지."

거짓말은 못 하겠는지 마지막으로 넣으려던 옷은 결국 모양이 다 흐트러졌다. 마침 아인이를 안고 나온 엄마가 그걸 보고는 못마땅하게 입을 벌렸다. 예상했던 그대로다.

"아휴, 영지 넌 놔두라니까 꼭 일을 만들어. 거기 둬, 그냥."

"언니는 꼭 내가 해놓은 건 안 보고서 딱 이거 하나만 갖고 저러네."

어깨를 으쓱한 이모가 자리에서 일어섰다. 그 말에 서 있던 나를 보더니 비밀처럼 둥그렇게 한 손을 모아 입가에 댔다.

"저런데도 뭐 좋다고 생각이 난단다. 내가 미쳤지."

"……."

나는 전에도 미쳐 있었으니 이모만큼 나이를 먹어도 우리 시아 생각은 따놓은 당상이다. 거기다 미안하지만 우리 시아는 엄마와 많이 달랐다. 고집도 있고 잔소리도 많은 엄마와는 달리 쾌활하고 다정하기만 했던 애라 평생 차마 잊을 수가 없다.

"아, 시은아. 저기 목마도 들고 가고 싶은데 저건 뭐 방법이 없니?"

"음, 엄마. 저건 좀 그렇지 않을까?"

"아까워서 그러지."

이 집에 두 달간 머물렀던 사람들이 모든 짐을 꾸리는데 목마는 덩그러니 거실에 남겨져 있었다. 목마 입장에서 보면 몸 바쳐 일했는데 청천벽력 같은 일이다. 이놈은 어쩌자고 만들어도 하필 눈이 있는 동물을 만들어서는, 커다란 눈망울을 두고 가는 걸음이 쉽지는 않다.

"……저건 방법을 생각해봐야지."

"그래. 어유, 아인이 밖에 나가자고? 할머니 이거 다 해야 하는데?"

"어, 엄마, 이리 줘. 나 안 그래도 아인이 데리고 갈 데 있어."

"어디?"

"우리끼리 비밀이야."

엄마는 내가 나이가 들더니 음흉해진다며 수군거렸다. 그러거나 말거나 나는 나간다는 소리에 깡충거리며 좋아하는 아인이를 잡고 단단히 차비를 했다. 퇴원할 때 이준이 사주었던 '공주님 외투'를 입히고 목도리에 장갑까지 빼먹지 않고 행차 준비를 마쳤다.

"심심하다고 또 이준이네 가는 거 아니지?"

"가면 뭐?"

"어머머."

엄마는 또 내가 음흉해진 건 참을 만한데 뻔뻔한 건 도저히 안 되겠다며 혀를 찼다. 아인이에게 신발을 신겨 영차 안아 들 때에도 나는 끝까지 못 들은 척했다.

"영지야, 시은이 쟤 좀 봐라. 쟤가 어휴."

"……."

"근데 너 지금 우니? 아니, 갑자기 왜?"

엄마가 안으로 들어가려 몸을 돌리다 맞장구를 치지 않는 이모를 발견해냈다. 눈물이 많은 이모는 멀리 손사래를 치며 부엌으로 가버렸다.

"왜? 넌 학교 다닐 적도 그러더니 이 나이에 눈물이 다 뭐야. 아직 하루 남았어, 얘!"

"언니도 참. 애들도 있는데 언제 적 얘기야. 비켜요, 좀."

이모의 어깨를 잡고 좀 보자며 얼굴을 들이미는 엄마와 저리 좀 가라 밀어내는 이모의 뒷모습이 멀어지자 웃는 와중에 쓸쓸해졌다. 주머니에 손 넣고 혼자 걷다가 맞은편에 좋아 죽는 연인들을 보는 기분이다.

"엄마! 가! 가자!"

"어어, 우리 공주님! 이모 꼭 안아야지!"

나간다고 인심을 쓴 아인이가 단번에 꼭 매달렸다. 나에겐 이모 못지않은 아인이가 있다. 숨이 막힐 듯 힘을 주는 손길이 조금 작아도 부족하진 않다. 하지만 이것보다 조금 더 큰 손이, 링거 자국이 선명하던 수척한 손이 지금 나를 안아준다면, 이번엔 저리 가라 밀어내지 않고 꼭 해주고 싶은 말들이 많다. 하아, 숨을 들이켜고는 아인이의 뺨에 뽀뽀를 했다.

"아인아, 할머니들 울고 바보다. 그치?"

"어, 우면 지지야. 우면 때찌 바보야!"

아, 우리 아인이는 너무 똑똑해서 하나를 가르쳐주면 열을 안다. 얼마 전 내 눈물샘이 터졌던 건 까맣게 잊은 양 유리한 웃음으로 한국의 마지막 겨울 거리로 나섰다.

"엄마! 이주니 가?"

"아니야. 오늘은 이준이 아니야."

"이주니 가자. 가자아."

일단 밖으로 나오면 당연히 카페로 갈 거라 생각한 건 엄마만이 아니었다. 제가 기대했던 곳이 아닌지 아인이는 몸을 이쪽저쪽으로 틀며 칭얼거렸다. 왜 묻지도 않고 엄마

멋대로 가버리는 거야, 훌쩍이는 아인이에게는 내가 김유신네 말 정도로 보이는 모양이다.

"여기도 진짜 좋은 덴데."

"아니야! 여기 아니야!"

"아인이 진짜 안 볼 거야? 우와, 그럼 이모 혼자 다 봐야지. 저기 안에 나무도 있고 더 가면 깡충깡충 토끼도 있는데."

"……으응?"

아인이의 고개가 슬그머니 한쪽으로 돌아갔다. 어린아이의 단순함이 사라지기 전에 나는 얼른 교문 안으로 들어섰다.

"어, 이제 자주 오시네?"

"네. 안녕하세요."

"보자, 오늘도 박진성 선생님 보러 오신 거야?"

멀리서 고개를 겨누고 보던 수위아저씨가 이제는 아는 사람처럼 맞아주었다. 아인이가 양손으로 얼굴을 가려봤지만 그 미모가 어딜 안 간다. 우리 아인이 정도면 꼭 박진성이 아니라도 어딜 가든 프리패스다.

"아니요. 오늘은 그냥 둘이 왔어요."

"어? 애기랑?"

그냥 벌써 팔아먹은 박진성을 보러 간다면 되는데 나는 굳이 말을 고쳤다. 오늘은 그 누구도 막을 수 없는 분명한 목적이 있었다.

"애 엄마가 제 동생인데, 여길 다녔어요. 우리 조카한테 엄마 다녔던 학교 한번 보여주고 싶어서요."

"아아, 그랬구나. 진작 말을 하지."

이미 막을 생각도 없던 아저씨가 얼른 들어가보라 몸을 비켰다. 처음부터 솔직했으면 이렇게 쉬웠을 것이다. 조용한 학교 운동장을 가로지르다 중간쯤에서 아인이를 내려주었다. 나를 올려다보는 얼굴에 기대감이 가득하다.

"엄마아."

"응, 달려도 돼. 여긴 달려도 되는 거야."

학교는 연령불문 모든 이들에게 신기한 곳이다. 고등학교라 아이가 마땅히 놀 만한 기구가 있는 것도 아닌데 아인이는 흙만 봐도 흥분했다. 여기가 어딘지 아는 것처럼 팔을 벌리고 운동장을 삐뚤빼뚤 달려갔다. 세 살배기 아이가 까르르 웃는 소리가 이 큰 운동장에 넘친다.

윤시아, 지금 우리 아인이 어디 있는지 보여?

아인이를 안고 오느라 얼얼했던 팔을 꾹꾹 누르며 뒤를 따랐다. 마지막 날인 오늘은 역시 이곳에 오고 싶었다. 이번 여행의 목적도 명색이 클라인의 부탁이었는데 어젯밤 침대에 누워서야 떠올랐다.

「시아가 언니이자 세상에서 제일 친한 친구인 윤시은에게 꼭 부탁이 있대.」

이번 여행은 임무 실패다. 그래도 그렇게 우울하진 않아 나는 눈으로 아인이를 좇으며 씁쓸히 웃었다. 클라인은 그저 홀가분히 여행을 보내주려 했겠지만 나는 일말의 책임감이 남아 아인이를 서경고로 데려왔다. 이 동네에서 우리 시아의 흔적이 가장 많이 남은 곳이다. 꼭 클라인의 당부가 아니더라도 처음부터 한 번은 데려오고 싶었다.

"응! 가고 있어! 넘어질라, 천천히."

코끝이 찡한 채로 두 손을 입가에 모았다. 아인이가 시아의 옛 걸음을 따라가는 것이 좋다. 내 머릿속엔 시아가 하굣길에 종알거리며 했던 말이 모두 남아 있다. 지금은 그저 뛰어노느라 몸을 들썩이는 아인이를 잡고 꼭 말해주고 싶었다. 이때의 기억이 얼마나 갈지는 모르겠지만, 아주 먼 훗날에는 어렴풋하게 떠올려줄지 모른다.

이 얼마나 다행인지. 우리 아인이에게는 먼 훗날뿐 아니라 까마득히 먼 훗날까지 있을 테니 걱정할 것 없다.

"아인아, 이거 봐. 이거 돌 크지? 우와."

"우와아."

정원 입구에 놓인 커다란 바위를 가리키자 아인이도 똑같이 놀란 시늉을 했다. 쟤는 그냥 내 흉내를 내는 게 재밌다. 이게 뭐냐고 손바닥을 탕탕 치는 아인이와 눈높이를 맞추려 무릎을 낮췄다.

「언니, 뒤뜰에 바위가 있는데 진짜 커. 옆 반 애가 자기 언니한테서 들었는데 그 밑에 사실은 뭐가 묻혔대. 생각해 봐. 뭘 묻었겠어? 딱 떠오르지? 그걸 감추려고 그런 거래. 진짜야.」

"음……."

뭔가 그럴듯하게 설명해주고 싶었는데 시아의 묘사라는 게 대부분 뜬구름 잡는 소문이었다. 적당히 둘러댈까 고심해보았지만 그것 역시 시아의 말이라 최대한 듣기 좋게 고쳐보았다.

"아인아, 이거 돌 만지면 안 돼."

"응? 지지야?"

"아니. '아이 무서워.'야. 우리 얼른 딴 데 가보자."

주먹 쥔 손을 바들바들 떠는 시늉을 하자 대낮에도 아인이는 다리에 착 붙어 감겼다. 그렇게 나는 빈 교실을 돌아 조롱박 같은 연못도 데려가고 새벽에는 이 학교를 순찰한다는 세종대왕 동상에도 데려갔다. 어딜 가든 시아의 말이 지도처럼 남아 있어 다 커서 보물찾기를 하는 기분이다.

"저기 보이지? 금붕어야. 우리 금붕어 몇 마린지 볼까? 하나, 둘, 아. 도망갔다."

"아, 이뻐."

"응. 우리 아인이처럼 예뻐. 저건 또 뭐지? 아, 바람 부니까 저렇게 팔랑팔랑 돌아가지?"

"저거? 엄마, 저거 머야?"

아인이가 앙증맞은 손을 뻗어 나무 한 그루를 가리켰다. 내가 제일 피하고 싶은 것이라 얼른 몸으로 가렸다. 여기 있는 모든 걸 알려줘도 좋지만 저거 하나는 빼야 한다.

"저거 지지야?"

"아니. 지지는 아니고 '아이 부끄러워.'야."

부끄럽다는 소리에 아인이는 내용에 맞춘 애교를 부렸다. 양뺨에 손바닥을 착 붙이고 고개를 마구 흔들자 웃을 일밖에는 없다. 이제 아인이를 다시 안아 흙먼지가 가득한 무릎 아래를 털었다. 고작 옷을 터는 것뿐인데 우리 아인이에게서는 서경고의 냄새가 가득 피어올랐다.

"아, 이제 다 봤다. 할머니들 기다리니까 집에 가자."

"아니야. 더, 더."

"벌써 우리 다 봤는데?"

아인이를 안고 본관을 가로질렀다. 어느 학교에나 있음직한 커다란 거울을 지나쳐 마지막에 무심코 게시판 앞에 섰다. 조금은 촌스러운 바탕 색 아래 각종 소식이 떠들썩하다. 우리 시아가 떠난 이 학교를 지금도 누군가는 새로 오가고, 어려운 시험에 합격하기도 하고, 그렇게들 열심히 살고 있다. 어쩌면 수년 전에는 이준의 이름도 여기 올랐을 것이다.

"어…… 윤시아?"

"……."

"시아 맞지? 맞네, 윤시아! 나 박진성!"

얼굴이 동그란 남자애가, 아니, 어른이 나를 반긴다. 얼굴에 점이 있고 목소리가 독특해 어쩌면 내 기억에도 있는 아이다. 양복을 입고 갱지를 한 묶음 끼고 있는 모습에 나는 내 친구도 아니면서 벌어진 입을 가렸다.

"야아, 시아야. 이게 웬일이야! 세상에, 너 진짜 그대로다! 난 좀 변했지?"

"어…… 아니, 너도 그대로야."

이놈은 좋은 놈이다. 13년 전 이곳에서 나를 만나 이준이 어디 있는지 알려주었다. 그때에도 아픈 친구를 반기는 진심이 가득했는데 지금도 마찬가지다. 그게 고마워 같이 웃는 사이에 이제 나는 자동적으로 시아가 되어버렸다. 전처럼 가슴 졸이는 거짓말이 아니라 마주 웃느라 타이밍을 놓쳤다.

"뭐냐? 안 그래도 수학이 얼마 전에 너 봤다고! 너 여기 왔었다는 거야. 근데 말도 없이 갔대서 너 아닐 거라 했지. 세상에."

"수학?"

"아니, 수학이 아니라 조경수 선생님. 야, 근데 이거 비밀이다? 내가 선생 되고도 이건 진짜 안 고쳐지네."

박진성은 조용한 복도에서 두리번댔다. 크게 걱정할 필요는 없을 텐데, 저 역시 카페에선 고리타분한 국사라 불리고 있다. 모든 걸 아는 우월한 입장에서 들으니 투정이나 걱정마저 즐겁게만 들렸다.

"엄마아……."

"야아, 네 딸? 대박. 완전 똑같네. 판박이야!"

"어? 어."

"너무 예쁘다. 안녕? 아저씨 엄마 친구야. 엄마랑 학교 다닐 때 옆에 앉았어. 아, 왜 기분이 이상하지?"

박진성은 무엇에 쓰는지 알 것 같은 매서운 작대기를 들고도 세 살짜리 아이에게 애교를 부렸다. 시아에게 이런 친구가 있었다는 것이 반가워 나는 아인이를 앞으로 내밀었다. 아인이는 이준을 처음 만났을 때마냥 고개를 뒤로 홱 젖혀 눈을 꼭 감았다. 외간 남자는 안 보겠다는 의지가 단호하다.

"미안. 애가 낯을 좀 가려서."

"그래? 그건 너랑 안 닮았다, 야. 넌 사교성이 좋아서 애들 보면 하나하나 인사하고. 이제 와서 말이지만 아침마다 시끄러워 죽는 줄 알았어."

"하하."

"참, 시아야. 이것도 오랜만인데 잠깐 차나 한 잔 마시고 가. 방학이라 교무실에 나밖에 없어. 응?"

팔만 안 끌었지 아주 뒤에서 밀어댈 기세였다. 이름을 팔아먹은 죄가 있어 마음 편히 거절도 하지 못했다. 내가 알았다 표시를 하자 박진성은 신이 나 앞장섰다. 아인이에게 시아의 흔적을 찾아주러 왔으니 좋은 친구 입에서 나오는 제 엄마 이야기도 들려주고 싶었다.

"자, 여기 앉아, 앉아. 애기는 초콜릿 줘도 되지?"

"응, 고마워."

진성은 빈 교무실에서도 싱글벙글 의자를 빼주며 김이 모락거리는 커피를 들고 왔다. 아인이는 알록달록 초콜릿 몇 알에 벌써 입술을 씰룩대고 있었다.

"야아. 그래도 커피는 이준이네가 맛있는데. 너도 이준이네 가봤지? 걔 여기서 카페 하는데."

"응."

"근데 이 새끼는 왜 사람이 왔으면 왔단 말을 안 해. 방학 때 학교도 몇 번이나 와놓고."

"……."

따끈한 커피를 한 모금 머금었다. 마음에 없고 관심이 없어서 이야기를 안 했을 거라는 건, 영원히 나만 알 이야기다.

"서이준 걔는 멀쩡한 검사 때려치우고 그게 뭐냐? 그렇다고 변호사도 안 한다고. 보니까 카페도 얼마나 잘할지 내가 다 걱정이다, 걱정이야. 누가 딱 잡고 경영 수업 좀 시켜야 하는데."

"네가 봐도 그렇지?"

오랜만에 말이 통하는 이야기에 내가 반색했다. 거드는 소리가 이어지자 진성은 더욱 신명이 났다. 학생이 없는 학교에 있는 건 선생님이라도 외롭다.

"근데 솔직히 나도 좀 웃기지? 나 그렇게 선생 진절머리 냈는데 또 이러고 있다, 야."

사는 게 다 그렇지 않으냐는 웃음도 서글프지는 않았다. 마주 앉아 끄덕이자 진성은 들고 있던 회초리로 손바닥을 두드리며 고갯짓에 박자를 맞췄다. 얘는 누가 봐도 그냥 선생님이다. 카페든 법원이든 어디서 만났더라도 얘는 그냥 선생님이다.

"그래도 시아 너 건강해져서 정말 다행이다. 진짜 반갑네."

"아."

"네가 너무 갑자기 가서. 가기 전에 쓰러졌었지? 그래서 더 걱정했었어, 애들 다. 독일이 좀 머냐? 소식도 없으니 어찌 되는 건가 했는데 이렇게 멀쩡하게 딸까지 데리고 돌아왔네."

지금이야말로 진짜 내 정체를 밝힐 타이밍이다. 이준에게는 어쩔 수 없었다지만 좋은 친구에게는 진솔한 예의를 지켜야 했다. 딱 봐도 좋은 사람이니 슬픈 소식도 아프지 않게 받아들여줄 것이다.

"저기, 사실 나 말이야."

"전에 너 전화했을 때에도 긴가민가했는데."

"……어?"

"독일에서 전화 왔다길래 얼마나 놀랐는데. 그게 2년 전인가? 아니다, 3년? 언제였지? 나 그때 눈에 미끄러져 깁스했던 거 보면 겨울인 건 확실한데."

어려운 말을 건네보려던 얼굴에서 힘이 빠져나갔다. 어떤 표정을 지어야 할지 몰라 급한 대로 눈을 피했다. 아직 무슨 말인지는 모르겠지만 2년 전은 아닐 것이다. 그때에는 시아가 세상을 떠났으니 3년 전 겨울, 그럼 우리 아인이가 배 속에 있을 때쯤일까.

"음."

"아, 잠깐만. 말 나온 김에 까먹으면 안 되지."

진성이 자리에서 일어나 바닥에서 장난을 치는 아인이의 머리를 쓱 쓸었다. 저벅대는 걸음으로 멀지 않은 철제 캐비닛에 다가가더니 한참 후에 파일 하나를 꺼내 들었다.

"이거 맞네. 야아, 찾았어."

"……."

"네 얘기 듣고 내가 딱 받아놨지. 우리 담임, 아니, 정 선생님 원래 쓸데없는 짓 잘해도 물건은 안 버리잖아. 작년에 퇴임하시기 전까지 여기 같이 계셨거든. 네 부탁이라니까 바로 주시더라. 쌤 책상에 별거 다 모아둔 거 있지."

그가 내미는 파일을 바로 받지 못하고 망설였다. 순식간에 일어난 일에 어안이 벙벙했다. 얼른 안 받고 뭐 하냐는 재촉이 두어 번 이어지고야 네모반듯한 파일을 두 손에 받았다.

"네가 한 번 온대서 받아두긴 했는데, 보니까 또 재밌더라고. 나도 보고 한참 웃었어."

"어……."

"안 봐? 야, 챙겨둔 성의가 있는데 열어봐."

어어, 그래. 입안이 바싹 말라 꿀꺽 넘겼다. 무언지도 모르면서 첫 장을 넘기는 손에 힘이 바짝 들어갔다.

"아, 1번 강지영. 강지영이 기억나지?"

"……."

맨들거리는 비닐 사이에 지금은 색이 바랜 카드가 한 장씩 꽂혀 있다. 2학년 4반 강지영, 또박또박한 필체가 꼼꼼한 여자아이라는 것을 말해준다.

"걔는 진짜 얌전했는데 장래희망은 또 의외더라? 연예인? 동창회에서 들으니까 지금은 수원에서 유치원 선생님 한대. 그것도 어울리긴 해."

"……그렇구나."

열여덟 살 여학생의 꿈이 여기에 있었다. 처음 무얼 적었는지 몰라도 연필로 빈틈없이 그어둔 네모 상자에 '연예인'

세 글자가 또렷하다. 언제 적 시아의 말이 떠올라 나도 저절로 미소가 걸렸다.

"뒤에 봐. 걔 진짜 대박이지? 김명식 걔는 F1 카레이서 한다는 애가 지금 경찰 돼서 교통단속 한다니까? 박민지는 대한민국 최초 여성 대통령. 아유, 이 아줌마, 우리 옆에 아파트 사는데, 보니까 남편은 꽉 잡고 살더라."

"으음."

어쩔 수 없는 웃음이 터졌다. 내가 한 장씩 넘길 때마다 의자를 당겨 앉은 진성의 목소리가 더 커졌다. 옛날 옛적 이야기에 신이 나 잠시도 쉬지 않고 추임새를 넣어댔다.

"난 걔 유엔 총장 적을 때부터 알아봤지. 아, 뒤에 석진이는 그래도 좀 비슷하게 됐다. 우주 비행사라고 적어놨는데 그래도 걔 공사 나와서 파일럿 됐거든."

"……애들이 다 꿈이 컸네?"

한두 장일 때에는 몰랐는데 중반쯤 가자 손이 앞으로 되돌아왔다. 한 번에 꿈을 적은 아이는 드물다. 대충 두어 줄 긋거나 지우개로 지워보거나, 아니면 아주 꼼꼼하게 다른 사람이 보지 못하도록 칠로 메운 후에야 그 위에 진짜 장래 희망을 적어뒀다. 그래도 꿈이라고 딴에는 심사숙고를 했겠지, 아니, 그렇다 쳐도 너무 스케일이 크다.

"대체 대통령만 몇 명이야. 음, 얘는 공무원에서 갑자기 최연소 노벨상 수상자?"

공무원 위로 가로줄을 북북 그어놓은 남자아이의 변덕에 내가 또다시 웃었다. 초등학교 교실도 아닐 텐데 이 좁은 교실에 세계의 수장들이 모두 모여 있었다.

"야, 너 기억 안 나?"

"뭘?"

싱글벙글 웃는 진성이 연필로 죽 그어진 아래 칸을 들고 있던 막대기로 가리켰다.

"그때 담임이 너네 나이에 그런 시시한 것 좀 적지 말랬잖아. 공무원, 회사원, 이런 건 어떻게 해도 다 한다고."

"아아."

"꿈은 진짜 불가능해 보이고 절대 못 할 것 같은 걸로 크게 잡으라 하셨는데."

별생각 없이 읽어내려가느라 숙이고 있던 고개가 점차 올라간다. 아련한 얼굴로 두 손을 맞잡은 진성이 눈이 없어져라 환하게 웃는다.

"생각만 해도 날아갈 것처럼 행복한 거."

"……."

"그래서 나도 검찰총장 적어놨는데 지금 보니 흑역사네, 으으. 야, 윤시아 넌 뭘 웃어? 너도 내가 다 기억하거든? 처음에는 아나운서 적었었잖아."

자기 페이지는 숨기고 싶은지 그가 재빨리 다음 장을 넘겼다. 다음, 그다음, 긴장 어린 눈이 페이지를 스쳐가다 두 손가락 사이의 맨질한 비닐이 유독 부스럭거렸다. 놓치지 않으려 손을 바들대다가 고개를 푹 숙여버렸다. 우리 시아다.

"음……."

"축하해, 윤시아."

활짝 웃은 진성이 갸웃거리는 아인이를 번쩍 들어 무릎 위에 앉혔다. 입 주변이 초콜릿으로 시커먼 아인이가 천진난만하게 두 손을 내밀어 짝짝 박수를 쳤다.

"야아, 윤시아. 네가 우리 반에서 유일하게 꿈 이룬 거 알지? 진짜 대단하다, 너?"

"아…… 흐윽."

가슴이 꽉 조여든다. 눈가가 뿌옇게 달아올라 고개는 끝내 다시 들지 못했다. 후두둑 비닐로 떨어지는 눈물 아래 우리 시아의 원대한 꿈이 볼록렌즈처럼 크게 비쳤다.

엄마

그냥 그 두 글자. 우리 시아에게는 대통령만큼이나 크고 불가능했던 꿈.

"읍, 흐으윽."

얼굴을 파묻고 시아의 꿈을 끌어안았다. 그 정도로 좋냐며 놀리는 진성의 목소리나 '우면 지지.'를 외치는 우리 아인이도 내 눈물을 멈추지는 못했다. 궁금해 그러는데 정말 꿈을 이루면 그렇게 날아갈 듯 행복하냐는 물음 하나에만 눈을 감고 고개를 끄덕였다.

part 21

서이준, 너

마지막 저녁, 나는 이준의 카페를 찾아갔다. 당연한 걸음이었다. 엄마와 아인이는 마지막 밤을 이모와 보내겠다며 집을 비웠지만 그러지 않았더라도 나는 카페로 갔을 것이다.

"읏차."

팔은 저리고 걸음은 무겁다. 한참을 걸어가다 숨을 고르고, 그 과정을 몇 번 반복하자 이제 이마에서 땀이 흘렀다. 처음 한국에 와서 춥지만 않으면 좋겠다 했는데 지금은 등이 흠뻑 젖게 생겼다.

"안녕하세요? 수고 많으세요."

"어, 오셨어요?"

"이준이는요?"

"사장님 2층에요. 우리 사장님 학교서 뭐 하시는데 바리스타 하고 싶다는 애들 카페 구경 와서 올라갔어요."

카운터에 있던 종업원이 어깨를 으쓱였다. 종업원 얼굴에서 이준이 하는 짓이 참 쓸데없다 생각하는 티가 났다.

"근데요, 제가 보기에 바리스타는 전부 핑계고, 그냥 사장님 얼굴 보러 온 거예요. 저맘때 여자애들 뻔하잖아요."

"네에."

"근데 이 시간에 어쩐 일이세요?"

"이준이 얼굴 보게요."

나이는 좀 더 들었지만 내 목적도 뻔했다. 멍한 얼굴로 그릇을 닦던 손을 멈춘 종업원이 내가 미소를 짓자 뜨끔한지 손을 빨리 놀렸다. 저러다 깨트리지나 않을지 모르겠다.

"근데 저건 뭐예요? 되게 무겁겠다."

"음…… 이준이한테 좀. 저 올라가볼게요."

잠시 내려둔 목마를 그냥 1층에 놓아두려다 안 되겠어서 번쩍 들었다. 나는 저 눈망울에 벌써 정이 들었다. 집에서 들고 나올 때에도 그랬지만 무게감이 상당해서 2층까지 오르는 데도 꽤 시간이 걸렸다.

"아이, 선생님. 저 그럼 졸업하면 여기서 일해도 돼요?"

"저두요, 저두요! 전 진짜 선생님네서 일하고 싶어서 바리스타 하고 싶은 거예요."

"꿈을 그런 식으로 정하면 어떡해."

치마를 꽉 줄인 재는 좋게 보려도 동기가 너무 불순했다. 이준이 곤란함을 내비쳤지만 여고생들은 거침이 없다. 서로 질세라 이준의 옆에 서더니 슬그머니 팔이 닿았다.

"너네 자꾸 이러면 진성이한테 말해서 다시는……."

"서이준!"

"시은아."

이준은 가시덤불 같은 여고생 무리를 단번에 헤치고 나

왔다. 뒤에 선 애들이 귓속말로 수군대는 걸 보니 나는 또 공공의 적이다. 전에 여기서 봤든 독서실 앞 소문을 들었든 파릇파릇한 적대감이 상당했다.

"안 그래도 낮에 어머니 이모님 댁에 가시기 전에 다시 인사드렸어. 너 나갔다고."

"응. 그러시더라."

"근데 그걸 어떻게 들고 왔어? 무겁지 않아?"

목마를 본 이준이 엉겁결에 받아놓고 안색이 어두워졌다. 무슨 생각을 하는지 안다.

"선생님, 저 여자분 그때 친구라고 하셨잖아요. 그런데 애들이 친구 아닌 거 같다고."

"아니, 독서실 앞에서요. 분위기가 좀 그랬다는데."

"맞아요, 선생님. 확실하대요."

하나둘 여자애들이 몰려왔다. 유치원 때 고자질하려고 줄 서는 애들처럼 순서가 돌아가다가 마지막 화살은 내게로 향했다.

"그리고요, 언니, 언니가 전에 이준 쌤이랑 친구라 해놓고. 분명히 그냥 왔다가 가는 것처럼 말했잖아요."

"저도 들었어요. 완전 방심했네."

"어, 맞아. 나 내일 떠나."

따져 묻던 아이들이 서로 의미심장한 눈빛을 교환했다. '우리 선생님 차였나 봐.' 호들갑스러운 동정에 이준에 대한 안타까운 선망만 더 커졌다.

"진짜 맞아요? 어디로요?"

"독일. 멀지?"

일동 침묵을 지켰다. 한 번 속아도 두 번은 안 속는다 투지를 불태우다가 막상 나라 이름까지 들으니 설마 저걸로 거짓말을 치겠나 수긍하는 분위기다.

"선생님, 그러면 우리 저기 가서 마저 설명 좀 해주세요. 아까 말씀하시던 거요."

"네. 저것두요. 우리 국사한테, 아니, 박 쌤한테 보고서 써서 내기로 했단 말이에요."

"미안한데 그건 나중에……."

"아냐, 이준아. 하고 와. 나 3층에 있을게."

이해심 많은 언니처럼 웃었다. 무슨 공식도 아니고, 곧 떠날 여자라고 꼭 애처로울 필요는 없다.

"근데 나 좀 피곤한데 올라가서 자도 되지?"

"어? 어. 그럼 잠시만……."

"아냐. 내가 한두 번 자고 가는 것도 아니고 새삼스럽게."

"……."

"음……, 너도 금방 올라올 거지?"

애들아, 이 언니가 별로 안 착하단다.

일부러 여운을 두어 그를 부르자 여고생들이 질근질근 입술을 씹었다. 비정한 세상에 너무 방심해도 못쓴다는 걸 누군가는 알려줘야 했다. 나는 대체로 악역이 편하다.

"아, 가야지."

"어."

"안 그래도 가려고 했어. 그럼 기다려, 시은아. 먼저 자면 안 돼."

돌아서기 무섭게 들려오는 이준의 목소리에 웃음을 감췄다. 단언컨대 저 무시무시한 아이들의 순정을 제대로 짓밟은 건 내가 아니라 이준이다. 내가 알고도 모른 척 시치미에 능한 여자라면, 이준은 뭘 몰라서 더 나쁜 남자다.

어젯밤엔 조금 일찍 카페 문을 닫았다. 이준은 마지막 손님이 일어나기 무섭게 문을 잠가버렸다. 장사를 그렇게 하면 안 되는데, 속으로만 생각하고 말리진 않았다. 날이 밝으면 정말 떠난다.

"……힘들지 않아?"

"응."

어제 우리는 말 한번 섞을 틈도 없이 서로의 몸을 탐했다. 이별에 어울리는 밤이다. 내 온몸 구석구석에 입을 맞추는 그를 보면서 처음으로 나이가 든 것에 감사했다. 그 옛날이었다면 이 마음을 가지고도 떨리는 손끝이나 닿았을까. 지겹고 무의미한 일상 끝에 무사히 어른이 된 특권을 제대로 누렸다.

"이준아, 몇 시야?"

"음, 6시."

얼추 돌아갈 시간을 계산하다 베개에 머리를 파묻었다.

그와 몸을 겹치고 있던 새벽에도 남은 시간을 계산해보려다 번번이 정신을 까무룩 놓았다. 간밤의 이준은 부드러우면서도 집요해 내 생각까지 자신의 아래에 두려 했다.

"배는 안 고파?"

"응. 괜찮아."

"필요한 건 없고?"

"너."

상반신을 일으키려던 그가 부드러운 미소로 내려다본다. 내가 옆으로 누워 내가 벤 베개에 공간을 내주자 이준이 빈자리에 자신의 머리를 걸쳤다. 가까이 누워 뺨을 쓸며 웃는데 품성만큼 하얀 이가 드러난다.

"……이제 슬슬 나가려고. 사촌오빠가 집으로 데리러 온대. 가방도 챙겨야 해서."

눈 아래에서 멈칫한 그의 손이 천천히 움직인다. 놓기 싫은 마음이 손짓 하나, 숨소리 한 번에도 가득해 나는 울음을 꿀꺽 삼켰다. 눈에서 눈으로 시큰함이 옮겨간다.

"아아."

헤어지는 날 울고 싶지는 않은데, 이렇게 가까이 있는 이준을 두고 간다. 이제 나는 베개도 함부로 못 베게 생겼다. 똑바로 반듯하게 누워서도 누구 하나 더 누울 사람은 없나 옆자리를 챙길지 모른다.

"시은아, 나 너 사랑해."

"어."

"가도 사랑할게. 여기 있는 것처럼."

이준의 웃음은 언제 보아도 청아하다. 나이를 먹은 줄도 모르는 반듯한 눈가가 그렇게 한 번씩 접히는 게 근사해 나도 따라 해보았다. 울음이 있어 그런지 굳이 거울을 보지 않아도 이준만큼 예쁘지는 않을 것이다. 앞으로도 그러기는 어렵다.

"이준아."

"응."

"나 말이야, 음……."

위태로운 미소를 지켜가며 이준의 뺨에 손을 올렸다. 서로가 그렇게 보고 있는데 내 눈앞의 이준은 자꾸만 흐려졌다.

"아, 정말 일어나야겠다."

일부러 혼잣말까지 해가며 태연함을 지켰다. 자리에서 일어나 어제 벗은 옷가지를 챙기는데 벽난로 앞 하얀 외투에 축축한 물기가 남았다.

"……밤에 보니까 거기 초콜릿 묻었길래."

"음."

"금방 마를 거야."

낮에 아인이가 손을 댄 초콜릿 자국이 전부 사라졌다. 내가 그나마의 잠이라도 자는 동안 이준은 내 옷을 들고 밤을 새웠다. 초콜릿 자국이 모조리 씻겨나가는 모습이 가슴 아프진 않았을까, 나 같으면 그랬을 텐데. 손끝의 물기가 꼭 눈물 같아 나는 괜히 눈가를 만져보았다.

"공항에는…… 너 안 나왔으면 좋겠어. 혼자 갈게."

역시 이준의 앞에서는 손 흔들고 헤어질 도리가 없다. 옷을 만지작대며 등을 돌린 내게 이준이 다가와 이불을 둘러주었다. 같은 이불 안에서 맞닿은 그의 맨살이 흠칫 굳는다.

"……왜?"

"그거 뭐 별거라고. 절대 오지 마. 별로 대단한 것도 아니잖아."

입술도 움직여보고 입안도 질근 물어보았다. 그래봤자 최대한 담담하고픈 말은 쥐고 있는 옷처럼 물기로 젖어들었다.

"네가 가는 게…… 별게 아냐?"

이를 꼭 악물고 그를 향해 돌아섰다. 이준의 허리를 감고 지그시 올려다본다. 이리도 진지하고 짙은 그의 눈을 두고도 웃을 수 있을 줄은 몰랐다.

"어. 진짜 별거 아냐."

"……."

"열한 시간 반이야. 겨우 비행기 한 번 타면 끝이라고."

침을 꿀꺽 삼켰다. 이준이 먼저 삼켰는지, 내가 먼저 삼켰는지는 모른다. 가장자리가 흔들리는 눈동자가 다시 고요히 가라앉을 때까지 숨죽여 기다렸다.

"다시 말해줘?"

턱을 굳게 끄덕인 이준이 보일 듯 말 듯 눈썹을 찡그렸다. 지금 이준은 그 어느 때보다 내게 집중하고 있다. 내 대답을 놓치지 않으려 그때 그 남모르던 무서운 열정을 여기에 쏟아낸다.

“마지막이니까 잘 들어.”

“…….”

“달랑 비행기 한 번이야. 지하철처럼 갈아탈 필요도 없어. 딱 열한 시간 반인데, 가만있음 알아서 영화도 틀어주고 밥도 두 끼나 줘. 별거 아니지?”

숨을 쉴 때마다 서서히 움직이던 그의 고개에 힘이 들어갔다. 내 말이 이어질수록 그의 고갯짓이 커지며 나를 감싼 손에도 같이 힘이 들어간다.

“으음, 영화 최신영화 많아……. 대충 두세 편 보고 밥도 한식, 양식, 라면까지 다 있어……. 아, 중간에 낮잠 좀 자고 그래도 잠 안 오면 술도 줘. 그러고 나면 열한 시간 반…… 흐읍, 금방이야.”

“음.”

“어때. 이래도 별거야? 음, 이래도 그게 대단해 보여?”

흐윽, 새어나오는 울음을 닦아준 이준이 뺨을 맞대고 고개를 흔들었다. 내 눈물이 똑바른 길을 잃어 이준에게 흔적을 남긴다. 이제는 숨을 쉬지 못할 만큼 가슴이 조여들었다.

“……시은아, 진짜 별거 아니네. 나 안 나가도 되겠다.”

“당연하지.”

“정말, 정말 별게 아니야. 난 왜 그동안 그걸 몰랐을까.”

귀에 바로 닿는 이준의 음성은 내게 말하는 것이 아니다. 그거야 네가 바보니까 그렇지. 나는 고개를 아래, 위, 옆으로 모두 흔들어보다가 이내 가슴이 터질 듯 끌어안았다.

~

딩동, 문자가 오는 소리에 나는 이준에게 기대어 있던 머리를 바로 세웠다. 정규 오빠가 출발했다는 뜻이다. 그래도 이준이 내 머리를 꾹 눌러놓자 나는 또 그렇게 1, 2분 더 시간을 끌었다. 이준이 해 온 아침을 먹고 나서 계속 이 상태로 있다.

"서이준, 저거 아인이 목마 너 주는 거 아냐. 그냥 맡겨 놓는 거야."

"알아."

"그래도 네가 봐서 짐 너무 많이 차지한다, 카페에 영 안 어울린다 하면."

"가져다줄게. 별거 아니니까."

"……."

알고 나서 처음으로 이놈이 똑똑해 보였다. 칭찬해줄 시간이 모자라 나는 그의 뺨을 매만지며 아쉬움을 삼켰다. 하루 종일 팅팅 부어버린 눈이 부끄러워 시선을 피하자 이준이 그 위로 입을 맞췄다.

"시은아, 나 정말 안 나가봐도 되겠어?"

"오지 마. 나 어쩌면 울 수도 있단 말이야."

벌써 다 울어놓고 나는 평생 눈물 한 방울 구경도 못 해 본 여자처럼 굴었다. 이준이 장난스레 혀를 내밀어 눈가를 훑자 소금기가 내 입까지 느껴진다.
"아인이도 있는데 내가 울면 좀 그렇잖아. 아무것도 아닌데 가기 싫어지면 어떡해."
"……나 그럼 그때 억지로 공항 갈 걸 그랬다."
그때, 그 말을 하는 목소리가 아련하다. 왜 아닐까. 열여덟 살 이준이 기어이 공항에 나왔다면 내 마음은 또 어찌 달라졌을지 모른다. 시간은 끌 수 있는 만큼 끌었다. 굳은 마음을 먹고 이제 정말 몸을 일으켰다.
"그러고 보니까 시은이 너한테 선물도 따로 준비 못 했어. 요새 나 너무 긴장해서."
"웃겨."
"진짜야."
내가 고개를 삐딱하게 두고 그를 곁눈으로 재보았다. 다시 한 번 느끼지만 얘는 긴장하는 것도 남다르다. 좋아하는 마음처럼 아무도 눈치채지 못하게 꼭꼭 숨기며 긴장을 한단다. 너무 담담해서 거기에 애가 타는 사람만 손해인 거다.
"참, 그리고 선물은……. 나 너한테서 받고 싶은 거 따로 있어."
"뭔데?"
얼른 말해보라, 이준이 몸을 같이 일으키려 하기에 위에서 양어깨를 꾹 눌렀다. 그리고 내가 원한 선물을 직접 찾으러 갔다. 그의 서재 가장 아래 칸 한 귀퉁이, 거기서 작고 두꺼운 책 한 권을 뽑아냈다.

"……."

"나 이거 할래. 전에 와서 내가 미리 찜해놓은 거야."

"어, 그게."

당혹스러운 그의 눈이 웃는 듯 마는 듯 아래로 향했다. 내가 챙긴 내 선물을 들고 다가가자 이준이 모르는 체 고개를 돌렸다.

"그렇게 해. 원래 네 거였으니까."

"응."

겉표지의 색이 하얗게 바랜 독일어 사전을 끌어안고 가방을 챙겼다. 우리가 두 번째 첫 키스를 했던 계단을 지나 카페 문을 열 때까지 뒤를 돌아보지 않았다.

"이준아, 내 사전 잘 보관해줘서 정말 고마워."

"음."

"이번엔 안 잃어버리고 아낄 거야. 잃어버린 줄 알았다 다시 찾아서 정말…… 행복해."

"시은아."

먼저 나선 문틈에서 그의 손이 나와 나를 당겼다. 안녕, 또 안녕. 가볍게 맞닿은 키스를 끝으로 내 2016년 겨울의 한 페이지가 곱게 접혔다.

"시은아, 으아, 창피해서 이제 인천 쪽으로는 고개도 못 돌리겠다."

"나도."
"너야 무슨 상관이야? 어차피 독일에서 쭉 살 건데."
"혹시 모르잖아."
뭘 그렇게 장담을 하실까.
그래도 정규 오빠가 저렇게 걱정하는 게 무리는 아니다 싶게 엄마와 이모는 공항에서 눈물로 한강을 이루었다. 이모에게서 먼저 터진 울음에 엄마와 그 사이에 낀 아인이까지 동참해, 거기 얽히고 싶지 않은 우리는 저 멀리 떨어져 있다.
"이제 슬슬 말려야겠는데? 보딩 표시 떴어."
"응."
"어휴, 가고 나서도 우리 엄마 얼마나 울지 머리가 다 아프다."
오빠의 심란해하는 얼굴에 나도 두 팔을 걷어붙였다. 가서 일단 아인이를 받아들고 엄마까지 데려가려면 각오를 단단히 해야 했다.
"오빠, 여기서 지낼 동안 정말 고마웠어. 기사 노릇만 하고."
"응? 아냐, 뭘. 이모 오셨는데 당연한 거지."
"신혼여행 꼭 독일로 와. 알았지?"
엄마에게 다가가며 정신없는 틈에 빼먹을까 미리 정규 오빠에게 감사를 전했다. 그러고 보니 걸리는 게 하나 더 있어 옷깃을 잡았다.
"참, 그리고 오빠 친구 소개해준다는 거, 미안하게 됐어.

엄마가 나한테 물어보지도 않고 멋대로 선보라고 결정한 거라. 오빠만 곤란했지?"

"……선? 무슨 선?"

오빠가 우뚝 걸음을 멈췄다. 오빠의 영문을 모르겠다는 얼굴을 보며 나는 점차 영문을 알아가고 있었다.

"오빠 친구 독일로 온다는 사람. 소개시켜준댔잖아?"

"내가? 내가 언제? 이모가 그래?"

오빠가 연거푸 고개를 저었다. 같이 눈을 크게 떠보다가 차츰 시선이 저 멀리 이산가족 영화를 찍고 있는 엄마에게로 향했다.

"흐음……."

"시은이 네가 잘못 알았나 보다. 그럼 나 아니라 정민이 친군가?"

"……그것도 아닐걸."

이제 엄마가 아무리 눈물을 찍어내도 나의 눈빛은 곱지가 않다. 턱을 비스듬히 내리며 저 깜찍한 조카와 그보다 더 깜찍한 나이 지긋한 자매들을 바라보았다.

"오빠, 혹시 말이야. 엄마랑 이모랑 제주도에 일주일 동안 갔다 왔을 때……."

"일주일? 무슨 일주일? 2박 3일 있다가 바로 우리 집에서 한참 놀다 가셨는데."

"음……, 그렇구나. 그때 눈 많이 오던 날에 속초에서."

"그것도 가다가 사고 나겠다고 돌아왔잖아. 돌아와서 또 엄마랑 한 며칠 놀다 연락받고 병원 가셨지."

아하, 그러셨단 말이지.

내가 교차시킨 양팔 그대로 손가락을 타닥타닥 놀렸다. 왜 나는 이렇게 뒤늦게 알게 되는 것들이 많을까. 몇 년 후, 또 몇십 년 후가 되면 지금은 미처 몰랐던 사실을 얼마나 알게 될까.

"시은아, 너 왜 그래? 뭐 이모한테 화났어? 이모가 너 몰래 문제라도."

"아니……. 나 우리 엄마 사랑해, 오빠."

"응?"

"엄마는 아무나 못 하는 거 같아, 진짜. 세상에서 제일 힘들 거 같지 않아? 난 하래도 못 할 거야."

싱겁다는 듯 쳐다보는 오빠에게 한국을 떠나기 전 마지막 웃음을 보였다. 내가 언제 무엇을 알게 되더라도 지금만 같다면 좋을 것이다.

비행기가 뜨고 나서도 실감이 나지 않았다. 귀가 먹먹한 것도 갑작스러운 기압변화보다는 다른 이유가 있는지도 모른다.

"너도 좀 자지. 여기 자리 이렇게 넓어서 다리 뻗기도 좋고. 아인이 아빠는 뭘 이런 자리를."

"뭐 어때. 걔 돈 엄청 많아."

"……그래? 넌 근데 제부한테 걔가 뭐니?"

1등석이 낭비라며 궁시렁대던 엄마가 은근히 반색했다. 사위는 역시 잘살고 볼 일이다. 큰 거 안 바라고 지금 하는 일이나 좀 악착같이 했으면 좋을 인물 하나가 떠올라 나는 또 마음이 아프다.

"엄마 딸 잘 뒀네. 이렇게 그 덕에 제일 좋은 자리만 타고."

"그러게."

"시아 있었으면 되게 잘난 척했을 거 같지 않아? 다 자기 덕이라고."

"그랬겠지. 고건 백 프로 그러고도 남았지."

아인이를 사이에 두고 엄마와 내가 작게 웃었다. 두 달의 기간 동안 엄마와 나는 시아의 이야기를 하는 것도 더 자연스러워졌다. 보고 싶고 아프고 그립다 해서 말하지 않을 이유는 없다.

"엄마, 우리 짠 해요."

"그래, 좋지."

스튜어디스에게서 와인 한 잔씩을 받아 엄마와 잔을 맞췄다. 별거 아니라 생각해서 그런지 열한 시간 반도 내게는 간만에 엄마 옆에서 도란대는 시간일 뿐이다.

"시은아, 근데 말이야. 이준이."

"……어."

와인잔을 들다가 멈칫거렸다. 엄마가 무슨 의도로 그놈의 이름을 불러오는지 몰라 기척을 곤두세웠다.

"이준이 걔 보기보다 영 별로야. 안 되겠어."

"왜애?"

"아유, 말해 뭐해. 남자애가 영 패기도 없고 싱겁게 웃기만 하고. 애가 눈치도 좀."

"엄마 취했어?"

태연하려던 것을 잊고 발끈했다. 바로 얼마 전까지 엄마는 '걔'가 얼마나 예의 바르고 단정하며 듬직한 남자인지 입이 닳도록 칭찬했다. 클라인보다 돈이 없는 것도 서러울 판에 이렇게 평가 절하당할 이유가 없다.

"애가 인물값을 못 해. 어휴, 안 그래 보이는데 뭐 어디 문제가…… 아니다. 됐어. 그런 거면 차라리 잘됐어. 됐다 그래, 시은아."

와인잔을 세 번째 바꿔 든 엄마는 할 말 다 해놓고 머리를 흔들었다. 적극적으로 변호해보려던 나도 의지를 잃었다.

그만큼 집을 비우고 또 비우고 밥만 해놓고 또 비우는데도, 엄마 눈에 이준은 선비다. 그것도 어디 중요한 데 한 군데가 단단히 탈이 났을지도 모르는 선비다.

"엄마, 그냥 좀 주무세요."

나는 착한 딸이 되기로 했다. 아무리 엄마의 속뜻이 그렇고 그럴지라도 나는 엄마에게 순수한 딸이 되고 싶다. 그리고 이준의 흉포한 산짐승 같은 본성을 알게 된다면, 그건 그거대로 기겁할 것이다

"넌 안 자?"

"나 책 좀 보다가."

"그놈의 책. 뭐 여기서까지 유난이야."

엄마는 벌써 취기가 올랐는지 눈을 감았다. 손은 여전히

아인이의 가슴 위에 놓인 채 토닥거려 나는 거기에 한 번 더 웃었다. 그리고 종이가방에서 진작 펼쳐보고 싶던 책을 꺼내 무릎에 올렸다.

"……."

일부러 지금까지 기다렸다. 비행기가 고도 10킬로미터의 최고 상공에 다다를 때까지 억지로 손을 누르며 참았다. 여기서라면 이 책을 본다 해서 되돌아가거나 뛰어내리지 못할 것이다. 우리 시아의 꿈을 펼칠 때만큼이나 가슴이 떨려 입술이 뜨겁다.

"하아……."

최신 독한 사전.

3판 10쇄 2003년 12월 15일.

첫 페이지부터 내 가슴 언저리가 뜨겁게 달아올랐다. 유효기간이 한참 지나버린 여러 장의 국제전화카드를 조심히 빼내어 들고 엄마한테 들릴까 울음을 삼켰다. 억지로 목을 울려봐도 금세 코끝까지 차오른다.

"음, 엄마."

"자는데 또 왜?"

눈도 안 뜬 엄마는 내 쪽으로 손을 저어댄다. 그 바람이 눈물을 좀 말려주었으면.

"엄만 서이준이 나 좋아했던 거 알았어?"

"모르면 바보지."

"……."

"잠이나 자, 이 바보야."

이 나이 먹어 사전을 펼쳐놓고 소리 없는 눈물을 흘리는 내게 우려스러운 시선이 모였다. 부디 저 여자가 어디 모자란 바보라서 저런 모양이다, 그렇게 여겨주었으면.

last story

나도, 부탁이 있어

\

독일은 변한 것이 없었다. 그래봐야 두 달, 변하기에는 짧은 시간이라 내가 접하는 모든 것은 조금의 괴리감도 없다. 내 자리 가득 쌓인 일감이나 아침마다 비슷비슷한 엄마의 잔소리도 같다.

우리 모녀 3대가 한국에 다녀왔다는 것은 의외로 독일에만 붙어 있던 다른 남자가 가장 크게 체감했다.

『시은, 나 우리 아인이가 하는 말 하나도 못 알아듣겠어. 어쩌지?』

클라인은 시도 때도 없이 나를 찾아 난감함을 토로했다. 그는 적극적인 한국 아가씨로 돌아온 딸 앞에서 오른 귀 왼 귀를 다 쫑긋해보다 결국 통역을 청했다. 아이들은 배우는 것도, 적응도 놀랄 만큼 빠르다.

"엄마, 나 이거, 아인이 이거."

『아인이가 장갑 한국에서 가져온 거 끼고 싶대. 하얀색.』

『아, 그 말이구나.』

그새 씩씩해져서 온 집 서랍을 다 헤집고 다니는 아인이가 내 손을 끌어댔다. 오랜만에 처가를 찾은 클라인은 엄마 아빠 눈치 볼 것도 없이 말 안 통하는 딸내미 시중들기에도 바빴다. 사장님 체면이 말이 아니다.

"엄마. 나 이랴이랴. 응?"

『뭐래? 시은.』

『아인이가 한국에서 가지고 놀던 말이 있었는데 그거 가지고 싶대.』

『아! 아빠랑 사러 갈까? 아빠가 더 큰 거 사줄게.』

드디어 자신이 할 수 있는 일이 생긴 클라인이 아인이를 안아 들었다. 하지만 울상이 된 아인이는 고개를 마구 내저으며 다시 내게로 넘어왔다.

"아니야. 아냐. 히이잉."

세 살 아가씨의 슬픈 마음을 설명해줄 길이 없다. 서른한 살 아가씨의 슬픈 마음만 못하다고 장담을 할 수도 없다.

"뭐 해? 왜 어른이 둘이나 되면서 애를 울려?"

"하부지."

"……못 볼 거면 이리 주든가. 하여튼 순한 애를 왜 울려서."

아빠 역시 말할 것도 없이 무뚝뚝하다. 그래도 두 달 만에 만나는 손녀에게 팔을 먼저 내밀 정도로는 변했다. 아인이가 안 가면 어쩌나 했는데 어쩐 일인지 또 할아버지에게는 넙죽 안겼다.

"흐흠."

아빠는 헛기침을 하며 돌아섰지만 저건 정말 한두 번 안아본 자세가 아니다. 뒤로 고개를 내민 아인이가 손을 흔들자 클라인이 두 손을 더 크게 흔들었다. 길어봤자 한두 시간 이별에 부성애가 눈물겨웠다.

『클라인, 나도 아빠 있거든? 저기 딴 여자 안고 가는.』

『하하.』

클라인이 멋쩍게 웃다가 냉장고 문을 열었다. 마실 만한 게 없는지 결국 꺼내 드는 게 냉수라 내가 문을 닫았다.

『우리 오랜만에 한잔 안 할래? 엄마 오시기 전에.』

『아, 귀국 턱 내는 거야?』

『그러시면 안 되죠, 보스.』

철두철미하게 선을 그어놓고 집 앞 비어가르텐으로 향했다. 어찌 보면 치사해도 원체가 '있는 남자'이다 보니 허투루 돈을 쓸 수는 없었다. 귀하게 번 내 돈은 '없을 것 같은 남자'한테 쓰고 싶다.

『잘 마실게, 시은. 나 여기 맥주 좋더라.』

내가 가벼운 맥주 두 잔을 들고 테이블로 다가서다가 기시감에 잠깐 고개를 갸웃했다. 세상에는 내가 모르는 일도 많지만 알게 모르게 반복되는 일들도 많았다. 이것이 모두 합쳐 일상이 되고 또 그게 모여 인생이 될 것이다.

『무사히 돌아온 거 축하해!』

『고마워. 일도 많이 밀렸던데.』

『지금 비꼬는 거지?』

아니라는 말 대신 쨍그랑 잔을 울렸다. 열흘이 넘게 끝도 없이 밀어닥치는 일로 이렇게 맥주 한잔할 여유를 가지는 것도 귀국 후 처음이었다.

『다녀왔으니 밥값은 해야지.』

『그래. 그런데 어땠어? 재밌었어?』

이로 입안을 질근거리며 나조차 알 수 없는 웃음을 지었다. 단순히 재미만 있었던 것이 아니라 설명할 재주가 없다. 지금은 어떠한 말로도 표현이 힘들다.

『재밌었나 보네. 우리 아인이는 한국말을 어쩜 그렇게 잘하지? 천잰가?』

『제일 잘 배울 만할 때 갔으니까. 천재는 맞고.』

『친척들이 뭐래? 다 보여줬지?』

『아인이 예쁘대. 너무 귀여워서 어쩔 줄을 모르겠대. 우리 시아랑 너무 닮아서 미니미 같대.』

예쁘고 귀엽다는 대목에선 그래도 좀 참아보던 클라인이 마지막 말에 제일 좋아하며 쿡쿡거렸다. 점잖은 웃음은 아닌데도 정이 간다.

『그렇게 좋아?』

『그럼. 우리 아인이가 제 엄마 닮아가며 큰다는데.』

시아 이야기가 나오자 내가 턱을 괴었다. 처음부터 꼭 술을 마시고 싶었던 것은 아니라 그 와중에도 딸내미 사진을 꺼내는 동생의 남편을 감상했다. 감정을 감추려는 노력도 없이 눈이 휘어졌다 커졌다 사진 속 아인이의 표정을 따라 했다.

『클라인, 처음에 네가 한국에 가라고 했을 때.』

『어? 어.』

『그냥 적당한 핑계일 거라 생각했어.』

『아시다시피 제가 그렇게 한가한 사람은 아니라.』

클라인이 너스레를 떨며 툭 휴대전화를 꺼두었다. 화면이 까맣게 어두워지기 전 아인이가 서경고의 운동장을 달려가는 모습이 어렴풋이 비쳤다.

『사실은…… 이번에 내가 한국에 가서 누굴 좀 만났는데, 음.』

내 앞에 앉은 건 클라인뿐인데 누가 꼭 엿듣기라도 하는 것처럼 말끝이 줄어들었다. 붉어진 얼굴을 감추려 술잔을 들어 아래에 가득 맺히는 기포를 바라보았다.

『혹시 시아가 그걸 알고 한국에 가랬나 생각도 했었어. 그 동네 그 집에.』

『아시다시피 우리 시아도 그렇게 한가한 사람은 아니라.』

아, 그렇겠지, 밉지 않게 눈을 흘겼다. 시아는 하루하루 사랑하며 살기에도 바빴으니 괜한 생각이라는 것도 안다.

『시은, 만날 사람은 다 만나게 되니까.』

『응.』

『그냥 그렇다구.』

클라인이 뭔가를 더 말하려다가 내 표정을 보고 적당히 고개를 끄덕였다. 사람이 꼭 말을 안 해도 다 알아들을 때가 있는데 우리가 지금 그랬다. 우리 시아가 진짜 내게 하고픈 말은 따로 있었을지도 모르겠다는 말도 내 입안에서 사그라지듯 녹았다.

『그래서 만난 사람은 어땠어?』

『그냥저냥.』

『아, 역시 시아가 맞았어. 내가 이런 이야기 하면 분명히 '그냥저냥.' 그럴 거랬는데.』

클라인이 손가락으로 딱 소리를 냈다. 기분이 좋은지 두 번째는 더 큰 잔으로 사왔다.

『받아. 그래도 다행이네. 혹시나 우리 시아처럼 나쁜 남자 만날까 봐 내가 걱정했는데. 그 동네 좀 위험하잖아.』

『응?』

위험한 게 일반적인 위험은 아니라 또 다른 뜻이 있어 보였다. 쌩하니 내가 무시하자 그는 홀로 주절주절 말을 이었다.

『그 동네에 우리 시아 첫사랑은 아니고 한 열일곱 번째 사랑쯤 되나? 한 열흘쯤 잠깐 혹했던 애가 하나 살았는데, 짝사랑들 중에 제일 악질이었다지. 자기 언니한테 말 걸려고 자기를 이용해먹었다고. 우리 시아야 워낙 똑똑하니 바로 벗어났다지만.』

『……됐어.』

『하여튼 네가 그런 남자는 안 만났다니 다행이다. 우리 부부가 얼마나 걱정을 했다고.』

『아, 정말 걔는 별 소릴 다 해! 남편한테!』

기어이 맥주잔을 탁 소리가 나게 내려놓았다. 덕분에 이 달아오른 얼굴이 숨을 곳 없이 만천하에 드러났다. 남 일 따위 전혀 관심 없는 독일인들이 쳐다볼 정도다.

『윤시아! 지금 내 옆에 있으면 등부터 한 대 때렸을 거야.』

『에이, 당연한 거지. 내가 시아에 대해 모르는 게 뭐 있다고.』

독일 남자의 웃는 얼굴이 얄밉기 그지없다. 사장이고 제부이기 전에 나부터가 나이가 들었으니 어린아이들처럼 바르르 손톱으로 그어줄 수도 없다. 그래도 그냥 넘어가기는 아쉬워 저 능글맞은 얼굴을 꼭 한 번 바꿔놓고픈 오기가 생겼다.

『정말 그렇게 시아에 대해 다 안다고 장담해?』

『그럼.』

『음, 그럼 우리 시아 진짜 꿈은?』

『아, 그거 나만 알던 건데.』

그가 아쉬운 척 머리를 푹 짚었다. 이 자리에 없는 윤시아 말고도 등짝을 맞을 사람이 하나 더 생겼다. 굳게 팔짱을 끼고 있는 내 모습이 심상찮은지 클라인이 얼른 고개를 들었다. 입매를 길게 늘이고 서서히 진지한 웃음을 찾았다.

『사실은 처음으로 아인이 초음파 봤을 때…… 그때 들었어. 많이 울었어, 둘 다.』

『그래.』

시작하자마자 전투의지를 잃었다. 장난은 모두 끝났는지 클라인이 홀로 잔을 마주쳤다. 두 번째 잔이 부딪치는 소리는 처음보다 둔탁했다.

『시은, 시아가 널 얼마나 좋아했는지 알지?』

나야말로 '그럼.' 하고 자신만만하게 대답해주고 싶다.

그 별것 아닌 말이 목에 걸려 작게 입술을 맞물었다.

『너한텐 아무리 행복하다 말해도 안 믿어서 속이 터진다더라. 언니는 고집도 세고 의심도 많아서 직접 확인해봐야 알 거라고.』

『…….』

『시아 정말 많이 행복했대. 네가 미안해할 필요도 없이.』

『응.』

『너도 꼭 자기만큼만 행복해지면 좋겠다고.』

입에 머금은 맥주가 뜨끈해졌다. 한 모금 한 모금이 화한 약처럼 목구멍 깊숙이 퍼져나갔다. 어느 순간부터 이제 내 기억 속 시아의 모습은 차츰 달라지고 있다. 아프고 힘들어 내 마음을 아리게 하던 모습도 가장자리가 희미해진다.

『뭐, 그나저나 내가 문제네. 우리 아인이 말을 못 알아들어서.』

『왔으니까 또 금방 독일어 할 거야. 말 배울 때잖아.』

『응. 그런데 다른 말은 다 행동으로 짐작을 하겠는데…….』

제부 주제에 형부처럼 인자하게 나를 바라보던 클라인의 눈매가 바뀌었다. 한쪽 눈이 더 가늘어지며 장난스러운 미소도 돌아왔다.

『도대체 이주니가 무슨 뜻이야? 우리 아인이가 노래를 부르네.』

『……술이나 마셔.』

기집애, 그래도 마지막 양심은 있어서 이름까지는 안 팔아먹었나.

어디냐는 엄마의 문자를 확인하고 먼저 자리를 정리했다. 오늘 제부는 이곳에서 혼자만의 시간이 더 필요할 예정이다. 우리 집은 홀로 마음을 가라앉히기엔 참견쟁이들이 너무 많다.

『응? 어딜 가? 대답 안 해주고 도망가는 거야? 이주니가 무슨 뜻인데?』

『뜻이…… 너무 많아. 말해줘도 모를 거야.』

『아하, 역시나.』

이제 믿든 안 믿든 온전히 클라인의 자유다. 내게 이준을 한마디로 설명하라는 건 어불성설이다. 나쁜 놈부터 시작해 구구절절 이어지는 이야기는 시아가 제 남편에게 한 것처럼, 나도 단 한 사람과만 공유할 것이다.

『그리고 이거.』

『뭔데? 선물 벌써 줬잖아.』

『그건 엄마가 주는 거고, 이건 내 거. 너도 이 정도는 읽을 수 있지?』

『음.』

콧대를 눌러주고 싶던 클라인의 얼굴은 생각보다 쉽게 맨얼굴을 드러냈다. 가방에서 구겨지지 않게 꺼내 온 시아의 장래희망카드를 건네자 뭐든 다 안다는 듯 으스대던 그의 표정이 흔들렸다.

『봐. 그냥 아는 거랑 이렇게 보는 거랑은 많이 다르지?』

『…….』

『정말 고마워. 내가 할 수 있는 말 모두 다 하게 해줘서.』

이런 순간이 오면 똑같이 놀려주려고 했는데 나는 은근히 마음이 약하다. 클라인은 보스이자 제부이기 이전에 우리 시아의 남편이다. 우리 시아를 세상에서 가장 행복하게 만들어준 남자에게 내가 할 수 있는 배려와 감사는 모두 해주고 싶다.

『나한테 남긴 거니 내가 가지려다가. 그래도 우리 둘 다 주인은 아닌 것 같아.』

일부러 그를 안 보려 재빨리 코트 단추를 채웠다. 시끌벅적한 술집에 숨소리도 내지 않는 그를 혼자 두고 오는 것이 잘하는 일인진 모르겠다. 희끄무레한 조명 아래 이마를 크게 받친 클라인은 떨리는 입매 외엔 보이는 것이 없다.

『하아……. 아인이 클 때까지 내가 잘 보관할게.』

『응. 그래줘.』

등 뒤로 들리는 말에 애써 웃으며 손을 흔들었다. 또 이렇게 하루가 흐른다.

이제는 봄이 온다는 소리도 제법 들려왔다. 귀로만 듣는 아침 뉴스나 오가는 사람들 인사말에서도 '봄'이라는 소리가 심심치 않게 나왔다. 아직은 길고 두툼한 외투가 많은 거리에도 유독 옷도 표정도 가벼운 얼리어답터들이 있었다. 가볍게 내 옆을 스치는 핑크색 카디건 차림의 아가씨를 물끄러미 바라보다가 집으로 향했다.

"엄마, 저 왔어요."

"시은아, 오늘 웬일로 일찍 퇴근했어?"

"아인이 왔대서. 그런데 음……."

신발장에는 분명히 꼬마 공주님의 앙증맞은 구두가 보이는데 어째 달려 나오는 기색이 없다. 평소에 내가 퇴근하면 쿵쾅거리며 뛰쳐나와 맞아주더니 지금은 저 안쪽 거실에서 웃음소리만 깔깔댔다. 그게 싫을 리 있겠냐만 안 그래도 허전한 마음이라 웃음도 꽁꽁 얼었다.

"엄마아! 와서 아인이 바! 이거, 이거. 아인이 꺼야."

"……."

"하부지 더. 더 빠이."

삐그덕대며 목마를 타는 아인이를 보고 그대로 멈춰 서서 고개를 흔들었다. 그럴 리 없는데, 아빠가 손수 만든 벽난로 앞이 내가 아는 다른 장소처럼 보였다. 어린아이가 타고 있는 목마 하나로도 그렇게 보였다. 텅 비어 있던 가슴에서 심장이 크게 울렸다.

"엄마, 저거."

"아, 지난주에 이준이랑 통화했잖아. 잘 도착하셨냐고."

내겐 그런 말도 없었다. 이곳에 와서 그와 통화를 한 건 손에 꼽는다. 그나마도 일을 하던 중이라 다정한 속삭임 따위는 없었다. 잘 도착했냐, 춥지는 않으냐, 그런 서먹한 소리만 주고받다 정작 하고픈 말은 하나 못 하고 전화를 끊었다.

"그때 아인이가 목마 너무 찾아서 아주 못살겠댔지. 억지로라도 들고 올 걸 그랬다고."

"그럼 혹시 이준이가……."

신발장을 미리 보지 않았더라도 그가 올 리는 없다. 이준이 있는 공기는 그가 만드는 커피처럼 한 모금만 마셔도 온도와 향이 달랐다. 그래도 나는 저리 덩그러니 목마 혼자 보내란 적은 없다. 저 커다란 눈망울을 보호자도 없이 시커먼 화물칸에 태우란 적도 없다. 가슴이 욱신거린다.

"말도 안 하고 이걸 보냈네. 세상에, 세심하기도 하지. 흠 하나 안 나게 얼마나 포장을 꼼꼼히 했는지 몰라. 네 아빠도 이거 보더니 감탄하더라."

"그러게. 이준이 옛날부터 손재주 좋더니. 이래서 집에 아들도 하나 있어야 하는 건데."

"낳으세요, 그럼. 아인이보다 어린 동생 생기면 정말 재밌겠네요."

이상하게 아들 타령으로 결론을 낸 아빠도 마땅치가 않았다. 신이 나 끝없이 돌진하는 아인이에게만 겨우 웃어주고 내 방으로 돌아왔다. 휴대전화를 꺼내 번호를 누르는 엄지손가락에 감정이 잔뜩 들어갔다.

"……하."

마지막 통화키를 누르기 직전에 한숨과 함께 던져두었다. 밤낮이 바뀐 곳이다. 내가 잘 때 그는 일을 하고 그가 잘 때에는 내가 일을 한다. 자전과 공전으로 쉴 새 없이 일하는 지구도 이제 다 싫다. 내 마음 같은 거 알아줄 길 없는 엄마나 아빠에 심지어는 지구 하나까지, 세상천지 우리를 가로막는 이들뿐이다.

대체 얘는 무얼 하는 걸까. 날 잊었을까.

문득 동화 속에서 죽은 듯 누워 기다리던 공주는 무슨 생각을 했는지 궁금해졌다. 그놈이야 태생이 선비니 칼을 빼내 들지는 못하더라도 전화 정도는 자주 할 줄 알았다.

"음."

똑바로 누운 자세조차 불편했다. 머리 양옆으로 비어 있는 베개가 허전해 손으로 쓸어보자 남는 것은 까끌한 촉감뿐이다. 그대로 팔을 들어 눈을 가렸다. 하다하다 이제는 베개도 똑바로 못 베게 생겼는데, 나를 이리 만든 그놈은 잠은 잘 오려는지.

"……."

아래층에서 아인이의 웃음소리가 넘치는데도 갈수록 귀가 멍해졌다. 빨라진 자전 탓일까, 비행기에서 내린 지가 언젠데 나는 하루하루 멀미가 심해지고 있었다.

『매니저님, 이거 오늘 도착한 자료요. 감사 나가기 전까지 다시 읽어보셔야 할 거 같아서.』

『…….』

『매니저님?』

『응, 알았어요. 거기 둬요. 그리고 레나, 감사 나가는 건 이번이 처음이죠?』

사무실에서 넋을 놓다가 들고 있는 서류를 추슬렀다. 몇 달 전에 새로 들어온 햇병아리 회계사 아가씨가 수줍게 볼을 붉힌다. 아직 어린 아가씨는 일도 연애처럼 하는 모양이다.

『잘할 수 있을까 걱정이긴 해요. 가서 괜한 피해는 주면 안 되는데.』

『수치 입력이랑 재무제표 확인에만 집중해요. 여기서처럼 잘할 거예요.』

레나의 볼이 조금 더 붉어졌다. 나도 전에 이 같은 칭찬과 격려를 받은 적이 있었는데 그때에는 저런 수줍음도 없이 당연하게만 받아들였다. 그때의 난 일밖에는 할 것이 없어 그 하나에는 자신감이 넘쳐났다.

『참, 사장님께서 오늘 다 같이 나가서 점심 하시자고.』

『아니, 괜찮아요. 봐야 할 것도 좀 있고 속이 안 좋아서 가볍게 할게요. 나가봐요.』

문이 닫히자마자 눈을 비비적대다 그대로 푹 파묻혔다. 유독 빨리 도는 지구는 이제 내 입맛도 앗아갔다. 대자연의 재앙이다. 그래도 인심을 잃진 않았는지 직원들이 번갈아가며 식사는 해야지 하고 말을 붙였지만 고개를 흔들기만 했다.

"……."

한참 후에야 시계를 확인했다. 남들은 점심시간을 확인하나 하겠지만 나는 거기에서 열한 시간 반을 빼고 있었다. 돌아온 지 2주 동안 수없이 반복한 일이다. 가슴이 지끈대는 이 무의미한 행동을 해야 그나마 다음 일을 할 수가 있었다.

"으음."

툭툭 뺨을 두드리며 자리에서 일어섰다. 외부 기업 감사가 두 군데나 잡혀 있어 저녁까지 일을 하려면 뭐든 먹어야 했다. 가습기가 김을 토해내는 실내 공기도 답답해 얼마 남지 않은 겨울바람을 들이마시고 싶었다.

『샌드위치 하나랑 커피 한 잔이요.』

카페에서 늘 시키던 메뉴를 읊는 입은 기계처럼 무미건조했다. 드넓은 공원길을 따라 걸으며 내 앉을 곳을 찾는 걸음이 갈팡질팡했다. 저기 앉을까 싶으면 사람이 있고 또 저기는 어떤가 싶으니 너무 외졌다. 겨우 샌드위치 한입 베어 물 자리에도 이렇게 까다로운데, 그렇게 까다롭게 받아들인 남자는 택배 하나만 달랑이다. 나만 미친 줄 알았더니 내 안목도 미쳤다.

"……뭐 하는 거야, 정말."

본능은 단순해서 좋다. 이 기분에도 입안 가득한 음식물을 우물우물 씹어댔다. 맛 같은 건 기억으로 먹으면 된다. 단골 삼은 가게에 종업원도 그대로이니 예전의 담백하고 깔끔한 맛을 떠올려보았다. 난 그냥 배만 채우면 되는데 한입 두입 먹어보아도 속은 갈수록 허했다.

"하아."

아직 절반은 더 남은 샌드위치를 다시 곱게 접어두었다. 무의미한 짓으로 스스로를 속이기에 샌드위치는 죄가 없다. 꾹 메는 가슴을 어쩌지 못하고 커피를 들었다. 등에 닿은 나무에 조금 더 몸을 붙이다 마지막에 머리를 툭 기댔다. 커피를 입술에 대자 뜨겁고 진한 향이 후각을 어지럽힌다. 모락모락 피어오르는 김은 이내 머릿속까지 차 그의 얼굴을 서리게 했다.

서이준. 이 나쁜 놈.

눈시울이 뜨거워졌다. 고작 열한 시간 반이 길다고 비행기도 못 타는 놈에게 나는 이러고 있다. 든 것 없어 허한 속은 날이 갈수록 깊어져 잘 버틸 수 있다던 여유로움과 자신감도 퐁당 빠져버렸다.

내가 정말 어른이 된 건 확실한 걸까?

진리처럼 당연했던 사실마저 의심스러워졌다. 13년 전 독일에 처음 온 나는 이불을 뒤집어쓰고 깜깜한 어둠 속에서 그를 욕하고 그리워했다. 그리고 지금은 빛, 어둠 가릴 것 없이 이준을 그리워하고 원망한다. 시아 말대로 볼 장 다 봤건만 분명히 내가 맛보지 못한 어딘가가 남아 있을 것 같아 괴롭다. 그놈은 속이 음흉한 놈이라 분명히 숨겨놓고도 남았다.

『……응. 들어갈게. 아니, 근처야. 응, 그건 다 해놨어. 서랍 한번 봐봐.』

클라인의 전화에 쓴웃음을 삼켰다. 전화벨만 울려도 쑥 내려앉는 가슴이 바보 같아 때리듯 툭 두드렸다.

– 양이 상당할 텐데 정말 혼자 다 한 거야? 사람들한테 좀 맡기지.

『급한 거라며. 내가 하는 게 편해.』

– 역시. 근사한 데서 저녁 쏴야겠다.

일 잘한다 칭찬을 듣고도 전혀 기쁘질 않다. 찌뿌드드한 몸을 일으키며 당장에 해치워야 할 업무들을 쭉 나열했다. 일에 집중하고픈 마음이 간절하다.

– 다 끝난 거라니 설명은 천천히 해줘도 돼. 어차피 근처라며. 들어와서 듣지 뭐.

『응. 금방 갈게.』

끊긴 전화기를 손에 꼭 쥐고 큰 거리로 나섰다. 일부러 걸음을 재촉하며 바쁘게 움직이는 사람들 사이에 섞였다, 아니, 그러려고 노력했다. 바로 내가 두 달 전까지 살아오던 모습이었으니 웃지 않고 빨리 움직이기만 하면 비슷해 보일 거라 생각했다.

"하아……."

그런데 안 된다. 마주 걸어오는 한 쌍의 연인들의 달콤한 웃음에 나도 모르게 입가가 따라 올라간다. 나는 이미 어떻게 울고 웃는지를 알아버렸다. 다시 지워내지도 못할 만큼 단단히 새겨져 내 얼굴은 금세 울상이 되었다. 달린다 싶을 만큼 걸음을 재빨리 놀렸지만 코끝에 닿는 추위가 더 이상 매섭지 않다.

아, 벌써 봄이 오나.

이러면 안 되는데, 걸음만큼 마음이 조급해졌다. 한가득 힘껏 들이마셔도 차기는커녕 금세 몸속에서 뜨끈해진다. 이곳에 온 지 고작 2주 만에 계절이 바뀔 조짐이 내게는 영 반갑지가 않다. 안 그래도 멀고 먼 우리 사이에 계절이 하나 더 지나는 것에 참을 수 없을 만큼 울컥했다.

안 그래도 손가락이 부러진 놈인데.

지금도 어디서 무얼 하고 있을지 모르는 놈인데.

전화벨이 울릴 때처럼 심장이 폭을 넓혀 진동했다. 회사가 바로 코앞인데 이준의 얼굴은 그보다 더 앞에 있다. 당장에 그를 보지 않으면 안 될 것 같은 조급함에 양손을 몇 번이나 움켜쥐었다. 숨도 다시 쉬어보고 눈도 세게 문질러보고 내가 할 수 있는 건 다 했다.

"……."

그런데도 나는 그놈을 봐야겠다.

침구가 바뀐 것도 아닌데 잠이 잘 안 오더라 말을 해주고 싶었다. 늘 먹는 밥도 내게는 쓰기만 하더라 말을 해야 했다. 그리고 빨리 나를 원래대로 되돌려놓으라 정신이 번쩍 들 만큼 흔들어주어야 했다.

나를 이리 애타게 할 거라면, 여기서는 통하지도 않을 선비 짓이나 하고 있다면, 왜 열한 시간 반이 길지 않구나 그 잘난 머리를 다정하게 끄덕거렸는지 대답도 들어야 했다. 지금 고백을 하지 않으면 안 되는 순간처럼, 지금 이준을 보지 않으면 안 되는 순간은 이렇게 갑자기 찾아왔다.

– 시은, 왜 안 들어와? 근처라며.

『나 저녁 안 사줘도 돼, 클라인.』

걸음을 반대로 돌렸다. 바로 코앞이던 회사가 점차 멀어져간다. 바닥을 맑게 울리는 구두 소리가 내 것처럼 들리지 않는다.

『근사한 데서 비싼 저녁 안 사줘도 된다고.』

– 음…… 왜? 무슨 일 있어?

『나 내가 할 일 아닌데도 요 며칠 해야 할 일 다 끝내놨어, 보스.』

심란한 속을 달래보고자 일에 파묻혀 있던 것이 다행이었다. 숨이 찰지언정 협상에 들어간 목소리는 또박또박했다.

『1, 2분기에 회사에서 내가 제일 열심히 일했어. 나 보고 들어오는 일도 많아.』

– 어어, 알지.

『작년에 연봉 조정도 안 했어. 알 거야, 나 스카우트 제의 많이 받은 거.』

– ……뭘 어떻게 해줘?

역시 클라인은 눈치가 빨랐다. 내 잘한 일은 절대로 잊지 않는 나는 마지막까지 지키던 냉정함을 버렸다. 겨우 이름 하나 부르는 데에도 울먹임이 섞여 나왔다.

『클라인, 아인이 아빠.』

점심시간 지각 정도는 상사에게 배짱을 부려봤지만 지금부터 할 이야기는 오직 가족이라야만 이해할 수 있다. 가족쯤 돼야 이 미친 짓을 하는 여자를 자르지 않고 어떻게든 보듬어주려 노력은 할 것이다.

『나 출장 좀 갈게. 한국으로.』

– ……하지만 한국엔 우리 지사가 없는데?

하아, 급하게 올라탄 택시 안에서 눈을 감고 숨을 골랐다. 아직 내 손엔 먹다 남은 샌드위치가 들려 있다. 이상하게도 아까는 종이를 씹던 것 같았는데 원래의 먹음직스러운 맛으로 돌아왔다.

『쉬워. 우리 집에만 있다고 해주면 돼.』

– 아니, 나는 이게 뭐가 뭔지.

『몰라도 돼. 바쁜데 알려고 너무 노력하지 마.』

기가 막힌지 웬만해선 당황하지 않는 클라인마저 묵음 사이사이 입이 힘들게 떨어졌다 닫혔다. 그러나 나는 그가 절대로 거절하지 못할 마법의 주문을 기억하고 있었다.

『내가 제부이자 세상에서 제일 친한 친구인 벤 클라인에게 부탁이 있어.』

바로 내일이 휴일이라도 한 시간 여행도 부담스럽던 내가 평일 대낮에 지구 반대편으로 떠난다. 마음만 먹으면 일사천리다. 마음먹기까지가 내게는 가장 어려운 과정일 뿐이다.

짧다 장담했던 열한 시간 반은 매우 길었다. 주는 밥 꼬박꼬박 먹고 틀어주는 영화를 보면서 나는 그 시간 동안 이준을 열 번쯤 죽이고 열한 번쯤 되살렸다. 뭉텅이로 싸 넣은 짐은 여름옷인지 겨울옷인지도 알 수가 없다. 왜 갑자기 출장이냐고 부엌에서 뛰쳐나온 엄마는 하얗게 질린 내 얼굴을 보고 클라인의 욕을 해댔다. 이렇게 쉬지 않고 부려먹으니 애가 무슨 수로 시집을 가겠냐 한탄을 했다.

"……."

누구 하나에게 미안하다고 끝날 일이 아니라 죄 많은 나는 눈을 감았다. 이렇게 온전히 마음 가는 대로 행동해본 것은 처음이다. 귀를 아프게 울리며 착륙을 할 때나, 지난 여권 도장이 마르기도 전에 다시 꾹 도장이 찍힐 때나, 무엇 하나 현실감이 없었다. 공항을 나서자 폐를 가득 채우는 찬 기운 하나만이 나를 환영해주었다. 드디어 한국이구나, 웅크리는 사람들 사이에서 보란 듯 더 크게 숨을 쉬었다.

다행이야.

아직 겨울이 지나지 않았다. 승강장 나무 밑동에 쌓아놓은 눈을 일부러 꾹 밟으며 중얼거렸다. 이 겨울이 가기 전에 다시 그를 만나게 된다. 우리는 어색할 것도, 감출 것도 없었다.

"아저씨, 일원동이요."

"일원동 어디로 가시게?"

택시를 잡아 동네를 말하자 기어를 넣으려던 아저씨가 뒤를 돌아봤다. 내게 일원동은 그 자체로 하나의 목적지였다. 비행기에서의 한나절 동안 머리는 아직 깨어나질 못해 할 수 있는 대답이라고는 아주 단순한 것뿐이다. 이준이 사는 동네라고, 그렇게 바보 같은 소리밖에 떠오르는 게 없어 잠시 입을 다물었다.

"정확히 일원동 어디인지 몰라요?"

"아……, 서경고등학교요."

"아아, 서경고! 진작 말씀을 하시지. 우리 조카가 예전에 거기 다녔거든."

간신히 떠오른 서경고 이름이 반가워 목소리가 커졌다. 그제야 기어를 힘차게 넣고 차를 출발시키는 아저씨는 운전을 하는 내내 흥이 올랐다. 서경고가 얼마나 명문고인지, 그 주변에 허허벌판이던 논밭을 누가 사서 떼돈을 벌었는지, 정말로 모르는 것이 없었다.

"그런데 서경고에 왜 가셔? 멀리서 온 거 같은데. 선생님이에요?"

"아뇨. 사실은 서경고가 아니라 그 근처에……."

"근처 어디? 그럼 거기로 가야지."

"아…… 그러니까 정문 앞에서 큰길 쭉 따라서요. 거기 4차선 도로에서 왼쪽으로 꺾으면……."

눈을 뜨는 것보다 감는 편이 설명하기에 쉬웠다. 하얗게 빈 머릿속에서 나는 교문 앞에 혼자 남았다. 낮인지 밤인지도 모른다. 그가 있는 곳으로 향하는 걸음이 점차 빨라져 머리와 가슴이 동시에 울렸다.

"아, 알겠다. 거기 특이하게 생긴 카페 있는 거기구나!"

"……거기 아세요?"

"조카네 지나가다 봤지. 거기 건물을 요상하게 지어놔서 그 동네 사람 다 알지. 아아, 거기구나."

서이준, 너 진짜 온 서울 시내에 소문 다 났어, 바보야.

나랑 무슨 상관이라고 부끄러워 얼굴을 가렸다. 가린 손가락 사이사이로 웃음이 새어나올 것 같아 몇 번이고 오므렸다. 입술을 어떤 식으로 다물어봐도 내 마음을 가릴 수는 없다. 기어이 웃음이 터지기 직전에 택시가 멈췄다.

"여기 맞죠?"

"네."

바로 여기, 이곳에 돌아오고 싶었다. 손잡이를 쥔 손이 미끄러지지 않게 힘을 꽉 주었다. 이도 악물고 각오를 단단히 되새겼다. 그토록 참으려던 웃음은 유리창 속 이준을 보는 순간 흔적도 없이 사라졌다.

넌 웃음이 나니.

마주 앉은 사람을 보며 그의 고개가 점잖게 움직인다. 저거 다 사기다. 내게 열한 시간 반이 길지 않다 할 때에도 저렇게 움직였다. 걸음걸음 그에게 가까워질 때마다 나는 예전에 그 말을 아끼던 여고생으로 돌아갔다.

"어어, 이게 누구야! 독일 가신 거 아니었어요? 으아. 이거 어째."

"조심하세요."

저 말 많은 종업원이 언젠가 컵 한 번은 깰 줄 알았다. 조용히 목례를 하고 돌아섰지만 안쪽에 앉은 이준은 이미 독일 소리가 날 때부터 넋이 나갔다. 자신에게 다가오는 나를 보며 눈귀를 좁혔다 폈다 별 짓을 다 하고 있다.

그래, 꿈같겠지, 나처럼.

입매에 힘이 들어갔다. 내가 떠났다는 소식이 벌써 퍼진 건지 카페 안에선 여전히 얼굴 뜯어 먹으러 온 여자들이 날

선 눈빛으로 나를 할퀸다. 그래도 내가 가야 할 곳을 분명히 아는 이상 이 걸음이 멈출 리 없다.

"나쁜 놈."

"……."

이준의 앞에 앉아 있던 아저씨가 되려 놀라 서류를 챙겨 댔다. 돌아앉은 이준은 속을 알 수 없는 얼굴로 나를 올려다본다. 정말 저 속에 무슨 생각이 들었는지 몰라 별처럼 많은 밤을 헤매다 길을 잃고, 이렇게 지구 반대편에서 눈을 떴다.

"너 진짜 나쁜 놈이야."

"……."

못을 박았다. 그래도 싸다. 그 이역만리 먼 곳에서 저 보자고 일가족을 다 내팽개치고 왔는데 이준은 눈썹을 움직거리는 것 말고는 반응도 없다. 머리를 쓸어올리는 내 작은 움직임에 그의 눈동자가 미세하게 떨렸다.

"온다며, 너 올 수 있다며."

"……음."

목울대를 선명하게 울린 그가 처음으로 반응했다. 의자를 드르륵대며 조금 더 가까이 끌어오는 소리가 울렸다.

"아니라고 하지 마. 거의 그런 식으로 대답했잖아."

"어…… 그랬지."

"봐. 너도 기억 못 하는 거 아니잖아. 다 이렇게 기억하면서…… 밥이 넘어가니? 잠은 와?"

이쯤에서 보란 듯 돌아서서 집으로 가버리고 싶은데 이

제 난 집도 절도 없다. 이준이 무슨 말을 하는지 기다려야 하는 신세가 처량해 더 울컥했다. 마음 같아선 더 호되게 따지고 싶은데 여기는 그의 일터다. 속상하고 화끈한 얼굴을 감추려 몸을 돌리자 내 뒤에 덩그러니 세워둔 가방 하나만 내 발을 막는다.

"아이구, 이거. 내가 애 좀 더 써야겠네. 전화도 좀 돌려보고."

"아, 네. 잘 부탁드리겠습니다."

이준의 맞은편에 앉아 눈만 굴리던 아저씨가 무안하다 싶은지 목소리를 키워 능청을 떨었다. 저놈은 뭘 또 거기에 배웅까지 하는지, 일부러 내 옆을 스치는 것도 모른 척 팔을 꼬았다.

"사연이 있었구만. 빨리 팔아달란 이유가 있었네. 난 그것도 모르고 무슨 문제가 있나 했지."

"예에."

"아깝잖아. 뭘 급매야. 이거 건축비만 해도 얼만데. 사정이 있었음 진즉 말을 하지. 내가 금방 사람 하나 붙여볼게. 가만 기다려요."

"……."

내가 어쩌지도 못하는 사이에 꼭 잡아야 할 것 같은 아저씨가 멀어져갔다. 댕그렁 종이 울리는 소리에 최면처럼 움찔 깨어난 모습이 방금 전 이준이 나를 보는 모습과 같았다. 내 모습을 비추는 거울 같은 남자가 지금 내 앞에 섰다.

"시은아. 나…… 잘 못 잤어. 밥도 잘 못 먹고."

"……."

"그런데 가게가 생각보다 빨리 안 팔려서. 그래서 바로 못 갔어."

이준이 가게를 판다는 소리에 종업원을 비롯한 여자들 몇몇의 안색이 급격하게 어두워졌다. 그중에서 가장 휘몰아치듯 어두운 사람이 나다. 혼란의 늪에 빠져 입을 다물지도 못한다.

"나는 한번 너 보러 가면 여기 돌아오질 못할 걸 알아서."

"……."

"전화 목소리 한 번도 힘든데 네 얼굴 보고 어떻게 다시 여길 와. 계속 계속 있으려면 아무래도 가게를……."

"서이준, 나 길게 이야기 안 할게."

"어."

"당장 가서 저 아저씨 잡아. 그리고 안 판다고 해."

비장했다. 나보다 한 뼘 이상은 큰 이준의 양팔을 붙잡고 이번에야말로 최면처럼 강하게 한 음절 한 음절에 힘을 실었다.

"하지만."

"그리고 나한테 와. 난 3층에 있을 거야."

이제야 이준의 수척한 그늘이 보인다. 강하게 밀어내는 내 손을 마주 잡다가 간절하게 고개를 젓자 결국은 문밖으로 나섰다. 그가 걸음도 빠른 아저씨를 잡고자 시야에서 벗어나고야 나는 계단 아래에서 눈을 감았다.

"……물 드릴까요?"

종업원이 안 되겠는지 거들었다. 누가 봐도 나는 정상이 아니었다.

"아…… 아니. 아아."

아주 그김에 웃어버렸다. 손등으로 눈을 가리고 결국은 웃고 말았다. 얼굴 어디를 가려야 덜 부끄러울지를 모르다가 결국은 눈만 내놓고 한 걸음 한 걸음 계단을 올랐다. 아무도 없는 3층에 도착해서야 전력질주를 한 것 같은 숨을 한 번에 내뱉었다. 곧바로 창문부터 활짝 열었다.

"하아, 하아."

난 정말 요사스러운 여우에게 홀린 것이 확실했다. 그 옛날 99일째에 홀랑 유혹에 넘어간 인간은 13년이 지나도 같은 실수를 반복한다. 그 여자는 그냥 그럴 운명인 것이다. 그렇다고 다음에 안 그럴 자신이 있냐면 그런 것도 아니다.

서이준인데. 저 얼굴로 달려와 청아하게 웃어주는 서이준이 여우라는데.

"왔어, 시은아?"

이놈은 이래서 좋다. 따지러 온 내가 할 말은 아니지만 부끄럽고 곤란할 이야기는 묻지 않는다. 창 앞에서 눈을 감아 더 기민해지는 본능으로 그의 걸음을 기다렸다. 허리를 감싸 안고 귓가로 고개를 내린 그는 나보다 더 격한 숨을 내리쉬었다.

"……뭐야, 정말."

"응?"

"왜 또 너야."

내 인생은, 이 단순한 인생은 늘 그렇듯 이 남자뿐이다. 화가 날 만큼 바보 같다가 꼼짝도 못 할 만큼 나쁜 남자 흉내를 낸다. 이제는 남한테 줄 수도 없는 놈이라 주저 않고 그의 몸에 팔을 둘렀다. 이준은 늘 그렇듯 나지막이 웃을 뿐이다.

"시은아, 이제 봄이래."

다행이야, 같은 말을 여러 번 속삭이곤 나를 번쩍 들었다. 창을 가로지르는 앙상한 나뭇가지에 아슬아슬 버티던 마지막 눈이 그의 말을 듣자마자 툭, 방울져 내렸다. 이로써 우리는 이번 겨울의 마지막을 함께했다. 세상 모든 것의 시작점에 서서, 더는 마음을 숨기지 않고 꽃처럼 화사한 이준의 뺨을 쓸었다. 나의 지구는 이제야 제 속도를 찾는다.

환영받을 봄이었다.

epilogue 01

mystery and foresight

\

우리는 그대로다. 인생에 다시없을 용기와 충동 끝에 이곳에 왔지만 세상이 뒤집히는 변화는 없었다. 어느 드라마처럼 커다란 축하파티를 열 일도 없고 나를 보며 경악하는 과장된 사람들도 없다.

조금 더 어렸다면, 글쎄, 그게 불만스러울지도 모르겠다. 꼭 주목을 받고 싶어서라기보다는 젊은 본능 자체가 고요하게 머무르지는 못하는 탓이다. 지구가 내 중심으로 돈다는 자만을 유일하게 웃어넘길 수 있는 시기는 지났다. 지금은 사방팔방 떠들며 화제의 주인공이 되는 것보다 어느 한 사람이 내 존재를 크게 느껴주는 것이 좋다.

"으음, 몇 시야?"

"8시. 더 자."

책상에 앉아 있던 이준이 다가와 볼에 입을 맞췄다. 오전 10시에 카페를 열고 밤 10시에 카페를 닫는 사이, 이곳을 들르는 모든 사람의 일상처럼 별다를 것 없는 내 하루가 시작됐다.

"아, 머리끈 어딨지? 여기에 둔 것 같은데."

"응. 여기."

"빗도 있었는데."

"응. 그건 여기."

나는 이준의 카페 3층에 살림을 차렸다. 이준의 집은 따로 있지만 그런 걸로 치면 나도 따로 집이 있었다. 결혼 후 터를 잡는 살림이 아니라 내 물건을 하나둘 옮기다 보니 어느새 이곳이 내 터전이 되어 있었다. 말만 하면 가져다줄 사람도 이렇게 가까이 있다.

"시은아, 우리 오늘 좋은 데 갈까?"

"그러다 갑자기 가게 보러 오면 어쩌려고."

"아, 맞아. 안 되겠다."

아쉽게 돌아선 이준이 흰 셔츠를 꺼내 팔을 꿰었다. 그러고 보니 하나 변한 것이 여기에 있다. 전에 있던 소파 대신 이제 나는 어마어마하게 큰 침대에 누워 그를 바라본다. 이준은 이것을 '환영선물'이라고 했다.

「……도대체 이게.」

「시은아, 이거 환불 안 된대.」

배달 기사가 난감해할 크기의 침대를 두고 내가 입을 벌리자, 이준은 알아서 내 말문을 막았다. 자세히 보면 예쁘다느니, 스프링이 남다르다느니, 그런 광고에나 나올 법한 뻔한 소리가 아닌, 내게 가장 잘 통할 말로 불쑥 막아섰다.

「……진짜 안 된대?」

「어, 절대 안 된대. 지장 찍고 왔어.」

전직 검사였던 서이준과 현직 회계사인 나는 지장의 효력을 알고 있다. 그건 정말 어쩔 수 없다는 뜻이라 나도 머리를 싸매는 대신 아직 비닐도 안 뜯은 매트리스에 털썩 누워버렸다. 침대를 사는 데 지장을 찍을 일이 없다는 건, 비닐을 다 뜯고 둘이 나란히 누워 며칠간 별의별 짓을 다 해 본 후에 언뜻 떠올랐다.

나는 서이준과 있으면 늘 이렇게 뒤죽박죽이고, 또 이렇게 누워만 있다.

"시은아, 나 먼저 내려갈게."

"내 가게 아니니까 나는 일 안 해. 잘래. 잘 거야."

"나도 하지 말까? 팔리면 어차피 내 것도 아닌데."

마지막 단추까지 모두 채운 이준이 흘끗 돌아보며 싱그럽게 웃었다. 엎드려 누워 고개를 들려던 내가 다시 베개에 푹 파묻혀 이준을 훔쳐보았다. 눈 하나로 사람을 보는 건 거리감이 없다.

하나, 둘, 둘의 반.

"……시은아, 잘 잤니?"

그럼 그렇지. 눈에 보이는 거리보다 머리와 몸에 새겨진 거리가 있다. 옷매무새를 마저 정돈한 이준은 계단으로 두 발 내려서고는 꼭 이렇게 되돌아와 뒤늦은 아침인사를 한다. 도저히 안 되겠다는 듯 나를 찾아오는 3초가 채 안 되는 시간이 내게는 어젯밤의 연속이었다. 짜릿한 절정으로 시작하는 아침이 행복하지 않을 리 없다.

"어, 잘 잤어."

"얼마만큼?"

"내 일도 아닌 거 도와줄 만큼."

청량한 이준의 웃음에 누운 채로 목을 끌었다. 두 번 정도의 짧은 입맞춤 후에 아침에는 어울리지 않는 긴 키스가 이어졌다. 다른 건 다 일정하고 비교적 규칙적인 일상에, 갈수록 길어지는 이 키스 하나만큼은 시간을 짐작할 수 없다.

"어, 내려오셨네요. 오늘 되게 바빠요."

"그러네요."

한참 후에 1층으로 내려오자 말 많은 종업원, 아니, 종민 씨가 꾸벅 인사를 했다. 옆에 걸려 있던 앞치마를 꺼내주며 멀리 있는 이준을 가리켰다. 단골인 아주머니들에게 둘러싸여 한마디가 끝날 때마다 아니라 고개를 저으며 웃었다. 대충 무슨 이야기를 하는지 짐작이 간다.

"사장님 진짜 인기 많으시죠?"

"네."

"아, 우리 사장님이 계셔야 장사가 잘될 텐데. 이제 막 자리 잡는데 가게를 내놓으면 어떡해요. 아깝잖아요."

이준은 결국 가게를 내놓았다. 기어이 나를 따라가겠단다. 진지한 결심이라 말리지 않는 대신, 부디 제값에 팔라 당부를 했다. 사랑은 별똥별처럼 순간에 타오르고 돈은 오래오래 은은함을 빛낸다는데, 사랑도 있고 돈도 있는 우리의 밤하늘은 얼마나 아름답겠냐며 어려운 설득을 마쳤다.

그리고 세월아 네월아 기다리는 시간이 근 한 달에 가까워지는 중이다.

"그냥 하시라고 좀 해보시지……."

종민 씨는 요새 들어 내 눈치를 떠보는 게 늘어났다. 그 심정도 이해가 간다. 세상 어딜 가서 우리 이준이처럼 말랑말랑한 사장을 만날까.

"이준이가 알아서 하겠죠, 뭐."

"그래도, 어휴."

아쉬운 한숨이 갈수록 커졌다. 컵을 닦으면서도, 우유를 따르면서도 왜 이준이 이 가게를 계속 해야 하는지 설명이 이어졌다. 나는 권한이 없다 으쓱했지만 사실은 그의 칭찬을 듣는 게 좋았다. 말만 많은 줄 알았더니 얘가 은근히 안목이 높다.

"어, 박 사장님 오셨어요?"

"내가 오늘 또 손님 모시고 왔지. 카페 생각하신대서. 천천히 둘러보세요. 요즘 이렇게 잘되는 데가 별로 없어요."

요새 들어 매일같이 들르는 부동산 사장님의 방문에 나는 양손 가득 물기를 닦아내며 돌아 나왔다. 그 옆에 선 나이 지긋한 아저씨 한 분이 심상찮은 눈으로 이준의 카페를 뜯어본다. 이 순간이 긴장되는 건 나보다 종민 씨가 더한지 컵을 달그락대는 소리가 높아졌다.

"음, 좋네요. 아주 멋지네."

역시나 같은 반응이다. 벌써 몇 번째 같은 칭찬을 듣다 보니 나는 그날이 그날 같은 착각에 빠져 있다. 카페를 인수하겠다며 이곳에 처음 들어온 사람은 다들 반응이 한결 같다. 영업에 능한 부동산 사장님이 반색하며 새로운 손님에게 설명을 이어갔다.

"그렇죠? 젊은 사람이 이제 자리도 다 잡은 곳인데…… 아, 저기 사장님도 있네. 보이죠? 이 동네에서 인기가 아주 끝내줘요. 인물은 인물이라."

"……아, 그러네요."

이번엔 조금 느린 반응. 이것도 여지없이 똑같은 절차를 밟고 있다. 공들인 인테리어나 아기자기한 소품을 볼 때만 해도 창업의 희망에 부풀어 있던 눈들이 부동산 사장님의 손끝을 좇아서는 살짝 시들해졌다. 아주머니들에게 둘러싸여 반짝반짝 윤이 나는 이준의 모습이 그 뒤를 이어야 할 후계자의 눈에는 마냥 반짝이지 않는 탓이다. 어쩔 수 없는 부담감이 내게는 바로 전해진다.

"박 사장님 오셨네요. 아, 손님 모시고 오셨구나."

"서 사장 오늘도 바쁘네. 인기 좋아."

"아니에요, 뭘."

멀리서 우리를 본 이준이 이것도 핑계다 싶은지 아주머니들을 떨쳐내고 제자리로 돌아왔다. 손님을 사이에 두고 이준과 부동산 사장님의 친절하고 간절한 협공이 이어졌다. 이 가게 자리가 다시없을 명당이라는 데서 흔들리던 손님의 눈은 창업의 최면에 걸리기 직전, 안타깝게 딸랑이는 종소리와 함께 깨어났다. 재주도 없이 한참 부추겨보던 이준이 새로 들어온 아가씨들을 보고 대놓고 실망을 감추지 못했다.

"선생님! 저희 왔어요!"

"어…… 진짜 왔네."

저런 거 보면 쟤는 진짜 장사하면 안 된다. 아쉬운 대로 내가 활짝 웃어봤지만 설익은 아가씨들의 표정은 더욱 어두워졌다. 나도 장사를 할 운명은 아니겠지만 쟤네도 예의 바른 숙녀가 되려면 멀었다.

"선생님, 국사가요, 오늘! 선생님 오신대놓고 안 오셔서 애들 완전 실망했어요."

"맞아요. 그런데 이거 잠깐만 봐주시면 안 돼요? 전에 이거 한자 써 오라고 했던 거 제 생각엔 맞는 거 같은데……."

어린 만큼 빠릿한 소녀들이 얼른 이준을 에워싸고 주변을 차단했다. 나야 둘째고 카페의 새 주인이 될지도 모르는 손님은 멋쩍게 목덜미를 문질렀다. 옆에서 부동산 사장님이 아무리 다시 불을 지펴보려고 해도 한번 꺼진 불은 쉽게 붙질 않았다.

"천천히 더 둘러보시죠. 위에도 아주 잘해놨는데."

"네. 그런데 아무래도 제가 생각하는 거랑은 좀 다른 거 같아서."

손님이 2층 계단만 흘긋 보다 이내 고개를 저으며 웃었다. 손님의 눈은 교복 입은 학생들 사이에서 난색을 표하는 이준에게 향했다. 조금만 더 시야를 넓히면 마찬가지로 이준을 굴비 삼아 커피를 한 모금씩 마시는 여자들도 볼 수 있을 것이다.

"왜요? 손님도 늘 이렇게 많은데. 이 동네에선 여기가 제일 잘된다고."

"그렇긴 한데. 음…… 그게, 여기 잘되는 건 아무래도 이유가 다 따로 있는 거 같아서."

자신이 없다는 말투에 부동산 사장님은 눈썹이 축 처졌고 종민 씨는 신이 나서 뽀드득 그릇을 닦아냈다. 이 모든 과정에 홀로 익숙한 내가 남몰래 웃다가 손님과 눈이 마주쳤다.

"……."

이 사람도 장사 잘할 사람이다. 관찰력과 통찰력이 범상치 않아 이곳은 아니겠지만 다른 카페를 하더라도 예후가 좋을 것이다. 나는 무의미한 설득을 해보며 문을 나서는 부동산 사장님의 뒤에서 웃지 않으려 애썼다. 저 사람은 끝이 났으니 들어오셔서 따끈한 커피나 한잔하시라 붙잡고 싶은 것도 참았다.

"왜? 박 사장님 벌써 가셨어?"

"어."

"그래도 빨리 온 건데. 애들이 너무 시끄러워서."

두 발 세 발 늦게 온 이준이 텅 빈 입구를 보고 어깨를 축 늘어뜨렸다. 위로라도 해야 할지. 그에게 나도 모른단 얼굴로 어깨를 으쓱했다.

"자세히 보지도 않네. 시은아, 우리 카페가 그렇게 별론가."

"아닐걸."

"내가 위에도 다 치워놨는데. 2층 가보면 마음이 좀 달라질 텐데."

평생 좌절이라곤 안 해봤을 이준이 연이은 거절에 낙담을 했는지 뒤에서 나를 안았다. 긴 한숨이 귓가를 스쳐가자 다른 여자들이 먼저 눈을 찡그렸다.

"하아…… 정말 왜 그러지."

"불황이라잖아."

나는 예나 지금이나 이준에게 약해 쓰디쓴 진실 대신 달콤한 거짓말로 그를 달랬다. 이 카페가 안 팔리는 이유는 가격이 비싸서도, 인테리어가 후져서도 아닌, 젊은 사장이 얼굴장사를 하고 있기 때문이란 걸 알려줄 순 없다. 내가 그걸 말한다고 해도 이놈이 내일부터 못생겨지거나 틱틱대며 못돼질 리가 없으니까.

"아무리 그래도……."

"어쩔 수 없는 거야."

내가 목 앞에서 교차된 그의 팔을 최대한 가볍게 풀어냈다. 잔뜩 실망한 이준은 안타깝지만 다른 손님들의 얼굴은 눈에 띄게 안도했다.

"다른 부동산에 또 내놓기도 그렇고. 독일에서 어머님도 기다리고 계실 텐데."

"응."

"아인이도 나 잊어버리기 전에 빨리 가야 하잖아. 가게가 빨리 팔려야 나 독일어 학원도 좀 등록하고. 거기 한국 진출 기업도 꽤 많더라고. 국제법 자문으로 해보려 생각도 해뒀는데……."

애는 또 언제 이렇게 꿈이 커졌나.

머리를 쓸며 중얼대는 이준을 지켜보다가 나는 조용히 앞치마를 그의 목에 걸었다. 네 현실은 여기야. 넌 여기에 묶인 거야. 이렇게 꿈에 부푼 남자에게 현실을 알려주는 것이 쉽지가 않다. 산타가 없다는 걸 과연 알려줘야 하는지. 벌써 부모가 된 기분이다.

"그래, 잘 알겠으니까 일단 오늘 일부터 끝내고."

"응. 그래야지. 박 사장님이 내일 또 다른 분 한 명 데려와본댔으니까."

"그래그래. 그 사람한테 기대를 걸어봐야지."

"응. 내일은 예감이 좋아."

벌써 내일의 희망이 샘솟는 이준의 어깨를 툭 때리듯 돌려 세웠다. 일 좀 하라고 밀어대자 금세 종민 씨의 옆으로 가 영수증을 살피는 모습이 이제 제법 능숙하다.

어쩌면 좋을까.

서이준, 너는 아마 네가 생각하는 이상으로 그 자리에 매여 있을 거라고, 독일어 학원은 미리 알아둘 필요가 없겠다고 조만간 전해야 했다.

"참, 시은아. 커피 줄까?"

이번엔 참을 것도 없이 의자에 기대어 웃고 싶은 만큼 웃었다. 살짝 커진 이준의 눈동자가 걱정과 안도를 모두 거쳐 내 눈처럼 휘어졌다. 이제야 이러한 일이 어제도, 또 그제도 있었다는 걸 기억한 눈치다.

"응. 좋지."

이제 겨우 11시, 나는 내가 좋아하는 의자에 앉아 커피를 내리는 이준을 구경한다. 나는 이 자리에 앉으면 30년간 감춰두었던 예지력이 상승한다.

3분쯤 후엔 그가 커피를 건네는 척 뺨에 가벼운 키스를 할 것이고, 1시쯤엔 '일원동 맛집', 이 변하지도 않는 키워드를 같이 검색해볼 것이다. 하루 사이에 생기고 없어지는 곳들을 걱정도 해보다가 3, 4시쯤 그는 이것 좀 보라며 어색한 호들갑으로 나를 창고로 불러낼 것이다. 그곳에서 우리는 피가 끈적해질 만큼 애절한 키스를 나누다가, 남은 미련과 흥분으로 다소 번잡한 오후를 보낼 예정이다. 서로가 서로를 의식하고 의미심장한 눈짓 한 번에도 마른침을 삼키다 문을 닫고 불이 꺼지면 말없이 나란히 3층에 오를 일이 남았다.

그때부턴 환불도 안 될 커다란 침대가 우리를 기다린다. 매일이 뻔한 일상의 반복 속에서, 이준은 독일을 꿈꾸고 나는 이곳에 적응한다. 언젠가 그는 절대로 팔리지 않는 카페의 미스터리에 고뇌하고 나도 새 직장에 출근을 할 테지만 우리의 본질은 변하지 않는다. 서로 사랑하니까.

"뭐 해?"

"그냥."

역시나. 커피를 가져온 이준이 줄 듯 말 듯 굴다가 뺨에 입을 맞췄다. 단 하루도 지겹지 않은 나날들 속에서, 언젠간 숨은 그림 찾기 같은 깜짝 놀랄 일이 기다릴지도 모른다. 커다란 동그라미를 칠 준비가 된 나는, 이렇게 즐거운 마음으로 펜을 잡고 기다린다.

epilogue 02

반짝반짝, 티가 나

“으응, 그만 좀.”

오늘따라 이준은 끈질겼다. 가진 열을 몇 번이나 뱉어놓고도 지치지 않는 체력으로 여전히 내 위에 있다. 가슴을 지분대는 그의 머리를 밀어내려 했지만 기다렸다는 듯 손목을 잡혔다.

“왜 그래, 정말.”

“너야말로 왜 그래.”

“흐읏.”

“시은아, 나 하고 있잖아.”

그러니까 그냥 좀 놔두라는 이준의 목소리가 전에 없이 강력했다. 조금도 양보할 수 없다는 단호한 의지로 촉촉한 혀가 가슴의 옆면을 핥아 올렸다.

“야아……, 읍.”

비명이 길게 나오지 못하고 힘주어 문 잇새에 갇혔다. 다른 건 다 익숙해졌는데 밤마다 펼쳐지는 그의 집요함은 시간이 지나도 익숙해지지 않는다. 매번 다른 희열이 있어 그때마다 몸이 사방으로 움찔댄다. 어디로 뒤척이며 피해 봐도 이준의 손을 벗어날 순 없다.

"으읍, 너 언제까지 이럴 거야."

"한 번만 더 할 건데."

"너 아까도 그랬잖아!"

"그러니까 왜 물어."

얘가 점점. 내가 노려보건 말건 이준은 한량처럼 키득거렸다. 밤만 되면 돌변하는 이 남자가 부담스럽다가도, 귓불을 질근거리며 사랑을 속삭일 땐 나도 별수 없이 한량의 애인이 되고 만다.

"시은아, 아무래도 말야."

"……응. 아흣."

"네 침대라서 더 그런 거 같아. 하아, 도무지 가라앉지가 않는다고."

내게 들어선 채로 잠시 멈춰 있더니 그 생각을 했나 보다. 죽지 않는 자신의 몸이 무슨 탓일까 고민해본 이준이 명쾌한 결론을 내자마자 허리를 치받았다. 이럴 거면 답을 한들 무슨 차이가 있나, 나는 꼼짝없이 작살에 꽂혔다.

"아, 아파."

"……많이?"

은근히 떠본다. 그냥 멈추라면 절대 멈추지 않을 걸 알아 개중 제일 잘 먹히는 신호를 보냈는데 그새 교활해진 이 놈은 속지 않았다. 처음 몇 번은 아프다고 하자마자 몸을 빼내더니 지금은 허리를 뭉근하게 놀리는 것이 다다. 내가 이러는데 네가 아플 리 있겠냐는, 소리 없는 간교함이다.

"잠깐만, 잠깐만."

"왜?"

"전화, 독일에서 전화!"

이 시간에 울리는 전화라면 당연히 독일이다. 탁상 위에서 부르르 떨리는 휴대전화 소리에 이준이 이마를 푹 짚으며 괴로워했다.

"얼른. 응?"

"……알았어."

"엄만가 봐. 아니, 아빤가? 빨리."

"시은아. 내가 생색내는 건 아닌데 너 진짜 남자한텐 못할 짓 시키는 거야."

이준이 찡그린 눈으로 휴대전화를 내게 건넸다. 독일엔 부모님 두 분만 남아 계시는 걸 알다 보니 아무리 제 사정이 급해도 전화기를 던질 순 없을 것이다. 내게는 다행인 일이지만 혹시나 약이 오를까, 목을 가다듬으며 소리를 낮췄다.

『어, 클라인.』

– 시은, 미안. 좀 빨리 전화했지?

가늘게 새어나오는 남자 목소리에 이준은 대번에 날카로운 기색을 드러냈다. 배꼽 아래에 입술을 꾹 누르자 나는 가까스로 신음을 참아냈다.

아, 좀! 제발!

발끝으로 그를 밀어내며 검지를 입술 앞에 세웠다. 내 몸 위에서 쫓겨난 이준은 처량하기 그지없다. 불만 가득히 오른팔을 괴고 누워 있는 모습이 집에서 쫓겨난 남학생 같았다. 이불을 꼭 끌어올린 나는 매몰찰 정도로 경계심을 세웠다. 저 청렴한 얼굴에 방심했다가 지금 나는 몸도 재산이라면 가산을 탕진했다.

– ……음, 시은? 듣고 있는 거 맞아?

『어, 어. 뭐라 그랬지?』

의아한 클라인의 음성에 휴대전화를 고쳐 잡았다. 내 발끝은 그를 밀어내려다 이준의 손에 잡혀 인질이 되었다. 어째 남들보다 빨리 뛰지도 못하더니 참 쓸모가 없다.

– 시은, 혹시 어머님한테선 전화 안 왔어?

『응. 엄마가 연락이 없네. 바쁜가?』

– 아인이가 하루 종일 너 보고 싶대. 어머님한테 데려다줬는데도 밥도 잘 안 먹어.

『우리 아인이가?』

내가 자세를 고쳐 잡자 이준도 상체를 번쩍 세웠다. 아인이의 이름이 나오는 순간 그는 경건해졌다. 시키지도 않았는데 제가 먼저 이불로 가슴을 덮어주었다. 하도 심각하게 보길래 그럴 일은 아니다 팔로 엑스 자를 그었다.

– 시은, 누구 있어?

『아니, 이 시간에 누가 있긴. 집인데 뭘.』

– 그렇구나.

아인이에게 아무 일 없다는 게 확인되자마자 이준은 아래에서부터 빙긋 웃으며 다가섰다. 본능은 이준에게 잡혔고 이성은 지구 반대편 이야기에 기울였으니 나는 새벽녘부터 머리가 핑핑 돌았다. 우주 여행을 하는 기분이다.

– 하여튼 시은, 안 그래도 아인이도 그렇고 어머님도 걱정이.

『엄마가 왜…… 아, 좀!』

발가락을 살짝 깨무는 이준에게 기어이 비명이 터졌다. 아무것도 아니라 둘러댈 수도 없어 전화를 귀에 대는 순간 눈이 질끈 감겼다. 지구 반대편 클라인은 전화가 끊긴 줄 착각할 법한 순간에야 어색하게 웃었다.

– 하하…… 어째 내가 잘못 전화한 것 같네. 미안해.

『……아니, 그러니까 클라인, 아니, 보스. 엄마가 뭐라고?』

– 아냐. 너 중요한 일 있는 거 같은데.

『……중요한 일은 무슨.』

– 이거 왜 이러시나. 왕년에 연애 안 해본 사람이 어딨다고.

내 눈치를 살피는 이준이 어째 잘 풀려간다 싶은지 와락 어깨를 끌어안았다. 이제는 밀어내는 것도 의미가 없어 숨을 고르게 내쉬는 데만 온 정신을 집중했다.

– 시은, 그런데 내 입으로 말하긴 그렇지만 홀아비 앞에서 너무 그러는 거 아냐.

『클라인, 너도 좀!』

– 알았어. 하여튼 난 전하려는 시도는 한 거야. 나중에 뭐라고 하면 안 돼. 알았지?

휴대전화 끄트머리에 붙은 클라인의 마지막 말은 이준의 손에 들려 침대 아래로 흩어졌다. 얘 진짜 휴대전화 던지는 데 뭐 있다.

"좀, 좀!"

"내가 있는데 새벽부터 남의 남자랑 통화하는 네가 나쁜 거야."

"아인이 아빠거든?"

토라진 척 팔을 꼬아보려 했는데 이곳은 침대다. 대한민국 전역을 통틀어 이준이 나보다 우세한 유일한 곳이다. 팔은 한번 꼬아보기도 전에 그에게 잡혀 지그시 압력이 가해졌다.

"그만그만. 너 이제 일하러 가야지. 아침이야."

"그런 게 어딨어?"

"여기 있잖아. 넌 너네 집에 가. 나 진짜 죽을 것 같단 말야."

투정을 아껴놓은 차라 이준은 빠르게 반응했다. 진지함이 서린 얼굴로 나를 살피다 결국은 몸을 일으켰다.

"나도 여기서 푹 한번 자보고 싶은데."

"다음에."

"다음에 언제?"

"언젠간."

대답을 피했다. 카페나 이준의 집에서 시달리다 못해 도망친 곳인데 내 성지를 그렇게 쉽게 빼앗길 순 없었다. 이준은 호시탐탐 이 집을 노리고 있었지만 나는 최대한 천천히 문호 개방을 할 참이었다.

"얼른! 가서 일 좀 해. 오늘도 가게 보러 온다며."

"……나 좀 서운한 거 같아."

눈만 쏙 내놓은 내게 이준이 무릎을 굽혔다. 여기서 약해질 수 없다며 눈을 부릅뜨자 이준의 웃음이 진해졌다. 뭐랄까, 같이 자고 일어나 그를 보는 내 소감은 한결같다.

서이준네 전 부인은 어떤 연유로 미쳐버렸을까. 어떻게 이놈이 싫어질 수 있었을까. 나라면 자존심도 다 내버리고 악착같이 죽어라 매달렸을 텐데.

"……왜?"

"아냐. 그냥 궁금해서."

"뭐가?"

"암것두 아냐. 얼른 가."

할 말이 없어 이불을 뒤집어쓰고 몸을 돌렸다. 마지막까지 이불 위로 토닥인 그가 문을 나서자 황급히 이불을 걷어내고 숨을 몰아쉬었다. 그때 문이 다시 열렸다.

"놀랐잖아. 너 안 갔어?"

"대답은 안 해도 되는데 얼굴은 보고 가고 싶어서."

두툼한 점퍼를 입은 그가 내게로 다가오자 반질한 천이 쓸리는 소리가 사락거렸다. 이준은 풀썩 주저앉아 내 머리를 옆으로 넘겨보고 베개에 펼쳐놓기도 한다.

어린애들 장난 같은 손길에도 설레는 나는 조용히 그와 눈을 맞췄다. 이제는 해가 밝아 이 시간에 보는 이준의 눈은 푸른빛이 돈다. 진짜 보석 같은 테두리가 반짝일 때, 그 안에 내가 있었다. 이렇게 예쁜 것이 있나 싶어 들여다보는데 그 안에 내가 있는 걸 보는 기분이란.

"서이준."

"……됐다. 진짜 갈게."

나를 지켜만 보던 그가 들어올 때보단 느린 걸음으로 집을 나섰다. 정말 별것 아닌데, 그대로 누운 나는 어쩐지 눈물이 날 것 같았다. 내가 사랑받고 있다는 걸 맨몸이 아닌 맨눈으로 느끼긴 처음이다.

"……."

어쩌면, 혹시 어쩌면. 어렴풋이 전부터 아른거리던 것이 머릿속에서 더 뚜렷해졌다.

그러느라 홀아비 클라인이 내게 무슨 말을 하려 했던 건지는 모조리 지워졌다.

"아아, 난 진짜 몰랐거든. 너무 똑같이 생겼으니까."

"괜찮아."

"그래도 나는 좀. 아, 이걸 뭐라고 설명하지?"

"이제 그만해도 돼. 이것 좀 마셔."

국사가 카페에 왔다. 그때에도 생각했지만 얘는 학교 밖에서 봐도 그냥 선생님이다. 내 존재에 당황하면서도 지나가던 여학생들이 치마를 접어 올리자 막대기도 없는 손이 움찔거렸다.

"고마워. 잘 마실게."

"응."

"이 시간엔 이준이 있는 줄 알았는데."

"금방 올 거야."

국사와는, 그러니까 진성이와는 자연스레 말을 텄다. 이준에게서 늦게 이야기를 들었는지 날 보자마자 손을 덥석 잡고 '미안해.' 하길래 나도 '괜찮아.' 하는 대답이 먼저 나왔다. 뭐가 미안하고 괜찮은지는 침대에 누워서야 가물거리며 떠올랐다.

"아인이랬지? 지금 독일에 있나? 애기가 정말 예쁘던데. 너랑 너무 닮아서."

"그래?"

그렇지 않다고 하면 진땀을 흘릴 태세라 나는 기분 좋은 칭찬이라며 웃었다. 국사는 시아의 이야기를 꺼낼 때마다 매우 조심스러워했다.

오늘도 내가 먼저 말문을 열었다.

"우리 시아 말이야, 학교에서 많이 시끄러웠지?"

"어…… 그렇지. 응, 걔 되게 시끄러웠어."

"그랬구나."

"그래도 애들이 하나같이 다 좋아했어."

얘는 언제 봐도 좋은 애다. 처음 시아의 이야기를 어렵사리 꺼낼 때에도 말미에는 몇 번이나 목소리가 갈라졌다. 남자들은 그런 식으로 우나 보다.

"신기하긴 신기하네. 윤시아 언니가 이준이 그놈이랑 결혼을 한다니."

"우리가 결혼한대? 누가?"

"아니었어?"

커피를 후후 불던 국사가 제법 놀란 얼굴로 눈을 껌뻑거렸다. 아, 참, 얘 선생님이지. 돌연 마음이 숙연해졌다. 반동거는 퇴학 사유다. 그런 거 아니라고 내가 부인해봤자 꾸중들을 일밖엔 없을 것이다.

"당연히 하는 줄 알았지. 이준이 그놈이 얼마나 신중한 놈인데. 걔는 학교 때에도 싱글싱글 다니면서 속에는 능구렁이 백 마리는 깔고 앉은 애였어."

"그랬구나."

그것도 내게는 금시초문이다. 조금 내숭을 떨어보자면, 이준은 나를 따라 카페를 접고 독일에 간다는 소리는 했지만 결혼을 하겠다는 말은 없었다.

"말도 마. 걔 무서운 놈이라니까. 한번 해야겠다 딱 마음을 먹으면 뒤도 없어. 돌진 스타일이라고."

"설마."

상상이 안 간다. 서이준이라면 여유 있게 웃는 모습에만 익숙해져 그건 아닐 거라 고개를 저었다.

"진짜야. 그 자식은 지우개 하나 사는 것도 깐깐했다고. 저 쓰던 것만 산다고. 과자도 저 먹던 것만, 음료수도 마시던 것만. 으휴, 이상한 놈이라니까."

"아아."

"그 자식 뭐 하나 쉽게 고르는 게 없어. 애들 지금 다 너 보고 싶어 죽을걸?"

금세 너스레를 떠는 국사를 두고 휴대전화를 확인했다.

이제 곧 도착한다는 이준의 문자였다. 나도 일어나야지, 의자를 밀어내다가 아직도 이준이 얼마나 이상한 놈인지 설명 중인 국사 앞에서 입술이 머뭇거렸다.

"왜? 일어나려고?"

"이준이 금방 온대. 가서 일하는 시늉이라도 좀 해야지."

"아, 그렇게 말하는 거 보니까 확실히 시아랑은 다르다. 이제 알겠네."

"응?"

"윤시아 같으면 누구 오는 거 딱 맞춰서 일 떠넘길 생각만 했을 텐데. 이제 와서 말이지만 나 네 동생 대신에 청소 수십 번 했다? 나한테 주는 커피 아까워하면 벌 받아."

이번에야말로 백 퍼센트 진심으로 웃음이 터졌다. 시아 애는 서이준 하나로도 모자라 전교에 호구를 생산하고 다녔다. 그 덕에 어렵게 나오려던 말이 입안에서 가벼워졌다.

"저기 말이야, 국, 아니, 진성아."

"어?"

"나 너한테 뭐 하나만 물어보려고."

국사가 앉은 유리창 뒤로 이준의 차가 들어오는 것이 보였다. 차에서 내린 그는 가장 먼저 카페를 살핀다. 주인으로서 가게가 어떤지 살피는 게 아니다. 남자로서 나를 좇는 눈에 초조함이 가득해지다 내가 손을 들자 여느 때처럼 고아한 웃음으로 돌아왔다. 짐을 꺼내고 차 문을 잠그는 것은 그 후의 일이다.

나는 또 여기서 여자라면 알 수밖에 없는 감정에 휩싸인다.

"……저기. 너 뭐 물어본다며?"

"어, 그러니까 말이야, 혹시 이준이가 전에……."

내게로 오는 이준을 보며 떠듬떠듬 꺼내는 말에 국사의 동그란 얼굴이 풍선처럼 부풀었다. 격하게 고개를 흔드는 모양새까지 바람에 흔들리는 풍선 같다. 자신이 더 억울하다는 듯 커지는 목소리에 나는 비밀을 지켜달라 부탁을 했다. 귀가 먹먹하다.

"시은아, 너 여기 있었어?"

"……어."

"둘이 무슨 이야기를 그렇게 재밌게 해?"

"재밌진 않아."

나는 뿌듯함도 없이 표정이 뚱해졌다. 바로 들어온 이준이 안아줄 듯 두 팔을 내밀었지만 자연스레 몸을 피했다. 저도 뭐가 이상하긴 한 건지 곧바로 쫓아오려는 모습에 나는 국사를 가리키며 그를 밀어냈다.

역시나. 저 바보 어떡해. 어쩌면 좋아.

마음과는 달리 태연하게 행주를 집어 들자 날 보는 이준의 표정이 오묘해졌다. 그걸 딱히 풀어줄 마음은 없다. 지금 내 기분이 이런데, 이준도 이런 당황함은 직접 겪어봐야 했다.

"그냥 자려고?"
"어. 졸려."
"난 안 졸린데."
이준이 돌아누운 뒤로 몸을 붙이더니 은근히 가슴으로 손을 뻗었다.
"시은아, 나 안 졸린다고."
"그럼 난 우리 집 가서 잘게."
가슴골에 닿은 이준의 손이 애매하게 멈췄다. 손에도 표정이 있다면 낮에 국사와 함께 있을 때처럼 오묘했을 것이다. 혼란스레 그의 손끝이 흔들리다 맨가슴을 스친다.
"너 오늘 왜 그래? 무슨 일 있었어?"
이준이 한 팔로 매트리스를 짚고 몸을 일으켰다. 내 얼굴을 보려는 통에 나는 아예 엎드려버렸다. 숨이 막히지만 저 얼굴을 봐도 숨이 막히긴 마찬가지다. 나는 열 오른 얼굴이라도 가리고 싶었다.
"없어. 그런 거 아냐."
"……말을 좀 해봐. 말을 해야 알지."
"말을 하라구?"
내가 고개를 들려다 말자 이준이 불현듯 머리맡의 스탠드를 껐다. 그만그만한 눈치라 내가 자신을 피하는 이유는 몰라도 무엇을 가리고 싶어 하는지는 아는 모양이다. 어렴풋한 그의 음영이 엎드린 나를 일으켜 자신의 품에 가두었다.
"자, 이제 됐지?"

"……뭐가 돼."

"얼굴 좀 보고 말하지?"

어차피 보이는 게 없다지만 바라는 건 한결같았다. 앞을 못 보는 사람처럼 손을 뻗어 이준의 얼굴을 더듬었다. 사실은 안 만져도 안다. 아무리 깜깜하게 어둠이 내려도 이 청명한 눈 안에 누가 있는지도 안다.

"시은아, 내가 뭘 잘 몰라서…… 여자들 마음 같은 것도 모르고."

"……."

"그래도 말을 해주면 나도 고칠 수가 있으니까."

목덜미에 닿는 이준의 목소리가 불안으로 가득했다. 나는 화가 난 것도, 속이 상한 것도 아니다. 어렴풋하게 짐작만 하던 것을 확인하고 난 후라 가슴속에서 무언가가 찰랑이고 있었다.

"네가 뭘 고칠 건데."

"뭐든."

"뭐든?"

"응. 너만 여기 내 옆에 있으면, 난 뭐든 해. 못 할 것도 없어. 다 할 거야."

철이 없을 만큼 맹목적인 마음에 울컥하고 말았다. 행동이며 말이며 모두 바른 이준이 나를 곁에 두고자 못 할 짓을 하고야 말았다. 떠밀어주려다 그것도 못 하고 그의 품에 머리를 기대었다.

"서이준, 너 나한테 무슨 할 말 없어?"

"응?"

"진짜 없어?"

"……사랑하는데."

"그런 거 말고."

"……상황 봐서 결혼하자고 하려고 살피던 중이긴 했는데 지금 말하기는 좀."

"됐어됐어. 조용히 해. 아무 말도 하지 마!"

한 번뿐인 프러포즈가 이렇게 허무하게 나오는 꼴은 볼 수가 없다. 얼른 그의 입을 막아버리자 이준은 허리부터 나를 강하게 끌어안았다. 최소한 이놈이 날 위해 못 할 게 없다는 것은 들었으니, 내가 원하는 대답의 반은 들은 셈이다.

"그런데 진짜 무슨 일이야? 깜짝 놀랐잖아. 낮에 혹시 진성이랑 무슨 일 있나 싶었어."

"걔가 그래?"

"아니. 물어봐도 얼굴 벌게져서 웃기만 하고. 나갈 때까지 킥킥거리고."

"……."

"오늘 왜들 다 나한테 그러는지 정말 모르겠어."

이제 이준은 슬금슬금 자신의 혼란을 풀어내고 있었다. 불만도 제법 강하다. 대부분 상냥하기만 하던 애라 난 지금 이 모습도 재미있다. 오후 내내 뜨거운 술을 들이켠 것처럼 울렁이던 속이 풀어져갔다.

"아니, 별일 없었어. 그냥……."

"그냥?"

"시아 이야기 좀 했어. 우리 시아 옛날에 뭐 하고 싶어 했는지."

아아, 이준이 그래서 우울했던 건가 고개를 끄덕였다. 이준이 나에 대해 모르는 것이 하나 있다면, 이제 난 시아 이야기를 한다고 해서 크게 우울하진 않다는 거다. 만나는 사람마다 호구를 만들고 다니던 앤데, 어디 있든 얄밉도록 잘 지낼 것을 안다. 그래도 일단은 둘러댈 말이 없어 눈빛이 슬프게 흐렸다.

"서이준, 넌 그때 뭐 하고 싶은 거 없었어? 꼭 해보고 싶은 거."

"나? 어…… 있긴 있었지."

"뭔데?"

흥미로운 척 물어보았다. 사실 이미 아는 답이다. 그는 그때에도 검사가 되고 싶다 반듯한 필체로 적었었다. 남들처럼 두 번 고치지도 않고 혼자만 깔끔하게, 어떠한 고뇌도 없었다.

"됐어, 말 안 할래."

재기는. 별것도 없더만.

싫으면 마라 하려다 더욱 궁금한 척, 관심 있는 척했다. 그가 당황하는 것이 보여 놀리는 재미가 있다.

"왜애. 말해봐. 그 나이 땐 뭐든 하고 싶은 게 당연한 거지."

"난 지금도 소망은 똑같은데. 네가 들으면 재미없을 거야."

"혹시 모르잖아. 이뤄질지도."

슬며시 그를 부추겼다. 어차피 자기 꿈이야 스스로 벗어던진 애니 꼭 대답을 듣고 싶기보다는 답지 않게 당황하는 것이 즐거웠다.

"이뤄질지도 모른다고?"

"응."

"흐음."

이번엔 이준이 턱을 비스듬히 나를 재본다. 왜 이러실까. 한번 선비는 영원한 선비다. 그때 제 놈이 어땠는지 뻔히 아는 나한테 무게를 잡는 것이 우습다. 말해줄까 말까 고민하는 뺨을 꼬집어보고 싶지만 아까워서 안 하련다.

"얼른."

이준이 나를 위해 못 할 것이 없는 남자라니, 나도 딱히 못 할 것이 없다. 그가 다시 검사가 되고 싶다면 어떻게든 뒷바라지를 해볼 각오도 했다.

"그러니까, 그게, 난 그때나 지금이나……."

낮은 울림이 있는 목소리를 들으니 그의 혼란스러움도 사라진 듯싶다. 다시 가슴을 파고드는 이준의 손도 거침없이 각성했다. 잡히는 만큼 가득 움켜잡은 손에는 열여덟과 서른하나를 아우르는 한 남자의 범시대적 소망이 묻어 있었다.

"윤시은 네 침대에서 자고 싶었어."

"……."

"안 쫓겨나고 하루 종일."

~

"아아, 서이준."

이준을 위해서는 못 할 것이 없었다. 다시 공부를 하겠다면 이제 곧 만기인 적금을 허물 생각도 했다. 카페를 하고 싶다면 발 벗고 나설 생각도 했다. 그런데 우리 집 내 침대에 하루 종일 있고 싶다니, 나는 침대와 몸을 한꺼번에 내주어야 했다. 현모양처가 꼭 머리를 끊어내고 정화수를 떠놓아야만 되는 것이 아니었다.

"이제 와서 내 소망이 이뤄질 줄이야."

"으흣."

"아, 신기한데, 너무."

"……아, 그만."

"이게 무슨 일이지, 진짜."

뒤에서 쉴 새 없이 몸을 움직이는 그가 중얼거렸다. 반듯한 얼굴로 착하게 하는 말이라 내 귀엔 더 야하게 들렸다.

"으으응."

우리의 밤은 장소를 옮겨서 더욱 불타올랐다. 늦은 나이에 소원을 성취한 이준은 힘이 넘쳤다. 원래도 그렇지만 지금은 부담스러울 정도로 흥분이 올랐다. 나는 어쩌다 판도라의 상자를 열어버렸나. 결코 선비님을 우습게 볼 일이 아니다. 섭식을 맑게 하고 심신을 수양한 사람이라 그 방면에도 월등했다.

"그, 그만."

"왜애. 이왕 들어주는 소원인데."

조르는 것도 제법이다. 침대 위에선 안 그래도 우세하던 그가 지금은 황제처럼 굴었다. 허리를 꽉 눌러 잡아놓곤 제가 편한 자세를 잡았다. 그가 부딪쳐올 때마다 머릿속 복잡한 생각이 흔들리다 하나둘씩 빠져나간다.

우리가 오늘 어쩌다가 이렇게 된 거지, 그 생각이 마지막까지 버텨보다 이준의 허릿짓에 산산이 부서졌다.

"그냥 잠만 잔다며."

"이렇게도 자고 저렇게도 자는 거지."

뻔뻔해진 그가 아직도 제 세상인 양 으쓱거렸다. 저런 건 대체 어디다 감춰놓고 살았을까. 이미 날은 밝다 못해 침대 위 우리는 그림자도 없었다. 허기가 져 일어날까 하다 그 힘마저 없어 털썩 엎드려 굶는 걸 택했다. 이준은 그런 나를 보며 싱글싱글 웃었다.

"아아, 좋다."

"넌 좋겠지."

"응. 시은이 네가 지금 비꼬는 거 다 아는데도 나는 되게 좋아."

애 좀 봐. 어디서 애교야.

나는 반쯤 들리는 입술을 꾹 맞물고 웃음을 참았다. 좋으면 좋다고 말하는 이준의 얼굴이 천진난만해 보이다가 허리 아래가 보이자 눈을 세게 문질렀다. 착각은 깰 수 있을 때 깨야 한다. 쟤는 한낱 잘생긴 짐승일 뿐이다.

"음, 몇 신지도 모르겠어. 일어나야 하는데."

"괜찮아. 오늘은 하루 종일 여기 누워 있으면 되지. 난 한 발짝도 안 나갈 거야."

"진짜? 진짜 그러겠다고?"

"응!"

무섭게 눈꺼풀에 힘을 실어봤지만 같은 베개에 턱을 괸 그는 진심이었다. 정말 일어날 마음도, 나갈 마음도, 더욱이 이 침대를 벗어날 마음도 없어 보였다. 열여덟 소년의 불가능했던 소원이 이렇게 또 이뤄진다.

"그래도 나 배고파."

"그럼 잠깐만. 가서 냉장고 보고 올게. 어……."

"왜 그래?"

한 발을 먼저 내린 이준은 흐뭇함과 뿌듯함이 일순간에 사라져 굳어 있었다. 무슨 일인가 물어보려던 나도 곧바로 침묵에 동참했다.

"……."

"집이 예전이랑 구조가 똑같네. 돈 많이 들었겠어."

"어휴, 당신은 짐을 뭐하러 이렇게 바리바리 싸 와서. 이거 짐 푸는 것도 일이잖아요."

"있는 거 가져오는 게 당연한 거지."

사랑놀음에 취해 있느라 현관문이 열리는 줄도 몰랐다. 쿵쿵대며 1층 바닥에 큰 가방을 내려놓는 소리가 이곳까지 울렸다. 차라리 밤낮 모르는 도둑이기를 바랄 만큼, 지금 이 집에 등장한 이들의 존재는 가히 충격적이었다.

"놀러 왔는데 여기서 사는 게 맞죠. 하여튼 혼자 오는 게 편하지. 당신은 일을 만들어."

"그랬다가 전에 아인이 아플 때 기억 안 나?"

"아이구, 잘나셨어. 그렇게 자신 있음 아인이나 받아요. 난 시은이 애나 깨워야겠네. 서른 넘은 딸내미 신경 쓸까 아침에 온다는 소리도 못 하고, 내 팔자야. 얘를 어째."

나야말로 어째.

급격히 목이 말랐다. 잠에서 깨어난 아인이까지 찡얼거리자 나는 숨이 가빠졌다. 홀린 듯 그 자세 그대로 나를 바라보는 이준도 정말이지 무능력해 보인다. 청천벽력 같은 상황에 둘 다 말이 없다. 후딱 남은 발을 내리려는 그의 손을 잡아챘다.

"야, 너 뭐 해!"

"인사드려야지."

"이 꼴로?"

실오라기 하나 안 걸친 맨몸이다. 도대체 무슨 용기로 이 꼴로 인사를 한다고 하는지, 머리가 아찔해졌다. 아직 반은 걸쳐 있던 그의 몸을 끌어 침대 안쪽으로 밀었다.

"왜 그래."

"일단 숨어 있어."

"어떻게 그래."

어떻게든 그래야 했다. 이불 안으로 접히지도 않는 기다란 이준을 주섬주섬 덮어놓고 급한 대로 돌돌 말린 원피스 하나에 머리와 팔을 동시에 꿨다.

"시은아, 나 아무래도 그냥 인사드릴래."

"안 돼. 나 장녀야. 우리 엄마 기절할지도 몰라."

"……그래도 나는."

"나중에."

팔자타령을 해가며 계단을 오르는 엄마의 목소리가 점차 가까워졌다. 끝까지 불만 가득 이불을 걷어내고 머리를 내미는 이준을 억지로 추슬렀다. 급하니 최후의 카드도 같이 쏟아졌다.

"제발 좀! 지금만 넘어가면…… 내가 너 큰 거 하나 용서해줄게."

"……응?"

"잘 한번 생각해봐. 절대 나오면 안 돼. 절대."

잘생긴 그의 머리를 두툼한 겨울 이불 안으로 밀어넣었다. 절대로 노크를 얌전하게 기다리지 않는 엄마는 똑똑 두 번 두드리기 무섭게 문을 활짝 열어젖혔다.

"엄마! 뭐야. 언제 왔어? 놀랐잖아!"

"응? 네 제부가 이야기 안 했어? 클라인이 다 말했다던데."

"……."

"아니, 집을 비운 지 1년이 됐어, 2년이 됐어. 왜 이렇게 너저분하니. 넌 아무리 논다지만 이 시간까지 잠이 와? 허리도 안 아파?"

엄마나 나나 몹시 착잡한 얼굴로 서로를 맞았다. 반가운 건 나중 일이고 지금은 내 몸의 피가 거꾸로 돌고 있었다. 말 한마디만 잘못해도 심장이 입으로 튀어나올 태세다.

"아이고, 넌 나이가 몇인데 네 방은 좀 치우지. 너저분하게 빨래를 왜 쌓아놔. 옷이 전부 훌러덩."

"아니, 그게 아니라. 치우려고 했어. 진짜야."

"됐어. 하여튼 좀 일어나. 아빠랑 아인이 밑에 있어."

"그, 그럴게."

대충 이쯤 하고 내려갈 태세라 나도 아픈 듯 억지로 따라 웃었다. 몸을 돌리려던 엄마는 어디 다른 트집은 없나 곱지 않은 눈길로 마지막 점검에 들어갔다. 없는 사위 보기 미안해 방으론 안 들어온다더니 마침 둘둘 말린 이불에 옳다구나 혀를 찼다.

"넌 근데 옆엔 또 누굴 끼고 누웠어? 이역만리에서 장모가 왔는데 어디 버릇없이. 일어나는 김에 걔도 같이 깨워라, 좀."

"……뭐야! 엄마는 아무리 농담이라도 이제 그런 건 좀."

"어머니, 오셨어요?"

스르륵 이불에서 벗어난 이준이 적당히 상체를 가리며 냅다 고개를 90도로 숙였다. 내가 피가 거꾸로 돌아가는 동안 엄마는 피가 증발해 석상처럼 굳었다. 뭐랄까, 먹음직스러운 미끼를 던져놓고도 막상 고래가 걸리자 감당을 못 하는 어부 같았다. 낚싯대고 뭐고 도로 다 바다에 매장해버리고픈 얼굴이 간절했다.

"……어어."

"어머니, 진작 인사드리려고 했는데 죄송해요."

"……."

"기분 상하게 해드리려던 건 아닌데…… 먼 길 오시느라 정말 힘드셨죠?"

엄마의 저질 농담에 제대로 걸려든 이준은 공손하면서도 주섬주섬 말이 많았다. 귓불까지 빨갛게 달아오른 그의 모습이 남 일 같지가 않다. 나는 이미 손끝부터 타들어가고 있었다.

"어머니, 원래는 제가 나가서 절이라도 드려야 하는데."

"아니아니…… 돼, 됐어. 아, 안 받을래."

"……그래도."

"저기. 음…… 그래. 너네 옷부터 입어. 우리 아인이 충격받는다."

밑에서 안 내려오냐고 불러대는 소리에 엄마가 한 걸음 물러나 문을 닫았다. 것 보라고, 진작 인사하자 했지 않냐고, 이준이 멋쩍게 쳐다보자 나는 아예 고개를 무릎에 파묻었다.

"아아아."

딱 쥐구멍에라도 들어가고 싶다. 이런 상황을 들킨 나도 부끄럽고, 저런 저질 농담을 하는 우리 엄마도 부끄럽고, 눈치도 없고 시도 때도 모르는 이준도 다 부끄러웠다.

"어, 엄마. 또 왜?"

세상이 그냥 절망이다. 다시 문이 열리자 이제 고개를 들

힘도 없었다.

엄마는 손을 뒤로 저어 너무 올곧아 부러지기 직전의 선비님을 호출했다.

"너 말고 이준이."

"아, 네, 어머니. 말씀하세요."

"그러니까 음…… 나는 안 놀랐다고."

"……."

"나는 별로 충격 안 받았어, 이준아."

문이 닫힌 그 잠깐, 우리 엄마는 회계사 엄마답게 서른 넘은 딸에 대하여 모든 계산을 마쳤다. 표정을 보아하니 벌써 딸을 멀리도 보냈다. 엄마는 이준이 감사하다며 넙죽 침대에서 나올 태세쯤 돼서야 얼른 눈을 감고 이번엔 진짜 문을 닫아주었다.

"그러니까…… 이준이 네가 우리 시은이랑 좋아한다고?"

"네, 그렇습니다."

"허어."

아빠는 크게 말이 없었다. 나와 닮아 감정표현도 별달리 없던 분이 오늘 아침에만 여러 번 극과 극으로 치닫더니 지금은 어딘지 초월한 느낌까지 났다. 처음 이준을 보고는 엄마처럼 눈이 휘둥그레 반가워 어쩔 줄을 모르시다가, 곧

이준이 어디서 내려왔는지를 깨닫고는 두 눈이 황폐해졌다.

「너…… 그러니까. 지금 저기 위에.」

「아버님, 어떻게 변하신 게 하나도 없어요. 비행기 타느라 힘드셨을 텐데…… 아, 신문 보셨구나. 요새 나라가 좀 시끄럽죠?」

다행인 것은, 이준이 13년 전의 능청을 숨겨왔듯 아빠 역시 13년 전 말이 통하는 아들에 대한 열망을 버리지 못했다. 그리하여 이준은 어딘가 굉장히 혼란스러운 아빠 앞에서 당당히 한자리를 부여잡았다.

"뭐…… 어쩌다가? 얼마 전에 시은이 왔을 때? 그때부터…… 그랬나?"

"더 전부터요."

"어휴, 내가 못살아."

이번엔 엄마가 한숨을 삼켰다. 몇 번씩 끼어들고도 남아야 했을 성격에 이 정도면 참고 참은 모양새였다. 대신 엄마는 무릎으로 나를 쿡쿡 밀어댔다. 너라도 무슨 소리를 좀 해보라는 뜻 같은데 나는 고개를 돌리고 외면했다.

아, 우리 선비님.

이놈은 어떻게 이렇게 태연할까. 그 생각만 하던 내게 굽힌 무릎에 놓인 퍼런 핏줄이 솟아오른 이준의 손등이 보였다. 힘이 들어간 손가락이 떨리진 않아도 겉보기처럼 속이 평안한 것은 아닐 터다.

"……."

당장이라도 잡아주고 싶은 것을 참아내느라 내 손가락도 몇 번이나 말렸다. 이 자리의 모두가 서너 가지의 감정이 뒤죽박죽인 채로 입 모양만 간신히 웃어내고 있을 때, 오직 기뻐하는 데만 기력을 불사른 아가씨가 끼어들었다.

"이주나! 이주니야!"

"어, 우리 아인 공주님."

용감한 독일 아가씨가 대뜸 이준의 목에 매달렸다. 진작 그에게 달려가고 싶은 걸 엄마에게 억지로 잡혀 있다가 저를 바꿔 안는 조금의 틈도 놓치지 않았다. 나도 아인이처럼 저랬어야 했다.

사랑스러운 아이를 바라보는 어른 네 명의 감정이 기쁨과 뿌듯함으로 드디어 만장일치했다.

"아인이 더 예뻐졌네! 삼촌 보고 싶었어?"

"응. 아인이 조아?"

"응. 삼촌 아인이 너무 좋아. 아인이 너무 보고 싶었어."

그래서 가려고 했다며, 이준이 아이의 귀에 입을 맞추듯 속삭였다. 저 말이 가뜩이나 싱숭생숭한 꼬마 아가씨에게 얼마나 달콤하게 들릴지 알아, 나는 안쓰럽게 아인이를 쓰다듬었다. 이준은 초콜릿처럼 뚝 분질러 나눠줄 수가 없는 남자다.

"이거 뭐. 이 집 여자들은…… 다들 유전자에 뭐가 있나?"

착잡한 얼굴의 아빠가 이준을 보는 눈은 곱지 않았다. 2층에서 그가 내려올 때보다 눈썹이 더 가팔라졌다. 이 집 안 유일한 남자로 군림하다 모녀 3대가 한 남자에게 끌리는 기이한 현상에 질투가 이는 듯했다.

"아버님, 오늘 일은 정말 갑작스러우실 텐데, 제가 정말 죄송합니다. 드릴 말씀이 없습니다."

"뭐…… 흐흠. 갑자기 이제 와서."

목에 대롱대롱 아인이를 매단 이준이 아빠에게 덥석 고개를 숙였다. 어차피 풀린 분위기라 적당히 넘어가도 됐을 텐데, 그는 고지식했고 나는 그의 그런 면이 좋았다. 찰싹 그에게 달라붙은 아인이를 부럽게 쳐다보다가 아빠와 시선이 부딪쳤다.

"……어, 아빠."

"당신이 뭐라고 좀 해봐요. 애들 다 이렇게 기다리는데."

"아냐, 엄마. 왜 그래. 그러지 마."

아무래도 엄마와는 또 달라 나는 아빠를 보기가 부끄러웠다. 아빠도 이준을 보는 것과는 다른 얼굴이다. 사실 우리 부녀가 말을 많이 주고받는 관계는 아니다. 나는 늘 정해진 길을 앞서 걷는 착한 딸로 지내왔으니 지금이야말로 서른한 해를 통틀어 최대의 일탈이었다. 그리 생각하니 더 부끄러워 고개가 자꾸 내려갔다.

"시은아."

"……네."

아주 정면으로 고개를 들진 못해 마주 앉은 아빠는 입술 언저리만 흐릿하게 비쳤다. 나 같은 딸이 있으면 기분이 어떨까, 아빠의 마음을 알 수가 없다.

"네가 한번 말해봐라. 너도 이준이가 좋으냐?"

"……."

"네 입으로 한번 들어보자. 그래야 믿지."

아빠는 공을 내게로 넘겼다. 엄마와 이준, 심지어 '좋다.'는 말을 알아들은 아인이까지 조용하게 내 대답을 기다린다. 엄마는 아직도 아빠를 보는 눈이 불안으로 가득했지만 아빠를 닮은 나는 안다. 쉬운 말도 꼭 돌려 하는 아빠는 '너를 믿는다.' 이 마음을 전하고 싶은 거라는 걸.

"네, 아빠. 저 이준이 좋아해요."

내 대답에 옆자리 이준의 손이 머무를 자리를 찾지 못하고 다시금 무릎 언저리를 헤맸다. 조금 전 나처럼 내 손을 잡고 싶어 견딜 수가 없는 초조함이 하나둘 핏줄처럼 불룩 솟았다.

눈을 돌려 이번엔 정면으로 아빠를 마주했다. 한번 입 밖에 꺼내고 나니 생각처럼 크게 부끄럽지 않았다.

"그러냐?"

"네."

"어머머, 쟤 뻔뻔한 거 봐. 그렇게 좋으니? 뭐 얼마나 좋길래."

엄만 이제 반쯤은 놀리는 목소리였다. 나는 웃을 때를 놓치고 간신히 이준과 닿은 새끼손가락을 구부렸다. 이제 내 심장은 새끼손가락으로 옮겨갔다. 이런 말을 해도 되려나, 고민은 길지 않았다.

"……나 서이준 이혼남이라도 좋아. 몇 번을 갔다 와도 좋아. 오기만 하면 돼."

날 위해 모든 것을 다 한다는 그에게, 달리 이 마음을 전할 길이 없다. 그때 이준이 왜 그런 말로 나를 잡을 수밖에 없었는지, 같은 입장이 되어보고 알았다. 예쁘고 달콤한 표현 같은 건 생사의 본능 아래에 있다. 일단 이 남자를 잡아야 내가 산다.

"아니면 더 좋고."

"아인아, 여기 보이지? 이게 뭐야?"

"이거 꼬옷!"

"우와! 우리 아인이 어떻게 이렇게 똑똑하지? 꽃들이 우리 아인이 기다렸나 봐. 우리 아인이 오는 거 보고 지려고."

봄 길이라 아인이를 데리고 가는 이준의 모습도 달랐다. 겨울바람 한 점이라도 들어갈까 어떻게든 여미더니, 지금은 목마를 태워 봄바람을 맞는 데 재미가 들렸다. 천천히 뒤따르는 나는 이준이 이렇게 말을 잘하는지 처음 알았다.

"하아암!"

"아인이 졸려? 응?"

"응. 아인이 코오 하 꺼야."

"아인아, 저기 가면 깡충깡충 토끼 있어! 토끼 봐야지!"

"아니야. 토끼 아니야. 코오 하 꺼야."

아이들은 신기하게 하품과 동시에 잠에 빠져들었다. 어떻게든 아인이의 잠을 물리치려 이거저거 끌어와보던 이준도 끝내는 체념했다. 스르륵 몸이 기우는 아인이를 얼른 목에서 내려 머리를 받쳤다.

"아인아, 조금만 더 가면 되는데. 연못에 가면 거북이도 있어. 되게 커. 아인이한테 보여주려고 했는데……."

벌써 대답도 웅얼거리는 아이를 안아놓고 이준은 홀로 아쉬움을 삼켰다. 이제 나는 그를 거의 따라잡았다. 내가 바로 뒤까지 왔다는 걸 알아챈 그가 흠칫 어색하게 웃었다.

"서이준, 아인이 거북이 안 좋아해. 못생겼다고."

"아아, 그랬구나. 역시 우리 아인이는 자기처럼 예쁜 것만……."

"그러니까 너도 그만해."

"어."

이제야 우리 두 사람의 걸음이 맞았다. 지금까지 많지도 않은 인원이 멀찌감치 일렬로 왔던 건 모두 이놈이 나를 따돌렸기 때문이다. 많지도 않은 말을 억지로 늘여 바쁜 척하던 것도, 일부러 아인이를 데려와 잠이 들까 안달복달하던 것도 같은 이유다.

"안 그래도…… 그러려고 했어. 그래야 한다고…… 아인이도 눕혀놓고, 음……."

목덜미가 붉어진 이준은 집에서 나오고부터 계속 이랬다. 죄가 많은 탓에 나를 제대로 쳐다보지도 못한다. 어째 고백을 한 건 나인데 후유증은 이놈이 배로 겪고 있었다. 덕분에 좋은 거라면, 나는 짐짓 태연하게 굴 수 있었다.

"이준아, 우리 커피라도."

"미안해. 미안하다고 생각했어. 말해야 한다고도 생각했어."

대뜸 돌아선 이준이 내 앞을 막고 속에 고인 말을 쏟아냈다. 아인이에게 세상 다 내줄 듯 굴면서도 내게 해야만 하는 말은 잊지 않았는지 횡설수설하면서도 할 말은 다 했다.

"그땐 어떻게든 너 잡아야 한다고 생각했어. 네가 아인이 때문에 선을 너무 그으니까, 도저히 안 되겠다 싶어 생각나는 게 그거 하나뿐이더라."

"……."

"한번 말할 기회를 놓치니까…… 너랑 지내다 보니까 시간은 매번 저만치 멀리 가 있고. 그게 난 또 딱히 상관도 없고."

"난 상관있거든?"

"아니, 시은아. 그렇다고 내가 어디 가서 이혼을 하고 올 수는 없잖아."

일부러 퉁명스레 굴자 이준의 머리 위로 열이 훅 솟았다. 맹세코 그가 이렇게 당황하는 모습은 처음이다. 맨몸으로 예비 장모님을 뵈었던 아침의 기록을 경신했다. 내게서 싫다는 말이라도 들은 듯 이준의 초조함이 터져버렸다.

"좋아하는 사람이 윤시은 너뿐인데, 네가 아무리 쌀쌀맞게 굴어도 나는 너뿐인데, 자고 싶고 만지고 싶은 사람도 너뿐인데…… 내가 무슨 수로 다른 여자랑 결혼을 해."

"……."

"너 보기에 바보 같겠지만 난 딴 여자랑 결혼 못 해. 그런 줄 알아. 그 여자는 무슨 죄야."

본 중 가장 적반하장으로 나오는 그는, 본 중 가장 사랑스러웠다. 그 마음을 알아 더는 토라진 채 굴지도 못했다. 만약 훗날 그가 내게 따로 프러포즈를 하지 않는다면, 나는 지금 이 순간을 대충 비슷하지 않았냐 기억할 참이다.

"알았으니까 이제 가자. 아인이도 자는데."

"아……."

참지 못하고 올라가는 내 입술에 이준의 굳어 있던 어깨가 눈에 띄게 내려왔다. 한숨과 안도가 뜨거운 입김으로 뿜어 나와 자는 아이의 앞머리를 흩날렸다. 돌아서는 우리의 걸음은 이제 처음부터 한 줄 나란히 제자리를 찾았다.

"그런데…… 시은아."

"응."

"언제 알았어? 아니, 어떻게 알았어?"

서로 앞만 보며 걷다 이준이 불쑥 말했다. 예전 어느 날처럼 풀내음이 물씬 나는 자리였다. 더는 감출 것도 없고 제가 보기에도 내 화는 풀린 것 같으니 이제 새록새록 궁금한 것도 생겼나 보다.

저 바보. 뭘 그리 완벽하게 굴었다고 저럴까.

"……."

입을 다물고 그의 앞에 섰다. 대답이 입안에서 엉킨다. 네가 그 어디도 다녀오지 않았다는 건, 아마 한참 전부터 알고 있었던 것 같다며 말을 꺼내볼까 했다.

"응? 왜 그래?"

채근하듯 다가서는 그에게 눈가가 먼저 반응해 크게 휘어졌다.

네가 그렇게 바라볼 때, 그 고요한 눈에 나밖에 없다는 걸 알았을 때, 저 눈 어디에도 다른 여자를 담았던 흔적을 찾지 못했다. 무심코 너를 스치는 짧은 내 시선에 단 한 번의 예외도 없이 나를 마주 볼 때, 손을 채 뻗기도 전에 커피와 과자가 내 입가로 다가올 때, 나도 안 속는 내 거짓말에 매번 속아줄 때에도 그랬다.

티가 났다. 새것처럼 반짝였다. 이준이 내게 다가서고 안아주고 쓰다듬는 모든 행동에서 단 한 번도 그래본 적 없었던 풋내음이 진동했다.

감기와 사랑은 숨길 수 없다더니, 이준도 예외는 아니었다. 그가 허비하지 않고 아껴둔 사랑은 언제나 내게 부족함 없이 흘러넘쳤다.

"……시은아?"

"서이준, 넌 내가 그렇게 좋니?"

그 모든 순간들을 설명할 자신이 없어 나는 웃으며 그를 불렀다. 긴장하며 기다리던 그는 한참 후에 그렇다며, 그렇게 좋더라며 쑥스럽게 웃었다. 잠든 아인이를 안은 그가 내게 입을 맞추자 돌아가는 내 걸음은 새 신부처럼 조신해졌다.

이준과는 197번째, 넷이선 처음 걷는 봄 길이었다.

—fin.

p. s.

작가 후기

드디어 다섯 번째 책입니다. 정말 감회가 새롭네요. 처음 책 한 권 냈을 때도 떨려서 어쩔 줄을 몰랐는데, 이렇게 한 손을 꽉 채우게 쓸 거라곤 상상도 못 했습니다.

처음 '그 여름, 나는'을 시작한 것도 조금은 충동적이었는데, '겨울, 또다시' 역시 마찬가지입니다. 제목에 계절이 들어가니 사계절 시리즈로 쓰고 싶다는 생각은 예전부터 가졌지만, 스토리는 따로 생각해두지 않았거든요.

그런데 지난 9월 중순, 딱 지진 나기 전날 경주에 여행을 갔다가 겨울 이야기의 전반적인 스토리를 구상했습니다. 저는 여행을 가면 거기서 혹시 누군가 아는 사람을 만나지 않을까, 막연한 기대감이 있더라구요.^^ 그런 생각을 하면 더 신이 나기도 하고 괜히 즐겁기도 하고.

그게 여행의 힘일까요? 딱 그날 저녁에 노트북을 펴고 첫 줄을 썼습니다. 지금 안 쓰면 앞으로도 안 쓸 거 같아 맛있는 맥주를 포기하고 자판에 손을 올렸습니다. 그러고 보니 술김에 쓰게 되었네요.^^;;

구상하는 사계절 시리즈는 전부 첫사랑과 재회를 기본으로 시작합니다. 제가 좋아하는 코드이기도 하고 취향이

겠지만 저는 미래만큼이나 과거의 추억이 더 매력적으로 느껴집니다. 둘만 아는 비밀 같기도 하고, 또 훗날 돌이켜보면 서로 생각이 달랐던 점이나 모르고 지났던 것을 서서히 알게 되는 것이 짜릿합니다. 타임캡슐 열어보는 것처럼요. (정작 한 번도 열어본 적 없다는 슬픈 사실이…….)

저는 당장에 작년, 재작년 일만 떠올려도 '그때 왜 그랬지.' 부끄러운 일이 많은데, 10년도 더 전의 일은 자신의 일이면서도 가물가물 남의 일 같을 것 같아요. 익숙하고도 낯선(?) 이야기라 많이 부끄러울지도 모르겠네요.

겨울 이야기의 주인공 시은이는 일란성 쌍둥이 언니입니다. 아픈 동생을 살피면서도 첫사랑에 대한 마음을 숨기지 못하는, 열여덟 딱 그 나이의 고뇌를 써보고 싶었어요. 이준이는 제가 쓴 남자 주인공 중에 제일 곧고 착한 놈이네요. 착한 애한테 '놈'을 너무 많이 붙여서 미안하지만, 1인칭 여주인공의 일부러 툴툴대고 새침한 성격을 강조하고자 그렇게 되었어요. 혹시 부제 보고 취향의 문제에 이어 이번에도 범죄물인지 고심하실까 봐 걱정입니다.^^

또 귀여운 조카 '아인이'가 내내 등장을 하는데, 아기들을 좋아해서 그런지 쓰면서도 아인이 나오는 부분이 제일 빠르고 즐겁게 썼습니다. 밝고 솔직하고, 그래서 고민할 게 없으니까요. 사실 원래 이름은 시아와 비슷하게 '지아'로 지었는데, 나중에 편집부에서 독일어에는 'ㅈ' 발음이 없다고 하시며 바꿔주셨습니다. 무지가 죄입니다. 이번

기회에 독일어를 몇 개 찾아보았는데, 소심해서 책에는 잘 못 썼습니다. 썼는데 틀리면 부끄러우니까…….^^;; 혹시나 그 외에도 제가 몰라서 실수했던 점이 있다면 너그럽게 이해해주시기를 바라봅니다.

글이 끝나면 시원섭섭한 느낌이 들곤 하는데, 이번에는 유독 오래갈 것 같습니다. 그래도 당장 할 일이 밀렸으니 다시 출발해야죠. 계절 시리즈로는 봄 이야기가 먼저 나올지, 가을이 먼저 나올지 아직 미정인데 늦지 않게 돌아올게요.

감사하실 분들, 잊으면 안 되겠지요. 늘 첫 자리엔 도서출판 가하의 이승진 차장님이 계십니다. ^^ 처음 전화 주셨을 때 스팸인 줄 알고 안 받았던 흑역사 겸 추억이 아찔합니다. 사실 차장님 아니었으면 다섯 손가락 채우기 힘들었을 거예요. 무한 감사 드립니다. 이제 우리 한 손이 아닌 두 손 다 채워야죠!

또, 처음 미팅하러 출판사에 가는 날, 역에 데려다주면서 굉장히 불안한 얼굴로 상황 봐서 이상한 거 같으면 바로 서울역으로 도망치라던 남편님, 당신도 감사합니다. 이제까지 감사인사에 따로 안 썼는데 다섯 번째 기념으로 넣어드립니다. 책 낼 때마다 끊임없이 'ㅋㅋ' 하며 비웃듯 격려해주는 A양 (쌍둥이잖아!), 고맙고 보고 싶습니다. 늘 열심히 애써주시는 가하 식구 분들, 동료 작가님들, 사랑합니다.

무엇보다 부족한 글 끝까지 읽어주시는 독자님들께 가

장 감사드립니다. 너무 틀에 박힌 인사 같지만 진심이라 어찌 고쳐볼 도리가 없네요.

매서운 겨울 잘 이겨내시고 따스한 봄에 만나 뵙기를!

2017년 1월,

최수현